Gustav Freytag

Erinnerungen aus meinem Leben

Gustav Freytag

Erinnerungen aus meinem Leben

ISBN/EAN: 9783743620629

Hergestellt in Europa, USA, Kanada, Australien, Japan

Cover: Foto ©Raphael Reischuk / pixelio.de

Manufactured and distributed by brebook publishing software (www.brebook.com)

Gustav Freytag

Erinnerungen aus meinem Leben

Erinnerungen

aus

meinem Leben.

PT 1873
.Z4
1899

Von

Gustav Freytag.

Elftes bis zwölftes Tausend.

Leipzig
Verlag von S. Hirzel
1899.

Ich sollte schreiben, doch ich saß im Dämmer
Verstäubt und reisemüde auf der Bank,
Unlustig zu der Arbeit, einst Erlebtes
Den lieben Deutschen auf dem Markt zu schildern.

Da zog's am Vorhang und das Fenster klirrte,
Um Haupt und Herz ergoß sich helles Licht,
Die Feder fühlt' ich in die Hand gedrückt,
Und leise klang die Mahnung: „schreib". — Ich schrieb.

Heut leg ich diese Blätter Dir an's Herz,
Vertraute meiner Werkstatt, Mahnerin!
Zuerst gehört vor Andern Dir das Buch,
Zumeist vor Allen Dir des Freundes Dank.

Siebleben, 1. Oktober 1886.

G. F.

Vorrede.

Für die Ausgabe der „Gesammelten Werke"
hatte ich der Verlagshandlung eine Einleitung zu=
gesagt, welche enthalten sollte, was ein lebender
Schriftsteller etwa über sich und seine Arbeiten dem
Leser als Erklärung und Entschuldigung mittheilen
darf. Mein lieber Verleger Hirzel hatte in der
Annahme, daß die Einleitung untrennbar zu der
Sammlung gehören würde, schon in der ersten An=
kündigung der „Gesammelten Werke" aus herkömm=
licher Rücksicht auf die Abonnenten sich verpflichtet,
einzelne Theile der Sammlung nicht gleichzeitig ge=
sondert herauszugeben. Er und ich waren einiger=
maßen überrascht, als nach dem Erscheinen des ersten
Heftes ein Wunsch nach gesonderter Ausgabe der
„Erinnerungen" laut wurde, der sich sogar bis zum
Vorwurfe erhärtete.

Ich hatte beim Niederschreiben nicht daran ge=
dacht, daß die Bogen berechtigt sein könnten, sich

I*

als selbständiges Werk darzustellen, der Verleger aber hielt sich durch seine vorausgegangene Erklärung für gebunden, obwohl gerade ihm das Eingehen auf die Forderung der Presse hätte erwünscht sein können.

Jetzt nach Jahresfrist ist eine Beeinträchtigung der Abonnenten nicht mehr anzunehmen, und ich darf die „Erinnerungen" zu besonderem Druck übergeben, für welchen Weniges gebessert und anders geordnet wurde. Möge das Buch dasselbe Wohlwollen finden, welches seinem Inhalt in der Einleitung für die „Werke" zu Theil geworden ist.

Sommer 1887.

G. Freytag.

Inhalt.

Erinnerungen aus meinem Leben.

1.

Die Vorfahren.

Was auf den folgenden Blättern dargestellt wird, ist keine farbenreiche Schilderung ungewöhnlicher Erlebnisse, sondern einfacher Bericht über meine Jugend und über Erfahrungen, welche meinen Arbeiten Inhalt und Farbe gegeben haben. Gewinne ich dafür den Antheil des Lesers, so würde gerade der Umstand dazu helfen, daß, was hier erzählt wird, in der Hauptsache dem Leben und Bildungsgang von vielen Tausenden meiner Zeitgenossen sehr ähnlich sieht. Es ist das Heraufwachsen eines Einzelnen in den Jahren von den Freiheitskriegen bis zur Gründung des Deutschen Reiches. Jeder, dem in dieser Zeit vergönnt war, sich thätig zu regen, hat den Vortheil, daß in seinem Leben etwas von dem fröhlichen Wirken einer aufsteigenden Volkskraft erkennbar ist.

Was das Leben des Mannes an seinem Charakter durchbildet, von seinen Anlagen folgereich macht, das sind wir zu beobachten und abzuschätzen gewöhnt, allerdings auch im besten Falle mit unvollkommener

1*

Kenntniß. Aber weit schwerer wird es zu verstehen, was dem Lebenden als Förderung und Beschränkung durch seine Eltern und Vorfahren zu Theil geworden ist, denn nicht immer sind die Fäden sichtbar, durch welche sein Dasein an die Seelen vergangener Menschen gebunden ist; auch wo sie sich erkennen lassen, ist ihre Zugkraft kaum zu berechnen. Nur das merken wir, daß die Gewalt, mit welcher sie leiten, nicht in jedem Leben gleich stark ist, und daß sie zuweilen übermächtig und furchtbar wird. Es ist gut, daß uns Menschen in der Regel verborgen bleibt, was Erbe aus ferner Vergangenheit, was freier Erwerb des eigenen Daseins ist, denn das eigene Leben würde angstvoll und kümmerlich werden, wenn wir als Fortsetzungen vergangener Menschen unablässig mit dem Segen und Fluch rechnen müßten, der aus der Vorzeit über unserer Lebensaufgabe hängt. Wohl aber ist es fröhliche Arbeit, sich zuweilen bei einem Rückblick auf frühere Jahre in das Bewußtsein zu leiten, daß viele Erfolge des eigenen Lebens nur möglich geworden sind durch die Habe, welche aus dem Leben unserer Eltern auf uns übergegangen ist, und durch Anderes, was ältere Vergangenheit der Familie uns vorbereitet hat.

Daß es für mich leicht wurde, in den Kämpfen meiner Zeit auf der Seite zu stehen, welcher die größten Erfolge zufielen, das verdanke ich nicht mir selbst, sondern der Fügung, daß ich als Preuße, als Protestant und als Schlesier unweit der polnischen Grenze geboren bin. Als Kind der Grenze lernte ich früh mein deutsches Wesen im Gegensatz zu fremdem Volksthum lieben, als Protestant gewann ich schneller und ohne leidvolles Ringen den Zugang zu freier Wissenschaft, als Preuße wuchs ich in einem Staat auf, in dem die Hingabe des Einzelnen an das Vaterland selbstverständlich war.

Wenn ich zunächst aufsuche, was ich von meinem Eigenthum den Vorfahren verdanke, so sei gestattet, als erste Habe meinen Namen zu rühmen, die Haus=marke, welche den Mann und seinen Erwerb von der Wiege an durch das ganze Leben zeichnet, nach sei=nem Tode zuweilen noch, was von seinen Werken im Volke dauert.

Der Name Freytag ist ein altdeutscher Männer=name wie Hildebrand, Wilhelm. Die erste Silbe ist Name der germanischen Göttin Frija, die zweite unser Wort Tag, welchem in alter Zeit die Neben=bedeutung: Licht, Glanz anhing. Die Verwendung des Wortes Tag zu Eigennamen ist wohl älter als die Uebersetzung der lateinischen Wochentage ins Deutsche, denn es wurde nicht nur mit Namen des heidnischen Götterglaubens zu Personennamen ver=bunden, auch mit anderen Wörtern, z. B. in den alten Namen: Helmtag, Adaltag. Der Name Frey=

tag ift aus dem frühen Mittelalter nicht bei allen
deutschen Stämmen nachzuweisen, er erscheint selten
in Oberdeutschland, wo eine andere Zusammensetzung:
Fributag überliefert ift. Dagegen ift er in Thüringen
altheimisch. In Schlesien führt ihn 1382 ein Bürger der Neustadt Breslau.

Meine Vorfahren aber, an deren Sippe sich das
Wort als Familiennamen befestigte, waren deutsche
Landleute unweit der polnischen Grenze.

Zwischen Schlesien und Polen, da wo der kleine
Bach Prosna die Länder scheidet, ragte im frühen
Mittelalter ein unwegsamer Grenzwald. Er war
mit seinem Sumpfgrund und den Verhauen, die
darin angelegt wurden, der Landesschutz gegen feindliche Einfälle. Solche Grenzbefestigungen bestanden
im Osten Deutschlands, wenn nicht ein breites Wasser
von den Nachbarn schied, wohl überall, wo einst Germanen gewohnt hatten; und in den Kämpfen der
Sachsenkaiser gegen die Slaven, wie in den Kriegs-
reisen des deutschen Ordens gegen Preußen und
Littauer, ift der Zug durch Baumverschanzungen,
die Unterhaltung des Heeres in der Wildniß, das
Lichten mit der Axt, die Abwehr plötzlicher Angriffe,
und die Wahrung der Schutzsperren, welche am
Eingange und Ausgange der Waldwege errichtet
wurden, bis ans Ende des Mittelalters fast die
schwierigste Aufgabe der Heerfahrten, ähnlich wie

zur Zeit des Cäsar und Tacitus an der deutschen Westgrenze.

Als im 13. Jahrhundert Schlesien unter den Piasten mit deutschen Ansiedlern besetzt wurde, entstand am Binnenrande des großen Waldes, da wo ein Reiseweg von Burg Namslau nach Polen führte, die deutsche Stadt Konstadt. Zwei Meilen oberhalb wurde durch die Kreuzherren vom rothen Stern, einen der zahlreichen geistlichen Ritterorden, welche damals Krankenpflege und Kampf gegen die Heiden auf sich nahmen, die Kreuzburg gegründet, dazu eine Stadt mit deutschem Recht. Auf der Außenseite des Grenzwaldes war nahe der Prosna eine von den Wegsperren, welche in Preußen Beitschen, in Schlesien Pitschen hießen, auch dort erwuchs eine deutsche Stadt. In dem Dreieck, welches durch die drei Städte Konstadt, Kreuzburg, Pitschen gebildet wird, verlief durch Jahrhunderte das Leben meiner Familie.

Denn auch der Grenzwald wurde gelichtet und durch deutsche Dörfer besetzt. Nahe bei Konstadt entstand Schönfeld, mitten im Walde Schönwald, in gleicher Entfernung von den drei Städten. Es wurde ein ansehnliches Dorf mit zwei Scholtiseien.

Dort lebte der älteste Vorfahr, von welchem Kunde erhalten ist, Simon Freytag (geb. 1578), ein Freibauer, wie die Besitzer des Hofes sich nannten. Er und seine Nachkommen saßen auf Höfen mit

fränkischen langen Ackerbeeten, sie bauten die Scholle
unter wohlwollenden Landesherren, den Herzögen von
Brieg, und erlitten, was die Kriege der Fürsten und
die Einbrüche fremder Haufen dem Landmann zu
bereiten pflegten. Wie ihre Landesherren waren sie
seit der Reformation evangelisch geworden. Ueberall
standen in den Dörfern neben den Kirchthürmen die
Pfarrhäuser mit ihren Familien als Stützpunkte des
deutschen Wesens. Die Vorfahren hielten unter sla-
vischem Volk auf die deutsche Art, wie man aus den
Namen ihrer Frauen schließen darf, die bis zu dem
meiner Mutter sämmtlich deutsch sind. Als Johann
Freytag, der Sohn des Simon, eine Anna Wüterich
— althochdeutsch Wuotanarich — heiratete, da wurden auf einem Bauerhofe die Namen unsrer beiden
großen Heidengötter Frija und Wuotan nach den
Schrecken des dreißigjährigen Krieges zu christlicher
Ehe verbunden.

Um 1700 heiratete Adam, ein Enkel jenes Simon,
die Erbtochter einer Scholtisei von Schönwald, Marie
Anna Victor. Durch sie kam der Scholzenhof I des
Dorfes in das Geschlecht. Eine Erinnerung an die
Ahnmutter erhielt sich bis in meine Kinderzeit, sie
soll eine kleine, kluge Frau gewesen sein, die bei den
Geschlechtsgenossen in hohem Ansehen stand. Die
Männer des Geschlechts aber sind in der Mehrzahl
hochgewachsen mit rundem Kopf, blondem Haare,

ſtarken Knien und großer Fauſt, in jedem Neſt ein
oder mehre behende Linktotſchel. Der Kinderſegen
der Höfe pflegte reichlich zu ſein.

Die Scholtiſei und die freien Bauernhöfe waren
nach altem Herkommen Minorate, der jüngſte Sohn
erbte den Hof, die älteren Söhne wurden vom Vater
ausgeſtattet, ſoweit die Mittel reichten, ſie heirateten
in andere Höfe, ſuchten ihr Glück in der Fremde
oder blieben als Knechte auf dem Hofe des jüngſten
Bruders. Es war Brauch in den Grenzdörfern,
ältere Söhne in Städte oder Dörfer, welche im
Deutſchen lagen, „auf Wechſel“ zu geben, dann erhielten die Knaben in einem befreundeten Hauſe
Unterkunft, Koſt und deutſchen Unterricht, auch die
Bürger ſchickten im Tauſch ihre Söhne bisweilen in
das Bauernhaus zum gründlichen Erlernen des Land-
baus. Denn noch brachte die Landwirthſchaft den
Städten einen großen Theil der Nahrung.

In dieſer Weiſe gab der Urgroßvater, Johann
Simon Freytag, Erb- und Gerichtsſcholz in Schönwald, ſeinen älteſten Sohn Georg (geb. 1737), als
dieſer acht Jahre alt war, zu Verwandten nach
Namslau, damit er dort deutſchen Stil und etwas
Latein erwerbe; drei Jahre ſpäter auf das Gym-
naſium nach Brieg, wo er aus der Quarta bis zur
Univerſität hinaufſteigen ſollte, um dereinſt Geiſtlicher
zu werden.

Georg war im Januar 1755 ein hochgewachsener Primaner, als der Oberst der Garnison Brieg eine Razzia gegen die großen Schüler veranstaltete. Georg erhielt Nachricht, daß er in der Rolle der sieben stand, welche der Oberst sich aneignen wollte. Er vertauschte deshalb seine Wohnung mit der eines andern Gymnasiasten, und als der Oberst den Rekruten abholen ließ, erhielt er statt des langen einen unbrauchbaren kurzen unter das Maß. Derweile war ein eiliger Bote die neun Meilen bis Schönwald gelaufen, dort im Scholzenhofe die Gefahr zu verkünden.

Der Vater schickte sogleich Wagen und Pferde in die Nähe von Brieg und dem Sohne die Botschaft, er solle zusehen, wie er aus der Stadt kommen könne. Allen Thorwachen war anbefohlen, keinen großen Menschen passiren zu lassen und Georg war nach siebenjährigem Aufenthalt in Brieg auch den Soldaten bekannt. Er ging deshalb gegen 11 Uhr Vormittags unter den finstern Schwibbogen des Oderthores, wartete dort bis die Ablösung der Thorwache vorbei marschirt war, und folgte den Soldaten über die Oderbrücke, da er wußte, daß diese bei dem Marsch und der Ablösung sich nicht umsehen durften. Während die Wache vor dem Wachthaus in die Linie trat, wandelte er glücklich ins Freie, fand seinen Wagen und fuhr unter falschem Namen nach Breslau, von da in einer Landkutsche nach Königsberg.

Dort studirte er drei Jahre Theologie, hörte auch
etwas Philosophisches bei Kant. Doch auch zu Königs=
berg wurde ihm ein friedliches Beharren über seinen
Büchern nicht vergönnt. Die Russen überzogen die
Landschaft und sperrten den Verkehr mit der Heimat.
Von dort drangen im Februar 1758 ängstliche Briefe
zu ihm durch. Die Mutter war schwer erkrankt, der
Vater durch einen Schlaganfall gelähmt, auch zu
Hause war Kriegsnoth und Einquartierung und der
älteste Sohn nicht länger zu entbehren. Aber von
den Russen wurde Niemand in das Gebiet König
Friedrichs hinaus gelassen. Wieder kam Georg in
Bedrängniß, und wie er als Flüchtling zur Univer=
sität gezogen war, mußte er auch auf heimlichen
Pfaden die Rückkehr suchen. Er nahm deshalb in
der russischen Kanzlei einen Reisepaß nach Danzig
und übergab sich und sein Gepäck einem Fuhrmanne,
der mit seiner Ladung unweit Danzig über die
Weichsel gelangen wollte. Der Strom war noch mit
Eis belegt, aber an den Rändern floß bereits das
Thauwasser. Als Georg das Eis betreten hatte und
unter sich das Brechen der Schollen und das Rauschen
der Fluth vernahm, rief er an das Ufer nach einem
kleinen Handschlitten, ließ Koffer und Bettsack darauf
laden und folgte dem Schlitten vorsichtig nach dem
andern Ufer. Wagen und Pferde, welche vom Fuhr=
mann auf die Versicherung der Anwohner, daß das

Eis noch halte, über den Strom getrieben wurden, brachen hinter ihm ein und versanken.

In der Heimat fand er Trauer und Sorge, die Mutter starb wenige Stunden nach seiner Ankunft, der kranke Vater hatte sein Gedächtniß fast ganz verloren, dazu sechs jüngere Geschwister im Hause und im Laude fremdes Kriegsvolk. Da mußte der Kandidat das Scholzenamt versehen, die schweren Lieferungen auf die einzelnen Höfe vertheilen, das Gelieferte von den Dorfleuten empfangen und absenden, bald östreichische, bald sächsische Commandos aufnehmen, bewirthen und vorsichtig behandeln, außerdem der Wirthschaft des Gutes vorstehen und jeden Morgen früh um drei Uhr nach Stall und Scheuer sehen. Dennoch bestand der kranke Vater darauf, daß er alle vier Wochen predigen mußte. So versah der Jüngling durch zwei Kriegsjahre die Geschäfte des Scholzenhofes, es war eine schwere Lehrzeit, die ihn zum Manne machte. Im Jahre 1760 wurde er als Diaconus nach Konstadt berufen, dort wurde er später Pastor und Senior der Diöcese.

Aber auch von Konstadt aus besorgte er noch immer die Wirthschaft des Vaters, nach dem Tode desselben für den jüngsten kleinen Bruder, bis dieser mündig geworden war.

Von den drei Städten war Konstadt damals wohl die kleinste, sie war keineswegs zu allen Zeiten die

harmloseste gewesen. Ihrem Gedeihen mag schon
im Mittelalter geschadet haben, daß sie wiederholt
in den Besitz kleiner Grundherren kam. Im funf=
zehnten Jahrhundert setzte sich ein Bandenführer der
Hussiten dort so fest, daß die schwachen Landesherren
ihm die Stadt abkaufen mußten, und fünfundzwan=
zig Jahre später wurde der Ort ein Nest verwegener
Raubgesellen, welche im Stegreif die ganze Land=
schaft unsicher machten, bis endlich die Breslauer
im Bunde mit dem Landesherrn mitten im Winter
einen Kriegszug gegen Konstadt unternahmen und
die Räuberburg brachen, welche für eine der festesten
in ganz Schlesien galt. Wahrscheinlich war es der
Grund der zerstörten Raubfeste, auf welchem die
Kirche und die Pfarrwohnung erbaut wurden. Zur
Zeit des Großvaters war freilich in dem kleinen
Ort jede Erinnerung an die alte wilde Zeit ver=
schwunden, die Fuhrleute, welche dort rasteten, klag=
ten über das schlechte Pflaster, und anspruchsvolle
Reisende wollten die Sauberkeit der Gassen und
Häuser nicht loben. Aber die Bürger lebten doch
in einem mäßigen Wohlstand, denn ihre Stadt war
ein Markt für viele deutsche Dörfer und die zahl=
reichen Gutsherren der Umgegend hielten dort im
Winter gern ihre geselligen Zusammenkünfte.

Von der Gemeinde wurde der Nachbarsohn freund=
lich aufgenommen und er vergaß dies seinen Kon=

städtern niemals. Er wurde ein wirksamer Prediger,
der es mit seinem Kanzelamte ernst nahm. Was er
selbst darüber aufgezeichnet hat, ist so charakteristisch,
daß man dem Enkel gestattet möge, seine eigenen
Worte mitzutheilen: „Mir ging es mit meinem Pre=
digen so, wie die Verfassung meiner Seele war.
Ließ ich mich Gottes Gnade in meinem Bibellesen
und in meinem Betragen leiten, so konnte ich kaum
den Sonntag erwarten, sondern glühte vor Begierde,
zu meiner Gemeinde zu reden. Eine solche Predigt
rührte während dem Hersagen derselben so meine
ganze Seele, als ob alles neue Worte wären, die
ich gesprochen, und ich habe mich manchmal noch
einige Tage, nachdem sie gehalten war, daran er=
baut. War ich aber nicht wachsam auf mich, so daß
eine Leidenschaft ihre Fesseln mir anlegte, oder war
ich träge im Lesen der heiligen Schrift, so stand ich
tausendfache Angst in meiner Seele aus. In meiner
Predigt redete nicht mein Herz, sondern nur meine
Theorie aus mir, und ich schämte mich, wenn ich
von der Kanzel war, vor mir selber, klagte es mit
Thränen Gott, daß ich vor einigen Tagen zu einer
Leidenschaft geneigt hatte, gab Gott Recht, daß er
mich verlassen. Aber was können die Schafe dafür,
wimmerte ich hinter drein.‟

Er war ein rechtgläubiger Verehrer des älteren
Hollaz, dessen Gemüthswärme und innige Religiosität

seinem Wesen vorzüglich entsprachen. Während er
seiner Gemeinde die angeborene Sündhaftigkeit der
Menschheit und die Gnade der Erlösung ins Gemüth
führte, war er auch unablässig bemüht, die unend=
liche Liebe Gottes und das gütige Walten der Vor=
sehung eindringlich zu machen. Wie liebevoll hatte
doch der Himmel ihn selbst geschützt, schon als klei=
nen Knaben, wo er einmal in einem Hälter des
Gartens eingebrochen und völlig unter das Eis ge=
kommen war und nur durch eine plötzliche Angst des
Vaters gerettet wurde, die diesen veranlaßte nach
dem Kinde zu sehen; dann später, als ein schweres
Scheunenthor auf ihn gefallen war ohne ihn zu zer=
drücken, und dann wieder unter dem Schwibbogen,
und auf der Weichsel, unter aller feindlicher Ein=
quartierung und so immer, immer fort in großen
und kleinen Gefahren. In der Stille rang auch er
zuweilen gegen die Zweifel, welche am Ende des
vorigen Jahrhunderts ein Gottesgelehrter nicht ganz
von sich abzuhalten vermochte. Aber im Ganzen
stand er fest in der alten Rechtgläubigkeit.

Er war ein kräftiger Mann, der eine angeborene
Heftigkeit zu behüten hatte, geliebt von seiner Ge=
meinde und angesehen in der Umgegend. Daß er
nach damaligen Verhältnissen wohlhabend war, er=
leichterte ihm den gastfreien Verkehr und half dazu,
daß er auch unter den Anspruchsvollen vom Land=

abel und Militär sich fest und in gutem Einver=
nehmen behauptete. Dies Verhältniß zu vornehmer
Nachbarschaft, welches in gelegentlichem Pathenstehen
und umständlichen Einladungen zur Kirmse Ausdruck
fand, hinderte ihn nicht, mit einem gewissen Selbst=
gefühl die Kreise zu betrachten, welche sich im Be=
wußtsein höherer Geltung damals mehr als jetzt
abschlossen. Er wies seinen Söhnen zuweilen mit
guter Laune den Bettelbrief eines Herrn vom höch=
sten Adel, der ihn in sorgfältig geschnörkeltem Schrei=
ben um ein Darlehen von einigen Ducaten ersucht
hatte, und er gab dabei den Söhnen die gute Lehre,
solchen, die sich für vornehmer halten, lieber zu geben,
als von ihnen zu nehmen. Der Großvater war es
auch, der aus den Kirchenbüchern der Nachbarschaft
und aus Einzeichnungen in Familienbibeln die
Stammtafel der Vorfahren zusammenstellte und mit
Bescheinigung der Richtigkeit auf seine Nachkommen
brachte. Als er 1799 noch in voller Kraft starb,
hinterließ er fünf Töchter und zwei Söhne; die
Töchter gingen durch Heirat in preußische Beamten=
familien über, der älteste Sohn war mein Vater.

Mein Vater, Gottlob Ferdinand (geb. 1774) er=
hielt schon reichlicher und bequemer seinen Antheil
an der Bildung der Zeit. Er verlor die liebe Mutter,
als er acht Jahr alt war, und wuchs unter älteren
Schwestern heran, bis er vom Großvater auf das

Gymnasium nach Oels gebracht wurde; im Jahre
1793 ging er, um Mediciner zu werden, nach Halle,
der großen Universität jener Jahre, welcher fast alle
studirenden Schlesier zuzogen.

Das wohlgeordnete, ernste Wesen, welches er
auf die Universität mitbrachte, Redlichkeit und treue
Wärme für seine näheren Freunde, machten ihn dort
während eines Aufenthaltes von fast vier Jahren zu
einem wohlbekannten Mann, zum Vertrauten und
Rathgeber vieler Jüngeren. Das erfuhr sein Sohn
später aus rühmenden Schilderungen alter Commilitonen. Unter den Studenten bestanden damals
außer zwei verbotenen Orden als erlaubt die großen
landsmannschaftlichen Verbindungen, von denen die
der Schlesier die meisten Mitglieder zählte. Der
Vater hielt zu seinen Landsleuten, aber bei seiner
Abneigung gegen jede Art von Dienstbarkeit, die er
aus dem Vaterhause mitgebracht hatte, weigerte er
sich fest, ein Mitglied der Verbindung zu werden,
obgleich ihm wegen seiner Länge und wegen des
guten Wechsels, mit welchem er ausgestattet war,
wiederholt Anträge gemacht wurden. In demselben
Unabhängigkeitssinn hat er auch später vermieden,
Freimaurer zu werden, in einer Zeit, wo der Orden
größere Bedeutung für die Mitglieder hatte, als
wohl jetzt. Sein Aufenthalt in Halle fiel in das
für Deutschland glücklichste Jahrzehnt des scheidenden

Säculums. Diese Jahre, in welchen die Bundes=
genossenschaft von Goethe und Schiller über unsere
Literatur so hellen Glanz ausstrahlte, waren auch
für viele andere Richtungen der deutschen Volkskraft
eine Zeit jugendfrischer Erhebung, welcher leider die
Bürgschaft der Dauer fehlte. Die edlen Forderungen
der Humanität waren in die Seelen der Regierenden
übergegangen, der Wohlstand im Volk hatte sich ge=
hoben, Handel und Industrie arbeiteten unterneh=
mungslustig mit stärkerer Triebkraft, das deutsche
Leben erblühte wie unter dem Sonnenlicht eines
warmen Frühlingstages, während sich über Frank=
reich die wilden Wetter entluden. Auch das Stu=
dentenleben hatte gewonnen, die alte wüste Rohheit
war gemindert, die Schönseligkeit der letzten Jahr=
zehnte hatte den Universitäten eine größere Innigkeit
der kameradschaftlichen Beziehungen hinterlassen, das
Bedürfniß nach großen und edlen Gefühlen war in
den jungen Seelen mächtig geworden. Der Vater
hatte reichen Antheil an den geselligen Freuden jener
Zeit, an den Fahrten nach Lauchstädt, wo er die
Aufführungen des Theaters von Weimar bewunderte
und einige der Schauspieler kennen lernte, an den
Besuchen in der Gartenwirthschaft des wunderlichen
Dr. Bahrdt und an den Zusammenkünften auf den
Wohnstuben der Studenten, von denen die seine, ein
geräumiges Zimmer, viel in Anspruch genommen

wurde. Als der neue Doktor nach vier Jahren in
das Vaterhaus zurückkehrte, brachte er einen Schatz
von Erinnerungen mit, die ihm sein ganzes späteres
Leben verklärten. Denn für die Gebildeten seiner
Zeit hatte das akademische Zusammenleben weit höhere
Bedeutung, als in der Gegenwart. Wer damals aus
dem freien Burschentreiben in die engen Verhältnisse
der Heimat kam und in das Amt, welches er sich
gewann, der bewahrte nicht nur in seinem Stamm-
buch die Freundschaftsversicherungen, die Symbola
und die kurzen geheimnißvollen Andeutungen fröhlicher „Suiten", an denen er Theil genommen, sondern auch in seinem Gemüth eine ideale Freundschaft
für die Gefährten der schönsten Jahre, welche ihm
das Schicksal gegönnt hatte. In einer Zeit, wo das
Reisen noch beschwerlich und die Isolirung in dem
Wohnort und Beruf viel größer war als jetzt, bildete die Genossenschaft der „Coätanen" einen Verband, welcher sich über die ganze Provinz erstreckte;
sie saßen überall in den Städten und auf dem Lande
als die kleinen Regenten ihrer Umgebung: Pastoren,
Gymnasiallehrer, Juristen und Aerzte; jeder von
ihnen wußte genau, wo die Anderen hausten und
wie es ihnen erging; und wer einmal reisen mußte
oder in der Ferne irgendwie Rath und Beistand
suchte, war sicher, alte treue Gesellen und bereit-
willige Helfer zu finden, die sämmtlich den liebsten

Genuß darin fanden, bei einem guten Trunk die
Freuden und Abenteuer der Studentenjahre immer
auf's Neue durchzusprechen. Auch ältere und jüngere
Jahrgänge der Hallenser Commilitonen wurden zu
dieser stillen Bruderschaft gerechnet, sie hat nicht nur
den geselligen Verkehr, auch das Geschäftsleben beeinflußt und nach dem Jahr 1806 sogar einen politischen Zusammenhang gefördert.

Ein Jahr nach seiner Heimkehr ließ sich der
Vater als Arzt in der Kreisstadt Kreuzburg nieder.
Das Einleben dort wurde ihm durch den Tod des
Großvaters erschwert, denn er hatte jetzt um die
Verheiratung von Schwestern und für einen jungen
Bruder zu sorgen. Der neue Arzt fand in seinem
Berufe viel zu thun, nicht nur bei Honoratioren
und Bürgern, auch in den Dörfern der Umgegend;
die Kranken erinnerten sich gern daran, daß er in
irgend welchem Grade zur Verwandtschaft gehörte.
Der angestrengteste Theil seiner Thätigkeit aber war
jenseit der Landesgrenze. Das Herzogthum Warschau
war damals preußisch, dort fehlten die Aerzte, und
eilige Boten kamen Tagereisen weit geritten, um in
schweren Fällen Hilfe zu holen. Da gab es für
den Arzt oft lange Fahrten auf elendem Wege, durch
Kieferwald und fußhohen Schnee in federlosen Wagen
oder offenen Schlitten, der Reisende saß in einen
dicken grauen Mantel oder in die Wildschur gehüllt,

den Arzneikasten unter dem Sitz, Säbel und Pistolen zur Seite. Denn die Grenzwälder waren durch streifendes Gesindel unsicher und im Winter durch hungrige Wölfe. Diese unholden polnischen Gäste trabten damals zahlreich und gefürchtet durch die Wälder, sie kamen noch viele Jahre später über die Grenze und umheulten im Winterschnee die Dörfer, und die ersten Wölfe, welche ich als Knabe sah, lagen tot auf einem Karren vor dem Steueramt der Vaterstadt, wo dem Erleger das Schußgeld gezahlt wurde, für den Wolf zehn, für die Wölfin elf Thaler. — War der Vater auf dem polnischen Gut ange= kommen, so fand er zuweilen einen wilden Haus= halt und fremdartige Gewohnheiten, und ihm auch begegnete, daß ein störriger Edelmann, dem er einen Trank aus dem Arzneikasten gemischt hatte, die Flasche mißtrauisch betrachtete und frug: „was kostet's?" Als die Antwort nur die wenigen Groschen der Taxe nannte, warf er die Flasche verächtlich in die Stuben= ecke: „solcher Bettel kann nichts nutzen". „Dann bin auch ich unnütz," sagte der Vater und verließ das Haus. — Im Jahre 1807 wurde die Grenze gesperrt und die polnische Praxis doppelt beschwer= lich. Für das Land kam eine Zeit des härtesten Druckes und unsäglicher Noth, die an der Grenze am meisten gefühlt wurde. Den Städten aber be= reitete diese Angstzeit einen großen Fortschritt, die

Selbstregierung. Als die Städteordnung in Kreuzburg eingeführt wurde, bot die Bürgerschaft dem
Vater das Amt des Bürgermeisters an, und er entschloß sich den neuen Beruf zu übernehmen. Ihm
war trotz zehnjähriger Praxis nicht völlig gelungen
die Gemüthsruhe zu finden, welche der Arzt sich erwerben muß, wenn er nicht unglücklich werden will;
vor jedem schweren Fall raubte ihm das Gefühl der
Verantwortung die Nachtruhe, und vollends seit dem
Kriege schnürten ihm die vielen Scenen von Armuth
und Noth, die er als Arzt durchzumachen hatte, das
Herz zusammen. Das neue Amt nahm bald seine
ganze Kraft in Anspruch, er hatte nicht nur sich
selbst in die Verwaltung, auch seine Bürgerschaft in
das Selbstregiment einzugewöhnen; die erhöhten Anforderungen, welche an die Stadt gemacht wurden,
die Regelung der Kämmerei, die Thätigkeit der Stadt-
verordneten, das Polizeiamt gaben viel zu thun. Und
kaum war die neue Ordnung wirksam geworden, da
kamen das schwere Jahr 1812 und die Freiheits-
kriege. Sie wurden auch für ihn eine große Zeit
hochgespannter Thätigkeit und innerer Erhebung. Ein
Jahr lang waren die Lieferungen, welche der Stadt
und ihren Dörfern zugemuthet wurden, in die Ferne
gegangen, jetzt brach der kriegerische Schwall über
die Grenze und fluthete durch die Stadtthore. Den
französischen Flüchtlingen folgten russische Vortruppen,

Schwärme von Kosaken tummelten sich vor dem Rath=
hause, Baschkiren zündeten auf dem Ringe ihre Lager=
feuer an, ein fremder Heerhaufen drängte den an=
dern, und was der Stadt von dem rohen Volk zu=
gemuthet wurde, ging oft über das Mögliche hinaus.
Der Landrath des Kreises, ein alter Herr, verließ
sich gern auf den Bürgermeister, der unter ihm auch
Kommandant des Landsturmes geworden war, und
es vergingen Monate, wo die anstrengende Thätig=
keit durch Tag und Nacht fast unaufhörlich in An=
spruch nahm. Am widerwärtigsten war dabei der
Verkehr mit den fremden Verbündeten. Zwar die
Verständigung gelang leidlich, da der Vater geläufig
polnisch sprach, aber die Anmaßung und Raubsucht
der niederen Offiziere war im Anfange gar nicht
zu bändigen; bis die Erfahrung Hilfsmittel darbot.
Die Flasche mit Wotka und der Tabakskasten stan=
den immer auf dem Tisch des Vaters, ein schwerer
Kavalleriesäbel lehnte an seinem Stuhl und ein großer
Kantschu hing an seinem Arbeitstisch. Diese Waffe
hatte ihm ein höherer russischer Offizier, ein Deut=
scher, geschenkt, damit er sie im Nothfall gegen die
Bundesgenossen gebrauche. Der Gast hatte in einer
Ecke zugesehen, wie ein junger russischer Offizier
tobend ohne Gruß in die Stube getreten war, um
ungerechte Forderungen brutal geltend zu machen,
da war er zornig aufgesprungen, hatte den Frechen

mit seinem Kantschu gehauen und hinausgeschleudert
und darauf dem Bürgermeister wohlwollend den Rath
gegeben, dergleichen Käuze in dieser Weise zu bändigen. Der Vater wies in späteren Jahren das
geflochtene Leder den Kindern und freute sich über
den guten Erfolg, den er zuweilen damit gehabt
hatte. — Doch die Anstrengungen, welche ihm selbst
zugemuthet wurden, waren für den Mann in der
Vollkraft der Jahre unwesentlich gegenüber den Leiden seiner Stadt. Seit sechs Jahren war Alles
kleiner und dürftiger geworden: der Staat, der Wohlstand der Bürger und Landbewohner, das Selbstver-
trauen und die Unternehmungslust. Jetzt waren die
Gesunden und Kräftigen im Heer oder in der Landwehr ausgezogen, die Angehörigen der Mehrzahl darb-
ten und jammerten. Und ohne Ende kamen neue
Zumuthungen an die Zurückgebliebenen, die das Letzte
nahmen, was noch vorhanden war. Kein Ackerbürger
der Vorstadt konnte mit Sicherheit am Morgen darauf rechnen, daß er mit seinem letzten Pferde die
Tagesarbeit auf seinem Acker vollenden würde. Knecht,
Pferd und Wagen wurden in der nächsten Stunde
zum Vorspann genommen, und es war sehr zweifelhaft, ob er sie je wiedersah. Die Fleischer, Bäcker,
Tuchmacher, Gerber und Schuster sollten dem Staat
liefern und wieder liefern, und Niemand wußte, woher die Bezahlung kommen sollte. Täglich kamen

die Leute zum Vater und klagten, auch Männer
rangen die Hände und weinten im Jammer um ihr
Geschick. Oft war es nur eiserner Strenge möglich,
das Unvermeidliche durchzusetzen. In den Sommer=
monaten von 1813, während der Kampf auf den
Schlachtfeldern unentschieden hin und her wogte,
schwand die Begeisterung, welche im Frühjahr die
Herzen erhoben hatte; die furchtbare Empfindung,
daß man das Letzte von Kraft und Habe darangesetzt
habe und ohne Erfolg, nahm in den Seelen über=
hand. Die Menschen wurden nicht aufsässig, aber sie
gingen wortkarg, in schlechten Kleidern, mit bleichen
Gesichtern einher und sahen scheu aus der Ferne
nach den Boten des Raths. Da flog die Kunde
von der Schlacht bei Leipzig durch das Land, die
Freude und der Stolz, den dieser Sieg in die Seelen
brachte, war für die armen Grenzkreise eine Rettung
aus Verzweiflung, in Wahrheit der Beginn eines
neuen Lebens. Seitdem ging in Kreuzburg Alles
leichter, die Menschen hofften wieder. Noch mußte
ihnen länger als ein Jahr viel Hartes zugemuthet
werden, aber es wurde verhältnißmäßig gern ertra=
gen, und wenn der Vater über die Straße ging,
liefen die Leute, die ihn sonst schweigend, mit stillem
Vorwurf im Blicke gegrüßt hatten, freudig zu ihm
heran, frugen nach Neuigkeiten und äußerten ihr
gutes Vertrauen. Die gemeinsam erlebte Noth und

Erhebung wurde von da ab ein festes Band zwischen dem Bürgermeister und der Bürgerschaft, beide Theile hatten einander kennen gelernt. Denn auch der Vater hatte in dieser Zeit eine Kenntniß der Charaktere und der Gemüthsart jedes Einzelnen erhalten, die sonst am Rathstisch nicht so leicht gewonnen wird.

Der Friedenstörer Napoleon war gebändigt. Die Kreuzburger wagten wieder für ihr eigenes friedliches Gedeihen zu arbeiten, auch ihr Bürgermeister richtete sich seinen Hausstand neu ein, er heiratete. In dem Hause des Pastor Neugebaur lernte er die Schwester der Frau Pastorin kennen, meine Mutter Henriette Albertine Zebe, deren Vater Prediger in Wüstebriese bei Ohlau war.

Ihr war die erste Jugend in der Thätigkeit für Andere vergangen, zuerst auf einsamem Pfarrhofe im großen, kinderreichen Haushalt ihres Vaters, der in zweiter Ehe verheiratet war, dann im Hause der Verwandten zu Kreuzburg. Kurz nach der Schlacht bei Waterloo war die Trauung der Eltern, im Jahre darauf, nachdem man das Friedensfest feierlich begangen hatte, wurde ich als ältester Sohn am 13. Juli 1816 geboren.

Der junge Haushalt blieb nicht immer in Kreuzburg. Die sechs Jahre des Bürgermeisteramtes waren um, der niedrige Gehalt war dem Vater bis dahin gleichgültig gewesen, jetzt mahnte eine neue Pflicht

an die Zukunft zu denken. Er nahm deshalb die
Wiederwahl nicht an, ließ sich die Physikatsgeschäfte
des Kreises übertragen und zog als Arzt in die
Nachbarstadt Pitschen, wo er liebe Freunde und die
Mutter nahe Verwandte hatte. Und ihr kleiner
Sohn wankte auf seinen Beinchen zuerst in Pitschen
über das unebene Pflaster. Aber schon nach zwei
Jahren wurde der Vater zurückgerufen. Die Kreuz=
burger boten ihm auf's Neue den Posten ihres Bür=
germeisters an, diesmal auf Lebenszeit und mit einem
Gehalt, der für damalige Verhältnisse hoch war.
Von da beginnen die Erinnerungen des Sohnes.

Seit alter Zeit waren in der Familie wegen des
Minorates die Geburtsjahre des Vaters und des
Hofsohnes durch einen Zeitraum von 40, ja von
50 Jahren getrennt; auch später setzte sich dies
Verhältniß fort, mein Vater war, obgleich ältester
Sohn 37, ich bin 42 Jahr jünger als der Vater,
und seit der Geburt meines Vaters sind jetzt, wo
ich dies schreibe, 112 Jahre vergangen.

Aber zu dem alten Scholzenhofe in Schönwald
bestand auch bei Lebzeiten meines Vaters ein gutes
Verhältniß. Der Vater, welcher von den Geschlechts=
genossen als ältester der Familie betrachtet wurde,
besuchte zuweilen den Hof, und ich erinnere mich
aus früher Kinderzeit noch deutlich, wie er in dem
alten Balkenhause am weißen Holztische saß, ihm

gegenüber die breitſchulterige Geſtalt des Hofbeſitzers.
Dieſer war jener jüngſte Bruder, für den der Groß=
vater zur Zeit Friedrichs II. lange das Gut ver=
waltet hatte; jetzt aber war dem Gutserben das
mächtige Haupt von einer Fülle ſchneeweißen Haares
eingefaßt. Im Hofe wurde gerade damals gegen=
über dem hölzernen Wohnhaus ein neuer Ziegelbau
aufgeführt, denn der Alte wollte ſeinem Sohn das
Gut übergeben und ſich auf den Auszug ſetzen. Sein
Sohn, von ſtärkerer Lebenskraft und klugem Bauern=
verſtand, wurde im Kreiſe ein einflußreicher Mann,
er war auch ein unternehmender Landwirth, der als
einer der erſten in der Gegend die Waſſerröſte des
Flachſes einführte. In lebendiger Erinnerung iſt
mir der letzte Beſuch auf dem Hofe, den wir ab=
ſtatteten, als ich von der Univerſität zurückgekehrt
war und mich zum akademiſchen Lehramt vorbereitete.
Mein Vater ließ den Wagen vor dem Hofthor hal=
ten und wir traten durch die Nebenpforte ein. Am
Brunnen ſtand die Tochter des Hauſes, eine zier=
liche Geſtalt in der Dorftracht, ſie hatte den Arm
über den Eimer auf dem Brunnentroge gelegt und
lauſchte vorgebeugt den Worten eines hübſchen jungen
Mannes in ſtädtiſcher Kleidung. Es war der Schul=
lehrer des Dorfes. Beide waren in ſo warmer Unter=
haltung, daß ſie unſer Kommen erſt bemerkten, als
wir dicht neben ihnen ſtanden. Der glänzende Blick,

die geröteten Wangen und der Schatten von Be-
trübniß, welcher das unschuldige Antlitz des Mäd-
chens überflog, als sie uns endlich erblickte, bewiesen,
daß wir störend gekommen waren. Der junge Mann
verschwand, der Hausherr wurde vom Felde geholt
und der Besuch verlief in gebührender Weise mit
Kaffe und Besichtigung des Hofes. Zuletzt führte
der Wirth die Gäste mit Selbstgefühl zu dem mas-
siven Getreidespeicher, den er sich mitten im Hofe
erbaut hatte. Wir stiegen die Treppe zum Schütt-
boden hinan und er zeigte den großen Weizenvorrath,
einige hundert Scheffel, die ganze Ausbeute des vergangenen Jahres, von der er sich noch nicht getrennt
hatte, obgleich die neue Ernte nahe bevorstand. Er
ließ die gelben Körner nachlässig von der Schaufel
rinnen, wie der Geldmann eine Handvoll Goldstücke
aus seinem Kasten hebt und fallen läßt, und frug
bedächtig nach unserer Meinung, ob wohl der Preis
des Weizens nach der Ernte steigen werde. Da er
mir die Ehre erwies, sich dabei an mich zu wenden,
so kramte ich vergnügt junge Weisheit aus, die ich
im Hause des Amtsraths Koppe zu Wollup eingesammelt hatte, indem ich die Bedenken dagegen vorführte, daß der Landwirth überhaupt in solcher Weise
spekulire. Er hörte mich geduldig an, indem er stolz
auf seinen Haufen sah. Als ich am Abend mit dem
Vater wieder im Wagen saß, sagte dieser: deinem

Rathe wird er nicht folgen, denn die Hoffnung eines
möglichen Gewinnes ist durch das ganze Jahr seine
heimliche Freude. Darauf begann ich von der Base
und dem Schullehrer, und bat den Vater, bei Gelegenheit ein gutes Wort für die jungen Leute ein-
zulegen; aber ich erhielt zur Antwort, das wäre ganz
vergebens, es wäre gegen alles Herkommen und der
Stolz des Hofes würde das nie gestatten. Ihr ist
bestimmt, einen Hofwirth zu heiraten, auch wenn es
ein alter Wittwer sein sollte. Und ich zürnte dem
harten Bauernhochmuth.

Doch war der Schullehrer nicht der einzige un-
gehörige Gesell, der sich auf dem Hof zeigte. Als
wir mit dem Scholzen durch die Wirthschaft gingen,
kamen zwei Gestalten zum Vorschein, Männlein und
Fräulein, beide in städtischer Tracht, die sehr verbraucht aussah. Sie blieben nebeneinander in der
Entfernung stehen wie zwei Samojeden, welche darauf warten, den Zuschauern vorgeführt zu werden.
Der Hofherr sah mit kaltem Blick nach ihnen hin
und sagte, mit nachlässiger Handbewegung vorstellend:
„Es ist der Sohn des Dichters Müllner, seine Frau
ist eine Verwandte der meinen, sie leben jetzt bei
uns." Darauf ergab sich, daß es dem Herrn Müllner im Leben mit nichts geglückt war und daß er
als Schiffbrüchiger in der Scholtisei einen Nothhafen
gefunden hatte. Die Gastfreundschaft versagte der

Hof dem angeheirateten Mann nicht, aber die Be=
handlung war abfällig. Da der Hausherr sich nach=
her erkundigte, was denn eigentlich an dem Vater
des Verwandten gewesen sei, berichtete ich so viel
Rühmliches von diesem, als ich nach Wahrheit ver=
mochte. Als aber vor unserem Abschiede der Sa=
mojede noch einmal herantrat und mir im Vertrauen
erzählte, daß er von seinem Vater noch einige Kisten
mit Briefen und Handschriften, den ganzen litera=
rischen Nachlaß besitze, ob ich diese Sachen nicht
durchsehen und vielleicht herausgeben wolle, da kam
er nicht an den Rechten. Denn ich empfand schon da=
mals starke Mißachtung gegen die gesammte Schnitzel=
literatur, selbst wenn sie den Papierkorb größerer
Männer ausräumt, als Adolf Müllner zu seiner
Zeit gewesen war. Und ich versagte meine Hilfe.
— Es scheint, daß auch andere Geschlechtsgenossen
von dem Hochmuth des Hofes nicht frei waren.

Kinderleben in Kreuzburg.

Liebe alte Stadt! Es ist lange her, daß ich dich nicht gesehen habe, Vieles hat sich an dir verwandelt, du bist jetzt Knotenpunkt von zwei Eisenbahnen, die Zahl der Einwohner ist zweimal so groß, als in meiner Kinderzeit, und stärker arbeitet in dir der Verkehr und das Geräusch des Tageslebens. Dem bejahrten Mann aber ist dein Bild, wie du vor sechzig Jahren warst, fester im Gedächtniß geblieben, als vieles Andere, was ihm das spätere Leben entgegentrug.

Die Stadt liegt im Flachlande in einer weiten Lichtung, die Wälder sind klein geworden, aber die Kiefern fassen den Horizont noch immer mit einem dunklen Saume ein, und die Stadt ist deutsche Grenzstadt geblieben nicht nur gegen Polen, auch gegen den oberen Theil von Schlesien, denn auch nach dieser Seite beginnen gleich hinter der Stadt Dörfer mit polnisch redenden Landleuten.

Daß die Stadt als eine wehrhafte Grenzfeste
erbaut worden, das war nach fünfhundertfünfzig
Jahren noch überall zu erkennen. An der einen
Ecke hatte auf kleiner Erhöhung die Burg der Kreuzherren gestanden, noch war der Raum abgeschlossen,
darin ein Amtshaus, in dessen Räumen die könig-
lichen Behörden ihre Actenschränke aufgestellt hatten,
und neben diesem ein alter viereckiger Ziegelthurm,
verfallen und unbenutzt, den zu besteigen verboten
war. Oft sah der Knabe neugierig und scheu nach
der Höhe zu einem wilden Strauch empor, zu welchem die Vögel den Samen an eine Fensteröffnung
getragen hatten. Der Zufall hatte gefügt, daß auf
derselben Stätte, wo einst die Ordensbrüder ein
Hospital für arme Kranke unterhalten hatten, durch
Friedrich den Großen ein Landarmenhaus für die
Provinz Schlesien errichtet worden war; dicht neben
dem Hofraum des Amtshauses erhob sich der mächtige Bau hoch über die Bürgerhäuser.

Doch Burg und Stadt waren nicht nur durch
Mauer, Graben und Erdwall beschirmt gewesen, noch
fester durch einen großen Teich und sumpfigen Wiesengrund, welcher einem Heerhaufen den Zugang nur
auf der Landstraße gestattete.

Die beiden Thore der Stadt, das deutsche und
polnische, standen noch mit ihren engen Gewölben,
die Thorflügel wurden jede Nacht geschlossen und

durch Wächter behütet, aber sie öffneten sich bereit-
willig dem verspäteten Reisenden. Während meiner
Kinderzeit wurden sie niedergelegt und der breitere
Zugang mit einem Gatterthor versehen. In der
Mitte der Stadt lag der große Ring, ein viereckiger
Markt, in den die vier Hauptstraßen mündeten. In
des Ringes Mitte stand das alte Rathhaus und das
Viereck der zwölf Häuser, welche in alter Zeit das
Verkaufsrecht gehabt hatten. Abseit vom Markte
war der Kirchhof mit der evangelischen Kirche. Nach
demselben Plane sind mit Abweichungen in Einzelheiten die meisten Städte Schlesiens erbaut. Nicht
alle. Es gibt auch solche mit häuserfreiem Markt-
platz; offenbar entnahmen die erfahrenen Städte-
gründer des Mittelalters ihre Baurisse wenigstens
zwei verschiedenen Ueberlieferungen. Ein wasser-
reicher Bach, die Stober, lief an einer Seite innerhalb der Stadtmauer dahin, dort hatten die Färber
und Gerber ihre Stege und eine große Wassermühle
arbeitete mit mehren Rädern. Die Zeit hatte der
Stadt genommen und gegeben, wiederholte Brände
hatten die alten Straßen niedergelegt, fremdes Kriegsvolk hatte in jedem Jahrhundert geplündert, verwüstet,
zerstört, aber alles Unglück der Vergangenheit war
durch die unablässige Thätigkeit kleiner Bürger überwunden worden. Die niedrigen Häuser auf dem
Markt und in den Hauptstraßen waren von Ziegeln

und sorgfältig getüncht, auch vor den Thoren mehrte
sich die Zahl der sauberen Steinhäuser mit rothem
Dach.

Zweimal in der Woche füllte sich der Markt mit
den Wagen der Landleute, dann sah man ein Ge=
wühl geschäftiger Menschen, kleine struppige Pferde,
zahllose Getreidesäcke, die Bauerfrauen der nahen
polnischen Dörfer in ihrer auffallenden Tracht, jü=
dische Händler, die sich gleich Aalen zwischen den
Wagen hindurchwanden, und die Rathsdiener, wie
sie im Amtseifer die Stöcke schwangen, um Ordnung
zu erhalten.

Am Sonntag trug die Stadt ihr Festkleid, die
großen runden Kiesel, mit denen der Markt und die
Straßen gepflastert waren, erwiesen die höchste Glätte
und Sauberkeit, welche ihnen möglich war. Von
dem niedrigen Thurme der Stadtkirche riefen die
Glocken feierlich zur Kirche, und es war eine ver=
gebliche Sehnsucht der Kinder, in die Blechmütze
hinauf zu kriechen, die man dem alten Thurm auf=
gesetzt hatte. In der Kirche war Alles schmucklos,
die weißgetünchten Wände vergraut und fleckig, nur
um das Kanzeldach saßen dicke Roccoco=Engel aus
Stuck in Weiß und Gold, ein wenig beschädigt, und
mich dünkt, einem war die Trompete, die er blasen
sollte, abgebrochen. An die kahle Wand war eine
große Holztafel befestigt, auf welcher die Namen

3*

der Krieger aus dem Kirchspiel standen, welche in den Freiheitskriegen geblieben waren. Alles war wohl früher stattlicher und geschmückter gewesen, jetzt aber fehlte das Geld. Zwischen den Pfeilern ragten Holzgalerien, welche zum großen Theil nach altem Herkommen den einzelnen Handwerken gehörten; dicht neben der Kanzel war der Rathschor, darin saß ganz vorn der Vater und neben ihm der kleine Sohn so nahe dem Onkel Pastor, daß es möglich gewesen wäre, diesem mit leiser Stimme guten Morgen zu sagen, wenn die Würde des Ortes solche Höflichkeit erlaubt hätte.

Außerhalb der Stadtmauer aber dehnt sich weithin das Flachland, auf der deutschen und auf der polnischen Seite läuft die Straße wohl eine halbe Meile zwischen kleinen Häusern der Vorstadt und den Bauernhöfen der Kämmereidörfer, dann endet sie in tiefem Sande, denn Kunststraßen gibt es noch nicht in der Gegend. Am äußersten Ende der Menschenwohnungen gegen den Wald liegt von niedriger Mauer umgeben ein Kirchhof der Dorfgemeinde mit einer kleinen Kapelle. In dem wilden Hollunderbusch, der über die Mauer ragt, erspäht der Knabe das Nest eines Singvogels, es ist der letzte kleine Haushalt freundlicher Vögel, welche bei den Menschen wohnen. Von da waten Pferde und Menschen schwierig zwischen einzelnen kleinen Kiefern vorwärts.

Der Sand ist heiß und bei jedem Schritt versinkt
der Fuß bis über die Knöchel, es ist eine kleine
Wüste, aber die Füße stapfen muthig in dem weichen
Boden, denn dahinter liegt der Wald mit seinem
Schatten und dem lockenden Geheimniß, das um
ihn schwebt. Weit zieht sich der Forst entlang, zuerst dürftiges Niederholz, hier und da wächst ein
Wachholderstrauch und etwas Moos in kleiner Nie-
derung. Im Hochwalde aber ist der Grund glatt
und braun von gefallenen Nadeln, Baumwurzeln
laufen über den Fußsteig und da wo Regen von
den Nadeln niederrieselt, haben sich wilde Beeren
mit ihrem dunklen Laube angesiedelt. Gelbe Stämme
und dunkle Föhrengipfel erfüllen die Luft mit wür-
zigem Waldduft. Hier ist es still, nur zuweilen
schreit der Häher und ein Krähenschwarm, der über
den Bäumen fliegt. Und von der Straße, die durch
zwei verfallene Gräben bezeichnet wird, tönt der Ruf
des Fuhrmanns, der die müden Pferde unablässig
antreibt. Langsam nähert sich der Lastwagen, seine
graue Plane überdeckt die Waaren, welche der Stadt
zufahren, damit die Grenzleute in ihrer Abgelegen-
heit an den Genüssen der Fremde auch Antheil haben.

Wer aber seitwärts von der Straße in das Feld
hinaustritt, dem sinken die niedrigen Dorfhäuser bald
zum Horizont hinab und er steht zwischen den Saaten
auf einem Grunde, der fast so eben ist wie eine

Tenne, ringsum am fernen Rand des Horizonts von
dunklem Waldringe umschlossen. Wenn das Auge
über die Erde fliegt, so findet es wenig, woran die
Blicke haften wollen, hier und da geköpfte Weiden
an den Fahrwegen, im Felde selten noch einen wilden Birnbaum und darunter einen kleinen Rasenfleck,
wo Feldblumen blühen. Im Laube aber sitzen und
schwatzen die Feldsperlinge mit ihren Verwandten.
Seit Urzeiten haben ihre Familien auf diesen Bäumen freie Wohnung und freie Nahrung aus der
Flur, und sie schreien deshalb in den Zweigen, zan-
ken sich übermüthig, wie nirgend sonst, und kehren
sich wenig an den Menschen, der darunter tritt.
Aber wer einige hundert Schritt weiter geht, dem
sinkt auch der Baum niederwärts zum Boden hinab
und er steht wieder auf der flachen Erdscheibe und
sieht über sich die blaue Himmelsglocke mit weißen
Wolkenstreifen, welche im großen Bogen von der
Erde über ihn reichen und wieder bis zum Wald-
saume hinab; er erblickt wenig Erde aber viel Himmel, die Erde rund, der Himmel rund, beide so
lichtvoll und in so heiterer Helle, wie nur die weite
Ebene im Norden und Osten des deutschen Bodens
dem Auge darbietet. Die Weisen lehren seit mehr
als hundert Jahren, in den Gebirgen müsse man
schöne Landschaften aufsuchen, und das Flachland
will Niemand rühmen. Wer schauen will, mag in

die Berge wandern, aber wer sich wohlfühlen will
und heiteres Licht für sein Leben begehrt, der findet
es auch dort, wo der Himmel von allen Seiten so
tief hinabsteigt, daß der Wechsel seiner Lichter Alles
wird und die Formen der Erde wenig.

Auf der anderen Seite der Stadt breitet sich
eine weite Wasserfläche, die dem Kinderauge uner=
meßlich scheint, es ist ein großer Teich, gegen die
Häuser durch hohen Damm begrenzt. In alter Zeit
war das Wasser ein Schutz der Stadt, jetzt liefert
es gefällig große Weihnachtskarpfen. Aber nur we=
nige Jahre staunt der Knabe im Herbst die Männer
an, welche mit großen Netzen durch den Schlamm
waten. Dann wird die Fluth abgeleitet und die
weite Fläche in Wiesen und Ackerland verwandelt,
der Damm dauert als Spaziergang für die Städter.
Auch auf den anderen Seiten läuft um die Stadt=
mauer und den trockenen Stadtgraben ein Ringwall,
er ist zur Hälfte mit starken Holzgerüsten besetzt,
den Tuchrahmen, an welchen die Tuchmacher ihre
Gewebe aufspannen, und die blauen, grauen und
weißen Tuchflächen stechen grell ab von dem grünen
Grunde und den alten Ziegelmauern. Aber die
Holzrahmen zerfallen in diesen Jahren, die Zahl
der Tuchmacher wird kleiner.

Denn das Handwerk in der Stadt hat gegen die
Ungunst der Zeit zu kämpfen. Einst waren die Tuch=

macher und Strumpfwirker wohlhabende Innungen
gewesen, sie webten und wirkten die blauen und
weißen Röcke und die bunten Strümpfe für das
Landvolk bis weit nach Polen hinein, aber der er-
schwerte Verkehr mit der Fremde und noch mehr der
Beginn der Maschinenarbeit macht ihnen mit jedem
Jahre den Verdienst geringer. Noch fehlt das Geld
und die Kraft zum größeren Betriebe; die alte Zeit
geht zu Ende, der Segen der neuen wird noch nicht
sichtbar, es ist eine Periode des Rückganges und der
ersten Versuche auf neuen Bahnen, in welche meine
Kindheit fällt.

In dieser Stadt wuchs ich herauf, von lieben
Eltern gehütet. Was mein Gedächtniß bewahrt hat,
sind zuerst einzelne Augenblicke, die gleich Nebel-
bildern aus dem Dunkel aufleuchten. Der dreijäh-
rige Knabe sitzt neben dem Kindermädchen auf einer
Bank vor dem Wohnhause der Eltern und sieht erstaunt über sich einen rothen Nachthimmel und feurige
Lohe, welche um die Dächer der Stadt dahin fährt.
Das große Armenhaus steht in hellen Flammen, die
über das Dach lodern, der Vater ist mit Spritzen
und der Bürgerschaft beim Feuer, die Mutter rafft
in der Wohnung mit fliegenden Händen das Werthvolle zusammen, den kleinen Sohn hat man aus dem
Bett ins Freie getragen.

Das Armenhaus war damals eine große Be-

wahrungsanstalt für verkommene Leute, die nicht
gerade gefährlich waren. Dort wurden in strenger
Hauszucht einige Hundert Männer und Frauen
unterhalten, für Jedermann kenntlich an grünen
Tuchröcken, in denen sie an Sonntagen im Zuge
nach der Kirche schritten. Zwei Blinde unter ihnen,
denen die Hausordnung unerträglich wurde, hatten
am späten Abend unter einer Treppe Feuer angelegt
und waren dann aus dem Hause geschlichen, um zu
entfliehen. Als sie in dem ummauerten Hofraum
standen, fragte der eine: „Was aber soll aus der
unschuldigen Stadt werden? sie wird bei dem starken
Winde auch niederbrennen, die Bürger haben uns
nichts zu Leide gethan." Da schritt der andere
Blinde, während drinnen der Brandstoff schwälte,
dreimal um das ganze Gebäude und sprach einen
alten Feuersegen zum Schutz der Stadt, worauf beide
durch ein Pförtchen ins Freie entwichen. Aber sie
wurden wenige Tage darauf in der Umgegend an
ihren grünen Röcken erkannt und gefangen eingebracht;
ihr Prozeß, in dem auch der Feuersegen aufbewahrt
blieb, wurde ein vielbesprochener Rechtsfall.

Das Gebäude stand bald in hellen Flammen, es
brannte drei Tage, aber die Stadt blieb verschont.
Da die unteren Treppen zuerst in Brand geriethen,
war die Rettung der vielen eingeschlossenen Leute
sehr schwierig und es gingen Menschenleben verloren.

Die Geretteten aber wurden nicht zur Freude der
Stadt für einige Jahre bei Bürgern untergebracht,
bis ihnen ein neues Haus erbaut war. Dieses Bild
eines Hausbrandes haftete fest in der Seele des
Knaben.

Und wieder ein halbes Jahr darauf ist der Kleine
am Morgen aufgewacht nud findet sich erstaunt in
einem fremden Bett, in der Wohnung seines Oheims,
die älteren Cousinen stehen bei seinem Lager und erzählen, daß ihm daheim in der Nacht ein kleiner
Bruder geboren worden ist. Der neue Weltbürger
wird getauft, es sind viele schön gekleidete Leute in
der Wohnung der Eltern und der ältere Sohn blickt
in eine ungeheuere Düte, die er in der Hand hält,
große Erdbeeren von Zucker darin. Der Knabe
trägt die Düte in die leere Nebenstube, kniet nieder
und will zum lieben Gott beten für die Eltern und
den kleinen Bruder. Aber wunderlich! während er
kniet, kommt ihm vor, als ob das nur Ziererei wäre,
er hat ein Gefühl von Leere und von Unehrlichkeit,
nimmt seine Düte und steht wieder auf.

Später fühlt der Knabe sich glücklich im Besitze
einer rothen, gestrickten Mütze, von der er noch jetzt
jede Masche und auf dem Deckel das Muster eines
großen Sterns sieht. Diese wollene Mütze wird allgemein bewundert, sie ist bei artigem Gruß nicht
leicht abzuziehen, aber sie dehnt sich und dauert, und

er trägt sie noch als er mit dem Göckelhahn im
Bilderbuch zur Schule geht. Dann hält der Kleine
in seinen Händen eine hölzerne Puppe, die Lore,
welche ebenso unvergänglich ist, wie die Mütze, sie
hat einen harten schweren Kopf, und so oft die Farbe
abgerieben ist, weiß die Mutter das Gesicht mit
Oelfarbe wieder schön fleischfarben und roth zu malen.
Aber die Farbe wird zuletzt uneben und Lore sieht
blatternarbig aus zum großen Kummer der Kinder.

Denn ich bin nicht mehr allein. Auf dem Schoß
der Mutter sitzt eine kleine helle Gestalt und greift
mit den Häuden nach mir. Die Hände sind so klein
und das ganze Kerlchen ist so klein und es kann den
Namen des Bruders nicht ordentlich aussprechen,
aber die großen Augen sehen schon so warm, herzlich
und treu nach mir hin, wie sie ein ganzes Menschenleben hindurch thaten. Mein Bruder Reinhold ist
dreieinhalb Jahr jünger als ich, ich lerne ein wenig
um ihn sorgen, mein Spielzeug zu seiner Unterhaltung
hergeben und ihn altklug belehren; und er purzelt
und läuft um den Bruder herum, stopft Sand in
meine winzigen Kochtöpfe und schüttet ihn wieder
aus, hämmert mit dem Kopf der Lore zur größten
Beschwer des Kunstwerks auf den Fußboden, und
zieht meinem Hanswurst die bunten Lederflecken aus
seiner Montur, bis er endlich lernt mit dem Stecken-
pferde den Tisch zu umkreisen und neben dem Bruder

aus zerriebenen Aepfeln und Nüſſen kleine Gerichte
herzuſtellen. Zuletzt gehn wir Beide Hand in Hand
mit einander durch die Hausthür in die Welt, wo
große Hunde laufen und Pferde mit ſehr großen
Wagen über das Pflaſter fahren; auch er trägt eine
geſtrickte Deckelmütze mit dem Stern, aber ſeine iſt
kornblumenblau, damit eine Verwechslung unmöglich
werde. Und wenn die Leute uns freundlich anreden,
und wir den Verſuch machen, die Mützen zu ziehen,
dann fühlt die Frau Bürgermeiſterin bei dem Lobe
der Fremden die holdeſte und liebenswertheſte Regung
der Eitelkeit, den Stolz einer Mutter. Mein Bruder
Reinhold war von ſeiner erſten Kindheit an ein
Prachtkind, groß, ſtark und kraftvoll, und er behielt
dieſe Eigenheiten auch im Mannesalter. Er hing
warm an ſeinem Bruder und ich erinnere mich nicht,
daß wir in unſerem ganzen Leben jemals in Zwiſt
gerathen ſind. Für die Mutter war er nicht leicht
zu ziehen, denn der kräftige Knabe war von einer
ganz ungewöhnlichen Heftigkeit, er ballte, ſobald ihn
etwas erzürnte, die kleinen Fäuſte und gerieth ganz
außer ſich. Ihm war in der frühen Kinderzeit nicht
immer von Vortheil, daß er als der jüngere heran=
wuchs, denn er verkehrte faſt nur mit den älteren
Geſpielen ſeines Bruders, die gegen den kleinen
Kameraden nicht die Rückſicht übten, welche ſeine
Jahre forderten. Aber ſeine Heftigkeit wurde durch

Selbstbeherrschung später in einer Weise gebändigt, wie ich das sonst an keinem andern Menschen erlebt habe, denn als er ein Mann geworden, war der Grundzug seines Wesens eine ruhige Kraft und gemessene Freundlichkeit.

Die liebe Mutter war eine helle Gestalt, welche sich und Anderen das Leben angenehm zu machen verstand, eine ausgezeichnete Wirthin, dabei von einer gewissen künstlerischen Begabung, erfindungsreich und anschläglich. Sie hatte nie Zeichnen gelernt, aber sie verfertigte sich selbst die Muster zu den Teppichen, die sie unternahm, sie hatte auch in der Landwirthschaft des Vaters schwerlich viel Zeit gehabt mit den feinen Handarbeiten der Frauen umzugehen, aber sie versuchte bis in ihr hohes Alter alles Neue, was in dieser Art gerade wieder aufkam: Kreuzstich, Plattstich, Filet, Häkeln, Alles was man nur stricken, nähen und sticken kann. Und was Bäckerei betrifft, Einsieden von Früchten und dergleichen, so war ihr Niemand überlegen. Allerdings mit einer Beschränkung. Man kochte damals noch bei lustiger Herdflamme, die Maschine und Steinkohle lagen im Schoße der Zukunft, und ihr war deshalb das ganze Leben lang ein Kummer, daß die Torten, welche sie in immer neuen Stoffmischungen zu schaffen bemüht war, gern wasserstriemig wurden. Ihren Knaben freilich war das gar nicht leid, denn diese erhielten dann in seh-

kleinen Bissen den Löwenantheil. Bei aller Arbeit
wurde der älteste Sohn ihr Vertrauter, und ich
wundre mich, daß ihm keine Schürze über seine
männliche Tracht zugemuthet ward, er stampfte die
Gewürze, rieb als Gehilfe zu Weihnachten den Mohn
mit einer großen runden Keule, lief Knäuel wickelnd
um die Stühle, entblätterte Krautköpfe für den Hobel,
und lernte auch Lichte in Zinnformen gießen, denn
damals gab es noch kein Stearin, und die Putzscheere
war ein unentbehrliches Werkzeug, dessen Handhabung
durch die Kinder zuweilen den Abendbesuch in plötzliche Finsterniß setzte. Das störte nicht sehr, man
zündete das Licht in der Küche mit Schwefelfäden
und Pinkfeuerzeug wieder an; bis endlich die rothen
Fläschchen mit Stupshölzern erfunden wurden, welche
aber der Vater als eine Neuerung wegen des
spritzenden Vitriols nicht billigte. Er selbst trug in
der Westentasche immer Stahl, Stein und Schwamm
und unterrichtete die Knaben vorsorglich im Gebrauch
zum Nutzen ihrer Männerjahre. Du liebe Zeit!

Da in dem neu bezogenen Hause ein winzig
kleiner Hofraum von wenigen Quadratfuß vorhanden
war, so bestand die Mutter darauf, eine Bank hinein
zu setzen, begann Gärtnerei in Topfgewächsen, unternahm sogar Hortensien zu ziehen, und verwandelte
den Raum nach wenig Jahren in einen ganz von
Blumen umschlossenen Aufenthalt, in welchem der

Herr Bürgermeister die Pfeife rauchte, auch die beiden
Knaben noch Platz auf Stühlchen fanden und die
Mutter fröhlich bei ihrer Handarbeit an neue Unternehmungen dachte. Ob die Kleider der Kinder jemals Geld gekostet haben, ist zweifelhaft; die Mutter
schnitt und nähte aus der Garderobe des Vaters
jede Art von Kleidungsstücken, und wußte ihnen durch
schöne Säume und besonderen Schnitt ein stattliches
Aussehen zu geben, das alle Hausmütter zu achtungs-
voller Anerkennung zwang. Sie hatte einen unermeßlichen Schatz bunter Fleckchen von Seide und
Tuch, dazu einen großen Beutel mit Knöpfen von
den wunderlichsten Formen aus der Zopfzeit, so daß
für die Kinder das Betrachten und Sortiren ein oft
erbetener Genuß wurde.

Zwischen den Haushaltungen der Stadt und den
Ackerbürgern der Vorstädte bestand ein gewisses land-
wirthschaftliches Tauschverhältniß, welches zur Folge
hatte, daß auch wir alljährlich für den Sommer
einige Quadratruthen Ackerland in der Flur zur freien
Benutzung erhielten. Auf diesem Erdflecke waltete
die Mutter, die freilich in dem großen Pfarrhofe
ihrer Heimat an Höheres gewöhnt war, wie ein
weiser Feldherr, der auch eine kleine Macht ehrenvoll auszunutzen versteht. Es ist unglaublich, was
sie alles darauf zu ziehen wußte, nicht nur den Bedarf von Kartoffeln, auch hochgeschätzte Gemüse, das

Verschiedenartigste stand bei einander, Alles gedieh,
und der Fleck war schon von weitem durch die bunten
Blättergebilde, welche sich in der Sonne blähten, erkennbar. Dies aber war kein Vortheil, denn gerade
das Liebste, die Gurken, wurde ihr alljährlich ge-
stohlen, nur die Kürbisse dauerten zum Trost der
Kinder, weil sie wenig begehrt waren. Demungeachtet
ließ die Mutter von ihren Pflanzungen nicht ab.
Oft ging sie am frühen Morgen eilig hinaus, besorgte selbst das Gießen und war wieder zur Stelle,
bevor wir aus den Federn stiegen. Wenn aber der
Tag der Ernte kam, war nicht nur die Hausfrau
glücklich, trotz ihrem geheimen Kummer über das
Verlorene, noch mehr die Kinder. Denn dies war
der einzige Tag im Jahre, wo wir bei kleinem
Feuer im Freien Kartoffeln rösteten, die sogleich gegessen wurden und den Mund schwarz färbten, und
wo wir bei warmem Wetter eine Weile barbeinig
auf dem Felde umherlaufen durften. Die Freude
darüber war wol deshalb so groß, weil der Marsch
auch geheimen Schmerz bereitete, denn die Stoppeln
stachen sehr in die kleinen Füße.

Die meisten Kinderspiele des Jahres wurden von
uns geübt, der Drache flog, der Mönch brummte,
die Bleisoldaten marschirten auf dem Fußboden und
was die Händler, welche „Spilleleute" hießen, von
geschnitzter Holzwaare an den Jahrmärkten ausstellten,

wurde so lange sehnsüchtig betrachtet, bis wir davon
heimtragen durften. Am liebsten aber spielten wir
mit bunten Bohnen, welche nach verschiedenen Regeln
in ein rundes Loch geschoben und geworfen werden
mußten, denn die kleinen Kugeln von Marmor und
Thon waren bei uns nicht zu haben. Auch im geheimen Verstecken übten wir uns. An einer Ecke
des Hofes wurde ein tiefes Loch gegraben, die Wände
sorgfältig mit flachen Steinen und Moos bekleidet
und in diesem Raume vieles Gute niedergelegt, das
begehrlichen Blicken entzogen werden konnte, vor allem
Obst; aber auch Lore und der Hanswurst mußten
sich oft gefallen lassen, in der finsteren Höhlung zu
kauern. Die Oeffnung wurde mit großer Kunst
verdeckt, so daß sie Niemand finden konnte, doch
drang zuweilen eine Maus räuberisch hinein. Diese
geheimen Niederlagen, welche Maulen hießen, waren
ein alter Kinderbrauch, wohl noch eine Nachahmung
der kriegerischen Verstecke von Proviant und Lebens-
mitteln in längst vergangener Zeit. Für uns war
die Schwierigkeit nur, das Geheimniß zu bewahren.
Dies sollte unverbrüchlich sein, jedesmal wurde feierlich darüber verhandelt und jeder Eingeweihte in
Pflicht genommen. Immer aber war das Entzücken
über unser höheres Wissen so übermächtig, daß wir
wenigstens die Mutter in das Vertrauen ziehen
mußten.

Viele Wochen vor Weihnachten sind die Knaben
in emsiger Thätigkeit, denn als ein Hauptschmuck des
Festes wird nach Landesbrauch das Krippel aufge=
stellt, Bilder der Krippe, in der das Kindlein liegt,
mit Maria und Joseph, den heiligen drei Königen,
den anbetenden Hirten mit ihren Schafen und dar=
über der glitzernde Stern und Engel, welche auf
einem Papierstreifen die Worte halten: „Gloria in
excelsis". Die Figuren kauften die Kleinen auf
Bilderbogen, schnitten sie mit der Schere aus und
klebten ein flaches Hölzlein mit Spitze dahinter, da=
mit die Bilder in weicher Unterlage hafteten. Der
heiligen Familie aber, dem Ochsen und Eselein wurde
ein Papphaus mit offener Vorderseite verfertigt, auf
dem Dach Strohhalme in Reihen befestigt, der Stern
war von Flittergold. Das Waldmoos zu dem
Teppiche, in welchen die Figuren gesteckt wurden,
durften wir aus dem Stadtwald holen, dorthin zog
an einem hellen Wintertage die Mutter mit den
Kindern, begleitet von einem Mann, der auf einer
Radeber den Korb für das Moos fuhr. Es war
zuweilen kalt und die Schneekrystalle hingen am
Moose, aber mit heißem Sammeleifer wurden die
Polster an den Waldrändern abgelöst und im Korbe
geschichtet, daheim auf einem großen Tisch zusammen=
gefügt und an zwei Ecken zu kleinen Bergen erhöht.
In der Mitte des Hintergrundes stand die Hütte,

über ihr schwebte an feinem Drahte der Stern, auf
den beiden Seiten hatten die Hirten und Herden
mit den Engeln zu verweilen. Die ganze Figuren-
pracht wurde durch kleine Wachslichter erleuchtet,
welche am Weihnachtsabend zum erstenmal angesteckt
wurden.

Wenn die Lichter brannten und die Engel sich
bei leichter Berührung wie lebendig bewegten, dann
hatten die Kinder zum erstenmal das selige Gefühl,
etwas Schönes verfertigt zu haben. Während des
Festes wurden dann ähnliche Arbeiten kleiner und
erwachsener Künstler besehen, denn fast in jedem
Haushalt stand ein Krippel, und mancher wackere
Bürger benutzte seine Werkstatt, um dasselbe durch
mechanische Erfindungen zu verschönen; man sah auf
den Bergen große Windmühlen, deren Flügel durch
rollenden Sand eine Zeit lang getrieben wurden,
oder ein Bergwerk mit Grubeneinfahrt, in welchem
Eimer auf und ab gingen, und häufig stand ganz
im Vordergrund ein schwarz und weiß gestrichenes
Schilderhaus mit rothem Dach und davor die preußische Schildwache. Aber diese Zusätze waren dem
Knaben niemals nach dem Herzen, er hatte die dunkle
Empfindung, daß sie sich mit den Engeln und den
heiligen drei Königen nicht recht vertragen wollten.

Und wieder eine Kinderfreude. Die Mutter hat
einen kleinen Vogel lebendig gemacht. Im Pastor-

4*

garten sah ich vor mir auf der Erde etwas Nacktes,
ein Sperlingskind, das aus dem Neste gefallen war,
ich hob es auf und als ich sein Herzchen zucken
fühlte, wurde mir weh zu Muthe und ich trug es,
selbst zitternd und in Thränen, nach Hause. Die
Mutter behandelte den Zufall mit sichrer Ueberlegen=
heit, verfertigte ein Nest aus Watte, kochte ein Ei
und brachte etwas von dem zerhackten Inhalt mit
einem Federkiel in das winzige Geschöpf. Dies ge=
wann neuen Lebensmuth und wurde durch fortgesetzte
richtige Behandlung dem irdischen Dasein erhalten.
Ich aber empfand einen glückseligen Schauer, als
ich ihm selbst die Nahrung eingeben durfte und be=
obachtete, wie sich allmählich der nackte Leib mit
Flaum und kleinen Kielen bekleidete. Matz wuchs
und erhielt sein Federkleid, er flatterte mir auf den
Kopf, saß auf meiner Schulter und wurde bald mein
vertrauter Geselle, der alle Scheu verlor und in der
Stube den ganzen Tag um mich herum hüpfte.
Als er ziemlich herangewachsen war, mahnte die
Mutter, den Kleinen wieder ins Freie zu bringen,
ich trug ihn traurig in den Pastorgarten und setzte
ihn auf einen Baum, dort aber duckte er sich kläg=
lich zusammen und fand bei dem Spatzenvolk des
Gartens schlechten Willkommen, denn dies wilde
Gesindlein kam herangeflogen und schrie so zornig
gegen mein armes Findelkind, daß dieses entsetzt

immer wieder zu mir zurück flog. Endlich wurde
beschlossen, daß ich den Vogel behalten durfte, und
ich trug ihn seelenvergnügt in unsere Stube zurück.
Dort blieb er den ganzen Sommer mein Spiel-
kamerad. Aber ihn erreichte im Winter das Schicksal. Durch einen Spalt der Thüre sprang die Katze
des Nachbars herein, Matz war im Nu in ihren
Krallen und gemeuchelt. Ich stürzte auf die Mörderin
zu — ich sehe noch jetzt die wilden Augen — und
entriß ihr den Vogel, aber er war tot. Das war
der erste große Schmerz meines Lebens, so herzzer-
reißend, daß auch die Mutter, die mich fest in den
Armen hielt, nichts dagegen vermochte. Ich habe
seit der Zeit nie wieder ein Thier zu meinem Haus-
genossen gemacht, aber die gute Freundschaft zu dem
großen Volk der Vögel ist mir geblieben, und die
Verwandten meines kleinen Gespielen behaupten noch
heut in meinem Bereich unbeschränkte Freiheit für
Haushalt, Kinderzucht und Kirschenessen, sie piepen
seither auch oft genug aus meinen Büchern.

Eindrücke aus der Fremde.

Wenn der Sohn den Vater auf einem Spaziergange begleiten durfte, so bemerkte er wohl die
Achtung, mit welcher die Leute grüßten. Der Vater
hatte viele als Kinder gekannt und als Arzt behandelt. Er sprach oft an, und die Männer frugen ihn
um Rath und freuten sich ihm zu zeigen, was in
ihrem Hause und Geschäft sehenswerth war, nur die
Bäuerlein, welche am Ende der Markttage mit wan-
kendem Schritt heimwärts zogen, wichen im großen
Bogen aus.

Wie beliebt aber auch der Vater bei den Bürgern
war, er behielt im Verkehr eine Zurückhaltung, welche
jede Vertraulichkeit ausschloß, und die Sünder gegen
die Stadtordnung wußten wohl, daß er gewaltig
gegen die Missethäter losbrechen konnte. Die volle
Wärme seines Gemüths kam nur gegen Weib und
Kind zu Tage, gegen die Söhne war er von immer
gleichbleibender Milde und Freundlichkeit, die Strafen
vollzog die Mutter, sie war Mahnerin und Vertraute,

der Vater aber, der doch nie schalt, gefürchtet und
verehrt. Er hatte in der Jugend schönes, kastanien-
braunes Haar gehabt, lange trug er es im Zopf,
den die Mutter aufbewahrte und den Kindern zuweilen als Familienkleinod zeigte; später quollen ihm
die Löckchen unter dem Hut hervor, sie wurden früh
silbergrau, und die Hände der Kleinen griffen gern
darnach. Ich habe meinen Vater nur mit ergrautem
Haar gekannt. Er sah sehr würdig aus, wenn er
unter seinem Cylinderhut, der in der Form alt-
modisch, aber ein feines Kunstwerk des Hutmachers
war, über die Straße schritt, hoch aufgerichtet, in
langem Ueberrock, in der Hand einen starken, oben
gekrümmten Bambusstock, auf den er viel hielt, —
er war ein Erwerb aus der hallischen Zeit, und die
Knaben wurden nicht müde, ihn zu bewundern.

Es war natürlich, daß der kleine Sohn des
Bürgermeisters zu der bewaffneten Macht der Stadt
in ein freundliches Verhältniß trat. Da Kreuzburg
damals keine Garnison hatte, so war der berittene
Gensdarm des Kreises die stolzeste kriegerische Gestalt. Die Stadt selbst aber wurde von civilen Ge-
walten behütet. Diese waren die beiden Rathsdiener
mit der Dienstmütze, dem rothen Kragen und einem
dicken Rohrstock in der Faust, sie sahen stattlich aus
und waren das Schrecken der Vagabunden und der
trunkenen Landleute aus den polnischen Dörfern;

einer war lang, der andere kurz, der kleinere aber
trug als früherer Husar noch seinen mächtigen Schnauz-
bart, er hatte im Felde die schwere Kunst erlernt,
zu trinken ohne aus dem Gleichgewicht zu kommen,
war ein furchtloser und heftiger Mann, Tyrann der
Straße und in Polizeisachen die rechte Hand des
Bürgermeisters. Der Wachtdienst in der Stadt und
an den Thoren wurde von den vierundzwanzig
Jüngsten besorgt. Nach der neuen Städteordnung
sollten nämlich die jüngsten Bürger diesen Dienst
versehen, da aber Stellvertretung gestattet war und
gerade die jungen Bürger die Nachtwachen ungern
ertrugen, so wurde die Stellvertretung bald allgemein,
und die, welche die Jüngsten hießen, waren in Wirklichkeit bedächtige Grauköpfe, welche in ihrem Handwerk zurückgekommen waren — die meisten Tuchmacher — und sich jetzt mit der kleinen Entschädigung
durchbrachten. Sie trugen um ihren langen Rock
einen schweren Säbel, als Anzeichen, daß sie zu
fürchten waren, erwiesen sich aber stets als der
ruhigste und friedfertigste Theil der Bürgerschaft.
Den Schlaf machten sie bei Tag und Nacht in anspruchsloser Weise ab, bei Tage saßen sie auf der
Bank der Wache neben dem Rathhause, bei Nacht
saßen sie an den verschlossenen Stadtthoren oder
wandelten langsam und Niemandem schädlich durch
die Straßen. Aber jeden Morgen und jeden Abend

um acht Uhr lärmte die Raffel an der Hausthür des Bürgermeisters, der Gefreite brachte den Rapport über die Ereigniffe der letzten zwölf Stunden und begann jedesmal mit den Worten „Herr Bürger= meifter, 's ift weiter nichts Neues", auch wenn in Wahrheit etwas Aufregendes gemeldet werden mußte, ein ertappter Dieb oder ein Feuerschein am Hori= zont. Der Vater hörte den Bericht ernfthaft an und entließ mit einer Mahnung zur Wachsamkeit, welche ebenfalls im Laufe der Jahre formelhaft ge= worden war. Doch wußten die Wächter, daß es mit dem Dienft streng genommen wurde und daß der Bürgermeister felbst nicht selten zu später Nacht= zeit in die Rathswache und an die Thore kam, um nachzusehen, ob Alles in Ordnung war. Für außer= ordentliche Fälle galt der Stadt die Schützengilde als Hilfstruppe, sie war nach der Städteordnung auch für die Sicherheit der Gemeinde neu eingerichtet worden, und am Tage des Königschießens marschirten die wirklichen vierundzwanzig Jüngsten stolz hinter den grünen Uniformen der Büchsenträger.

Es war feste Ordnung in der Stadt, in der Verwaltung Pünktlichkeit und Sorgfalt, den Bürgern gegenüber ein altfränkisches, väterliches Regiment. Nur ein Nachtbrand in der Vorstadt oder auf nahem Dorfe störte zuweilen die Ruhe. Dann rief die kleine Feuerglocke auf dem Rathsthurm mit gellendem

Ton die Bürger zusammen. Die Spritzen wurden
aus ihrem Haus am Markte geschoben, die plumpen
Wasserbottiche fuhren auf ihren Schleifen hinterher,
die Leute rannten mit ledernen Eimern der Brand-
stätte zu. Der Vater war einer der ersten auf dem
Platz, er leitete die Ordnung des Löschens und blieb
zur Stelle, bis er jede Gefahr beseitigt sah. Auch
die Kinder wurden von der Unruhe erfaßt, sie waren
nicht im Bett und schwer im Zimmer zu halten.

Der Vater erkrankte. Es war ein Leiden, welches eine Operation nöthig machte, und wir reisten
deshalb in kleinen Tagesfahrten die dreizehn Meilen
bis Breslau, wo wir einige Wochen verweilten.
Aber die Erinnerungen an die große Stadt, welche
die Seele des Kindes bewahrt hat, sind nur spärlich.
Eine enge dunkele Gasse mit himmelhohen Häusern,
in der wir wohnten, Gedränge der Menschen auf den
Straßen, ein großer Hofraum, in welchem ein Wagen-
bauer einen Kutschwagen braun lackirte, ich stand
täglich dabei und sah der sorgfältigen Arbeit be-
wundernd zu. Zuweilen war von einer großen
Illumination die Rede und von einer silbernen Wiege,
welche die Stadt der neuen Kronprinzeß Elisabeth
geschenkt hatte. Mir schien es natürlich, daß die
Königskinder in silbernen Wiegen lagen. Dann war
ein kleiner rundlicher Knabe — er war ein Enkel
jenes Hermes, welcher „Sophiens Reise" geschrieben

hat, und wir müssen wohl irgendwie mit der Familie
verwandt gewesen sein, denn es bestand ein Besuchs=
verhältniß — dieser wies mir viele große Bilder=
bücher, darunter eine Sammlung von Karrikaturen
auf Napoleon, und ich sehe noch ein Blatt vor mir,
den Kaiser auf einem Berge von Menschenschädeln.
Das Bild war mir widerwärtig, nicht weil mir der
böse Mann leid that, dessen Aussehen ich bereits
kannte, sondern weil es so garstig aussah. Wir alle
waren froh, als der Vater geheilt mit uns heim=
kehrte.

Und wieder ging es fort in stillem Frieden.
Nur selten sandte die Fremde Unerhörtes in die alten
Ringmauern. Einst war der Tag einer Rathssitzung,
die Mutter hatte gerade eine Gans gebraten und
die Kinder erwarteten ungeduldig die Heimkehr des
Vaters. Es schlug zwei Uhr, und er kam nicht.
Im Hause entstand Aufregung, endlich wurde der
älteste Sohn in das Rathhaus geschickt, um sich bei
den Dienern zu erkundigen. In der Vorhalle standen
der Gensdarm und einige von den Jüngsten mit
ihren großen Säbeln, an der Thür der Rathsstube
die Diener, und ihre Gunst erlaubte dem Knaben
einen Blick in den ehrwürdigen Raum. Dort sah
er sehr Befremdliches. Um den grünen Rathstisch
saß der ganze Magistrat in feierlichem Schweigen,
der liebe Vater obenan mit strengem Antlitz; auf

dem Tisch lag ein ungeheurer Haufen Goldstücke, ein märchenhafter Anblick, und der Kämmerer war mit dem Rathsschreiber beschäftigt, den Schatz auf einer Wage zu wiegen, in große Leinwandbeutel zu packen und zu versiegeln. Außerhalb der Schranke aber standen unter Bewachung zwei fremde Männer mit braunem Angesicht, schnurrbärtig, rothe Mützen mit blauen Quasten auf den Köpfen, dem einen waren die Hände auf dem Rücken zusammengebunden. Dies waren zwei Griechen, oder solche, die sich dafür aus= gaben, der eine, welcher etwas deutsch sprach, der Dolmetsch des andern. Sie waren in eigenem Wagen zugereist und hatten am Morgen ihre Pässe dem Vater zum Visiren gebracht. Bei der Durchsicht er= innerte sich dieser, daß er früher einmal den Namen des Fremden in einem Steckbrief des Amtsblattes gelesen hatte, er schlug nach und fand, daß die Ver= haftung des Griechen befohlen wurde, weil er unter dem Vorgeben, Lösegeld für seine Familie zu sam= meln, die in türkischer Gefangenschaft sei, bettelnd umherzog. Seit dem Erlaß des Steckbriefes waren mehre Jahre verflossen und der Vater freute sich im Stillen seines guten Gedächtnisses. Als nun aber dem Fremden auf dem Rathhause mitgetheilt wurde, daß er nicht weiter reisen dürfe, bevor von der Regierung seinetwegen Bescheid eingegangen sei, gerieth er in Wuth und brachte ganz unsinnig eine

Waffe zum Vorschein, mit welcher er den versammelten Rath der Kreisstadt zu bedrohen wagte. Dies
auffällige Benehmen machte der Höflichkeit ein Ende
und erregte Argwohn, sofort wurde sein Kutscher,
auch ein Fremder, verhaftet und der Wagen durch-
sucht. Es ergab sich sehr Bedenkliches. Der Wagen
war eigens zu einem Versteck geheimnißvoller Dinge
gebaut, mit doppeltem Boden und verborgenen Be-
hältern, in denen der schon erwähnte Goldschatz lag,
Geldstücke aus aller Herren Ländern, wie sie kein
Kreuzburger jemals gesehen hatte, außerdem aber
Verzeichnisse vornehmer Spender von Geldgeschenken,
ebenfalls aus aller Welt, und große Stöße von
Briefen und Schriftstücken, sämmtlich in griechischer
Currentschrift, welche am Orte Niemand zu deuten
wußte. Dies machte den Fall besonders geheimniß-
voll und erregte Muthmaßungen. Die Fremden
wurden unter Bewachung in einer Herberge untergebracht, das Gold in der Rathstruhe unter Siegel
gelegt, die Ballen mit Papieren aber einer hoch-
löblichen Regierung nach Oppeln zur Entzifferung
nebst dem Berichte zugeschickt. Schleunig kam als
Antwort ein Schreiben mit höchster Billigung des
Geschehenen und mit Gebot zur strengsten Ueberwachung der Fremden, dann zog sich die Sache in
die Länge, die Griechen saßen als zornige Queru-
lanten und wurden durch unabläffige Beschwerden

läſtig. Endlich nach langer Zeit kam der unerwartete
Befehl, man ſolle dem Fremden alles Geld und ſeine
Papiere zurückgeben und ihn mit Zwangspaß über
die Grenze ſchicken. Jahre lang hatte der Mann
durch ganz Europa die griechiſche Erhebung aus=
gebeutet; jetzt hatte er entweder verſtanden, Schonung
zu gewinnen, oder man wußte überhaupt nicht, was
man mit ihm und ſeinem Gelde anfangen ſollte.
Der Vater hatte Mühe und Aerger umſonſt gehabt,
Vortheile nur der Gaſtwirth, über deſſen hohe Rech=
nung der Fremde ſich zuletzt noch ungeberdig be=
ſchwerte, als er den Staub von ſeinen Füßen
ſchüttelte. Dies waren die erſten Eindrücke, welche
das moderne Hellenenthum auf den Knaben machte.

Harmloſer waren die Grüße aus der Welt, welche
die wandernde Kunſt in die Stadt brachte. Zuweilen
reiſte ein Maler zu, welcher die Güte hatte, gegen
mäßiges Entgelt die Köpfe anſehnlicher Männer und
Frauen in Oel abzuſchildern. Dann freute ſich der
ganze Kreis von Bekannten, wenn man die Gemalten
zu erkennen vermochte. So kam auch ein ſchöner
großer Mann mit ſchwarzem Bärtchen, der den
Frauen ſehr gefiel und deshalb in ſeiner Kunſt
achtungsvolle Bewunderung fand, bis ihm die Er=
folge dadurch geſtört wurden, daß er ſich als ein
großer Nachtwandler erwies. Denn er ſprang in
einer Mondſcheinnacht mit gellendem Schrei aus dem

Oberstock des Gasthauses auf das Pflaster, glücklicherweise ohne sich zu beschädigen, und lief im
Hembe nach dem Stadtthor, wo ihn endlich der
Nachtwächter zum Stehen brachte. Doch beruhigte
er sich wieder, verheiratete sich auch in der Stadt
und gewann die Nachtruhe eines ehrlichen Bürgers.
Häufiger ließ sich die Muse der Musik durch Künstler
auf allen möglichen Instrumenten vernehmen vom
Brummeisen bis zur Trompete, aber die Guitarre
und Flöte waren noch besonders geachtet. Größeren
Genuß hatten die Kinder an dem wandernden Volk
der Seiltänzer und Kunstreiter; waren diese mit
guten Zeugnissen versehen, so erwies sich der Magistrat als wohlwollend. Dann wurde in der polnischen Vorstadt vor dem Salzmagazin eine künst-
liche Schranke aus Stricken errichtet und darin die
Seile gespannt, die kleinen Kinder tanzten auf den
niederen Seilen, während Väter und Mütter darunter hingingen, um die etwa fallenden aufzufangen.
Aber sie fielen nicht, sondern bewegten die Beinchen
unter allgemeiner Bewunderung und sammelten dann
die Gröschel, welche ihnen die Kinder spendeten. Und
erst Bajazzo! Oft habe ich seitdem diesen Charakter
der Sägespäne gesehen, aber niemals war er so
unsäglich lustig, wie in Kreuzburg, wenn er sich in
der Luft überschlug, mit den Stühlen Purzelbäume
schoß und immer wieder von dem Pferde, auf dem

er durchaus reiten sollte, in den Sand fiel; er konnte
aber ganz gut reiten. Dann die klugen kleinen Pferde!
Wenn ihr Herr ihnen ein Kartenblatt auf den Boden
legte, so gaben sie durch Scharren mit dem Fuße
genau die Zahl der Kartenzeichen an, und wenn der
Herr frug, welches das artigste Kind in der Gesellschaft sei? so blieb das Pferd vor dem Knaben des
Bürgermeisters stehen und begrüßte ihn durch ein
Kopfnicken. Der Kleine wurde vor Scham roth,
aber er ging dann schüchtern zu dem Pferde und
versuchte es zu streicheln.

Sehr berühmten Künstlern wurde wohl auch gestattet, das große Seil aus dem obersten Thurmloch
bis auf den Markt zu spannen und darauf die Großmutter im Schiebkarren zu fahren, wir wußten aber,
daß dies nur eine Puppe war. In dieser gefährlichen Thätigkeit sah ich den bekannten Kolter, von
dem in Kreuzburg die Sage ging, daß kurz zuvor
Großfürst Constantin in Warschau heimlich einen
andern Künstler angestiftet hatte, dem Kolter, als
dieser mit dem Karren vom Thurme herabkam, mit
einer andern Großmutter auf dem Seil entgegen-
zufahren. Als die beiden auf der Höhe zusammen-
trafen, verlor der andere den Muth, da rief der
stolze Kolter „bücke dich", warf seinen Karren zur
Erde, setzte im gewaltigen Sprunge über den Neben-
buhler weg und kam, ohne das Gleichgewicht zu ver-

lieren, auf dem Seile herab. Einen Mann von
solchen Eigenschaften ehrte auch der Vater, und ich
erinnere mich, daß Kolter mit seiner Frau in der
guten Stube den Eltern gegenüber saß und ein Glas
Wein vor sich hatte.

Alljährlich unternahm nach längerer Erwägung
die Familie wenigstens einmal eine Vergnügungs=
reise nach der Stadt Pitschen. Für uns Kinder ge=
hörten die zwei Meilen Fahrt und der Aufenthalt
bei werthen Freunden der Eltern zu den großen
Festfreuden des Jahres. Ich eilte dann mit kleinen
Gespielen sobald als möglich auf den Sandberg, der
nahe der Stadt hinter den letzten Scheunen lag, dort
suchte ich stundenlang nach kleinen gerundeten Kieseln,
auf denen sich gerade dort schöne moosähnliche Zeich=
nungen fanden, und nach Feuersteinknollen, welche
mit vieler Mühe aufgeschlagen wurden, weil zuweilen
eine Versteinerung darin saß. Von der Höhe starrte
ich neugierig auf die schwarzen Wälder in der Ferne.
Dort drüben lag Polen, das unheimliche Land, von
dem daheim oft die Rede war.

Zur Seite aber sah man die Stadt hinter ihrer
Mauer, über welche noch einzelne Thürme ragten.
Der Ort ist die älteste der drei Städte im Kreise,
kein Chronist, keine Urkunde weiß zu sagen, wann
er entstand; er war als Straßensperre gegen Polen
bereits vorhanden, als im dreizehnten Jahrhundert

die Besiedelung der Umgegend mit deutschen Colo-
nisten erfolgte. Seitdem war der Wald, welcher
ihn von dem Binnenlande geschieden hatte, fast ganz
verschwunden, auch die Stadt hatte man irgend einmal nach demselben Plane wie Kreuzburg aufgebaut,
in der Mitte den Ring mit Rathhaus und Kauf-
häusern, die vier Gassen, welche von den Thoren
nach dem Markte führten, und seitwärts den Kirchhof mit Kirche und Pfarrhaus. Aber immer noch
bestand der Ort abseit vom Verkehr der Landschaft,
einsam an seinen Sandhügeln. Ihm gegenüber
achtete sich Kreuzburg als Großstadt. Die Pitschner
betrieben noch in der Mehrzahl Ackerbau wie im
Mittelalter, der Verkehr mit Polen war gering,
wahrscheinlich zumeist Schmuggel in den Händen
weniger jüdischer Kaufleute, in der Stadt ragte
mitten unter Häusern noch der hohe Balken eines
Ziehbrunnens mit dem Eimer an der Kette, was
bei uns ganz unerträglich gewesen wäre. Auch die
Schützengesellschaft von Pitschen hatte bei ihrem
Königschießen noch altväterischen Brauch. Dem Zug
voran schritt ein Narr mit einer langen Schlitten-
peitsche, welche die Waden der andrängenden Straßen-
jungen geschickt zu treffen wußte, dann kamen zwei
Mohren, welche Hörner bliesen, aber wer jemals
schwarzen Peter gespielt hatte, wußte recht gut, daß
ihre Farbe durch Korkstöpsel hergestellt war; hinter

ihnen tanzte und sprang auf offner Straße der Zieler,
die große Scheibe auf dem Rücken, ihm folgte der
Hauptmann unter einem ungeheuern Hahnenfeder=
busch, und nach diesem marschirte eine kleine Zahl .
Schützen in Uniformen, seltsamen Erbstücken mit sehr
hohem Kragen. Es waren der Schützen vor den
Augen des Knaben sehr wenige, bei uns in Kreuz=
burg wimmelte es beim Königschießen von Uniformen.

Aber wie altväterisch die bewaffnete Macht der
Pitschner auch einherzog, sie war in Wahrheit mit
kriegerischem Muth erfüllt und hatte diesen zuweilen
in ernstem Kampf erwiesen. Denn seit undenklicher
Zeit stand Pitschen ganz für sich allein auf Kriegs=
fuß mit Polen. Wenn die Waffen durch ein Jahr
geruht hatten, so wurden sie doch zur Zeit der Heu=
ernte ergriffen.

Jenseit der Stadt lag hinter dem Stadtwald eine
Wiesenfläche zwischen einem breiten Graben und dem
Grenzbach, welchen alte Leute von Pitschen in meiner
Kinderzeit mit halbdeutschem Namen Briesnitz nann=
ten, der sonst aber Prosna heißt. Der Wiesengrund
gehörte zum Theil der Kämmerei, zum Theil ein=
zelnen Bürgern der Stadt. Sein jährlicher Ertrag
von 300 bis 500 Thaler war in jener armen Zeit
den Besitzern von hohem Werth. Und gern hätten
sie friedlich ihr Heu gemäht, aber dies war nicht
möglich; denn um diesen Grund bestand ein uralter

Streit zwischen Pitschen und Polen, beide erhoben
Anspruch darauf. Doch waren diese Wiesen nicht
die einzige Stelle, wo die Polen Streit wegen der
Landesgrenzen erregten. Auch weiter aufwärts bis
in den Kreis Lublinitz hatten die Rittergüter ähnliche Kämpfe um ihre Wiesen am Grenzwalde zu
bestehen. Allerdings hatte schon im sechzehnten Jahrhundert ein Vertrag zwischen Herzog Georg von Lieg-
nitz und Brieg und König Stephan von Polen die
Grenze festgesetzt, aber die Polen hatten sich wenig
an den Vertrag gekehrt und durch fast zweihundert
Jahre versucht, Heuraub zu üben, bis unter Friedrich
dem Großen General von Lossow 1773 die alte Grenze
wieder herstellte und Grenzpfähle mit dem preußischen
Adler längs der Prosna aufrichtete. Doch als im
unglücklichen Kriege von 1806 Südpreußen verloren
ging, hieben die Polen bei Nacht die Pfähle wiederholt ab und setzten ihre weißen Adler so, daß die
Wiesen auf polnischer Seite lagen. Damals hatten
sogar die Franzosen, welche die Grenze besetzt hielten,
für die Pitschuer Partei genommen und die Gras-
diebe durch Schüsse vertrieben. Seitdem entbrannte
fast alljährlich in der Heuernte der Kampf. Zwar
die Arbeit des Mähens und Wendens überließen die
Polen willig den Deutschen, wenn aber das Heu
eingeholt werden sollte, wurden sie raublustig. Dann
suchten beide Parteien einander zuvorzukommen. Die

Pitschner fuhren mit ihren Gespannen und mit tapfern
Bürgerschützen vor Sonnenaufgang zur Grenze und
stellten Posten aus, warfen das Heu auf die Wagen
und schafften diese so schnell als möglich heim. Trafen
nun beide Parteien zusammen, so erhob sich wildes
Geschrei und Balgerei und es wurden Gewehre ab-
gefeuert, bis der schwächere Haufen wich. Zuweilen
aber waren die Polen eher zur Stelle, dann wurden
die Wächter, welche Pitschen ausgesetzt hatte, gefangen,
gemißhandelt, fortgeschleppt, das Heu genommen und
die Brücke, welche vom Stadtwalde über den Graben
zu den Wiesen führte, zerstört.

Seit dem Jahre 1822 wurde die Erbitterung
beider Theile der Regierung bedenklich, denn auch
die Polen erhoben helle Klage, der Bürgermeister
von Pitschen sollte eigenhändig in der Prosna einen
polnischen Ochsen erschossen und seine Bewaffneten
sollten eine polnische Frau getötet haben. Dagegen
vertheidigten sich die Pitschner wie die Löwen und
klagten: erst mausen sie das Heu und dann lügen
sie unmenschlich, und sie behaupteten, der Ochse habe
räuberisch auf ihren Wiesen geweidet und die Frau
sei als Heudiebin bei Nacht vor ihnen geflohen und
in der Prosna ertrunken. Die Polen rächten sich
dadurch, daß sie einen unschuldigen Bürger, der in
Geschäften durch das Dorf Woiczin kam, erbärmlich
zerschlugen und zu dem Geistlichen, ihrem Anführer

schleppten, dort wurde er wieder gemißhandelt und
mit Vergeltung und Tod bedroht. Die Behörden
der Grenzkreise auf beiden Seiten vertraten das
Recht ihrer Landsleute, die preußische Regierung
aber schickte Commissare, welche untersuchten und berichteten.

Man war jedoch damals in Berlin ängstlich bemüht, der Nachbarregierung nicht lästig zu sein.
Die Gensdarmen versagten den Pitschnern ihre Bei-
hilfe, und man erzählte sich, der kommandirende General Zieten, welcher die Geschäfte des Oberpräsi-
denten versah, habe ihnen überhaupt verboten, sich
in diesen Streit mit Rußland einzumischen. Nach
vielen Protokollen und Gutachten wurde endlich, um
des lieben Friedens willen, von Berlin aus ent-
schieden, daß die Pitschner den Polen alljährlich den
Werth des halben Heuertrages herauszahlen sollten.
Da diese Entscheidung in jedem Fall ungerecht war,
erhob sich unter den gekränkten Bürgern laute Weh-
klage. Doch mußten sie gehorchen. Nur wurde
auch jetzt nicht Friede. Neue Klagen über polnische
Uebergriffe kamen an die preußischen Behörden, diese
schrieben wieder nach Wielun und Warschau, die späte
Antwort war regelmäßig: an den Polen sei keinerlei
Schuld zu finden. Und so zog sich eine öde Schreiber-
arbeit aus einem Jahr in das andere, während die
polnischen Beschwerden über die ungenügende Zahlung

und die Kämpfe um das Heu fortgingen. Einmal
brach während der Heuernte in Pitschen ein großes
Feuer aus, die Besitzer der brennenden Häuser stan=
den zum Theil auf Wache an der Prosna. Sie
rannten heimwärts um zu löschen, auch von den be=
nachbarten Dörfern kamen die Spritzen hilfreich
herzu. Aber auch die Polen sahen den Feuerschein
über der Stadt und rückten in Masse aus, um die
Verwirrung der Gegner zu benutzen und sich des
Heues zu bemächtigen. Und von den Wiesen kam
der Alarmruf nach der Stadt: „Die Polen brechen
über die Grenze." Da riefen die Bürger vor ihren
brennenden Häusern: „Fort zu den Wiesen", sie
baten die hilfreichen Nachbarn, allein das Feuer zu
löschen, ergriffen ihre Waffen, verjagten die Diebe
und retteten ihr Heu.

Die Pitschner hatten für die gesetzliche Seite ihres
Widerstandes einen guten Berather in ihrem Stadt=
richter Conrad. Er war ein tapferer, feuriger Mann,
natürlich auch Hallenser, und der nächste Freund des
Vaters, an dem er mit großer Wärme hing. So
oft ihn irgend etwas beschäftigte und aufregte, kam
er die zwei Meilen nach Kreuzburg herübergefahren.
Als das Ministerium des Innern einmal von ihm
verlangt hatte, er solle wegen der Theilung des
Wiesenertrags zwischen Pitschen und den Polen mit
den Bürgern verhandeln, verweigerte er dies mann=

haft, denn die Forderung der Polen sei gegen alles Recht der alten Urkunden und gegen die Hypotheken- rechte, die auf den Wiesen seit längerer Zeit ruhten, und diese Weigerung hatte für den Augenblick den Erfolg, daß das Ministerium eine bereits erlassene Verfügung zurücknahm.

Da der Freund noch im guten Mannesalter starb, verlor der Vater viel von dem, was ihm Frische und Frohsinn erhalten hatte; er trug das Leid in seiner Weise still, erst in späterer Zeit merkte der Sohn, wie groß der Verlust gewesen war.

Oft, wenn ich als Knabe dem Männergespräch zuhörte, wehte etwas von dem Wiesengras der Prosna, von dem Aerger über den Hohn der Woicziner, von Trauer über die preußische Lammesgeduld und die endlose Schreiberei der Beamten in meine Seele, dort bewahrte ich es still.

Aber noch von anderer Seite wurde unser Haus- halt an den Streit der Nachbarschaft erinnert. Man hatte endlich zu Berlin ein Einsehen, — Merkel war wieder Oberpräsident, auch er ein Studienfreund von Halle — es wurde mit der polnischen Regierung verhandelt und von jeder Seite ein Commissar er- wählt, um die Ansprüche der Streitenden zu prüfen und neue Grenzpfähle zu stecken. Deshalb kam zu uns als Besuch ein hagerer Mann mit faltigem Ge- sicht, der russische Staatsrath Falz, wieder ein Uni-

verfitätsfreund. Er war als junger Beamter von
Südpreußen in das ruſſiſche Polen verſchlagen worden,
dort zu Rang und Ehren gelangt und jetzt von War=
ſchau abgeſchickt. Auch der preußiſche Commiſſar
ließ ſich ſehen, dies war der vielgenannte Regierungs=
rath Neigebauer, der ſeinen Namen gern franzöſiſch
ausſprach, ein geckenhafter Geſelle, der ſpäter als
diplomatiſcher Agent in den Donaufürſtenthümern
und als Schriftſteller geringen Ruhm gewonnen hat.
Die Herren arbeiteten lange, ſie hatten in Pitſchen
ein Standquartier und bereiſten von dort die Grenze;
der Winter kam heran, bevor für die Pitſchner die
Frage entſchieden wurde. Die Nachbarn mußten
wohl in ihrer gerechten Sache guten Erfolg gehabt
haben, denn ſie wurden vergnügt und veranſtalteten
eine große Schlittenfahrt nach der Grenze, wobei ſie
in dem berechtigten Streben etwas Ungewöhnliches
zu leiſten, den großen Federbuſch des Schützenhaupt=
manns dem Pferde eines Prachtſchlittens aufſteckten,
in welchem weiß gekleidete Jungfrauen ſaßen. Die
Jungfrauen aber zogen an Ort und Stelle feierlich
die Schleife mit den Pfählen längs der Grenze eine
Strecke entlang. Darauf wurde zu Ehren der Com=
miſſare im Gaſthof des Orts ein großer Ball ver=
anſtaltet, und als die beiden Herren am ſpäten Abend
durchfroren in ihr Quartier zurückkehrten, vermochten
ſie wegen der Tanzmuſik und Fröhlichkeit nicht ein=

zuschlafen und erfuhren auf ihre Beschwerden, daß
dies ja ein Ball sei, der ihnen zu Ehren gegeben
würde.

Zuletzt darf nicht verschwiegen werden, daß diese
feierliche Regelung der Grenze die polnischen Ueber=
griffe keineswegs bändigte. Wenn auch der Streit
um die Stadtwiesen gestillt war, so wurden die der
benachbarten Rittergüter nach wie vor alljährlich
heimgesucht, die Polen trieben ihre Herden herauf,
zogen sich, wenn die Gutsherren zum Schutze ihres
Eigenthums herauskamen, hinter den Bach zurück,
schmähten und höhnten. Und die Klagen sowie die
Schreiben der Beamten liefen nach wi vor nutzlos
hin und her. Die Bitten der Geschädigten, daß
man ihr Recht besser schützen möge, blieben lange
erfolglos, auch der Gebrauch von Waffen zur Ab=
wehr wurde ihnen verweigert. Als der deutsche
Förster eines Rittergutes einst einen Grasdieb durch
einen Schuß verwundet hatte, erhielt er Festungs=
strafe, und der loyale Gutsherr, welcher Weib und
Kind des Verurtheilten erhalten mußte, damit sie
nicht verhungerten, soll zuletzt in seiner Noth der
Regierung erklärt haben, daß er keine Steuern mehr
zahlen werde, wenn der Staat ihm sein Eigenthum
nicht zu vertheidigen vermöge. So zog sich die Fehde
hin bis über das Jahr 1840, und ich vermag nicht
anzugeben, wann sie geendigt hat.

Die Schule.

Als ich sechs Jahre alt war, fing ich an ein
wenig in die Schule zu gehen. Mein Oheim, Pastor
Neugebaur, hatte sich gegen die Eltern erboten, den
Unterricht selbst zu übernehmen. Ihm war das
Lehren von je eine Freude gewesen, schon als armer
Knabe hatte er sich durch Stunden, die er gab, fort-
geholfen, und es ist wohl möglich, daß er darin
völligere Befriedigung fand, als im Predigen. Ich
blieb bis zum Abgang auf das Gymnasium in seiner
Lehre, zugleich mit seiner jüngsten Tochter und in
der letzten Zeit mit meinem Bruder. Der Oheim
war ein kleiner, untersetzter Herr mit einem mächtigen, ovalen Kopf und großen Ohren, auf denen
ein schwarzes Sammetkäppchen saß. Er gerieth leicht
in Eifer und war von den Mitgliedern seiner Gemeinde, welche dem geistlichen Oberhirten Ursache
zur Unzufriedenheit gegeben hatten, besonders von
dem weiblichen Theil, sehr gefürchtet. Er sprach
ausgezeichnet polnisch, was für den Geistlichen in

Kreuzburg unentbehrlich war, denn damals wurde noch jeden Sonntag Vormittag deutsch und polnisch geprebigt. Mit einem Diaconus sorgte er für die geistlichen Bedürfnisse seiner großen Gemeinde, es gehörten auch einige Dorfschaften aus dem Kreise Rosenberg zu seinem Sprengel, fremdartige polnische Leute in auffallender Tracht, welche mehre Meilen zur Kirche herkamen, vielleicht die Nachkommen eines Hussitenhaufens, der sich in alter Zeit an der Grenze festgesetzt hatte. Der größte Theil der Stadtbewohner war evangelisch, die kleine katholische Kirche in der Vorstadt, ein alter Holzbau, stand unter einem Curatus, sie wurde zu meiner Zeit schöner in Ziegeln errichtet. Obschon Friede unter den Confessionen war, bewachte doch jeder der geistlichen Hirten scharf seine Herde und blickte argwöhnisch auf Eroberungs- versuche der andern Kirche. Wir Kinder lernten während der Schulstunden auch Einiges von dem Verkehr des Predigers mit der Gemeinde und den Geschäften seines Amtes kennen, wir vernahmen die Verhandlungen mit dem Glöckner, den Lehrern und den Sündern, wir suchten in alten Kirchenbüchern die Geburten und Todesfälle für die auszustellenden Zeugnisse, und zählten jeden Montag die Pfennige des Klingebeutels; es war immer wenig genug darin, die falschen Geldstücke fehlten nicht, und vollends die Knöpfe, welche Arme aus Scham statt des Geldes

hinein gesenkt hatten, machten das Pastorat unwillig.
Für seine Zöglinge aber war der Oheim der sorg=
fältigste und gütigste Lehrer, und ich denke, auch ein
guter Lehrer, obgleich seine Methode wahrscheinlich
jetzt Widerspruch finden würde. Lesen lernte ich schon
als sehr kleines Männchen, dazu hatte die Mutter
geholfen und der bereits erwähnte Göckelhahn, wel=
cher dem letzten Blatt des A B C=Buchs roth und
schwarz aufgedruckt war und zu meiner Zeit noch
mit ins Bett genommen wurde. Wenn der Kleine
gut gelernt hatte, fand er am andern Morgen im
Buche das Gröschel, welches der Hahn ausgekräht
hatte. Wieder ist mir aus der Dämmerzeit meiner
frühen Kinderjahre ein Augenblick deutlich geblieben,
ich fühle noch die schöne gehobene Freude, die ich
hatte, als ich für mich allein die erste kleine Geschichte
las und den Sinn verstand.

Fast zugleich mit deutschem Lesen und Schreiben
lernte ich die ersten lateinischen Vocabeln, ich erinnere
mich gar nicht mehr, wann der lateinische Unterricht
angefangen hat, aber mensa und amo habe ich wahr=
scheinlich aufgesagt, bevor ich sieben Jahre alt war;
bald wurde lateinisch übersetzt. Auf den kleinen
Bröder folgte Eutropius, und in das junge Gehirn
zogen die Gestalten der römischen Geschichte ein, in
welcher der Oheim gut bewandert war. Als nun
die Zeit kam, wo ich daheim Campe's Robinson mit

Begeisterung las, ergab sich, daß in der Bibliothek
des Oheims eine lateinische Uebersetzung des Robin=
son vorhanden war, und sofort arbeitete ich mich in
der Stunde durch das behagliche Latein des starken
Buches von Anfang bis zum Ende; dann kam Nepos
an die Reihe und mancher Andere, zuletzt neben
Vergil noch Cicero de officiis. Diese Hinterlassen=
schaft des Alterthums war sehr langweilig, aber sie
wurde unbarmherzig durchgelesen. Auch etwas Grie=
chisch lernte ich, doch machten die unregelmäßigen
Verba Beschwerde.

Der Oheim gab wenig auf die deutschen Stil=
übungen. Ob ich jemals einen deutschen Aufsatz ver=
fertigt habe, ist mir zweifelhaft. Doch muß dieser
Umstand meiner Schreibelust nicht hinderlich gewesen
sein, denn ich begann mit etwa zehn Jahren meinen
ersten Roman, eine Robinsonade, worin ein Vater
mit seinen Kindern auf eine wüste Insel verschlagen
wurde. Dort entdeckten die Kinder viel Seltenes
und Abenteuerliches, dabei entwickelte sich als Lieb=
lingsgestalt des Dichters der eine Sohn Jack, er
fand immer das Beste, wurde mit Allem fertig und
war stets guter Laune, und ich neige mich zu der
Ansicht, daß er Stammvater der unartigen Knaben
war, welche unter den Namen Kunz, Bolz, Fink
später um meinen Schreibtisch tanzten.

Für die Naturwissenschaften blieb der Unterricht

ungenügend. Nur Bücher mit Bildern, welche die
Tante zuweilen aus ihrem Bücherschatz lieh, gaben
Anschauungen, darunter die elf Bände des Schlesischen Naturfreundes. In den alten Sprachen aber
war ich später gut daran, ich hatte von dem behenden
Lesen den Vortheil, daß mir auch die Spätlateiner
und die Mönche des Mittelalters, mit denen ich
mich manches Jahr unterhalten mußte, leichter verständlich wurden.

Der Haushalt des Pastorats war wunderlich,
und auch wir Kinder merkten das. Der Oheim
herrschte vorn im Hause bei seiner Pfeife, den Kirchenbüchern und Predigten, die Tante hinten auf der
Gartenseite, es waren zwei getrennte Welten, die
Töchter besorgten den Haushalt. Meine Tante, die
älteste Schwester meiner Mutter, hatte sich ganz von
dem Verkehr mit Menschen zurückgezogen und der
Blumenzucht ergeben, es war aber nicht unser gewöhnlicher Gartenflor, welchen sie zog, sondern das
Neueste und Seltenste; sie stand mit den großen
Handelsgärtnern zu Breslau und anderswo im Geschäftsverkehr, erhielt viel Unerhörtes von Knollen,
Zwiebeln und Samen, und verstand dies meisterhaft
zur Blüthe zu bringen. Unter großen Schwierigkeiten. Denn da sie kein Glashaus hatte, mußte
sie im Treibkasten und in der Stube auch anspruchsvolle Fremdlinge heraufbringen, welche solchen Aufent-

halt ungern ertrugen. Deshalb waren alle Räume,
bei denen der Widerstand des Oheims nicht hinderte,
mit Blumentöpfen vollgesetzt, zum Gehen und Sitzen
blieb nur wenig Raum, und wir Kinder wurden in
allen Bewegungen zur größten Vorsicht genöthigt.
Ich befürchte, daß diese Herrschaft des Pflanzen=
reiches in den Stuben für die Gesundheit der Tante
und der Kinder nachtheilig gewesen ist. Die Tante
trug den Kopf immer verbunden, auch die Cousinen
blieben kränklich. Aber die Tante, welche sehr klug
und sehr eigenwillig war, ließ sich von Niemandem
drein reden. Irdisches Glück empfand sie wohl nur,
wenn eine Amaryllis aufblühte oder eine Begonie
ihre Blätterpracht entwickelte. Und diese Leidenschaft
gewann mit den Jahren immer größere Herrschaft.

Von vier Kindern waren zwei Töchter am Leben
geblieben, die jüngste, Julie, ein halbes Jahr älter
als ich, war nicht nur meine Gefährtin beim Lernen,
die meinetwegen sogar ein wenig Latein trieb, sie
wurde auch meine Gespielin, so weit ihr die Tante
das Ausgehen gestattete, und die beste Freundin
meiner Kinderjahre. Ein Mädchen von ungewöhn=
licher Geisteskraft, zuverlässig und charakterfest, die
immer mehr um mich als für sich selbst sorgte. Sie
war groß, nicht hübsch, ihre bleichen Wangen ent=
behrten seit frühester Zeit den Rosenhauch der Ge=
sundheit, und ihr fehlte schon früh die anmuthige

Beweglichkeit, welche dem Kinde im fröhlichen Trei=
ben mit seines Gleichen zugetheilt wird, aber das
Klare und Lautere ihres Wesens machte sie zu einer
sichern Freundin und zur klugen Beratherin Aller,
die ihr näher standen. Auch in späteren Jahren,
wenn ich von der lateinischen Schule und der Uni=
versität nach Hause kam, blieb Julie meine Vertraute,
mit der ich am liebsten über Alles verhandelte, was
mich gerade beschäftigte, und oft war ich erstaunt
über die Schnelle ihres Verständnisses und die
Sicherheit ihres Urtheils. Die zarte, anspruchslose
Schwesterliebe aber, die sie mir unverändert bewies,
lernte ich in ihrem vollen Werth erst schätzen, als sie
selbst uns verloren war. Da sie nach dem Tode
ihrer Eltern vor der Wahl eines Berufes stand, ent=
schied sie sich mit einem Zug von Schwärmerei, gegen
den ich vergeblich ankämpfte, für die Krankenpflege,
und zwar für solche, welche die härtesten Anforde=
rungen an den Menschen stellt, sie wurde Ober=
pflegerin der großen Irrenanstalt zu Leubus, und
stand eine Reihe von Jahren dem schweren Amte
vor. Ein Jahr vor ihrem Tode besuchte sie mich
noch in Siebleben, Hand in Hand, wie in unserer
Kinderzeit, zogen wir auf den Waldwegen dahin um
die Wartburg, die sie vor Allem gern sehen wollte.
Damals hatte sie sich so innig des Wiedersehens ge=
freut, und wir hatten während dieser Tage die kleinen

Erlebnisse unserer gemeinsamen Vergangenheit so
herzlich durchgesprochen. Ueber ihren Beruf sprach
sie sich heiter und zufrieden aus, als ich mahnend
daran rührte, und nur einigemal fiel mir auf, daß
ihr Blick starr in die Ferne sah, als erwartete sie
aus dem wogenden Nebel irgend etwas Beängstigen=
des, Fürchterliches. Es war der Feind, dem sie bald
darauf erlag.

Während mich zu Kreuzburg die treue Sorge
des geistlichen Oheims mit gelehrtem Wissen begabte,
sorgte noch eine andere Lehrerin, welche als sehr un=
geistlich betrachtet wurde, für meine Bildung, indem
sie eine Fülle von Bildern, Anschauungen und Em=
pfindungen in die junge Seele leitete. Dies that
die Bühne einer wandernden Gesellschaft, welche in
meiner Vaterstadt aufgeschlagen wurde. Ganz die=
selbe Einführung in dramatische Wirkungen haben
fast alle meine literarischen Zeitgenossen erfahren,
welche in dem deutschen Stillleben von 1815—1840
heranwuchsen. Für die Jugendbildung dieser Zeit
ist das kleine Stadttheater ebenso bedeutsam, wie
die Einwirkung des Lauchstädter auf die Studirenden
des früheren Geschlechtes war. Was freilich den
jungen Zuschauer am meisten förderte, waren nicht
die großen Effecte, durch welche die Phantasie am
heftigsten erregt wurde, sondern die faßliche Dar=
stellung der Menschenwelt, der verständliche Zusam=

menhang zwischen Schuld und Strafe, Sprache und
Verkehr der verschiedenen Lebenskreise, die Besonder=
heiten der Charaktere, auch Vortrag, Geberde, Trach=
ten, selbst bei einer unvollkommenen Darstellung.
Von solchem Erwerb gibt sich das Kind keine Rechen=
schaft, er ruht ihm in der Seele gleich den Beobach=
tungen des eigenen Tageslebens, aber er beeinflußt
ihm fortan Urtheil, Verständniß der Dinge, das
eigene Benehmen.

Ich war zehn Jahre alt, als die Gesellschaft
eines Herrn Bonnot in Kreuzburg erschien. Sie war
wohlbeleumdet, denn sie hinterließ beim Abschied
keine oder doch nur wenig Schulden, die Costüme
gefielen als neu und sauber, es war sogar eine voll=
ständige Ritterrüstung darunter, sodaß der Held,
welcher hineingesteckt wurde, aussah wie ein un=
geheurer Silberkäfer. Man rühmte auch das Spiel,
wenigstens in den Hauptrollen. Der Director, wel=
cher eine unregelmäßige Nase hatte, spielte aus=
gezeichnet die Bösewichter, der Komiker war unwider=
stehlich, auch Würde und Adel fehlten nicht, sie wur=
den durch den Heldenspieler Spahn und Frau ver=
treten. Dies waren ernsthafte, ordentliche Leute,
was ihnen von den Zuschauern hoch angerechnet
wurde und auch der Würdigung ihres Spiels zu
Gute kam. Denn der ehrliche Deutsche glaubt von
seinen Lieblingen auf der Bühne ungern Nachthei=

6*

liges aus ihrem eigenen Leben, und wo er dies Leben
als still, ehrbar und liebenswerth rühmen kann, ent-
steht im Laufe der Zeit zwischen ihm und den Darstellern ein besonders gemüthliches Verhältniß, das
sich zuweilen mit rührender Zartheit äußert.

Meine Eltern besuchten oft die Vorstellungen,
dem Vater waren sie wohl der liebste Genuß, der
ihm seither nur selten zu Theil geworden war. Auch
ich durfte manchmal die Eltern begleiten und ich
erhielt reichlich die starken Einwirkungen der dramatischen Kunst, welche eine Wanderbühne geben konnte.
Zwar die Lust- und Schauspiele, wie „Deutsche
Kleinstädter", „Menschenhaß und Reue" haben in
mir geringe Spuren hinterlassen, dafür war ich wohl
zu jung; größere die Zauberpossen, in denen auch
gesungen wurde, die größten aber Stücke wie „Abäl-
lino", der Klingemann'sche „Faust", „die Waise von
Genf". Dieses Stück, in welchem ein verruchter
Bösewicht mit seinem Dolche ein hilfloses Mädchen
vom Anfang bis gegen das Ende verfolgt, erregte
mir ein Entsetzen, das ich noch heut nachfühle, und
einen Abscheu gegen die Quälerei Unschuldiger in den
Darstellungen jeder Kunst. Dieser Abscheu vor dem
Häßlichen, d. h. vor Wirkungen, welche beängstigen
und quälen, ohne zu erheben, ist mir durch das
ganze Leben geblieben und hat mich später gegen
alle Poesie der französischen Romantiker verhärtet.

Aber was ich selbst durch diese Wanderbühne für
mein Leben gewann: eine gewisse Schulung, dramatisch zu empfinden, vielleicht für die Zukunft die
Möglichkeit dramatisch zu gestalten, das galt mir
damals wenig. Größere Bedeutung als die Stücke
hatte für mich ein kleines Mädchen, welches die Kin-
derrollen spielte, Albertine Spahn. Das anmuthige
Kind war einige Jahre jünger als ich, mit Staunen
sah ich zu, wie sie als Elfe, Ritterkind, Bauermäd-
chen sich so zierlich und sicher vor den Lampen bewegte, wie sie tanzte und mit ihrem feinen Stimmchen sang. Aller Zauber, den die Kunst der Bühne
auf den Menschen auszuüben vermag, war für mich
in dem Kinde verkörpert, und alles Entzücken, das
der Begeisterte vor dem Kunstwerk empfindet, wandte
ich ihrer kleinen Person zu. Auch als ich sie außerhalb der Coulissen sah und mit ihr sprechen durfte,
betrachtete ich sie immer mit tiefer Verehrung und
war glücklich, wenn sie mich freundlich anlachte.
Dies Gefühl von ehrerbietiger Scheu behielt ich auch,
nachdem wir gute Kameraden geworden waren, wenn
sie nicht verschmähte, meine kleine Steinsammlung
zu betrachten und einen merkwürdigen Federbusch
von feinen bunten Glasfäden zu bewundern, den
der Vater in Verwahrung hatte und nur bei besonderer Gelegenheit zum Schauen darbot. Als die
Gesellschaft Kreuzburg verließ, bat ich die Mutter

um ein Geschenk für die Kleine, ich trug ihr ein
Halsband zu und legte es ihr um. Sie gab mir
einen leisen Kuß, es war der erste und letzte meiner
unschuldigen Liebe. Aus einer anderen Stadt sandte
sie mir als Gegengabe einen Geldbeutel, auf wel=
chem Gurkenkerne mit blauen Perlen sehr schön zu
kleinen Sternen gefaßt waren. Ich habe ihn so lange
bewahrt, bis die Kerne von eingedrungenen Käfern
zerbissen wurden. Viele Jahre später, da ich mich
bereits als dramatischer Schriftsteller versucht hatte,
fand ich auf einem Theaterzettel aus Hamburg ihren
Namen. In einem Briefe frug ich die Schauspie=
lerin, ob sie meine Gespielin aus der Kinderzeit sei,
und erhielt durch eine Freundin, welche sich in Ham=
burg nach ihr erkundigte, die Bestätigung. Wieder
vergingen Jahre, ich war längst verheiratet und Re=
dakteur der Grenzboten, da wurde mir berichtet, daß
mein Theaterkind aus Kreuzburg als Frau eines
namhaften Charakterspielers nach Leipzig gekommen
sei. Sie war Mutter einer zahlreichen Familie und
Gattin eines wüsten Gesellen, ihre Lebenskraft und
Kunst waren unter der Ungunst ihrer häuslichen
Verhältnisse gebrochen. Ich sah sie einmal im
Theater in einer kleinen Nebenrolle und nichts in
ihrem Wesen erinnerte mich an das Kind. Da ließ
ich ihr durch einen Bekannten sagen, daß ich unsere
Kinderzeit in treuer Erinnerung bewahre, sie selbst

habe ich nicht wieder gesehen. Ich hätte ihr in
nichts nützen können.

Aber Thalia war nicht die einzige Göttin, welche
leise an das Haupt des Knaben rührte, auch von
der Muse der Tonkunst wurde ich als Opfer bekränzt.
Der Vater spielte ein wenig die Violine und blies
besser die Flöte, und wenn gegen Abend aus seiner
Stube die weichen Töne in unser Ohr drangen,
zogen wir, Mutter und Kinder, uns leise in seine
Nähe und hörten andächtig zu. Auch die Mutter
lehrte sich selbst in ihrer unternehmenden Weise die
Griffe und leichtere Stücke auf der Guitarre. Außerdem aber war als hochgeschätzter Hausbesitz eine
große Concertgeige vorhanden. Sie trug in ihrer
Höhlung den Zettel „Kaspar Göbler, Lauten- und
Geigenmacher zu Breslau 1756", ihr Klang war
in den Mitteltönen ungewöhnlich voll und schön, in
den tiefen schwächer, und in den hohen schrie sie, —
Mängel, die bei einem spätern Umbau beseitigt wurden. Nun war ich auch da, und der Vater legte
mir zuweilen prüfend die Geige in den kleinen Arm
mit dem innigen Wunsch, daß ich dereinst ihrer würdig werden möchte. Sobald also die kleinen Finger
die Saiten zu drücken vermochten, wurde mir eine
Uebungsgeige gekauft und ein alter Stadtmusikus
als Lehrer geworben. In seiner Zucht geigte ich
einige Jahre unter vielen Fingerknipsen ohne große

Freude. Als aber die Theatergesellschaft von Kreuzburg schied, blieb ihr Kapellmeister Zoche bei uns
zurück in der Absicht, seiner zahlreichen Familie durch
Unterricht ein ruhigeres Heimwesen zu gewinnen.
Dem Vater war das gerade recht, er verschaffte dem
neuen Anwohner ein altes Piano für den Unterricht
und gab mich in seine Lehre. Die Sache ließ sich
gut an. Mein Herr Zoche war ein fester Musiker
von der alten Schule, der alle erdenklichen Instru-
mente von der Harfe bis zum Serpent zu behandeln
vermochte. Ich betrachtete ihn anfänglich mit Be-
fremden, denn sein Gesicht war seltsam von den
Pocken zerrissen, doch er war gütig gegen mich,
knipste niemals und wir wurden bald gute Freunde;
er legte mir sogleich die große Geige unter das
Kinn — später stellte sich sogar eine Bratsche ein —,
und ich geigte unter ihm wieder einige Jahre tapfer
darauf los, gewann auch ziemliche Fertigkeit, aber
mein Gehör blieb unsicher, und ich habe für mein
späteres Leben wenig anderes von dieser Beschäftigung bewahrt, als die Erinnerung an meinen gut-
herzigen Lehrer.

Wenn ich meine Schulzeit von täglich vier Stunden hinter mir hatte, erhielt ich von der Mutter die
Vesper und war aller wissenschaftlichen Sorge enthoben, denn Schularbeiten daheim mochte der Oheim
nicht leiden. Dann schwärmte ich leicht beschwingt

und glückselig mit meinen Gespielen umher oder
trieb im Hause lustige Künste, gewöhnlich mit dem
kleinen Bruder zusammen, wir schnitzten und pochten,
waren sehr thätig in Buchbinderei und malten Bilderbogen aus, wozu der Farbekasten mit Muscheln verwandt wurde, der für Kinder weit bequemer ist, als
der neue Tuschkasten. Waren wir emsig über solcher
Arbeit, dann kam wohl auch der Vater nachsehn, ob
wir die Sache recht anfingen; er lehrte uns Tischler-
werkzeuge gebrauchen, Pappkästchen ausmessen und
zusammenfügen, Federn schneiden und mit der Heft-
nadel jede Art von Naht herstellen. Immer aber
war die Mutter als guter Kamerad bei der Hand,
sie half uns und wir halfen ihr, wo sie uns brauchen wollte. In der Dämmerstunde saß der Vater
bei uns andern in stillem Behagen und wir erbaten
unaufhörlich Geschichten, der Vater wußte viel aus
seinem Leben zu erzählen, die Mutter aber theilte
am liebsten mit, was sie kurz vorher selbst gelesen
hatte. Sie las gern. Natürlich als Pastortochter
vor allem in dem Familienbuch jener Jahre, den
„Stunden der Andacht", aber auch was irgend von
gedruckter Poesie in ihren Bereich kam. Die Märchen standen nicht in besonderer Gunst, sie wurden
fast nur durch die Dienstleute den Kindern beigebracht,
von den Eltern wurden solche Geschichten geschätzt,
welche sich wirklich hätten ereignen können. Schiller

war lange nicht so bekannt, als er in den nächsten
Jahrzehnten wurde, und der Name Goethe wurde
nur selten genannt. Ihre Gedichte besaßen wir nicht.
Der Vater hatte Lieblingsbücher, die er gern las,
vor allem Hallo's glücklichen Abend von Sintenis.
Die Erziehung der Fürsten zu Humanität und Men-
schenliebe war damals die Sehnsucht redlicher Freunde
des Vaterlandes, von ihr hing, wie man annahm,
das Glück der Völker ab. Auch Lafontaine stand
in hohen Ehren und einige Stücke von Iffland:
„Verbrechen aus Ehrsucht" und „Der Spieler",
diese als Erinnerungen an die Aufführungen der
Schauspieler von Weimar. Oft erzählte der Vater
von dem erschütternden Eindruck, den solche Theater-
abende auf alle Zuschauer gemacht, es waren die
höchsten Wirkungen, welche ihm die Kunst in die
Seele gedrückt hatte. Denn was das lebende Geschlecht begehrte, war weniger die heitere Schönheit,
als die moralische Tendenz, Alles, was den Menschen
in Stunden der Versuchung fest machen konnte.
Dem Hausgebrauch aber dienten behaglichere Geister:
van der Velde, Tromlitz und Clauren. Als will-
kommene Wochengabe wurde der anspruchslose „Haus-
freund" gehalten, den der Breslauer Dichter Geisheim herausgab. Er war das literarische Ereigniß,
von dem wir Kinder am meisten erfuhren. Im Anfange stand ein Gedicht, das mehr bürgerlich als

gewaltig war, dann eine Geschichte, die sich durch
einige Nummern zog, dann moralische Betrachtungen
über Menschenleben, welche als Hobelspäne aus der
Werkstatt der Redaktion dargestellt wurden, und zu=
letzt die immer hochgeschätzten Räthsel. Diese kleinen
Nüsse aufzuknacken war die regelmäßige Wochen=
freude. Als ich in späteren Jahren zugleich mit
dem Herausgeber Mitglied des Breslauer Künstler=
vereins war und den Musen diente, konnte ich ihm
manches Gedicht aufsagen, das der Alte in früheren
Jahren aus dem Aermel geschüttelt hatte. Einmal
kam eine Nummer, deren Räthsel durchaus nicht
aufzulösen war und deren Geschichte in den späteren
Wochen nicht recht zu Ende geführt werden konnte,
auch die Gedankenspäne darin waren wunderlich.
Damals hatten Geisheim's Freunde, Wilhelm Wacker=
nagel und Hoffmann von Fallersleben ihm zu seinem
Geburtstage den Schabernack gespielt, hinter seinem
Rücken falsches Manuscript in die Druckerei zu
schaffen, sie hatten auf gut Glück eine Geschichte
angefangen und beliebige Sätze zum Räthsel zu=
sammengereimt. Da der sorglose Dichter gewohnt
war, die Correctur durchaus seiner Druckerei zu
überlassen, so sah er erst, als ihm die gedruckte
Nummer ins Haus gebracht wurde, daß er dem
Publikum für Unsinn verantwortlich wurde, und daß
er für die nächste Woche Fortsetzung einer seltsamen

Geschichte zu schreiben hatte und die Lösung eines
sinnlosen Räthsels mitzutheilen. Doch wir in Kreuzburg erfuhren das nicht und lasen in gutem Vertrauen zu unserem kleinen Hausfreunde weiter.

Wie einfach war doch der ganze Haushalt, obgleich die Eltern, nach den Verhältnissen jener Zeit,
in mäßigem Wohlstande lebten. Die Papiertapete
galt für einen Luxus, den wir in keiner Wohnstube
hatten, die Wände waren mit bunter Kalkfarbe blau,
rosa, gelb getüncht, eine kleine gemalte Rosette an
der Decke der „guten“ Stube wurde sehr bewundert.
Auch das Streichen der Fußböden war noch unge-
bräuchlich, und zur großen Beschwer der Familie
und der Dienstmädchen blieb ein ewiges Scheuern
der weißen Dielen nothwendig; die Möbel standen
gradlinig und einfach, kaum ein altes Stück in
Roccoco darunter; zu Mittag nur ein Gericht, am
Abend erhielten die Kinder selten ein Stück Fleisch,
häufig Wassersuppe, welche die Mutter durch Wur-
zeln oder einen Milchzusatz anmuthig machte. Wein
wurde nur aufgesetzt, wenn ein lieber Besuch kam.
Dabei wuchsen wir gesund und rothbäckig heran.
Solche Einfachheit des Tageslebens war allgemein.
Wenn die Herren einmal reichlicher Geld ausgaben,
geschah es in der Weinstube, die der Vater sehr
selten besuchte.

Es war ein Haushalt, wie es viele tausende in
Deutschland gab, und es waren Menschen darin,
welche vielen tausend Anderen ihrer Zeit sehr ähn=
lich sahen. Es war auch ein Kinderleben, wie es
in der Hauptsache allen Zeitgenossen verlief, deren
Wachsthum von liebenden Erziehern behütet wurde.
Das heitere Licht, welches durch glückliche Häuslich=
keit und durch die Zärtlichkeit guter Eltern über das
ganze Dasein des Kindes verbreitet wurde, bewahrt
der ältere Mann in der Erinnerung als das höchste
Glück seiner Jugend, aber schildern läßt sich davon
nur wenig. Die Menschen lebten redlich, pflichtvoll
und warmherzig mit geringen Bedürfnissen und ge=
ringem Schmuck ihrer Tage. Die Poesie großer
Dichter hatte wenig dazu geholfen, ihnen edle Ge=
fühle in das Haus zu leiten, von guten Bildern,
von antiker Kunst war ihnen vielleicht nichts bekannt,
und von den tausend allerliebsten Erfindungen des
modernen Kunstgewerbes war kaum etwas vorhanden,
aber die Innigkeit des Empfindens, ja auch die Freude
an dem mühevollen Dasein war nicht geringer als
jetzt, und was vor Allem den Werth des einzelnen
Menschen bestimmt: die stille, heitere Hingabe an
die Pflicht des Berufes und die treue Anhänglichkeit
an den Staat waren wundervoll stark entwickelt. Das
ganze Volk, Vornehme und Geringe, Große und
Kleine, Arbeitgeber und Arbeitende, hatten im letzten

Grunde dieselben Empfindungen, Jedermann war
patriotisch und Jedermann war loyal. Freilich war
solche Einmüthigkeit die Folge unerhörter politischer
Leiden, aus denen sich das Volk mit Anspannung
der letzten Lebenskraft emporgerungen hatte. Die
größte Noth hatte den größten Segen hinterlassen.
Möge der gute Geist unserer Nation verhüten, daß
zu dem freundlichen Lächeln, mit welchem die Menschen des nächsten Geschlechtes auf das arme, enge
Leben ihrer Großeltern zurückblicken werden, sich
nicht auch eine geheime Sehnsucht nach Zuständen
einer Vergangenheit mische, welche den Einzelnen so
reichlich die höchsten Güter des Lebens zutheilte.

Das Gymnasium.

Als ich fast dreizehn Jahr alt war, kam mein treuer Lehrer mit dem Vater überein, daß es Zeit sei, mich auf das Gymnasium zu geben. Der jüngere Bruder meines Vaters, Karl, welcher Direktor des Stadtgerichts zu Oels war, erklärte sich bereit, mich in sein Haus zu nehmen. Im Jahre 1829 zu Ostern brachten mich die Eltern nach Oels. In der Aufregung der letzten Woche und während der Reise war mir nicht deutlich geworden, was die Veränderung für mich bedeute, erst an dem Morgen, an welchem die Eltern heimfuhren, wurde das bange Wehgefühl zu lautem Schmerz, ich klammerte mich an sie und wollte sie nicht loslassen. Als der Wagen verschwunden war, schlich ich in meine Stube und war einige Tage elend, wie noch nie. Ich war allein.

Das Weh der Trennung im Herzen, sah ich längere Zeit gleichgiltig auf die neue Umgebung. Und doch war Alles größer und stattlicher als daheim. Vorab die Fürstenstadt Oels. Nach einem

Brande zum großen Theil neu aufgebaut, war sie
sauber und freundlich, darin ein schöner Ring, an
dem der Oheim wohnte, der große stolze Bau des
herzoglichen Schlosses mit seinen Söllern und Ga-
lerien und dem reichen Steinmetzwerk im Grün alter
Bäume, mehre Kirchen, das Gymnasium. Bei uns
hatten die besten Häuser nur einen Oberstock gehabt,
hier standen viele mit zweien. Sechs hohe Thürme,
auch ein viereckiger alter Mauerthurm, dieser aber
wohlerhalten mit vielen Fenstern und Zinnen, und
auf dem Schloßplatz eine hohe Ehrensäule mit Bild-
hauerarbeit und einer goldenen Krone auf der Höhe.

Der Haushalt, in welchen der Knabe versetzt
wurde, war dem des Vaterhauses so unähnlich als
möglich. Der Bruder des Vaters lebte unverheiratet,
sein Hauswesen wurde von einer kränklichen alten
Wirthschafterin geführt. Er war ein gesundes kräf-
tiges Kind gewesen, als ihn seine Wärterin auf den
Boden fallen ließ, seitdem war allmählich sein Rück-
grat verkrümmt. Er hatte ein großes faltiges Gesicht und kluge Augen, sein entstellter Leib wurde
durch zwei lange Beine getragen. Die erste Zeit
seines Staatsdienstes hatte er in den polnischen
Landestheilen zugebracht, dort in der Einsamkeit und
in unbehaglichen Verhältnissen ausschließlich zwischen
seinen Akten und Büchern gelebt, und dies stille Wesen
so lieb gewonnen, daß er es auch in der Heimat fort-

setzte. — Er war fest, bestimmt und kurz entschlossen, ein tüchtiger Jurist, der wunderschnell arbeitete, nach wenigen Stunden Schlaf stand er früh bei der Arbeit seines Amtes, wenn ich im Winter kam, ihm den guten Morgen zu bieten, waren die Lichter auf dem Aktentisch bereits heruntergebrannt. Aber nur der Morgen gehörte dem Amte. Er besaß ein ungewöhnliches Sprachtalent und war ein Kenner fremder Literaturen geworden, wie sie wohl selten sind, er las griechisch und lateinisch so geläufig, daß ihn viele unserer Philologen hätten beneiden können, sprach polnisch und etwas russisch, das er in der Jugend wie von selbst gelernt hatte, und trieb neben dem Englischen alle romanischen Sprachen. In seiner großen Bibliothek waren die Dichter und Historiker alter und neuer Zeit in schönen Ausgaben vorhanden, dort las er mit dem Stift in der Hand täglich mehre Stunden bis in die Nacht hinein, fast immer stehend an seinem Pulte. Auch griechische und römische Alterthümer studirte er wie ein Fachgelehrter. Böckh's Staatshaushalt der Athener und die neu erschienenen Werke von Otfried Müller, den er sehr hoch schätzte, sah ich zuerst in seiner Büchersammlung, von größeren Kupferwerken das Augusteum, welches gerade damals herauskam — die Vestalinnen zu Dresden habe ich zuerst aus den gelben Heften dieser Sammlung kennen gelernt. Seine Lieblingsdichter

waren Aristophanes, Shakespeare und Calderon, wel=
chen er in den vier Foliobänden der Ausgabe von
Keil besaß. Leider kam solcher Reichthum dem Neffen
nicht zu Gute, denn der Oheim gab nicht viel auf
Uebersetzungen. Er arbeitete auch viel für sich mit
der Feder, übersetzte und schrieb Abhandlungen über
das Gelesene, aber er ließ nie etwas drucken, und
seine Handschrift war so ungewöhnlich schwer zu lesen,
daß das Geschriebene für Andere kaum vorhanden
war. Ich fürchte, daß mancher gute Gedanke, manche
feine Bemerkung zumal über romanische Literatur,
mit seinen Handschriften verloren gegangen ist.

Bei fester Eintheilung der Tageszeit setzte er
durch, noch jeden Tag eine Stunde den Blumen zu
widmen, die er in einem Hausgarten pflegte und
außerdem auf Gestellen eines sonnigen Zimmers, das
als Wintergarten diente und sonst nur zur Mittags=
mahlzeit benutzt wurde. Er verstand auch diese Pflege
sehr gut, in anderer Weise als die Tante Pastor
daheim. Diese zog die Blumen, wie ein Künstler
in seiner Werkstatt ein Kunstwerk bildet, ohne Rück=
sicht auf das Umherstehende, der Oheim aber als
Schmuck seiner Umgebung; in seinem Garten standen
die schönsten Aurikeln und Sommerblumen in ge=
fälliger Anordnung, und im Winterzimmer unter
andern ein reicher Flor von Mesembrianthemum,
das gerade modisch wurde, von Hyazinthen, Tazetten

und Jonquillen. Der junge Neffe ahnte nicht, wie
rührend das Leben dieses Einsiedlers war. Durch
seine Mißgestalt ausgeschieden von Familienglück,
fand er in der Geistesarbeit vergangener Zeiten und
in dem, was die Blumenwelt von schönen Formen
entgegentrug, seine beste Befriedigung.

In diesem Leben war er ernst und schweigsam
geworden, und der Gesang des Canarienvogels, den
er in seiner Arbeitsstube hielt, war der lauteste Ton,
den man hörte. Nur einmal in der Woche ging er
auf eine Stunde in die Weinstube, wo sich ein ge=
lehrtes Kränzchen angesiedelt hatte, aber auch dort
stand er zu keinem der Mitglieder in näherem Ver=
hältniß, und ich kam zu der Vermuthung, daß er sich
sogar aus meinen Herren Lehrern nicht viel machte.

In diesem Hause wurde mir ein Dachstübchen
gemiethet, zu Mittag aß ich unter den Blumen allein
mit dem Oheim, und oft wurde während des Essens
kein Wort gesprochen. Zuweilen durfte ich den Oheim
auf dem Spaziergange begleiten, er ging schnell mit
großen Schritten die Feldwege entlang, ich trabte
nebenher; auch dabei feierliches Schweigen, er dachte
vielleicht an Calderon, ich war froh, wenn ein Hase
lief oder eine Lerche aufstieg. Nie war mein Oheim
unfreundlich, ja er versuchte zuweilen, sich mit mir
zu beschäftigen, aber ich empfand, daß ihm das müh=
sam war. Solches Zusammenleben ohne innere Ge=

meinſamkeit wurde für den dreizehnjährigen Knaben,
der durch die Hingabe der Eltern verwöhnt war,
eine ſchwere Sache, jedenfalls war es noch ſchwerer
für den Oheim, den Knaben in ſeinem Tagesleben
zu ertragen, und ich denke mir, daß er ſeiner Bruder=
treue dadurch ein großes Opfer brachte. Es war
wohl auch zu ſpät für ihn, zu dem Kinde ſo herab=
zuſteigen, daß dieſes den Muth gewann, ſich unbe=
fangen gegen ihn auszuſprechen. Nur zeitweiſe, und
zumeiſt wenn ich einen dummen Streich gemacht hatte,
und der Oheim die Verpflichtung fühlte, das Trei=
ben des Knaben ſtrenger zu beaufſichtigen, arbeitete
ich in ſeinem Zimmer, dann beharrten wir beide
ſchweigend über den Büchern.

Alles war in dem ſtillen Haushalt weit reicher
als daheim. Die Einrichtung der Zimmer, der Mit=
tagstiſch und ſein Geräth, an den Wänden Bilder
und gute Kupferſtiche, große Glasſchränke mit ſchön
gebundenen Büchern. Es war ein feierlicher Auf=
enthalt, in dem vornehme Geiſtergeſtalten aus alter
und neuerer Zeit umgingen, aber für die warme Em=
pfindung eines Kinderherzens und für den geſelligen
Verkehr mit Anderen blieb nicht Raum, nicht Zeit,
und ich vermuthe, daß dies abgeſchiedene Daheim
auch auf mein ſpäteres Leben nachgewirkt hat. Zu
ſehr fehlte die Gewöhnung an die kleinen geſellſchaft=
lichen Pflichten, welche durch den Verkehr .in gebil=

deten Familien dem heranwachsenden Jünglinge zur
anderen Natur werden; wählerisch und bis zu einem
gewissen Grade willkürlich wurde auch die Beschäf=
tigung mit den geistigen Interessen. Der Knabe
wurde gewöhnt allein für sich zu leben, seine sangui=
nische Heiterkeit und das Bedürfniß, sich bei Ge=
legenheit aufzuthun, bewahrten ihn davor, in späteren
Jahren ein Sonderling zu werden, der arm an
Freunden durch die Welt geht, aber es blieb ihm
immer, auch in Zeiten, wo er täglich mit guten
Gesellen heiter verkehrte und die Freude hatte, Gel=
tung unter ihnen zu gewinnen, ein Bedürfniß, für
sich zu sein. Diese Selbständigkeit gereichte ihm
manchmal zum Vortheil und Schutz. Aber ihm blieb
auch im Geheimen ein Gefühl, daß er in der frohen
Gesellschaft ein Fremder sei, und ihm blieb die Ge=
wöhnung, Alles, was ihn stärker bewegte, allein zu
tragen, zuweilen mit der Ueberzeugung, daß dies
kein Glück sei.

Später habe ich mich gefragt, wie mein Ver=
hältniß zum Oheim geworden wäre, wenn dieser die
Zeit des Mannesalters an seinem Neffen erlebt hätte.
Und ich habe beklagt, daß mir in jenen Jahren so
völlig die Fähigkeit fehlte, sein Vertrauen zu ge=
winnen und ihm selbst von Herzen lieb zu werden.
Wenn ich bedenke, wie lange er manchmal in stiller
Betrachtung vor seinen Lieblingsblumen stand, und

wie hell sein Auge leuchtete, wenn er von einem Buche aufsah, so kann ich den Gedanken nicht los werden, daß dieser ungewöhnliche Mensch nicht immer so enthaltsam in seinem Fühlen und in so leidenschaftsloser Klarheit und Ruhe gelebt hat. Was hatte ihm das pochende Herz in so feste Bande gelegt? Von seinem früheren Leben sprach er nie. Trug er im Geheimen noch anderes Leid als die Trauer über die Mängel seiner Erscheinung? Aber was es auch war, ich denke er trug es wie ein Mann.

Bei meiner Vorprüfung für das Gymnasium schüttelte der Direktor Körner das Haupt über die Unregelmäßigkeit meiner Kenntnisse. Er preßte mir Thränen aus den Augen, weil er meiner Versicherung nicht glauben wollte, daß lateinische Stellen, die er vorlegte, mir bis dahin unbekannt gewesen waren. Aber er war ebenso erstaunt, daß ich von den Winkeln und Seiten eines Dreiecks gar nichts zu berichten wußte. So wurde ich für die Quarta bestimmt und saß dort ein halbes Jahr fremd und schüchtern unter Knaben, die meist jünger und kleiner waren. Von da stieg ich zu den unregelmäßigen griechischen Zeitwörtern der Tertia auf.

Das Lernen wurde mir leicht und Einzelnes trieb ich mit Freude, aber den regelmäßigen Fleiß, welcher dem Kinde durch frühen systematischen Schulunterricht

angewöhnt wird, erwarb ich nicht, ich blieb auch im
Lernen selbstwählerisch und eigenwillig. Langweilige
Hefte, welche nur nach längeren Zeiträumen einge=
fordert wurden, verfertigte ich am liebsten dicht vor
der Ablieferung in Nachtarbeit. So hatte ich immer
Muße allerlei Anderes zu treiben, was nicht immer
förderlich war.

Ich hatte Geige und Noten mitgenommen und
gehorchte eine Zeit lang dem Wunsche des Vaters,
für mich fortzuüben, da aber die Anregung, welche
das Hören von Musik gibt, gänzlich fehlte, und da
die eigene Befähigung trotz der erlangten Finger=
fertigkeit gering war, so blieb die Geige bald liegen.
Dagegen kam die Lesewuth. Aber nicht die gewählte
Gesellschaft in der Bücherstube des Oheims fesselte
zumeist, sondern die grauen Bände einer kleinen
Leihbibliothek, Romane und abenteuerliche Geschichten.
Ich las ohne Erbarmen gegen mich selbst und den
Verleiher Alles, was mir in die Hände kam. Glück=
licherweise war damals diese volksmäßige Waare
unschuldiger, als sie wohl jetzt ist. Die Ritter= und
Räubergeschichten waren am reichlichsten vorhanden
und ich verschlang mit Spieß und Cramer alle die
öden Wiederholungen, welche nach gleichem Recept
gemacht sind. Dann kamen die alten Bekannten
van der Velde und Tromlitz an die Reihe und viele
Andere.

Dort, in der dürftigen Herberge, welche die größten und die kläglichsten Geisteswerke gesellte, fiel mir
zum ersten Male Walter Scott in die Hände. Die
Fülle und heitere Sicherheit dieses großen Dichters
nahmen mich ganz gefangen, durch ihn lernte ich
ahnen, was der Dichtkunst die Charaktere bedeuten;
ich las alle seine Romane mit immer neuem Entzücken durch. Bald freilich wurde Cooper mit den
ersten Indianer= und Seeromanen in der Seele
des Knaben sein Rival, beide sind mir noch heut
Hausfreunde geblieben, mit denen ich oft verkehre.
Und ich habe ihrer freudigen epischen Kraft Vieles
zu danken.

In der Klasse sagten wir Gedichte nach eigner
Wahl her. Zum Vortrage trat der Aufgerufene in
den freien Raum vor den Bänken und es wurden
ihm dabei einige Handbewegungen zugemuthet. Das
war für jeden eine schwere Aufgabe, und der Neu-
ling mußte sich einigemal gefallen lassen, daß die
Andern ihn auslachten. Ich hatte zum ersten Debut
Bürgers Entführung gewählt und ich glaubte ein
gutes Werk zu thun, als ich das lange Gedicht aus=
wendig lernte. Aber der Vortrag kam nicht bis
zum Ende, denn als ich bedrückt und kläglich mit
vorgestrecktem Arme begann: „Knapp, sattle mir
mein Dänenroß", lachte der strenge Conrector Kiese-
wetter, daß er schütterte, und die Klasse folgte ihm

darin willig nach. Das wurde mir eine Lehre, ich
wählte später Kürzeres mit weniger aufregendem
Anfang, bis ich endlich durchsetzte, meine Sache so
wohl und übel zu machen wie die Uebrigen. Aber
die Poesie unserer großen Dichter? Allmählich, erst
spät und ohne daß mir die Größe ihres Einflusses
auf meine Bildung im Bewußtsein geblieben ist,
kamen sie mir zu. Im Ganzen ging es mir mit
meiner Freude an der Poesie wie den meisten Men=
schen, welche in Empfänglichkeit und Verständniß fast
ebenso fortschreiten wie die Nationen, zuerst fesselt
vorzugsweise das Epische: Märchen und Geschichten,
dann erwacht die sinnige Empfindung für das Lied
und den Rhythmus, zuletzt im beginnenden Mannes=
alter das volle Verständniß für das Dramatische.
Ich habe Schillers Dramen erst würdigen gelernt,
als mir Shakespeare nicht mehr fremd war, die edle
Schönheit der lyrischen Poesie Goethes aber gar erst
als Mann.

Einige Halbjahre sind vergangen, der Knabe
schießt in die Höhe und wird hager, er hat das
Selbstgefühl eines alten Tertianers und beginnt in
angeborener Neigung zur Bastelei ein Nebengeschäft.
Durch einen Kameraden, ein Mündel des Oheims,
wird er in die Geheimnisse der Feuerwerkerei einge=
weiht, er dreht Hülsen, stampft Pulver, verfertigt
farbigen Satz, formt Leuchtkugeln und quetscht mit

Pulver gefülltes Papier zu Fröschen zusammen, dann zieht er mit seinem Gesellen des Abends in einen abgelegenen Garten oder gar in das freie Feld und zündet die häusliche Arbeit an. Das gerieth eine Weile recht wohl. In meiner Dachstube hatte ich mir eine kleine allerliebste Feuerwerkerei eingerichtet, deren Geräth ich in meinem Koffer verwahrte und mit der ich meine Freistunden hoffnungsreich zu= brachte. Nun war gerade etwas Großes im Werke, ich hatte viele Ellen Ludelfaden gefertigt und diesen in schwarzen Gewinden durch die Stube aufgehängt, damit er trockne. Da raunte mir ein Dämon zu, die Güte des Fadens an einem abgeschiedenen Stück zu erproben. Weh! er brannte nur zu gut, denn im Nu wurde die gesammte Zündschnur von der Flamme ergriffen, ein feuriger Strahl zuckte durch das Zimmer und dicker Pulverdampf umhüllte mich, ich stürzte zum Fenster um ihn hinaus zu lassen und dann zur Thür um mich selbst hinaus zu bringen. Der Dampf wirbelte ins Freie und auf die Treppe, die Leute, welche auf der Straße waren, schrien Feuer, der Hauswirth rannte entsetzt herzu. Als der Oheim nach Hause kam, wurde die Klage er= hoben und der Missethäter erhielt eine wohlverdiente Strafpredigt und mußte geloben, dieser brodlosen Kunst sofort völlig zu entsagen. Der erste Zorn des Oheims war leichter zu ertragen, als die kalte

Nichtachtung, die er dem Frevler durch einige Zeit zeigte.

Wieder einige Semester, ich bin in Secunda, der schwierigen Klasse, welche noch nicht Prima ist und wo man lernt, daß die griechische Partikel ἄν mit dem Indicativ gebraucht wird, wenn das Gegentheil in der Wirklichkeit stattfindet. Ich habe einen Freund, der etwas älter ist und in warmer Neigung zu mir hält, oft sitzt er mir lange gegenüber ohne ein Wort zu sprechen fast wie der Ohm, er kommt mir aber zuweilen tyrannisch vor, weil er nicht leiden will, wenn ich mit Anderen umherstreife. Mit ihm ziehe ich auf das Gut, das sein Vater in der Nähe ge= pachtet hatte, wir nehmen Gewehre und gehen auf die Jagd, er ein guter Schütze, ich bis dahin nur mit Pfeil und Bogen. Er lehrt mich die nöthigen Griffe und wir kommen an ein kleines Wasser, er zeigt mir etwas, was ein wenig über die Oberfläche hervorragt, und sagt leise: „schieß!“ Das thue ich ganz nach seinem Wunsch, der Gegenstand ist ver= schwunden, ein gefälliger Hund, der uns begleitet, stürzt sich ins Wasser und bringt eine Ente mit ab= geschossenem Kopf. Ich hoffe, daß es eine wilde war, doch bin ich, wegen der langen Zeit, welche seitdem vergangen ist, nicht sicher. Als ich das arme Geschöpf sah, dachte ich reuig an Matz. Dies ist der einzige Jagderfolg, den ich in meinem Leben aufzuweisen habe. Aber auch die Treffer an der Scheibe wurden mir nicht leicht.

Denn zu Oels hatte ich beim Unterricht gemerkt, daß ich sehr kurzsichtig war. Als ich das in den Ferien dem Vater klagte, rieth er mir, mich doch ohne Brille durch die Welt zu schlagen, und erzählte mir von der Hilflosigkeit eines Theologen, der ihn einst am Morgen aus dem Bett angefleht hatte, ihm seine Brille zu suchen, damit er die Beinkleider finden könne. Dem Rath blieb ich folgsam, ich habe nur im Theater und vor Bildern die Gläser gebraucht. Die Beschwerden, welche dieser Mangel in größerer Gesellschaft bereitet, suchte ich zu überwinden und ging arglos an Manchem vorüber, was einen schärferen Beobachter beunruhigen konnte. Die Freude an Blüthenpracht und Schmuck der Kleider, an merkwürdigen Gesichtern und an Frauenschönheit, den strahlenden Blick, den holden Gruß aus der Ferne mußte ich oft entbehren, während sich Andere daran freuten. Aber da die Seele sich behend in Mängel der Sinne einrichtet, so entwickelte sich schon früh in mir ein gutes Verständniß solcher Lebensäußerungen, die in meine Sehweite kamen und ein schnelles Ahnen von Vielem, was mir nicht deutlich wurde; die geringere Zahl der Anschauungen gestattete, die empfangenen ruhiger und vielleicht inniger zu verarbeiten. Jedenfalls war der Verlust größer als der Gewinn. Darin aber hatte der Vater Recht, meine Augen bewahrten durch das ganze Leben unverändert den scharfen Blick in der Nähe.

In dem letzten Jahre vor dem Tode des Oheims wurde ich des Alleinseins enthoben. Er nahm auch meinen Bruder, der auf das Gymnasium kam, in mein Zimmer und an seinen Tisch. Aber die Gegenwart des lieben Knaben änderte nichts in der Hausordnung, und für mich war der Stubenkamerad noch zu klein, um mein Vertrauter zu werden.

Das Allerbeste aber blieb, so lange ich die Schulmappe trug, die Heimkehr in das Vaterhaus. Sie wurde mir fünfmal im Jahre zu den Ferien vergönnt, ich denke, daß die Eltern sich nicht weniger darnach sehnten, als das Kind. Doch war die Reise von neun Meilen bei damaligen Verhältnissen keine Kleinigkeit, sie dauerte einen ganzen Tag, der Weg war noch nicht Kunststraße, die Post fuhr sehr langsam, zum Theil in der Nacht. Deshalb ließ der Vater mich jedesmal durch ein gemiethetes Fuhrwerk abholen und zurückbringen. Dies war ein großer Korbwagen mit grauer Plane, die über starke Faßreifen gespannt wurde; das Hineinkriechen war mühsam, die Luft darin erhielt durch den vereinigten Geruch von Heu und Pech ein Aroma, welches dem Knaben auf dem Wege zur Heimat recht anmuthig war, das Strohbund des Sitzes wurde durch eine

aufgelegte Pferdedecke vornehmer gemacht, man that
aber gut, sich in der Mitte zu halten. Bei trock=
nem Wetter trabten die Pferde und rasselte der Wagen
in einer Staubwolke dahin, bei Regenwetter aber
drang das Naß des Himmels unvermeidlich in das
Gehäuse, worin der Reisende eingepuppt war, und
alles Bemühen, die Tropfen von Wangen und Nase
abzuleiten, blieb vergeblich. Dann verwandelte sich
auch der Weg in Morast, die Löcher wurden gefähr=
lich und der Insasse mußte sich an den Seiten fest=
halten, um das Gleichgewicht zu bewahren. Auf
der Mitte des Weges in Namslau wurde bei Ver=
wandten Mittag gemacht, erst am späten Abend fuhr
der Wagen durch das Thor der Vaterstadt. Im
Winter aber wurde bei hohem Schnee, der in meiner
Heimat reichlicher fällt als im deutschen Westen, das
Fortkommen schwierig, dann blieb das Gespann zu=
weilen in einer Schneewehe stecken, der Fuhrmann
stieg ab, stapfte den Pferden eine Bahn und forderte
von mir, daß ich ihm dabei helfen solle. In der
Regel fuhr derselbe Ackerbürger, ein Pole, der jedoch
im Laufe der Jahre dem Branntwein unterlag, über=
all einkehrte und schwer aus den Schenken fortzu=
bringen war. Die letzte Fahrt mit ihm schuf Noth.
Ich war bereits ziemlich herangewachsen und hatte
den Bruder bei mir, welcher kurz vorher auf das
Gymnasium gekommen war. In der Luft war ein

wildes Schneetreiben, der Weg durch hohen Schnee
fast unfahrbar; der Fuhrmann war schon berauscht,
als er uns am frühen Morgen abholte, und hatte
nach einigen Meilen Fahrt sich in einen gefährlichen
Zustand versetzt. Er hielt mit dem Wagen in einer
Schneewehe still, zog ein polnisches Gesangbuch aus
der Tasche und fing laut zu singen an. Da diese
Frömmigkeit unter der Plaue uns nicht vorwärts
brachte und gutes Zureden nichts half, ergriff ich
endlich die Zügel und trieb die Pferde an. Dies
aber gefiel ihm nicht, er gerieth in Wuth, zog ein
großes Messer aus der Tasche und fuchtelte damit
drohend gegen uns. Und ich erkannte in seinen
Augen ein häßliches Licht, welches der Teufel an-
zündet, wenn ihm gelungen ist, sich im Hirn festzusetzen. Endlich glückte es, ihn durch freundliches
Klopfen auf die Schulter und gutes Zureden so weit
zu bringen, daß er wieder die Zügel ergriff. Doch
derselbe Anfall mit Messerschwingen wiederholte sich
einigemal, und es war Abend als wir in Namslau
ankamen. Dort eilten wir zu den Verwandten und
fuhren am nächsten Morgen in anderem Wagen nach
Hause. Unser untreuer Fuhrmann, für den in der
Herberge die nöthige Vorsorge getroffen war, fand
sich erst den zweiten Tag darauf ein, sehr reuig, er
fiel nach polnischer Weise vor dem Vater auf die

Knie und erhielt auch Verzeihung. Aber das alte Bundesverhältniß hörte auf.

Ein halbes Jahr bevor ich in die Prima kam, starb mein Oheim nach kurzer Krankheit, während wir zu den Ferien daheim waren. Seine Bibliothek wurde versteigert, und ich zog mit dem Bruder in ein Bürgerhaus und erhielt die Verpflichtung, über den jüngern Aufsicht zu üben. Ich hatte jetzt Frei= heit genug, auch die Gesellschaft stellte sich ein, denn unsere Wohnung wurde ein Hauptquartier meiner Kameraden. Die Prima hatte wenig Schüler, aber diese hielten gut zusammen, sie bildeten eine kleine Verbindung, die nach Studentenbrauch an Mütze und Pfeifenquasten eigene Farben trug, soweit dies ge= schehen durfte ohne auffällig zu werden. Es war ein harmloses Spiel und ich vermuthe, daß die Lehrer es wohl bemerkten, aber darüber wegsahen. Familienverkehr fehlte mir auch jetzt, doch nahm ich Tanzstunden, welche in einem Privathause für einen kleinen Kreis eingerichtet wurden, und trat in zarte Beziehungen zu jungen Damen, welche dort für die Gesellschaft vorbereitet wurden. Indeß kann ich nicht sagen, daß diese Stunden mich übermäßig in Anspruch nahmen, auch die Annäherung an höhere Weiblichkeit blieb für mich ohne Bedeutung und hörte mit den Tanzstunden auf.

In Prima verweilte ich drittehalb Jahr, zwei

Jahre als Primus, ich wurde nicht meiner Verdienste
wegen so früh zu dieser Würde befördert, sondern
weil alle meine Vordermänner zur Universität ab-
gegangen waren. In den letzten Jahren lernte ich
tüchtig, der Direktor war mir gewogen und sah mir
wohl auch Manches nach, auf seinen Wunsch blieb
ich ein halbes Jahr länger, als vielleicht nöthig gewesen wäre, und ich habe nicht Ursache gehabt, dies
zu bereuen.

6.

Die Universität.

Als ich zur Universität abging, schrieben die wackeren Lehrer Rühmliches über meinen griechischen und lateinischen Erwerb in das Schulzeugniß; sie waren, wie ich selbst, der Meinung, daß ich auf den gebahnten Wegen der klassischen Philologie fortgehen würde. Doch es kam anders.

An Ostern 1835 bezog ich die Universität Breslau. Der Uebergang aus dem wohlgeordneten Unterricht des Gymnasiums zu einer Thätigkeit nach freier Wahl wurde mir nicht leicht. Gerade für die Hauptcollegien eines jungen Philologen, für die der Textkritik, vermochte ich unter Professor Schneider keine Wärme zu gewinnen, seine Vorlesung über Plato's Republik erschien mir öde und langweilig, und ich habe die Kälte gegen Plato, diesen schönen Mann der griechischen Philosophie, niemals besiegen lernen. Bald wandelte ich auf Seitenwegen. Ambrosch begann gerade als junger Professor seine Vorlesungen über Privatalterthümer und antike Kunst, ihn hörte

ich gern, und ihm verdanke ich nicht wenig. Zarte
Gesundheit und vielleicht Unvollkommenheit der Schulung haben ihn verhindert, vor seinem frühen Tode
eine bedeutende Thätigkeit als Gelehrter zu erweisen,
aber er war ein lebhafter feinfühlender Mann, der
es verstand, die Zuhörer zu fesseln, und da ich von
der Bibliothek des Oheims her allerlei Wissen und
einige Anschauungen aus Kupferwerken mitbrachte,
wurde mir bequem, an Bekanntes anzuknüpfen. Der
Lehrer Ambrosch wurde mir in späteren Jahren ein
werther Freund.

Wichtiger noch wurde dem jungen Studenten eine
andere Vorlesung, welche Hoffmann von Fallersleben
als Privatissimum las, die Handschriftenkunde. Ich
war der einzige Zuhörer und erhielt die Stunde in
seiner Wohnung. Durch ihn wurde ich in das weite
Gebiet der germanischen Alterthümer eingeführt. Er
hatte im Lesen alter Handschriften ehrenwerthe Fertigkeit gewonnen, hatte an großen Bibliotheken zu
Wien und in Belgien selbst fleißig abgeschrieben,
und war bekannt als findig und als behender Herausgeber. War seine Kenntniß altdeutscher Grammatik
und die Schärfe seiner Kritik auch nicht von erstem
Range, er erwies sich doch auf dem ganzen Gebiete
seiner Wissenschaft, die damals in ihrer Jugend-
blüthe stand, wohlbewandert. Da ich den Vortheil
hatte, daß er sich ausschließlich mit mir beschäftigte,

8*

so erwarb ich leidliche Gewandtheit im Lesen alter
Urkunden, nachdem ich in der ersten Stunde hilflos
vor den langgezogenen Buchstaben der Eingangs-
worte gesessen hatte; ich las zu Hause deutsche Handschriften des Mittelalters, die er mir lieh, und co-
pirte für ihn einige Stücke, unter denen mir die
Reisen von St. Brandan in einer Berliner Handschrift noch erinnerlich sind. Da ich ihm durch die
Besuche in seiner Wohnung vertraulich wurde, gönnte
er mir zuweilen auch Bekanntschaft mit den Gedichten,
die er gerade selbst gemacht hatte. Der Einblick
in die Werkstatt eines echten Lyrikers war sehr lehr-
reich. Er las oder sang in herzlicher Freude, seine
Augen glänzten und am Schluß suchte er mit einem
fragenden „Nun?" nach dem Eindruck. Ich erkannte
bald die Manier, nach welcher er eine warme Empfindung und kleine Vergleiche, die flatternden Seel-
chen seiner Lieder, in Worten und Versen zusammen-
band. Oft freute mich's, zuweilen schien mir der
Gedanke der Mühe nicht werth. Jedenfalls veran-
laßten mich solche Mittheilungen nicht zur Nachahmung seiner Töne und Weisen, ich hatte die Empfindung, daß seine Art zu schaffen nicht meiner
Anlage entsprach.

Ich bin Fuchs, ich habe ein weibliches Ideal,
für das ich schwärme. Es ist eine Professorentochter,
die mir gegenüber wohnt, einziges Kind, eine Mutter

ist nicht vorhanden. Sie erscheint mir engelschön, brünett, eine edle Gestalt; Näheres vermag ich nicht zu erkennen, wegen des kurzen Gesichts. Ich sehe sie am Fenster sitzen, ein wenig vorgebeugt, sie liest oder arbeitet, zuweilen sehe ich sie auf dem Balkon stehen ganz in Schwarz, offenbar in Seide, und ich stelle mir vor, wie erhaben und liebenswerth sie sein muß, wenn sie im Hause dem Vater gegenüber Thee bereitet oder in den Räumen ihrer stattlichen Woh- nung Besuche empfängt. Auch ich sitze am Fenster und versuche heuchlerisch zu lesen, und ich sitze Abends im Dunkeln und starre lange hinüber, zuweilen er- blicke ich einen Schatten am erleuchteten Fenster, ich ahne, sie ist es, freilich konnte es auch der Vater sein. Ich weihe ihr begeistert unsichtbare Huldigungen, kaufe einen Veilchenstrauß und setze ihn im Glase auf den Tisch, ich gehe nachdenklich auf und ab und bilde mir ein, daß ich ihr vorgestellt werde, daß ich ihr sage, wie innig ich sie verehre, daß sie mir sagt, wie sie mir vor allen anderen Menschen vertrauen und mir ihr ganzes Schicksal mittheilen wolle, und über der Erzählung werden wir beide bewegt, sie legt ihr Haupt auf meine Schulter und ich wage, ihr das schwarze Haar zu küssen. Diese geheime Zärtlichkeit vermochte aber nicht über die Straße bis an ihr Herz zu dringen; das Flämmchen erlosch, weil ich meine Behausung wechseln mußte. Denn

die Zahl meiner neuen Hemden wurde auffallend
klein, und die Federdecke, welche mir die Mutter
nur zu dick mit feinem Gänseflaum gefüllt hatte,
wurde auffallend dünn; meine Wirthin schob das
auf ein untreues Dienstmädchen, ich fühlte mich aber
dadurch veranlaßt, in eine andere Wohnung zu ziehen.

Ich bin immer noch Fuchs und zwar bei den
Borussen und singe von dem Ruhm der Farben,
welche nachträglich die des Deutschen Reiches geworden sind; ich lerne an den Kneipabenden mit
leiblichem Erfolg Dünnbier in „Gelehrten" und
„Doctoren" trinken, und gewinne keinen Ruhm,
wenn ich beim Hospiz mein Lied singe; ich besuche
auch den Fechtboden, bleibe aber ein mittelmäßiger
Schläger. In der Verbindung waren einige wüste
Kumpane, mit denen wir Andern wenig verkehrten,
und bald wurde uns das frische Burschenleben durch
widerwärtigen Streit mit den übrigen Verbindungen
und durch den Verruf, in den wir einander gegenseitig setzten, gestört; für mich war der Verlust nicht
groß, ich hielt mit Einzelnen fest zusammen, vorab
mit früheren Pommern, welche aus Greifswald zu-
gezogen waren. Diese waren sämmtlich Mediciner,
zuerst unser Senior Fischer, bei dem ich einige Nächte
Krankenwache hielt, als ihm seine stattliche Nase abgeschlagen wurde, die wir durch kalte Umschläge ver-
anlaßten wieder anzuwachsen, dann Dauneil, Sohn

des Gymnasialdirectors aus Salzwedel, ein lieber
Gesell, der auch Verse machte, und etwas später
Fritz Weber, der Dichter von „Dreizehn Linden".
Er hatte, als er zu uns kam, das lustige Studenten=
leben hinter sich und kam um zu lernen, er war
reifer und männlicher als ich, und der Ruf seiner
dichterischen Begabung war bei seinen Greifswalder
Freunden bereits groß. Mir erschien er als Ideal
eines Dichters, weit mehr als mein Professor, und
ich sah mit großer Hochachtung auf ihn.

So lebte ich über ein Jahr dahin, trug verstohlen
mein Corpsband und war auch nicht unfleißig, ich
besuchte alle Vorlesungen von Ambrosch und Hoff=
mann, aber ohne festes Ziel, durch das Treiben in
der Verbindung mehr aufgehalten als gefördert.

Da beschloß die akademische Jugend, nach län=
gerer Zeit wieder einmal den großen Zobtenkommers
zu begehen: feierlicher Auszug und Fahrt von vier
Meilen nach der kleinen Stadt Zobten am Fuße
des Berges, großer Kommers auf offenem Markte
der Stadt, zuletzt Besteigen des Berges. Für diesen
großen Zweck wurden die ärgerlichen Händel zwischen
den Verbindungen während der Festzeit für nicht
vorhanden erklärt. Die Präsiden des Kommerses
wurden von den Verbindungen gestellt, auch ich war
einer davon und trug das Festcostüm, einen unförm=
lich hohen Zweistutz mit Silberagraffe, welcher Stür=

mer hieß, beschnürtes Collet, ungeheuere Kanonen=
stiefeln, an der Seite den Glockenschläger. Ich schlug
auf dem Markte von Zobten mit der Klinge ge=
bietend auf die Tafel und sammelte, als der Landes=
vater gesungen wurde, die Studentenkappen auf dem
Schläger, stieg auch nach dem Kommers unter Fackel=
schein in meinen großen Stiefeln den Zobtenberg
hinauf — keine bequeme Arbeit —, trank oben mit
anderen fröstelnden Helden in einer Mooshütte den
Kaffe und sah verschlafen die Sonne über Schlesien
aufgehen. Das wäre nun ganz in der Ordnung
gewesen; aber als wir nach der Oberstadt zurück=
kehrten, wurde eine Untersuchung gegen die Leiter
des Festes eröffnet, zuerst wegen gewisser Versäum=
nisse bei der Anmeldung, wobei auch ich mit drei=
tägigem Aufenthalt im Carcer bedacht wurde, dann
aber wegen der Verbindungen selbst, welche, gesetz=
lich verboten, in Wirklichkeit geduldet wurden, bis
sie sich wieder einmal zu übermüthig rührten. Dies=
mal wurde gründlich aufgeräumt und fast sämmt=
lichen Korpsburschen der Rath ertheilt, die Univer=
sität zu verlassen. Danneil und ich blieben glück=
licherweise von dieser Mahnung verschont, wahr=
scheinlich weil der Senat von unserer Unschädlichkeit
überzeugt war. Dennoch hielten wir für rathsam,
uns der allgemeinen Verstörung, welche über die Uni=
versität gekommen war, zu entheben. In der letzten

Zeit war mir ein Berliner, Hollmann, ein hünen=
hafter, gescheidter Knabe, lieb geworden, er rühmte
oft und innig sein großes Berlin, ich erbat und er=
hielt vom Vater die Erlaubniß, dorthin zu gehen.

Im Herbst 1836 kam ich nach Berlin. Mein
großer Freund freute sich über mein Staunen und
forderte Bewunderung für alles Neue und Prächtige,
das er mir vorstellte. Er war gekränkt, weil ich
den Breslauer Ring für schöner erklärte als den
Gensdarmenmarkt und nicht zugeben konnte, daß die
Feldherrnstatuen um die Hauptwache viel großartiger
wären, als unser Blücher auf dem Salzring. Er
räumte mir sehr ungern ein, daß Breslau in Kir=
chen mehr leiste als sein Berlin mit der großen
Domschachtel. Aber als er die breiten Straßen
seiner Stadt vorzeigte, wurde er unwillig, wenn ich
ihm verstockt entgegenhielt, daß sie aussähen wie ein
weites schlotteriges Kleid an einem mageren Leibe,
denn auf der Leipziger Straße konnte man 1836
bequem die Menschen zählen so weit das Auge
reichte, das war bei den dichtgefüllten Gassen Bres=
laus doch unmöglich. Freilich gegen das Königs=
schloß, das Brandenburger Thor und das Museum
konnte wieder ich nicht aufkommen, und als ich die
Räume des Museums betrat, war er mit der Wir=
kung zufrieden und wunderte sich nur, daß ich an
den Antiken, für die ich etwas mehr Kenntnisse und

Verständniß mitbrachte, größern Antheil nahm als
an den Bildern.

Auch das Tagesleben der Stadt war mir fremd=
artig und unheimisch. Wir Schlesier sprachen be=
haglich und breit mit dem Vordermunde, die Ber=
liner benutzten beim Sprechen energisch Alles, was
im Munde vorhanden ist, und außerdem, wenn sie
hochmüthig wurden, noch die Nase; wir daheim waren
lässig und behäbig im Umgange und ertrugen mit
gutherziger Höflichkeit Eigenheiten in Sprache und
Benehmen der Andern, die Berliner faßten lauersam
und spottlustig Alles, was ihnen ungeschickt und
lächerlich erschien, gaben scharfe Antwort und freuten
sich des Angriffs. Wenn am Spätabend das Volk
der Straßen aus den Schenken kam, hatten auch
meine Schlesier gelärmt, und so oft zwei Haufen
zusammenstießen, hatten sie einander reichlich Schimpf=
worte gegönnt und waren dann friedlich nach Hause
gegangen. In Berlin gab es bei solchem Zusammen=
stoß nicht lange Beschwerden, sondern sogleich Hiebe
und jeden Abend hörten wir aus unseren Stuben
— wir wohnten auf dem Hackeschen Markt — den
scharfen Lärm der Prügelei.

Mein Stubengenosse fand in Berlin einen Kreis
alter Freunde noch vom Gymnasium her, er hatte
mir oft von ihnen erzählt, wahrscheinlich auch mich
lobend gegen sie erwähnt, und als ich nun bei ihnen

eingeführt wurde, kam mir ihre Weise der Unterhaltung, das unabläſſige Angreifen und Schrauben,
und die ſchonungsloſe Kritik, mit welcher jede Aeußerung des Einen von den Andern begutachtet wurde,
höchſt ungemüthlich vor, und ich zweifelte, ob ich je
mit ihnen auf einen guten Fuß kommen würde; ich
ſaß verſchüchtert und wortkarg und ich meine, daß
auch ich entſchieden mißfiel und daß Hollmann für
ſein Lob hinter meinem Rücken verſpottet wurde,
denn der liebe Geſell war nachher gedrückt und bekümmert. Doch ſeine und meine Sorge erwies ſich
als unnütz. Es ergab ſich bei kühlem Trunke zuerſt
einige Uebereinſtimmung in Hauptpunkten, worauf
nachſichtige Anerkennung folgte, die ſich bis zu ach-
tungsvoller Freundlichkeit erwärmte, woraus endlich
eine rechtſchaffene deutſche Jugendfreundſchaft erwuchs,
die jene Jahre überdauerte. Nur ſehr wenige meiner
Berliner können noch den Dank leſen, den ihr alter
Geſell ihnen abſtattet für hingebende Freundſchaft
und für den bleibenden Gewinn, den der Umgang
mit ihnen ſeinem ſpäteren Leben gebracht hat. Der
älteſte in unſerem Kreiſe war Adalbert Kuhn, zugleich
der, welcher am ſicherſten in ſeinen Schuhen ſtand
und im Wiſſen am weiteſten vorgedrungen war.
Neben ſeinem Sanskrit las er auch Schriftwerke des
deutſchen Mittelalters, er ſammelte ſchon damals
eifrig die kleinen Ueberlieferungen unſeres Volks:

Sagen, Märchen und Gebräuche, und wußte diese
in kühner Entschlossenheit mit den mythischen Vorstellungen seiner Inder in Verbindung zu setzen.
Ihm war das Lehren eine herzliche Freude, er veranlaßte mich, vergleichende Grammatik bei Bopp
anzunehmen, und bestand darauf, mir im Sanskrit
selbst Unterricht zu geben. Aber wie scharf sich in
seiner ganzen Erscheinung auch der Lehrer und Phi-
lolog darstellte, er war zugleich der heiterste Genosse
in unserem Kreise, eine innerlich frohe Natur, zuverlässig, von einer redlichen Offenheit, die immer
wohlthat. Und so oft wir in späteren Jahren zusammen kamen, hatte unser Verkehr den doppelten
Reiz alter Kameradschaft und der Bundesgenossenschaft auf einem Theil des Gebietes, in welchem
seine geistige Arbeit sich bewegte. Nur in einem
Punkte konnte er mich so wenig als die Andern zu
seiner Ansicht bekehren. Er hatte schon als Student
für sich die neue Rechtschreibung angenommen, und
als im Jahr 1875 die Schulmeister und Babys den
großen Sieg über die Schriftsteller und deutschen
Leser davon trugen, da war mein alter Freund einer
der eifrigsten Vorkämpfer der siegreichen Partei.

Ein weit anderer Kumpan war Julius Gerloff,
schmuck, mit hübschen männlichen Zügen, noch ganz
Student, ein prächtiger Kamerad, empfänglich für
jeden Scherz und von unübertrefflicher Dauer an

gefelligen Abenden. Er befaß ein ungewöhnliches
Geschick, auch größere Gesellschaften durch Spiele
und Aufführungen zu unterhalten, und für solchen
Hausgebrauch eine gefällige poetische Begabung, er
war ein echtes Berliner Kind, vertraut mit Allem,
was damals die Stadt beschäftigte, er kannte Jeder=
mann, der irgend Ruf und Namen hatte, war bei
dem Kampf der Damen Löwe und Faßmann, der
Crelinger und Hagen mit ganzem Herzen betheiligt
und wußte in sorgloser Laune über sich selbst und
Andere zu lachen. Was er aber vor vielen jungen
Männern voraus hatte, die sich wie er an dem
Berliner Treiben lebhaft betheiligten, das war seine
ernste Freude an Allem, was wirklich gut und groß
war. In unserem Kreise, an dessen Mitgliedern er
warmherzig hing, war er mit seiner Rührigkeit und
Unternehmungslust die treibende Kraft. Ihm wurde
später bei seiner Anlage und der Vielseitigkeit seiner
Interessen der Uebergang in das Amt nicht leicht,
er verlor, nachdem ich Berlin bereits verlassen hatte,
in einem Säbelduell ein Auge und litt lange an den
Folgen des schweren Hiebes. Endlich übernahm er
eine Stelle in der Verwaltung und endete schon
im blühenden Mannesalter. Aber solange er lebte,
blieb er mir ein eifriger und ehrlicher Freund.
Und oft, wenn ich seither etwas Großes erlebt,
oder auch, wenn ich mich eigener Erfolge gefreut

habe, dachte ich seiner und sah seinen Schatten an meiner Seite.

Zu dem Kreise gehörten ferner junge Männer der Familien Cochius und Koppe, ihre Väter waren Landwirthe auf großen Staatsgütern in verschiedenen Gegenden der Mark, jeder hatte einen Sohn auf der Universität und ältere und jüngere Söhne auf anderen Bildungs-Anstalten Berlins. Unter ihnen war der Jurist Bernhard Cochius der Politiker unserer Gesellschaft, welcher durch die Bestimmtheit seines Urtheils und die Wucht seines Wesens über uns Andere eine gewisse Herrschaft ausübte. Seine tüchtige Kraft ging zu früh verloren, er starb als junger Beamter. Unter den Brüdern Koppe stand der Jurist Moritz, der später auf den Wunsch seines Vaters zur Landwirthschaft überging, mir an Jahren und Zuneigung am nächsten, er war nach dem Ausspruch Gerloffs der beste von uns, immer wahr, pflichtgetreu, zuverlässig.

Was mir unter den neuen Bekannten zuerst gefiel, war das lebendige Interesse an Literatur und Poesie. Alle hatten gut gelesen und fanden nach deutscher Weise ein Vergnügen darin, das Schöne, was sie empfunden hatten, zu erörtern, ein neues Buch, die Aufführung eines großen Trauerspiels, Shakespeare, Schiller, Goethe wurden eifrig besprochen und die begeisterte Freude daran verschönte die einfachen

Zimmer, die Gesichter, die Zinnkrüglein, aus denen wir gern tranken. Glücklicherweise, ohne daß wir einander durch eigene dichterische Versuche lästig fielen. Zwar waren einige von uns, Kuhn, Gerloff und ich, ganz bereit Verse zu machen, aber wir übten unsere Fertigkeit in anspruchsloser Weise, am liebsten an Geburtstagen der Freunde durch Festspiele, welche dann wohl aufgeführt wurden und deren Inhalt den Gefeierten nicht immer behaglich war. Als ich es doch unternahm, ein Trauerspiel anzufangen, das auf der Universität Prag unter Huß verlaufen sollte, verbarg ich das Werk sorgfältig vor den Augen meiner spottlustigen Freunde, und ich that recht daran, denn es war eine unreife Schülerarbeit, die über eine Anzahl Scenen nicht hinauskam.

Aber auch in meiner Wissenschaft gewann ich eine ganz neue Erhebung; ich wurde Hörer von Karl Lachmann. Gleich als ich mich bei ihm meldete und einen Gruß von Hoffmann ausrichtete, gefiel er mir sehr, das feine Lächeln, mit dem er meine Reden anhörte, seine ruhige nachdrückliche Weise zu sprechen, der klare Blick seines Auges. Vollends in den Vorlesungen. Er war damals kein gesuchter Lehrer, und hatte nur ein kleines Auditorium, er bot auch nicht, was die Zuhörer im Anfange fesselt, glänzende Einleitungen und große Ueberblicke, er begann mit Einzelheiten und setzte willige Hingabe voraus. Aber was

er gab: erklärende Thatsachen, kritische Bemerkungen
zu einzelnen Stellen, das waren lautere Goldkörner,
die er unablässig ausstreute. Es war alles so sicher,
klar, eigenartig und neu, daß der Hörer die Empfin=
dung erhielt, den Gewinn großer Arbeit des Lehrers
zu erhalten, und sich nur beeilen mußte das viele
Werthvolle einzuheimsen und nach Hause zu tragen.
Seine Vorlesungen über Catull, die Nibelungen und
über Literaturgeschichte des Mittelalters wurden für
mich Grundlagen meines bescheidenen Wissens. Die
Vorlesungen, welche ich bei anderen Lehrern annahm,
besuchte ich unregelmäßig, zuweilen aus Trägheit,
dann aber auch deshalb, weil meine Fähigkeit, Neues
aufzunehmen, überhaupt nur mäßig war. Noch jetzt
bin ich der Meinung, daß zwei Stunden Lachmann's=
scher Vorlesungen genügende Tagesarbeit für den
Hörer waren. Ich aber hatte außerdem noch eine
große Zauberwelt von Dichterarbeit, von Schauspiel=
kunst und von kräftigen Bildern, die das Tagesleben
mir zuführte, zu verarbeiten.

Da die weite Entfernung Ferienreisen nach der
Heimat unthunlich machte — es gab noch keine Eisen=
bahn —, gewann ich Zeit, mich in der Mark um=
zusehen, und wurde bald Gast auf der Domäne Dreetz,
wo der Clan der Cochius seinen Stammsitz hatte,
und regelmäßiger Gast auf Amt Wollup, wo Koppe
zwei große Staatsgüter beherrschte.

Einige von uns wandern zu Fuß nach Wollup.
Es ist der erste Besuch. Wir betreten den großen
Hof, dessen Grundriß für einen Fremden nicht als=
bald verständlich ist, und treffen vor dem niedrigen
Wohnhause sogleich auf den Amtsrath: mittle Größe,
faltiges Gesicht, das von Luft und Sonne geröthet
ist, buschige Brauen über den scharfen grauen Augen.
Er mustert die Kameraden seiner Söhne mit prüfen=
dem Blicke, sein Sohn Moritz nennt die Namen, er
heißt uns willkommen und geht in seinen Geschäften
weiter. Wir werden in die Fremdenzimmer geführt
und suchen uns schnell in eine Verfassung zu setzen,
welche dem Wandrer im Staube des Lebens vor den
Aufgaben edler Geselligkeit geziemt. Mehre von uns
fällen ein sehr abfälliges Urtheil über die Halsbinde
des einen, eines Schlesiers; Moritz hilft aus. Wir
treten in ein großes Eßzimmer: die Frau Amts=
räthin, die Tante, vier Töchter. Wir werden gütig
begrüßt, schnell an den Frühstückstisch gesetzt und sind
bemüht durch aufrichtige Würdigung alles dessen,
was vor uns sitzt und steht, zu gefallen. Dann
wandern wir mit den Töchtern des Hauses durch
den Garten. Emma frägt und unterhält, Julie
schwärmt, Marianne und Sophie, die jungen Ga=
zellen, sprechen mit einander durch flüchtigen Blick
ohne Worte, und uns umkreist geschäftig ein guter
Geist, welcher wohlwollende Annäherung vermittelt,

und dieser Geist ist Herr Pickwick. Wir erkennen,
daß wir uns in einem Reiche bewegen, in welchem
Boz als König herrscht, auch wir werden von den
jungen Damen schelmisch darauf angesehen, ob wir
mit den Begleitern des lieben Herrn Pickwick einige
Aehnlichkeit haben. Aber wir haben keine andere
als die, daß wir Sam Weller für die Krone aller
Bedienten halten, wir fangen an uns behaglich zu
fühlen und erweisen uns im Ganzen als leiblich und
menschlich.

Bald aber sind wir heimisch wie alte Bekannte,
wir machen Vorschläge zu Gesellschaftsspielen und
gemeinsamen Unternehmungen, wir besprechen und
erfinden die Aufführung von Sprichwörtern, erweisen
Gewandtheit, alle Costümschwierigkeiten zu überwin=
den und treten in Verbindung mit dem Handwerker
des Hofes, dem Böttcher, einem seltenen Charakter,
welcher das Geschick hat, jede denkbare Hilfsarbeit
zu leisten.

Allmählich umfängt uns die stille, unwiderstehliche
Macht, welche auf wohlgeordnetem Gute die regel=
mäßige Arbeit, das Zusammenwirken des gebietenden
Menschengeistes und der willig dienenden Natur aus=
übt, wir werden bekannt mit der Wirthschaft und
mit den gescheidten Beamten, nicht lange und auch
wir blicken mit Selbstgefühl auf den prachtvollen
Stand der Feldfrüchte, auf die Füllen der Acker=

pferde und auf die Werke der Molkerei, in welcher die Tante als Gebieterin waltet. Und auch wir werden stolz auf unseren Hausherrn und seine Herrschaft über Hof und Flur, und wir erhalten eine herzliche Achtung vor seiner ungewöhnlichen Männerkraft, die sich in Erfindung und Befehl, im Verkehr mit den Beamten und Arbeitern kund gibt; es kommt uns vor, als ob auch wir Antheil hätten an dem kurzen Lob, das er gelungener Arbeit zutheilt, und wir fühlen etwas von der Scheu und Ehrfurcht, mit welcher der ganze Hof zu ihm aufsieht.

Koppe war wohl der bedeutendste von den Landwirthen, welche in der Nähe und unter dem Einfluß Thaers heraufgekommen sind, und seine Größe beruht zum Theil darauf, daß seine vorwiegend praktische Natur auch Thaer gegenüber die Selbständigkeit bewahrte. Wenn man Vergängliches und Bleibendes in unserer Landwirthschaft abschätzen will, so kann man ihn als den deutschen Musterwirth der geldarmen Zeit bezeichnen, in welcher die Schwäche des Betriebskapitals allgemein, die Verbindung des einzelnen Gutes mit der Verkehrswelt noch umständlicher und weniger sicher war, und in der deshalb als Norm gelten mußte, das Landgut allmählich durch zweckmäßige Fruchtfolge und ein richtiges Verhältniß zwischen Viehstand und Fruchtbau in seiner Kraft zu steigern. Ihm war deshalb das Gut ein

kunstvoller Organismus, welcher sich durch seine
eigenen Erzeugnisse und richtiges Gleichgewicht der
Theile zu erhalten und vorwärts zu bringen hatte.
Welchen Werth jeder einzelne Betriebszweig für die
Erträge des Gutes habe, suchte er durch sorgfältigste
Buchführung festzustellen, deren Grundsätze er mit
unablässiger Sorgfalt prüfte und besserte. Er war
einer der ersten, welcher im Oderbruch eine Zucker-
fabrik in großem Stil anlegte, und er würdigte die
hohe Bedeutung des neuen Industriezweiges vollständig, aber diese wie alle anderen landwirthschaft-
lichen Fabrikanlagen sollten vor allem der Landwirthschaft des Gutes dienen, deshalb sollte die Menge
der selbstgebauten Rüben nicht größer sein, als mit
einer geordneten Fruchtfolge des Gutes verträglich
war, und wenn er die kleinen Landwirthe in seiner
Nähe zum Rübenbau ermuthigte, so stellte er auch
ihnen als höchsten Grundsatz auf, daß nicht der zufällige Gewinn eines Jahres für sie die Hauptsache
sein dürfe, sondern die Verbesserung des Bodens und
die Steigerung des Ackerwerthes für den gesammten
Fruchtbau in fest geordneter Folge. Nur eine Blüthe
der Landwirthschaft sollten auf den dafür geeigneten
Gütern diese Anlagen sein. Immer erschien ihm
der Bau der Halmfrüchte als die eigentliche Grundlage der deutschen Landwirthschaft und jedes größeren
Gutes.

Vieles Neue ist seitdem in die deutsche Wirth=
schaft gekommen. Neue befruchtende Stoffe werden
jetzt von der Westküste Amerikas, aus unsern Berg=
werken und chemischen Fabriken dem Landbau zu=
geführt; mit dem vergrößerten Wohlstand sind die
Ansprüche, welche unsere Küche an das Fleisch der
Nutzthiere macht, gesteigert, und die Viehzucht hat
eine andere Bedeutung und neue Richtungen ge=
wonnen; Vieles drängt zu Beschränkung der Pro=
duktion auf einzelne Zweige der Landwirthschaft,
welche nach der Ortslage gerade vortheilhaft sind.
Und doch hat, so scheint mir, seine Lehre in den
Hauptsachen noch heut die höchste Berechtigung: die
vorsichtige planvolle Steigerung der Bodenkraft, seine
Hochschätzung der Brodfrüchte, seine Methode der
Buchführung. Unser Getreidebau ist die letzte und
sicherste Grundlage unserer politischen Kraft und
Selbständigkeit. Und man darf an dieser Wahrheit
nicht irre werden, wenn ihn auch noch durch einige
Jahrzehnte die fremden Einfuhren gefährden.

Koppe war als Sohn eines kleinen Landmanns
in seiner Jugend selbst hinter dem Pfluge hergegangen,
hatte dann als Lehrer in Möglin eine einflußreiche
Thätigkeit erwiesen, die größte aber, seit er die
Pacht der beiden Staatsgüter Wollup und Kienitz
übernommen hatte, dort wurde er das Musterbild
eines Hofherrn und guten Lehrers, dem eine ganze

Schaar von tüchtigen Landwirthen: Söhne, Schwie=
gersöhne, zahlreiche Eleven ihre Bildung verdanken.

Als ich nach Wollup kam, war ein älterer Stamm
seiner Schüler, die Peyer, Kühne, v. Sänger, bereits
in selbständiger Thätigkeit, doch erfuhr ich genug von
ihnen, um sie bei späterer Bekanntschaft nicht als
Fremde zu betrachten, von ihnen wurde Sänger mir
auch ein werther Parteigenosse in der Politik. Be=
sonders anmuthig war das Verhältniß, in welches
sich der gefürchtete Gebieter des Hofes zu den aka=
demischen Genossen seiner Söhne stellte. Er ließ
sich unser unruhiges Treiben mit guter Laune ge=
fallen, hörte die kecken Behauptungen nachsichtig an,
lachte herzlich über unsere Gelegenheitsverse, in deren
Vorführung wir nicht säumig waren, er gönnte uns
anders geformten Gesellen auch menschlichen Antheil,
und wo er in unseren Fragen ein Interesse an seiner
Thätigkeit erkannte, war er stets bereit zu belehren.
Ich aber begann in aller Stille sein Werk „Acker=
bau und Viehzucht" zu lesen, gab mir Mühe, das
Leben, welches mich so wohlthuend umgab, zu ver=
stehen, und betrachtete es immer als einen Gewinn,
wenn ich ihn bei einem Gang in die Felder oder
bei einer Fahrt begleiten durfte, denn jedesmal
brachte auch ich dabei eine kleine Ernte zurück, ich
erkannte die Größe seiner Gesichtspunkte, die Klar=
heit und Sicherheit seines Urtheils auch auf anderen

Gebieten, als in seiner Landwirthschaft, überall war
er ein starker und fester Mann in der vollen Kraft
eines planvollen Schaffens. Bald hing ich mit
herzlicher Verehrung an ihm und er wußte das
wohl auch.

Es kam die Zeit, wo meine Doctorschrift erwogen
werden mußte. Mit der Unbefangenheit eines Neu=
lings wählte ich eine schwierige und umfangreiche
Aufgabe, die sich in Form einer Differtation kaum
behandeln ließ: über die Anfänge der dramatischen
Poesie bei den Deutschen. In der Geschichte un=
serer Literatur war damals wenig darüber zu finden,
die Forschung war hier auffällig zurückgeblieben,
auch von den handschriftlichen Ueberlieferungen mit=
telalterlicher Dramen war noch sehr wenig veröffent=
licht. Doch gelang es, nach dem, was mir zugäng=
lich wurde, wenigstens in einigen Punkten das Richtige
zu treffen, und eine Art Bild zu geben von der Ver=
bindung der alten geistlichen Schaustellungen in der
Kirche mit uralten dramatischen Aufführungen des
Volkes, welche zum Theil noch aus der Heidenzeit
stammten. Lachmann, damals Dekan, war mit der
lateinischen Arbeit leidlich zufrieden, die Schrift wurde
nach dem Druck auch von Anderen einige Zeit bei
größeren Werken benutzt, bis sie allmählich durch
die fortschreitende Einzelforschung überholt ward.
Meine mündliche Doctorprüfung fiel nicht gerade

glänzend aus, in der Philosophie war ich unter
Trendelenburg in dem Gegensatz zwischen Denken
und Sein stecken geblieben, — mit der Philosophie
Hegels habe ich mich erst als Privatdocent ernsthaft
beschäftigt — und von Ranke hielt mich seine Ge=
schichte der römischen Päpste fern, das gefeierte Werk
jener Jahre, in welchem seine Methode, die Cha=
raktere so darzustellen, wie sie etwa einem vornehmen
Italiener aus der Zeit Macchiavells erschienen wären,
meiner teutonischen Empfindung wehe that, weil sie
mir die Wahrheit der Schilderungen zu beeinträch=
tigen schien. Und ich gewann bei der Prüfung nur
gerade das Lob, welches erforderlich war, um zu den
Ehren eines Doctors befördert zu werden.

7

Jahre der Vorbereitung.

So war ich wieder daheim mit der akademischen Handhabe vor dem Namén, wohlgemuth und hoffnungsvoll, ich hatte mich in der Fremde behauptet, eine Anzahl tüchtiger Menschen liebgewonnen und von ihnen Freundliches erfahren. Ich saß unter den Hortensien der Mutter und strich leise an das lockige Haupthaar des Vaters, welches dünner und weißer geworden war, ich wußte viel zu erzählen und war nicht sparsam im Austheilen meiner Dissertation. Ich nahm meine Bücher und Hefte vor, konnte mich aber nicht enthalten, dazwischen ein zweites Schauspiel, das ich in der letzten Zeit in Berlin ausgedacht hatte, zu beenden und sauber abzuschreiben, es hieß „Die Sühne der Falkensteiner", Zeit: Mittelalter, darin zwei feindliche Familien, deren Zwist durch Liebe ausgeglichen wird — keine unerhörte Idee — etwas von dem Inhalt hatte ich in einem Prosastück des Wackernagel'schen Lesebuchs

gefunden, Lieblingsfigur wurde ein Spielmann Hahne-
kamm, die Sprache lief in Prosa, der Inhalt war
übermäßig gefühlvoll, mit sehr langen Dialogen,
ohne dramatisches Geschick und noch ohne gute Zeitfarbe, das Ganze nichts als ein anspruchsvolles
Ritterstück, völlig unbrauchbar. Obgleich ich es mit
vielem Behagen beendigt hatte, fiel mir doch nicht
ein, dafür bei den Bühnen um Zutritt zu werben,
es war für mich abgethan, und wird hier nur deshalb erwähnt, weil es erwies, daß die Seele mit
zweiundzwanzig Jahren, trotz der Berliner Beschäftigung mit Shakespeare und dem Theater, noch ganz
in epische Fäden eingesponnen war.

Nachdem ich den Winter still zu Hause gearbeitet
hatte, faßte ich den Entschluß, mich als Privatdocent
für deutsche Sprache und Literatur an der Universität Breslau zu habilitiren. Der Vater war damit einverstanden. Er hatte ein viel besseres Vertrauen zu mir und meiner Kraft, als ich nach meinem
Können verdiente, er ist auch darin nie irre geworden,
und es war mir nach seinem Tode eine Stunde
innerer Bewegung, als ich fand, wie sorglich er alle
meine gelegentlichen Reime, die ihm zugegangen
waren, und Alles, was ich bis dahin sonst geschrieben,
sich aufbewahrt hatte.

Im Jahre 1839 ging ich nach Breslau und sprach
zuerst über meinen Plan mit Hoffmann, welcher ihn

durchaus billigte. Es war damals noch erlaubt,
ein Jahr nach der Doctorprüfung Docent zu werden.
Jedenfalls war dies für mich zu früh, mein Können
glich, wenn der stolze Vergleich erlaubt ist, einem
umfangreichen Bau, für den der Grund gegraben,
hier und da eine Mauer aufgerichtet ist, aber es
war noch kein Theil so unter Dach, daß ich in ihm
einen sichern Hörsaal für akademische Schüler auf=
schlagen konnte. Ich war überhaupt keine Natur,
welche frühreif und mit festgeschlossener Kraft in
geradliniger Tüchtigkeit fortschreitet, ich habe erst als
Lehrer und noch später das Meiste von dem er=
worben, was mancher Andere beim Eintritt in seinen
Beruf bereits gesammelt hat. Doch solche verständige
Einsicht brachte erst die Zeit.

Zur Bewerbung um das akademische Lehramt
schrieb ich eine lateinische Abhandlung über die Dich=
terin Hrosvith. Diese Gandersheimer Nonne aus
der Zeit der sächsischen Kaiser hatte mich schon in
Berlin beschäftigt, die merkwürdigen Komödien,
welche sie neben ihren epischen Gedichten verfaßte,
um der Hetärenwirthschaft in den Lustspielen des
Terenz Beispiele von weiblicher Enthaltsamkeit und
von Verachtung irdischer Liebe entgegen zu stellen,
sind für uns sehr belehrend. Denn aus ihnen ist
zu erkennen, wie unmöglich es den Deutschen vor
tausend Jahren war, dramatisch zu schreiben, und

daneben, wie ein talentvoller Blaustrumpf in jener
Zeit fühlte und sich geberdete.

Als ich die hoffnungsreiche Stellung eines Privat=
docenten gewann, war ich fast dreiundzwanzig Jahre,
und es wurde für mich hohe Zeit, meiner Militär=
pflicht zu genügen. Nun wäre klüger gewesen, wenn
ich mich erst nach meinem Dienstjahre habilitirt hätte,
ich aber wollte vor allem Andern die Sorgen für
meinen künftigen Beruf hinter mir haben. Durch
meine Laufbahn hatte ich die Berechtigung zum ein=
jährigen Dienst erhalten, und im Frühjahr 1839
hatte ich mich auch für das elfte Regiment bei
Oberstlieutenant v. Hobe, den ich zufällig kannte,
zum Eintritt gemeldet und gebeten, mir Aufschub
bis zum Herbst zu bewilligen, was man mir zuvor=
kommend gestattete. Da fand ich kurz nach meinem
Geburtstag in der Zeitung eine Aufforderung, durch
welche Alle aus meinem Geburtsjahr, welche ihrer
Militärpflicht noch nicht genügt hatten, dringlich er=
sucht wurden, sich bei der Polizei zu melden. Ei,
dachte ich, jetzt nur nichts versäumt! ich eilte auf
die Polizei und meldete mich. Ich war verwundert,
daß der Beamte mich mürrisch und mißtrauisch an=
sah, als er mich in die Liste zeichnete. Einige Wochen
darauf erhielt ich den Befehl, mich vor der Ersatz=
commission zu stellen. Dort fand ich mich in einer
keineswegs gewählten Gesellschaft. Ein alter miß=

vergnügter General erschien, behandelte mich, trotz meiner Auseinandersetzung, als säumigen Cantonisten, und erklärte, daß ich bereits älter als 23 Jahre sei und mein Recht auf einjährigen Dienst verloren habe, der Arzt habe mich zu untersuchen. Ich war schnell aufgeschossen, damals schmal und kränklich, also versuchsweise einzustellen, die Stiefeln aus, unter das Maß, die Fahne wurde herangetragen und ich als Gemeiner für drei Jahre in Eid und Pflicht genommen. Als Erinnerung an den wunderlichen Tag unter dem wilden Völklein blieb mir ein Gedicht „Der Nachtjäger", das ich während des langweiligen Wartens in wetterschwüler Stimmung niederschrieb. Da ich kurz darauf in den Ferien nach Kreuzburg kam, machte der Vater, mehr bekümmert als ich, unter Darlegung des Sachverhältnisses die Eingabe an den König, welche mir das Recht des einjährigen Dienstes wiederschaffen sollte. Unterdeß erkrankte ich ernsthaft an einem gastrischen Fieber, — es war keine leichte Krankheit, ich mochte mich überarbeitet haben — und ich lag fest als der Termin kam, wo ich mich zum Eintritt in Breslau stellen sollte. Der Vater zeigte der Ersatzcommission an, weshalb ich verhindert war, am Tage einzutreffen, und legte ein Zeugniß des Kreisphysikus bei, aber umgehend erging der Bescheid an den Landrath, ich sollte sofort per Schub zum Regiment geschafft

werden. Das war verzweifelt gesetzlich. Ich wurde
einige Tage darauf eingepackt, fuhr nach Breslau
und meldete mich bei dem zehnten Regiment, dessen
sechster Compagnie ich zugetheilt war, der Major
sandte mich mit wohlwollendem Bedauern in meine
Wohnung zurück. Dort behandelte mich der Regi-
mentsarzt, bis ich dienstfähig wurde. Darauf wurde
ich auf dem Bürgerwerber mit zwei anderen Rekruten,
die ebenfalls zurückgeblieben waren, gedrillt. Bald
traf auch von Berlin die Ordre ein, welche die
Schnur auf den Achselklappen bewilligte, doch blieb
ich auf Zureden des Majors bei der Compagnie,
deren einziger Freiwilliger ich war. Die Sache ließ
sich nicht übel an, die Unteroffiziere thaten mir das
Mögliche zu Gefallen, und ich gewann reichlich Gelegenheit, das Kleinleben der Kaserne kennen zu lernen, ich erhielt eine Ahnung davon, was der Murr
dem Musketier bedeute, ich chargirte und sprang im
Bajonettfechten jedem Feinde verderblich umher, und
merkte, daß diese Turnübung für mich von dauern-
dem Nutzen sein könne. Nur der Hauptmann, ein
alter Knabe, der seit dem Jahre 1813 ohne gute
Aussichten für sich in Dienst stand und als Bärbeiß
übel beleumundet war, blieb schwierig. Ich nahm
auch meine akademischen Vorlesungen auf und habe
zuweilen, wenn ich gerade aus der Kaserne kam, in
der Commisjacke das Katheder besteigen müssen, was

bei ernsten Professoren Anstoß erregte. Aber das geschäftige Leben zwischen Kaserne und Universität fand im Winter ein unerwartetes Ende. Ich hatte die Krankheit vom Herbst noch nicht überwunden, das Exerziren in dem dünnen Anzug, wie er damals war, und wie ihn der Hauptmann befahl, zog mir Erkältungen zu, ich legte mich ein und begann ein wenig zu phantasiren. Als der Arzt meine Erkrankung dem Hauptmann anzeigte, befahl dieser, mich aus meiner Wohnung in das Lazareth zu schaffen, da er wohl wisse, daß ich mich nur verstelle. Das war nicht wahr. Ich wurde in eine Krankenstube gebracht, welche mit Kranken so angefüllt war, daß der Dunst und die Umgebung auch einen Gesunden krank gemacht hätten. Ich verfiel einem hitzigen Nervenfieber, der Arzt, selbst betroffen, ließ mich auf ein anderes Zimmer bringen, in dem ich einige Wochen hinbrachte. Jede Erinnerung an diese Zeit ist mir geschwunden. Sobald ich die Uebersiedelung vertrug, wurde ich auf Befehl des Majors wieder nach meiner Wohnung befördert, dort blieb ich noch einige Wochen als Revierkranker, bis ich als Armeereservist entlassen wurde.

Das war mein Soldatendienst. Ich hatte mich, wahrlich in guter Meinung, ungeschickt verhalten und mir selbst die Hauptschuld zuzuschreiben. Aber mein altes Preußen hatte mich auch nicht mit Sammet-

pfötchen angefaßt. Der Vater fühlte die Kränkung
schmerzlich, er hatte ein langes Leben der Pflicht
gegen den Staat hingegeben, und vorab that ihm,
dem Bürgermeister, jene verlangte Beförderung durch
Schub weh. Einmal kamen die Worte über seine
Lippen: „Wäre es der Sohn eines vornehmen Mannes gewesen, sie hätten ihn nicht so behandelt" —
Wir aber wollen bürgerliches Wesen zu Ehren
bringen.

Jn Pflege der Mutter gewann ich die Spann-
kraft und den Uebermuth der Jugend zurück und
konnte meine Vorlesungen für das Sommerhalbjahr
wieder beginnen. Jch hatte aber in dieser Zeit, wo
ich viel allein war, noch eine kleine geheime Thätigkeit begonnen, ich machte Gedichte, nicht nur für Andere, sondern auch für mich.

Daß mir, einem Schlesier, das Versemachen nicht
schwer wurde, ist fast vorauszusetzen, denn seit der
Zeit der schlesischen Dichterschulen waren in meinem
Heimatlande Gelegenheitsgedichte die unentbehrliche
Beigabe eines jeden Familienfestes, und wer dergleichen nicht selbst verfertigte, erhielt das Wünschenswerthe um ein Geringes von stets bereitwilligen
Versifexen. — Auch ich besorgte, seit ich in den
oberen Klassen des Gymnasiums war, den gelegentlichen Hausbedarf der Familie und guter Freunde
in Reimereien, die in Ton und Stil waren, wie

die Anderer auch. Dergleichen Gewöhnung an Schul=
meisterverse und gereimte Prosa war innigem lyri=
schem Schaffen gar nicht günstig, weil die Seele sich
an das vorschnelle und phrasenhafte Ausgeben ge=
wöhnte. Auch in Breslau fand ich überreiche Ge=
legenheit zu solch anspruchslosem Machwerk, denn
an Festen fehlte es nicht. Ich war Mitglied des
Künstlervereins geworden, einer harmlosen Genossen=
schaft von Dichtern, Musikern und bildenden Künst=
lern der Stadt, welche keine Gelegenheit versäumte,
bei Jahresfesten und Zweckessen durch Lyrik gefällig
zu werden. Die schnell zusammengeschriebenen Verse
wurden dann ebenso schnell von den Musikern com=
ponirt, und von einer guten Liedertafel, welche
Mosewius leitete, gesungen. Die Verse waren meist
des Aufhebens nicht werth, doch wenn mich die Er=
innerung nicht trügt, befanden sich unter den ver=
klungenen Compositionen anmuthige Melodien, die
wohl mehr Berechtigung hatten, als manche raffinirte
Composition des modernen Männergesanges. War
aber auch nicht bedeutend, was wir machten, die
Gesellschaft war, wenn es gesungen wurde, seelen=
vergnügt.

Vorsteher des Künstlervereins war Professor
August Kahlert, unser Aesthetiker, der eine gute
musikalische Bildung und Kenntniß der deutschen
Literatur der achtzehnten Jahrhunderts besaß, ein

ehrenhafter, zuverlässiger Mann, auf schlesischem
Boden erwachsen und vorzugsweise den Kunstinter=
essen der Landschaft hingegeben. Unter den Mit=
gliedern wurde ein lustiger Kauz, August Geyder,
Docent in der juristischen Facultät, mir in seiner
Weise freundlich zugethan, er war unerschöpflich in
drolligen Einfällen und Geschichten, die Freude alter
Herren, welche ein Glas Ungarwein schätzten, der
allerbeste König, den die Narrenwelt sich wünschen
konnte. Leider wurde der arme Gesell das Opfer
seines Amtes, er verlor allmählich die Freude an
ernster Arbeit.

Hoffmann von Fallersleben gehörte dazu, damals
noch an der Universität, ein Dichter von Gesellschafts=
liedern, wie es in unseren Jahren kaum einen zwei=
ten gegeben hat, in dem Verein der wirkungsvolle
Vorsitzende bei Schillerfesten und anderen Männer=
gelagen. Seine hohe Gestalt, die starke Stimme,
die Mischung von Volksmäßigem und Lehrhaftem in
seinen Liedern, die klangvollen Doppelreime in den
gereimten Trinksprüchen, und nicht zuletzt seine feste
norddeutsche Ausdauer machten ihn zum unübertreff=
lichen Leiter der heiteren Geselligkeit. Die Freude
an diesen Erfolgen und die Gewöhnung, ein Mittel=
punkt froher Brüder zu sein, wurden ihm allmählich
zum Nachtheil. Im Jahre 1842 erschien der zweite
Theil seiner unpolitischen Lieder, welcher für seine

Stellung an der Universität verhängnißvoll wurde.
Schon seit Erscheinen des ersten Theils hatten ehr=
liche Freunde mit Bedauern gesehen, daß der Bei=
fall, welchen die spöttischen Verse erhielten, ihn all=
zusehr befing, und daß das Bedürfniß, politische
Hiebe auszutheilen, stark in einer Seele wirthschaftete,
die gar nicht auf unbefangene Würdigung der wirk=
lichen Verhältnisse angelegt war. Für Deutschland
war freilich die Zeit gekommen, wo die Unzufrieden=
heit mit dem Bestehenden überall in der Lyrik aus=
tönte. Was ich über die Persönlichkeit einiger Dich=
ter erfuhr, trug nicht dazu bei, mich für diese Rich=
tung der lyrischen Poesie zu erwärmen, welche von
dem Schaffenden eine ungewöhnliche Größe des Ur=
theils oder die Wucht heißer Leidenschaft fordern
muß, wenn sie nicht unwahr und phrasenhaft wer=
den soll.

Die übrigen Mitglieder des Vereins lebten fast
sämmtlich in kleinen Verhältnissen mit mäßigem
Talent, dessen Grenzen man leicht übersehen konnte,
und nur Wenigen ward vergönnt, dauernde Erinne=
rung an ihre Thätigkeit zu hinterlassen. Aber sie
waren echte Schlesier, gutherzig, leichtlebig und in
der Mehrzahl anspruchslos, etwa mit Ausnahme
der Musiker, unter denen Einzelne Anwandlungen
von übler Laune hatten, auch diese nur bis zum
dritten Glase; und man konnte sich in der Gesell=

schaft ganz wohl fühlen. Allerdings wurde die
poetische Kunst Breslaus nicht durch sie allein ver-
treten, es gab außerdem noch einen Kreis ästhetisch
regsamer Männer in Amt und Würden, deren Kritik
und eigene Versuche anspruchsvoller waren; dieser
sammelte sich um die Professoren Braniß und Suckow,
zu ihm stand ich in keinem näheren Verhältniß.
Dort war mehr von Tieck'scher Novelle, bei meinen
bescheidenen Freunden mehr von Johann Christian
Günther und von des Knaben Wunderhorn.

Auch ich erwarb bald einen hübschen kleinen Ruf
als Günstling der Musen.

Dennoch war ich kein lyrischer Dichter. Wenn
mich etwas wirklich bewegte, so tönten in mir der
Stimmung entsprechend stundenlang Worte und Noten
irgend eines alten Volksliedes, und ich hatte nur
selten das Herzensbedürfniß dafür eigenen Ausdruck
zu finden. Einen Anfall von lyrischem Eifer hatte
ich schon nach meiner Heimkehr von Berlin gehabt,
als die Entlassung der sieben Göttinger Professoren
die Deutschen aufregte, aus dieser Zeit stammt das
gedruckte Gedicht „Die Wellen" und ein längeres
„Die Krone". Aber aus früher und aus späterer
Zeit ist kaum etwas Singbares geblieben. Was
mich zur Darstellung lockte, war fast immer eine
Situation, in der ich eine andere Persönlichkeit empfand, die poetische Erzählung. Dieser Drang, keine

epische Stoffe lyrisch zu behandeln, pflegt auch bei
großen Dichtern in einer gewissen Zeit ihres Lebens
zu kommen und wieder zu vergehen, so bei Goethe,
Schiller, Uhland. Jetzt kam mir die Zeit, in der
ich vorzugsweise gern gereimte Geschichten verfertigte,
es war die erste selbständige Lebensäußerung meiner
Poesie. Eines dieser Stücke, den „polnischen Bettler"
sandte ich dem Musenalmanach von Echtermayer und
Ruge. Daß es Aufnahme fand und einen artigen
Brief Ruge's zur Folge hatte, wurde in späteren
Jahren die Einleitung zu einem persönlichen Verhältniß mit dem Herausgeber. Ruge hatte angenommen, daß die Klage des Polen aus politischer
Wärme für Polen eingegeben sei, die leider damals
Modekrankheit des Liberalismus war. Er kannte
mich nicht, sonst hätte er das Gegentheil heraus-
lesen können.

Für diese epischen Bilder richtete ich mir den
Nibelungenvers zu, ein Maß, auf das ich noch jetzt
viel halte, weil es bei geschicktem Gebrauch, welcher
die Einförmigkeit des Taktes zu vermeiden weiß,
jeder Stimmung der Seele lebhaften Ausdruck gibt.

Bald sollten mir nicht nur die eigenen Gedichte
zu schaffen machen, auch die Anderer. Denn da ich
an der Universität zuweilen über neuere Dichtkunst
las und in der Stadt einen Ruf als Versemacher
gewonnen hatte, so kamen Abgeordnete der Studenten-

schaft zu mir und ersuchten mich, die Redaction eines
Musenalmanachs für das Jahr 1843 zu übernehmen,
zu welchem Studirende die Gedichte liefern sollten.
Mit trüben Ahnungen willigte ich ein, erhielt überreichlich Beiträge, sowie genaue Kenntniß von der
Beschaffenheit junger lyrischer Gemüther, hatte viele
unnütze Mühe und erreichte nichts weiter, als daß
meine stolzen Knaben die Freude hatten, ihre Verse
gedruckt zu kaufen. Mir aber blieb seit der Zeit
ein tiefer Groll gegen alle lyrischen Zusendungen,
denen die Bitte um ein Urtheil beigefügt war.

Ein Druck meiner Gedichte erschien 1845 unter
dem Titel „In Breslau". Da die Sammlung doch
einmal der Oeffentlichkeit übergeben, auch Einzelnes
daraus an anderen Stellen abgedruckt ist, und da
sie als Jugendwerk des Autors zuweilen erwähnt
wird, so muß sie auch in einer Sammlung meiner
Werke Aufnahme erbitten. Von den Reimen, welche
einst fröhlicher Geselligkeit dienten, ist nur wenig
aufgenommen, dazu einiges Gelegentliche späterer
Zeit. Das Mitgetheilte wird reichlich genügen.

Aber zwischen diese kleinen Versuche fiel die Ausführung einer größeren Arbeit. Aus Fuggers Ehren-
spiegel des Hauses Oestreich hatte ich die Werbung
des Erzherzogs Maximilian um Maria von Burgund
aufgenommen. Die bereits poetisch zugerichtete Erzählung gefiel mir so, daß ich ein Lustspiel daraus

erfann. Das Stück wurde 1841 im Sommer zu
Breslau geschrieben mit großer Wärme und Freude
und sehr ungenügender Kenntniß der Bühne. Wer
das Jugendstück jetzt mit nachsichtigem Wohlwollen
betrachtet, der wird vielleicht finden, daß in dem
Bau der einzelnen Hauptscenen die Empfindung für
das Wirksame nicht fehlt, daß aber im Ganzen die
Umschaffung des epischen Stoffes in das Dramatische
unvollständig ist, und daß die Umrisse der Charaktere
noch am meisten eine Begabung des Verfassers erkennen lassen. Bei ihnen wird die jugendliche Un-
beholfenheit durch das Behagen und gute Laune in
dem Detail verdeckt.

Das Stück war gerade fertig, als mir in der
Zeitung eine Bekanntmachung der Hoftheater-Inten-
danz zu Berlin in die Hände fiel, worin diese einen
Preis für ein Lustspiel höheren Stils aus der Gegenwart ausschrieb. Es war am Ende des Jahres, kurz
vor dem Schlußtage der Ablieferung. Ich dachte,
wie junge Autoren in solchem Fall zu denken pflegen:
unleugbar stammt die Handlung der Brautfahrt nicht
aus der Gegenwart, und den Preis wird man ihr
wohl nicht zutheilen, aber wenn sie eingesandt wird,
so hat sie Aussicht auf baldige Beurtheilung und man
kann immerhin nicht wissen, was geschieht. Schnell
wurde das Stück abgeschrieben und nach Vorschrift
ohne Namen des Verfassers eingesandt mit dem Motto

aus Bürgers Lenore: „Weit ritt ich her von Böhmen, ich habe spat mich aufgemacht."

Der Winter kam, neue Frühlingsknospen standen
an den Bäumen und ich dachte nicht allzu oft an
das eingesandte Stück, da fand ich Ende März 1842
in einer Berliner Zeitung wieder eine Bekanntmachung
der Intendanz, sie habe, statt einen ersten und zweiten
Preis zu ertheilen, vorgezogen, vier Stücke mit gleichem Preise zu bedenken. Dazu die vier Kennzeichen,
welche durch die Verfasser eingesandt waren, und das
letzte war das meine. Sehr, sehr angenehm. Natürlich beeilte ich mich, die Intendanz von meiner
Persönlichkeit in Kenntniß zu setzen, und erlebte, nach
artiger Antwort aus Berlin, die hoffnungsreichen
Monate eines jungen Dichters, dessen Stück zur
Aufführung angenommen ist. Denn aufgeführt sollten die vier Stücke werden und nach der Aufführung
der Preis mit einem Honorarzuschuß gezahlt. Ich
ließ jetzt das Lustspiel als Manuscript drucken, ver-
sandte es an die größeren Theater, linirte Bogen
und legte ein Heft an, mit der Aufschrift: „Acta
der Brautfahrt", worin ich die Correspondenz und
die zu hoffenden Einnahmen zusammentragen wollte.
Das Stück wurde, so viel mir bekannt geworden, in
der nächsten Folgezeit auf zwölf Theatern*) aufge-

---

*) Dessau, Stettin, Köln, Hamburg, Coblenz, Danzig,
Cassel, Breslau, Stuttgart, Weimar, Wien und Riga.

führt, — zu Hamburg und Wien mit entschiedenem
Mißerfolg, es konnte dort nur einmal gegeben wer=
den. Auch wo die erste Darstellung wohlwollend
aufgenommen wurde, wie in Cassel, vermochte sich
das Lustspiel auf die Länge nicht zu behaupten.

In Breslau ging ich die Rolle des Kunz mit
dem Darsteller sorgfältig durch, ihm fehlte gänzlich
die heitere Laune, aber er gab sich die größte Mühe.
Bei der ersten Aufführung war ich selig, ich saß
wie verzückt und ertappte mich darüber, daß ich fort=
während die Lippen bewegte und die Worte der
Schauspieler leise mitsprach. Es störte mich auch
gar nicht und ich war beim Schluß nur etwas ver=
wundert, daß das Publikum meine Begeisterung nicht
recht theilen wollte und dem jungen Verfasser nur
ein mäßiges Wohlwollen gönnte. Das reine Glück,
welches ich an diesem Abend fühlte, habe ich später
bei Aufführung meiner Stücke nur noch einmal ge=
nossen, aber nicht wegen meiner Arbeit, sondern
wegen guter Arbeit der Darsteller.

In Berlin kam die Brautfahrt überhaupt nicht
zur Aufführung. Dem Grafen Redern war als In=
tendant v. Küstner gefolgt und dieser hatte nach dem
Mißerfolg, den das Stück auf andern Bühnen ge=
habt, offenbar keine Lust, die Erbschaft seines Vor=
gängers anzutreten.

Im Jahr 1843 erschien das Stück im Buch=

handel (Breslau, Schuhmann). Dieser erften Aus=
gabe ift eine Widmung an den ruffifchen Seemann
Schanz, Kapitän der Dampffregatte Kamtfchatka,
vorgefetzt. Veranlaffung für die Zufchrift wurde
eine Bekanntfchaft.

Zwei Jahre vorher hatte mich der Arzt in ein
Seebad gefchickt. Zu Swinemünde fand ich an der
Wirthstafel nur wenige Badegäfte, anfpruchslofe
Leute aus der Nachbarfchaft, obenan aber einen
fremden Seemann mit einnehmenden Zügen, dunk=
lem Haar, unterfetzt und von urkräftigem Ausfehen.
Er war von dem ruffifchen Schiff, welches einen
Kaiferlichen Befuch für Berlin herangefahren hatte
und im Hafen die Rückkehr erwartete. Der Fremde
benahm fich bei Tifch wie ein Seebär, fprach in
wegwerfendem Tone Verachtung der deutfchen Küche
und der kläglichen Wirthfchaft in diefem preußifchen
Nefte aus. Als ich ihm entgegnete, er hätte zu
Haufe bleiben können, wir hier hätten uns die Ehre
feines Befuches nicht erbeten, brummte er, mit feinem
Willen fei er auch nicht gekommen. „Da Sie frem=
dem Willen zu gehorchen hatten, fo werden Sie ihn
wohl auch dadurch ehren, wenn Sie uns freundlich
merken laffen, daß Sie hier Gaft find.“ Er fah
mich an und antwortete nicht. Als ich nach Tifch
in der Veranda faß, arbeiteten deutfche Matrofen
an den Segeln ihrer Brigg und johlten dazu nach

Schifferweise. Da hörte ich wieder die unwirsche Stimme des Fremden zu mir herübersprechen: „Dies Gesindel kann keine Arbeit ohne Geschrei machen.“

„Als ich gestern Abend bei dem russischen Schiff vorüber kam, hörte ich Geschrei, das weit häßlicher klang, es waren bestialisch betrunkene Leute, die darin lärmten.“ „Das war nicht im Dienst, sie hatten freien Abend.“ Wieder Schweigen. Darauf trat er an meinen Tisch, nannte seinen Namen, Kapitän Schanz, und begann ein menschliches Gespräch. Seitdem verkehrten wir als gute Leute; da die anderen Gäste sich nach wenigen Tagen verloren, waren wir einige Wochen auf einander angewiesen und fast den ganzen Tag beisammen; ich lud ihn zu einer Bowle eigener Erfindung, die er achten mußte, und trank seinen Sauternes zwischen den großen Kanonen. Dabei öffnete er nach Seemannsart sein Herz und erzählte viel aus seinem Leben, was ich gern vernahm. In der Schlacht bei Navarin war das russische Schiff, auf dem er als jüngster Offizier diente, in Brand gerathen, die Offiziere hatten es verlassen, er hatte sich als letzter der Bemannung ins Meer geworfen und war von den Engländern aufgefischt worden. Seitdem hatte er schnelle Beförderung gefunden und war einige Jahre zuvor nach Amerika geschickt worden, den Bau des großen Raddampfers zu überwachen, den er vor Kurzem nach Kronstadt gebracht

hatte, und der für das schnellste und stärkste Schiff
der russischen Marine galt. Er hatte eine Dame
vom Hofe geheiratet und Aussicht auf gute Laufbahn.
An seinem Kaiser hing er treu, aber wenn es etwas
gab, was er tief und grimmig haßte, so waren es
die Russen, denen er doch diente. Denn er war
Finne, er fühlte sich nur glücklich, wenn er von der
Heimat, ihren Sitten, ihrer Redlichkeit und von seiner
schuldlosen Kindheit erzählte, und seine Züge wurden
weich und das Auge leuchtete, so oft er seine heimi-
schen Volkslieder vorsang und mir zu übersetzen suchte.
Und da ich ihm etwas von dem alten finnischen
Runengedicht Kalevala berichtete, wurde er geneigt,
mich als einen halben Landsmann zu betrachten. Er
war eine groß angelegte Natur, auch in seinen Ansichten und kam mir zuweilen vor wie ein nordischer
Seekönig aus alter Zeit, der in unser Jahrhundert
verschlagen worden ist. Aber er trug die Fesseln
Rußlands in seiner Seele, wenn er immer wieder
von den Intriguen seiner Feinde berichtete und von
den krummen Gängen, welche aufwärts führten, und
wenn er stolz rühmte, daß man die Juwelen, die
der Kaiser bei seiner Vermählung geschenkt hatte,
zum vollen Taxwerth zurückgenommen habe. Da er
auf seinem Schiff in der unnahbaren Einsamkeit eines
orientalischen Herrschers lebte, fand er Genuß darin,
dem jüngeren Fremdling Vieles, was er von Liebe

und Haß, von Schmerzen und Hoffnungen in sich
verschlossen hielt, anzuvertrauen. Und er that dies
in rückhaltsloser Weise. Zuweilen aber hatte er
Anfälle von bitterem Trübsinn, dann war er ganz
Seebär. Als er einst von aller Bücherschreiberei
mit höchster Verachtung sprach, sagte ich ihm, daß
ich mein nächstes Buch ihm widmen würde. „Das
thun Sie niemals.“ „Ich thue es doch, Kapitän.“
Da ich in den letzten Tagen vor seiner Abreise noch
einen Freund aus dem Stamme der Cochius, welcher
Oberförster auf Rügen war, besuchen wollte, sagte
er am Abend ernsthaft: „Heut müssen wir Abschied
nehmen, wir sehen uns nicht wieder.“ „Ich bin
vor Ihrer Abreise zurück, Kapitän.“ „Sie können
nicht, das Dampfschiff fährt morgen zum letzten Mal
nach Putbus, keine Slup von dort kommt gegen den
Wind in diesen Hafen.“ „Ich komme doch. Auf
Wiedersehn.“ Ich besuchte meinen Berliner Freund,
kreiste mit ihm um den Herthasee und schaute von
Stubbenkammer auf das glitzernde Meer. In der
Nacht fuhr ich von Putbus auf einer gemietheten
Slup bis zu einem Fischerdorfe im Nordwesten der
Insel Usedom — eine lustige Fahrt unter hellem
Sternhimmel — und kam auf einem Ochsenkarren
noch gerade zu rechter Zeit in Swinemünde an, um
meinem Kapitän an der Fallreeptreppe die Hand zu
schütteln, bevor er abfuhr.

Mein Versprechen habe ich gehalten, und da die
Brautfahrt das nächste Büchlein war, welches erschien, so mußten der Kapitän und das Stück sich
gefallen lassen, mit einander zu schwimmen. Es
waren keine siegreichen Fahrten. Das Stück wurde
mit späteren Dramen wiederholt aufgelegt und lag
länger als ein Dritteljahrhundert, sicher vor Wind
und Wellen der Aufführungen, in dem stillen Hafen
der Bücherdramen abgetakelt.

Da schrieb im Jahr 1881 Dingelstedt aus Wien,
er beabsichtige, das Stück bei der Vermählung des
Kronprinzen Rudolf aufzuführen, und ersuche um
scenische Einrichtung zu diesem vornehmen Zweck.
Ich sprach gegen seine Absicht alle naheliegenden
Bedenken aus und überließ ihm, wenn er dennoch
die Aufführung unternehmen wolle, das Stück nach
den Bedürfnissen seines Publikums und der festlichen
Veranlassung selbst einzurichten. Das that er, bereits erkrankt, — es war wohl seine letzte größere
Regiearbeit — und Dank der Veranlassung, der
glänzenden Ausstattung und der freundlichen Hingabe
seiner Schauspieler, erreichte das Stück einen an-
ständigen Erfolg, und der Autor machte die Erfahrung, daß man Unglaubliches erlebt, wenn man
nicht vorher stirbt. Die Aufführung am Burgtheater
veranlaßte eine wohlwollende Intendanz zu München
und die Direction des Stadttheaters zu Hamburg

und Altona, Aufführungen zu veranstalten, wie vorauszusehen, ohne dauernden Beifall.

Mich aber machten im Jahre 1842 die Schicksale
des Lustspiels nachdenklich.

Ich hatte es wirklich so gut gemacht, als ich konnte.
Es hatte mir bei der Aufführung sehr gut gefallen,
und doch hatte der Erfolg auf der Bühne auch
mäßigen Erwartungen nicht entsprochen. Offenbar
fehlte dem Stück Etwas und dem Autor Etwas.

Schon bei der Breslauer Aufführung hatte ich
bemerkt, daß Wechsel der Scene innerhalb der Acte
auf der Bühne stärker einschnitt, als mir bei der
Arbeit und beim Durchlesen vorgekommen war. Er
zerstreute die Zuschauer auf einige Minuten; die vorhergehende Scene verlangte also einen gewissen Abschluß mit einer Steigerung, welche die Neugier auf
das Folgende spannte, die neue Scene eine Erklärung und kurze Einleitung; und was störender war,
die kurzen Theilstücke, in welche der Act dadurch
zerfiel, hatten nicht sämmtlich die Eigenschaft, ein
stärkeres Interesse zu befriedigen. Dies war damals, wo auf offener Scene verwandelt wurde, noch
nicht so schlimm, wie es seitdem geworden ist. Dennoch waren die häufigen Verwandlungen ein Uebelstand. Einen größeren entdeckte ich in der Handlung
selbst. Die Liebenden kamen erst im letzten Act zusammen und während des ganzen Stückes fand in

ihren gemüthlichen Beziehungen keine Wandlung und
kein Fortschritt statt. Es blieb ihnen nichts übrig,
als ihre unveränderte Treue und Sehnsucht auszusprechen, was sie freilich beharrlich genug thaten.
Die dramatische Bewegung des Stückes aber verlief in einer Darstellung der Abenteuer und Hinder-
nisse, welche die beiden Liebenden, jeder für sich, zu
bestehen hatten. Beim Schreiben hatte ich darin
dramatisches Leben gefunden, dessen Schilderung mich
befriedigte. Allmählich kam mir die Ahnung, daß
es nicht viel mehr als dialogisirtes Epos war, wenn
Held Max im Zusammenspiel mit allerlei Volk aus
einem Abenteuer in das andere trieb. Auf der
Bühne hatten am meisten die verhältnißmäßig kurzen
Stellen gefallen, in denen die bewegte Seele der
Spielenden sich offenbarte, und zwar dann, wenn
diese Bewegung die Scene zu einem Schluß brachte,
also Maria, wenn sie gegenüber dem Drängen ihrer
Stände in ihrer Liebe die Kraft zum Widerstande
fand oder Kunz, wenn aus seinen krausen Reden
die erwachende Neigung zu Kuni herausbrach. Allmählich wurde mir der größte Fehler klar. Meine
Lieblingsfigur war Kunz von der Rosen. Er war
für mich der eigentliche Held, der mir den Stoff
vertraulich gemacht hatte, und für ihn war in der
Arbeit bei Weitem am meisten geschehen. Und doch
war er seinem Wesen nach nur eine dramatische Ge-

stalt zweiten Ranges, ein launiger Begleiter der
Handlung, immer fertig, mehr der Autor selbst, als
ein bewegter und handelnder Held. Das sollte für
die Zukunft eine Lehre sein.

Unterdeß hatte Breslau die Artigkeit, den jungen
Dichter zuvorkommend zu behandeln. Wenn er die
Schmiedebrücke entlang zur Universität schritt, so
trug nicht er die Mappe, sondern diese wurde zu
ihm getragen, nicht von großen Schaaren der Zuhörer, aber es waren immer Einige, welche die
Freundlichkeit hatten. Er blickte auch nicht mehr
aus dunklem Zimmer zu Professorentöchtern auf,
sondern war im Stande seiner Verehrung wohlgefügten Ausdruck zu geben, und zu der Bewunderung, mit welcher er den weiblichen Theil der akademischen Welt betrachtete, kam noch etwas Anderes,
der Polizeiblick. Denn er war ein Vorsteher im
akademischen Klub geworden, einer großen Gesellschaft,
welche Mitglieder der Universität und des höheren
Beamtenthums allwöchentlich vereinigte. Er betrachtete prüfend die Paare, welche zur Française an-
traten, empfing beim Cotillon zuweilen Schleifen der
Hochachtung, und wenn er beim Beginn des Balles
eine Tänzerin, gleichviel ob jung oder alt, aufforderte,
so war diese immer die erste Dame, welche tanzte,
was schon etwas bedeutete. Auch wenn er einmal
die Weinstube besuchte, war nicht unwahrscheinlich,

daß er dort Bekannte fand, jüngere und ältere
Herren aus allerlei Kreisen, nicht nur von der Universität, auch vom Militär und Adel aus der Provinz. Er erhielt Einladungen in Familien und auf
das Land, und lernte die Breslauer Gesellschaft ein
wenig kennen, ersten, zweiten und dritten Stock.

Der Zufall hatte gefügt, daß ich mit der schlesischen Dichterin Agnes Franz in demselben Hause
wohnte, der Verkehr mit ihr und ihrem Haushalt
gehört zu den holdesten Erinnerungen jener Jahre.
Von Aussehen war sie ein ältliches, verwachsenes
Fräulein, mit einem etwas großen Kopf und etwas
kurzen Hals, sie trug eine schwarzseidene Mantille
mit Krausen, welche leise und geisterhaft raschelte,
wenn sie in Bewegung gerieth. Eine Schwester hatte
ihr auf dem Totenbett vier kleine Waisen vermacht,
welche ihre Familie bildeten; sie bewohnte daher
drei Treppen hoch eine Kinderstube und eine gute
Stube, die als Salon betrachtet wurde. Ein großes
Mansardenfenster mit Epheu umzogen, ein altes
Fortepiano, ein Bücherschrank und ein kleiner Schreibtisch gaben dem bescheidenen Raum ein wohnliches
und poetisches Aussehen. In der Stube erzog sie
die Kinder, schrieb ihre Gedichte, Parabeln und Novellen, und empfing ihre Freunde beim Thee. Mochte
sie aber thun, was sie wollte, es lag sehr viel Frieden, Freude und Seligkeit auf ihrem, gar nicht hüb-

 schen Gesicht. Auch wenn sie weinte, sah sie zu=
frieden und glücklich aus. Und was merkwürdig
war, wer in ihre Nähe kam, gerieth in eine ähn=
liche zufriedene Stimmung. In der Stube roch es
durch das ganze Jahr nach Wachsstock und Tannen,
die Bretzeln auf dem Teller hatten ein so schlaues
Aussehen wie Zauberbrillen, die man nur auf die
Nase zu setzen braucht, um Elfen tanzen zu sehen,
und man mußte sich sorgfältig hüten, irgend Etwas,
das an irgend einem Orte lag, anzusehen, weil man
zu befürchten hatte, daß es ein kleines Geschenk sei,
welches die Freundin bis zum rechten Augenblick
versteckt hielt.

In ihren Gedichten und Erzählungen hatte sie
oft mit Blumen, Engeln und dem lieben Gott Ver=
kehr. Wenn ein Fremder das las, wurde ihm manch=
mal des Guten zu viel; wenn man mit ihr umging,
merkte man davon nicht mehr, als für die gute
Laune nöthig war, ja man merkte überhaupt nicht,
daß man bei einer Dichterin saß. Ein Jahr lang
waren wir gute Leute gewesen, ohne daß ich ein
Wort von ihr gelesen hatte. Und als ich ihr einmal
in einer Stunde gegenseitiger Zufriedenheit das er=
zählte, gerieth sie ernsthaft in Sorge und meinte, ich
sollte das niemals thun, denn ihr Dichten könne uns
Männern nicht gefallen, und dabei sah sie so liebe=
voll besorgt und befangen aus, daß das Weltkind

hingebend wurde und Alles las, was sie geschrieben
hatte. Doch verband uns eine gemeinsame literarische
Neigung, die für Märchen und Sagen. Mit Adalbert
Kuhn hatte ich in Berlin mich darum gekümmert
und seitdem ein wenig Volksüberlieferungen gesam=
melt. Freilich hatte Agnes nicht dieselben Gesichts=
punkte, sie dachte an ihre Kleinen, ich an Allerlei
was für Kenntniß alter Zeit daraus zu gewinnen
war; aber wir theilten doch unsere Habe einander
eifrig mit. Ich untersuchte auch gern ihren Bücher=
tisch, auf dem um Weihnachten die neuen Kinder=
bücher aufgethürmt standen, welche ihr gefällige
Freunde oder Buchhandlungen zugesandt hatten.
Noch fehlte sehr der Bilderreichthum und die schöne
Kunst, woran sich jetzt unsere Kinder freuen sollen.
Aber die Erzählungen und spielenden Nachbildungen
echter Märchen waren nicht viel anders, als sie jetzt
in der Mehrzahl sind. Doch alle kritischen Bedenken
mußten schweigen gegenüber der frohen Wärme, mit
welcher die Freundin ihre Schätze vorzeigte, vor=
nehme Kinderschriften von starkem Leibchen mit schö=
nem bemalten Mantel und arme dünne Bettelmanns=
büchel mit grauem Papier und undeutlichen Holz=
schnitten. Noch gab es in ihrem Bücherhaufen roth=
kämmige Hähne, welche Groschen auskrähten; un=
artige Jungen fuhren auf Kähnen oder kletterten auf
Bäume, oder neckten böse Hunde, bis sie zum war=

nenden Beispiel für ihr Jahrhundert ins Wasser
fielen, Beine brachen und gebissen wurden; artige
Mädchen spielten mit ihren Puppen, während sich
rothe Bänder in kühnen Windungen um die weißen
Kleider schlängelten; schwarze Köhler verwandelten
sich in gute Berggeister, welche hungernden Eltern
goldene Aepfel einbescherten; unbegreiflich und höchst
überraschend wurde die allerverborgenste Tugend an
das hellste Licht gebracht, und das kleinste Unrecht
auf das Allergenaueste bestraft. Und wie verständig
und wohlwollend benahmen sich selbst die Thiere
jeder Art! was der Hund sagte, und der Frosch erzählte, was das Rothkehlchen erlebte, und das Pferd
gegen das Zebra äußerte, es war Alles unglaublich
verständig und gebildet. Sogar die Figuren ihrer
Märchenwelt! Viele Prinzen in rothen Sammethosen
bestanden Abenteuer, in denen jeder Andere stecken
bliebe, ihnen aber war die Sache Kleinigkeit, weil
sie unermeßlich tapfer waren und vortreffliche Zauber-
hilfe hatten. Was konnte uns der gräuliche Drache
mit seinem feurigen Maul ängstigen, oder der schänd-
liche Oger, welcher sich bemüßigt sah, kleine Kinder
zu fressen? Wir mußten recht gut, daß diesen
Bösewichtern zuletzt von unsern Lieblingen der Kopf
abgeschlagen wurde. Vollends die kleinen braunen
Männchen, und die Feen und die guten Zauberer!
Wie freundlich sie hin und her trippelten, wie sie

immer gerade zu rechter Zeit erschienen, welche
nützliche Geschenke sie zu geben wußten, kleine Nüsse,
in denen ungeheure Zelte steckten, und wandelnde
Stecknadeln, welche selbständig den Feind in die
Beine stachen. Eine solche Fee war die Fränzel
selbst, die gute Frau Holle in ihrer kleinen vertrauten
Geisterwelt.

An den Winterabenden, wenn die vier Kleinen
um den Sessel der Tante sprangen und das Lampen-
licht wohlgefällig über den weißen Theetassen glänzte,
gab es eine endlose Reihe von Kinderfesten. Da
war das Bratäpfelfest, wo die Kinder wie Indianer
um die große Schüssel voll Aepfel einen Kriegstanz
aufführten und kleine Lieder sangen, welche Fränzchen
auf dem alten Clavier begleitete, bis zuletzt Alt und
Jung in der Stube herumwalzte, während Agnes
unaufhörlich und lächelnd die Musik machte, ja bis
selbst Tische und Stühle zuvorkommend ihre Beine
einzogen und das eckige Wesen verbargen, weil ohne
ihre Nachgiebigkeit das Tanzen in dem engen Raum
unmöglich gewesen wäre. Dann das Fest des Blei-
gießens, wo Agnes sich nicht nehmen ließ, allen jungen
und alten Gästen die Bedeutung ihres Gusses auszu-
legen. Wie schelmisch und fein that sie das, so daß Ge-
lächter und sanftes Erröthen der jungen Damen gar
nicht aufhörte; und ferner der Abend der schwimmen-
den Nußschalen, wobei ungewöhnlich viel Nüsse ver-

braucht und zuletzt Volkslieder und Canons gesungen
wurden, Prinz Eugen der edle Ritter, und die Glocke
von Capernaum — und endlich gar das eigentliche
Christfest!

Schon vier Wochen vorher war die Freundin in
stiller Aufregung. Die Mantille rauschte doppelt
geisterhaft, die Stube war unwegsam, wie ein Schiffs=
verdeck, durch herrenlose Dinge, welche mit großen
Tüchern so sorgfältig verdeckt waren, daß nur selten
ein Hanswurstbein oder eine Bandschleife hervorzu=
gucken wagte. Und wie nähte, schneiderte und strickte
die Agnes. Ich traf sie einst in ihrer Stube, als
sie über einen großen Regenschirm von rothem Baum=
wollenzeug hergefallen war und mit der Schere be=
geistert hineinschnitt; sie hing an ihm wie eine
Hummel in dem Kelch einer Tulpe. Und als ich
sie frug, weshalb sie gegen den guten alten Schirm
wüthe, setzte sie mir schlau auseinander, daß er ein
prächtiges Futter abgeben werde für den Burnus
ihres kleinen Pflegesohns. Und das ist wahr ge=
wesen, kein Mensch hat dem Mäntelchen angemerkt,
woher sein Inwendiges stammte, und wenn der
kleine Kerl darin umherlief und wir ihm zusahen,
dann winkte sie mir mit glücklichem Gesicht geheim=
nißvoll zu.

Schon am frühen Morgen des Christfestes sah
man Leute zu ihr hinaufschleichen, solche Leute, die

nicht auf der Sonnenseite des Lebens dahingehen, mit Krücken, mit zerrissenen Schleiern vor dem Gesicht, und Bettelkinder auf allen Vieren. Und häufig konnte man nachher die Agnes sehen, wie sie mit Hut und Mantille aus ihrem Dachstübchen herabstieg und durch den Winterschnee wanderte, bald in schlechte Hütten, bald in die Häuser der Reichen, um dort für ihre Armen zu bitten.

Die Pracht der Einbescherung aber zu schildern, wäre Niemand im Stande. Diese vielen Wachsstöckchen und großen Weihnachtsbäume und die Masse von kleinen Geschenken auf zwei langen Tafeln in vielen Portionen, und bei jeder ein allerliebstes grün und roth gemaltes Licht. Zuerst kamen die Armen, dann die Kinder, die Freunde. Jeder erhielt und versuchte zu geben. Es war ein wirres Durcheinander von Danksagungen und Händedrücken, von hübsch gespieltem Erstaunen und freudigem Aufjauchzen. An dem Abend saß die kleine Dame zuletzt da wie eine Königin, etwas müde und angegriffen von dem Lärm und der Freude, aber ihre Augen glänzten von Seligkeit und Rührung.

Gute Freundin! deine Bücher für Kinder sind von Vielen vergessen, du selbst schläfst seit Jahren den ewigen Schlaf, doch wie auch die Gegenwart unsere Seele in Anspruch nimmt, wenn Weihnacht herankommt, der Schnee an den Fenstern hängt und

die Klingel die Gegenwart des Christkinds meldet,
dann wenigstens werden die Alten, die dich geliebt
haben, deiner gedenken!

Zu den angesehenen Familien der Stadt, in
denen ich am liebsten verkehrte, gehörten die Molinari, ein altes Kaufmannsgeschlecht, das im 17. Jahrhundert aus Italien eingewandert, in einem großen
Patricierhause nahe am Markt den Stammsitz hatte.
Es zählte unter den ersten katholischen in Breslau
und unterhielt gemüthliche Beziehungen zu den geistlichen Würdenträgern der Stadt. Die Handlung —
Colonialwaaren und Producte — wurde durch einen
rüstigen alten Herrn und durch zwei Söhne im
kräftigen Mannesalter geleitet. Dem ältesten derselben machte mich der akademische Klub bekannt,
er suchte mich auf und führte mich in seiner Familie ein. Theodor Molinari war zu Breslau eine
der bekanntesten Persönlichkeiten und ein Liebling der
Stadt, ein hochsinniger und ritterlicher Mann, eifrig
und tapfer, von großer Gemüthswärme. Er war
der Vertrauensmann Bedrängter, Vormund vieler
Waisen, wegen seiner Thatkraft und uneigennützigen
Redlichkeit auch in der Kaufmannschaft hoch angesehen. In seiner Jugend war er einige Jahre in
England gewesen und hatte dort große Verhältnisse
des Handels und ein mächtigeres Staatsleben kennen
gelernt, er bewahrte auch in der Erscheinung etwas

von der englischen Art, aber so oft sein Gemüth erregt wurde, brach die Glut des Italieners und das
fröhliche schlesische Wesen hervor. Von Gestalt war
er groß und breitschulterig, rasch und kräftig in seinen
Bewegungen, dreizehn Jahre älter als ich, aber er sah
mit seinem dunklen Haar und der braunen Gesichtsfarbe
noch älter aus. Er war ein gutherziger Mann auch
gegenüber den kleinen Anforderungen, welche der Tag
stellte. Die Schnelligkeit, mit welcher er in die
Tasche griff, muß für jeden Bittenden zum Entzücken
gewesen sein, denn dieser konnte erkennen, daß die
reichliche Gabe gern und freundlich gegeben wurde,
bei jeder geselligen Unternehmung mußte · er argwöhnisch beaufsichtigt werden, denn er bestand hart-
näckig darauf, Alles allein zu bezahlen, und wenn
etwas Gemeinnütziges unternommen wurde, Unter-
schriften gesammelt, Beiträge gefordert, er war immer
unter den ersten, welche angegangen wurden, und
immer der, welcher mit ganzer Seele dazu that, sich
selbst bereitwillig für das, was ihm gut erschien,
einsetzte und die Arbeit und Verantwortung übernahm. Gegen Alles aber, was er für unrecht hielt,
bäumte er mit dem Feuer eines Jünglings auf, und
ließ sich durch kein Bedenken zurückhalten, auch da
nicht, wo Andere sich vorsichtig hüteten.

In späterer Zeit hat man zuweilen dem Kaufmann in „Soll und Haben" die Ehre erwiesen, ihn

als Abbild meines Freundes zu betrachten. Mit
Ausnahme der stolzen Redlichkeit haben sie wenig
gemein. Der im Buch ist, wie es die Idee des
Romans verlangte, ein steifleinener Herr, der ja nur
zu bestimmten Zwecken erfunden wurde, mein Freund
war eine reiche und gemüthvolle Natur, in der das
frische Leben voll und warm pulsirte.

In dem Geschäft, das nach damaligen Verhält=
nissen zu den großen in Schlesien gehörte, stand
Theodor an der Spitze des auswärtigen Amtes, er
hatte viele Agenten in Krakau, Galizien, bis zur
türkischen Grenze. In den fremden Absatzgebieten
war Wagniß und Gewinn beträchtlich, oft wurden
Reisen dorthin nöthig, und der Umgang mit den
fremdländischen Kunden war nicht immer bequem.
Aber diese Thätigkeit gab auch Kenntniß fremder
Zustände und Einblick in das Verkehrsleben des
europäischen Ostens. Ein anderer Theil des Be=
triebes, der sicherste und regelmäßigste, war das
Provinzialgeschäft, worin das Haus alte Verbin=
dungen hatte, zumal in Oberschlesien. Dieses leitete
der jüngere Bruder Ottomar, der stiller für die Fa=
milie und die Handlung lebte, nicht weniger wacker,
gescheit und gutherzig. Rührend war die Liebe und
das feste Vertrauen, mit welchem die Brüder an
einander hingen, und wer die beiden beobachtete im
Comtoir und in der Familie, der sah die Gebrüder

Wohlgemuth im Niklas Nickleby von Boz leibhaftig
vor sich. Beide aber waren verheiratet und lebten
in reichem Haushalt unter aufblühenden Kindern.

In ihren Familien verbrachte ich viele frohe
Abende. Aus meinem Verkehr mit Theodor entstand eine feste Männerfreundschaft, die gerade deshalb so innig wurde, weil wir auf ganz verschiedenen Wegen den Inhalt unseres Lebens gewonnen
hatten. Ich erhielt durch ihn neuen Einblick in das
Geschäftsleben der Landschaft und die großen Ver-
kehrsinteressen des Staates, und ihm war es auch
ganz recht, einen Gesellen zu finden, mit dem er
über Vieles verhandeln konnte, womit die Zeitgenossen
sich beschäftigten und aufregten. Er wurde mein Vertrauter, in dessen Gemüth ich Manches niederlegte,
was mich innerlich bewegte, und die liebevolle Treue,
mit welcher er das Wohl des jüngeren Freundes im
Herzen trug, gab mir eine Sicherheit, die mich früh-
zeitig fest machte. Vor Allem war es die Politik,
in der wir treu zusammen hielten. Seit der Thron-
besteigung Friedrich Wilhelms IV war sie die wich-
tigste Angelegenheit des Tages geworden. Die Anfänge einer demokratischen Bewegung wurden überall
sichtbar, die berechtigte Unzufriedenheit mit dem Po-
lizeiregiment des Staates hatte in den Seelen Mißtrauen gegen jede Maßregel der Regierung und eine
Bitterkeit großgezogen, welche oft zum Pessimismus

wurde und die Wärme für den Staat in gefährlicher
Weise beeinträchtigte.

Theodor war ein warmer Preuße und ein warmer
Liberaler, er sah mit Schmerzen, wie die Regierung
auf Irrwegen dahinschwankte, und zürnte der Halt=
losigkeit, mit welcher das junge Freiheitsgefühl sich
äußerte.

Durch ihn kam ich in Verbindung mit Gleich=
gesinnten, worunter einige der besten Männer der
Stadt waren. Voran Karl Milde, welcher ebenfalls
in England gebildet war, ein Mann von großen
Gesichtspunkten, erfindungsreich, vielgewandt und be=
weglich. Dann der neue Oberbürgermeister Pinder,
damals in seiner kräftigsten Zeit, das Musterbild
eines preußischen Beamten, eine weiche und warme
Natur, von großer Anziehungskraft für Alle, die mit
ihm in Verbindung traten, im Verkehr mit seinen
Bürgern von vornehmer Haltung und milder Freund=
lichkeit. Endlich Richard Röpell, der jüngere Pro=
fessor der Geschichte. Auch diesem verband mich
zuerst die gemeinsame Sorge um die Zukunft des
Vaterlandes, sein maßvolles Urtheil und die Zuver=
lässigkeit seines Wesens. Er war einer von den
wohlgefügten Männern, bei denen man mit Sicher=
heit darauf rechnen kann, auch nach jahrelanger
Trennung in großen Fragen die gleiche Auffassung
zu finden. Unter Allen, die in Breslau unserem

Freundeskreise angehörten, war allein seiner dauer-
haften Kraft beschieden, die großartige Entwickelung
der deutschen Verhältnisse zu erleben und treu den
Ansichten der früheren Mannesjahre dafür thätig
zu sein.

Diese Bekanntschaften hatten die natürliche Folge,
daß ich gesellig in Anspruch genommen wurde und
überreichliche Gelegenheit erhielt, mich in schlesischer
Weise auszugeben. Professor Suckow bat mich, für
die gesellige Unterhaltung des Börsen-Kränzchens zu
sorgen, eines andern großen Klubs, in welchem die
Mehrzahl der Mitglieder der Kaufmannschaft ange-
hörte. Dort habe ich durch einige Jahre allerlei
Lustiges, zuletzt ein großes Maskenfest, eingerichtet.
Daneben liefen die Veranstaltungen des Künstlervereins und Aufführungen zu wohlthätigen Zwecken
ohne Ende fort. Ich immer dabei als Leiter, Toast-
sprecher oder gar als Narr mit der Schellenkappe.
Einige Jahre trieb ich dies zur Winterzeit mit sorglosem Behagen, zuletzt wurde mir des Guten zu viel,
und ich merkte, daß es Zeit war, mich selbst ernster
anzufassen.

Da drang in unser politisches und geselliges
Treiben ein lauter Klageschrei von Noth der Spinner
und Weber in den Gebirgskreisen. Dort saß in den
Thälern eine dichte Bevölkerung, welche sich mit
Hausindustrie auf eigenen Webstühlen zu erhalten

suchte. Durch die neue Maschinenarbeit und durch
das dürftige Leben mehrer Generationen war sie
verkümmert und in sklavische Abhängigkeit von den
Kaufherren, den regelmäßigen Abnehmern ihrer
Waare, gerathen. Jetzt aber hatte Ungunst der
Handelsverhältnisse ihr Leiden so hoch gesteigert, daß
ein schnelles Eingreifen menschenfreundlicher Thätigkeit geboten war, um die Schrecken der Hungersnoth
abzuwenden. Ueberall in Deutschland wurde für sie
gesammelt, in Breslau trat ein Central-Verein zusammen zur Aufnahme und Verwendung der Beiträge
und zur Herbeiführung besserer Lebensbedingungen
für die Leidenden. Die Mitglieder des Vereins
wurden aus verschiedenen Kreisen der Gesellschaft
gewählt, auch ich wurde dazu herangezogen. Zu ihm
gehörten, außer den Führern der Kaufmannschaft und
städtischen Verwaltung, auch große Gutsherren der
Provinz, vom Militär die Generäle Graf Brandenburg und Willissen. Das Verhalten dieser beiden
Herren im Vereine war sehr verschieden. Graf
Brandenburg erklärte sogleich mit wohlthuender Ehrlichkeit, daß ihm die genaue Kenntniß der Verhältnisse fehle, daß er aber ein warmes Herz für die
Sache mitbringe und sich gern unterrichten wolle,
und er hat zu jeder Zeit, wo er eine Ansicht äußern
mußte, mit gutem Urtheil auf der Seite gestanden,
welche das Richtige wollte. Willissen dagegen mußte

in unruhigem Eifer sogleich Vorschläge zu machen,
schrieb unaufgefordert Gutachten und Abhandlungen,
und Alles was er forderte, war nicht ausführbar.
Als er im Jahre 1850 von den Schleswig-Holsteinern
zum militärischen Führer gewählt wurde, konnte man
sich trüber Ahnungen über den Ausgang des Kampfes
nicht erwehren. — Der Verein erhielt bald beträcht-
liche Summen zur Verfügung; durch die Einsicht der
geschäftskundigen Mitglieder, unter denen Milde und
Theodor Molinari waren, wurde er vor der nahe
liegenden Gefahr bewahrt, sich in schädlicher Weise
zwischen Weber und Kaufleute, Arbeiter und Arbeitgeber, einzuschieben. Die Kaufgeschäfte, welche er in
erster Nothzeit und zur Warnung für harte Händler
errichtet hatte, wurden sobald als möglich in zuver-
lässigen Händen dem regelmäßigen geschäftlichen Betriebe zurückgegeben, der Noth des Augenblicks wurde
nach Kräften gesteuert, für Verbesserung der schlechten
Wohnungen, Webstühle, Werkzeuge das Mögliche gethan. Am wenigsten glückten die Versuche, den Be-
drängten andere Arbeit zu verschaffen, denn auch,
wo die Gelegenheit dazu gefunden wurde, hinderte
die körperliche Unfähigkeit und ebenso sehr der Stolz
der armen Leute, welche für sich und ihre Kinder
mit unüberwindlicher Zähigkeit an dem Geschäft der
Vorfahren festhielten. Es erwies sich, daß nichts
schwerer ist, als einem verkommenden Industriezweig

seine Opfer zu entreißen. Dem Beamtenstaat, wie er damals war, fehlte vollständig die Einsicht und Kraft, mit rücksichtsloser Energie einzugreifen, der Privatwohlthätigkeit stand nur in wenigen Fällen die hochherzige Hingabe Solcher zur Seite, welche ihr eigenes Leben der Erziehung der Unglücklichen hingeben wollten. Wir Alle lernten, daß keine Vereinsthätigkeit, auch die emsigste nicht, eine Arbeit zu thun vermag, welche nur die Zeit vollbringt, indem sie die Einen austilgt, die Anderen dadurch heraufhebt, daß sie ihnen allmählich die Kraft zutheilt, sich selbst zu helfen, allein oder im Verbande mit den Genossen.

In diesen Jahren hielt ich an der Universität meine Vorlesungen über mittelhochdeutsche und neuere deutsche Literatur; wiederholt eine Vorlesung über deutsche Poesie seit Goethe und Schiller, in welcher einzelne Gedichte als Proben vorgetragen und nach bestem Vermögen begutachtet wurden. Diese Vorlesung mit sorgfältig eingeübtem Vortrag charakteristischer Gedichte war nicht unnütz, und ich möchte Aehnliches auch jetzt noch in den Lectionsverzeichnissen finden, damit eine Lücke in der Bildung ausgefüllt werde, welche die gelehrten Schulen wohl zurücklassen. Für mich selbst las und arbeitete ich rüstig, ich begann die Monumenta Germaniae auszuziehen und trug vorzugsweise culturgeschichtliche Notizen zusammen. Seit meiner Doktorschrift hatte ich beschlossen,

eine Geschichte der deutschen dramatischen Poesie zu
schreiben, auch dafür sammelte ich, und unternahm
eine Ferienreise nach der Bibliothek in Wien, um
alte Drucke des 15. und 16. Jahrhunderts durchzu-
sehen. Sehr bald erkannte ich, daß die Geschichte
der dramatischen Poesie zugleich eine Geschichte des
Theaters sein muß, in welcher die Art und Weise
der Aufführungen oft weit anziehender ist, als der
Inhalt der Stücke und die poetische Behandlung des
Stoffes. Denn zwischen den kirchlichen Aufführungen
des Mittelalters und der Nürnberger Bühne des
Hans Sachs liegen mehr als hundert Jahre eigen-
thümlicher und großartiger Aufführungen, welche
städtische Feste waren, bei denen die gesammte Bürgerschaft betheiligt war. Sie fanden unter freiem
Himmel statt, dafür wurden Gerüste und Bauten
aufgeführt, allerlei technische Erfindungen gemacht.
Noch jetzt geben die Festspiele in Oberammergau
eine entfernte Vorstellung davon. Auch diese großen
Stadtspiele haben eine reiche, schwer zu bewältigende
Literatur hinterlassen, und wer die Geschichte des
deutschen Dramas schreibt, wird viele Jahre seines
Lebens auf Bewältigung des massenhaften Stoffes
zu verwenden haben. Jedenfalls war ein solches
Unternehmen für einen jungen Docenten, der sich
durch eine literarische Arbeit in der wissenschaftlichen
Welt einführen will, nicht gerade bequem. Doch

hielt ich lange daran fest. Einer Aufforderung von
Wilhelm Grimm folgend, zog ich für das deutsche
Wörterbuch, welches vorbereitet wurde, den ganzen
Jacob Ayrer und einiges Kleinere aus, hielt auch
einmal vor gemischtem Publikum eine Reihe von
Vorträgen über neuere deutsche Literatur.

Wenn ich in den Ferien nach der Heimat kam,
und im kleinen Hofraum zwischen den Eltern saß,
von meinen Erfolgen und reichlicher von werthen
Bekannten erzählte, da fand ich die Mutter ganz
unverändert, den lieben Vater aber bedrückten die
Jahre. Ach, noch mehr die neue Zeit, die seit 1840
auch in der kleinen Grenzstadt bemerkbar wurde;
denn die Bürger fingen an, sich um allerlei zu
kümmern, was der Magistrat bis dahin allein verstanden. Früher hatten sie zuweilen leise gemurmelt,
jetzt widersprachen unruhige Köpfe ohne Scheu, ein
kleines Localblatt wurde gegründet, nicht zur Freude
des Bürgermeisters, darin erschienen widersetzliche Bemerkungen auch über Städtisches. Der Stadt wurden von der Regierung höhere Leistungen zugemuthet,
zum theuren Bau eines mächtigen Pfarr- und Schul-
hauses sollte ein Theil des Stadtwaldes, an dem
das Herz des Vaters hing, niedergeschlagen werden,
und vergeblich sträubten sich Magistrat und Bürgerschaft dagegen. Ja der Bürgermeister selbst wurde
von einem zugewanderten Fremden daran erinnert,

daß er nicht mehr zeitgemäß sei. Seit dem vorigen
Jahrhundert hatte er, wie damals Landesbrauch war,
jeden Handwerksburschen mit „er" angeredet. Einer,
der jetzt kam, wollte sich das nicht gefallen lassen
und protestirte unwillig gegen die wegwerfende Behandlung. Der Vater sah den Aufsätzigen erstaunt
an und vergönnte ihm fernerhin das summarische
„man", das hielt der Angeredete für noch schlimmer
und forderte als freier Staatsangehöriger das schick-
liche „Sie". Er hatte Recht, und ich besorge, dem
alten Bürgermeister mit seinem Silberhaar wurde
das auch von der Regierung angedeutet. Solche
kleine Zusammenstöße der alten und neuen Zeit kränk-
ten den Vater tief. Erstaunt sah er ringsum eine
plötzliche Veränderung des Lebens, neue Verhältnisse,
ganz unerhörte Forderungen, und ihm kam vor, als
wenn alles Gute mit dem Alten zu Grunde gehe.

Im Jahr 1847 suchte er mit 73 Jahren um
seine Dienstentlassung nach. Es war für ihn ein
schwerer Abschied, ein Abschied auch von Kreuzburg,
der ihm durch Beweise von herzlicher Anerkennung,
die ihm die Stadt entgegenbrachte, nicht erleichtert
wurde. Er zog mit der Mutter nach Groß-Strelitz
zu meinem Bruder. Dieser hatte die Rechte studirt,
war auf einige Jahre zur Regierung übergegangen
und Commissarius für Auseinandersetzung der guts-
herrlichen und bäuerlichen Verhältnisse geworden.

Durch eine starke Jugendliebe gehoben, hatte er mit
steter Anspannung seiner Kraft sich früh zu einer
selbständigen Thätigkeit heraufgearbeitet und jetzt in
glücklicher Ehe seinen Haushalt eingerichtet. Dort
lebte der Vater bis 1848. Die Ereignisse dieses
Jahres erschütterten ihn tief. Als er am Abend
des 17. November die Nachricht vom Widerstande
der Nationalversammlung gegen die königliche Auf-
lösungsordre las, brach ein kurzer Schmerzensruf
aus seiner Seele, — wie die besorgte Mutter in
der Nacht nach ihm sah, fand sie ihn tot.

8

Beim Theater.

Karl von Holtei war 1842 nach Breslau ge=
kommen und hatte die künstlerische Leitung des Stadt=
theaters übernommen. Wir wurden bald gute Be=
kannte, saßen neben einander am Mittagstisch und
spielten Domino um den Kaffe. Holtei hatte ein
langes Wanderleben hinter sich und in dem unsteten
Treiben auch wohl manche Einbuße erlitten. Aber
in allen Beziehungen zu seinen literarischen Bekannten
war er ein feinfühlender Mann von Ehre geblieben.
Er lebte sehr einfach mit geringen Bedürfnissen, ob=
gleich das Geld für ihn nicht den landesüblichen
Werth hatte; denn wenn es ihm einmal fehlte, packte
er kleine Bücher ein, fuhr in die Welt, um drama=
tische Vorlesungen zu halten, und kehrte in der Regel
nach einigen Wochen mit gefüllten Beuteln zurück.
Sein Drang zu schaffen war sehr lebendig, Kunst
und Urtheil nicht sicher, auf Wohlgelungenes folgte
gänzlich Verfehltes, und es war merkwürdig, wie
sehr er, der Bühnenkundige, sich über das Wirksame

seiner Erfindungen täuschen konnte. Er war auch
vor den Arbeiten Anderer nicht geeignet Kritik zu
üben, und ging allen Erörterungen darüber aus
dem Wege. Aber er hatte warme und neidlose An=
erkennung für jede selbständige Kraft und wurde
nicht müde, sich zum Nutzen Anderer schreibend und
befürwortend in Bewegung zu setzen. Seiner ner=
vösen und reizbaren Natur fehlte die gleichmäßige
Stimmung allzusehr, doch auch, wenn ihn etwas ver=
störte, wurde er Anderen nicht lästig, sondern zog
sich still in sich zurück. Mir wurde er lieb und
werthvoll, weil es kaum einen Zweiten gab, der mit
Personen und Verhältnissen der deutschen Bühnen
so bekannt war wie er. Da er mir aber auf Fragen
über unser Handwerk nicht Auskunft geben konnte,
sah ich mich nach anderer Hilfe um.

Schon bei den Proben zur Brautfahrt hatte ich
bemerkt, daß die Schauspieler auf einzelne Stellen
Werth legten, die mir unwesentlich schienen, und daß
sie Vieles bei der Darstellung nicht so heraus brach=
ten, wie ich es empfunden hatte, zum großen Theil,
weil sie es nicht zu machen verstanden, zuweilen aber
auch, weil die Wirkung der gesprochenen Rede auf
dem Theater eine weit andere war, als ich während
der Arbeit gedacht. Ich merkte auch, daß mir beim
Schreiben zwar an einigen Stellen vorgeschwebt
hatte, wo die Personen auf der Bühne stehen und

wie sie sich zu einander regen sollten, daß ich aber
die in der Scene nothwendigen Veränderungen ihrer
Stellung nicht deutlich genug geschaut und nicht be=
quem zurecht gemacht hatte. Mir wurde klar, daß
die Schauspieler für ihre besten Wirkungen zuweilen
etwas Anderes zu fordern berechtigt waren, als ich
ihnen gegeben, und ich erkannte, daß mir nützlich
sein würde, genau zu erfahren, was sie für ihre
Kunst brauchten. Nun war die Mehrzahl von ihnen
wenig geeignet, sich über künstlerische Aufgaben aus=
zusprechen. Doch Einen fand ich, der mir Rede
stehen konnte und der ein Vergnügen darin fand,
über seine Rollen und sein Spiel mit mir zu ver=
handeln. Das war August Wohlbrück. Er war das
bedeutendste Talent einer großen Schauspielerfamilie
und gehörte seiner Bildung nach der Hamburger
Schule an; feines Detailliren, biedere Sentimenta=
lität, zuweilen altfränkische Zierlichkeit waren die
Eigenschaften dieser Entwickelungsstufe dramatischer
Kunst. Wohlbrücks Instinkt für künstlerische Wahr=
heit war merkwürdig richtig; Stimme und Aeußeres
setzten ihm feste Grenzen, Shylock und Nathan fielen
noch vollständig in das Bereich seiner Mittel, Lear
lag schon jenseits. Innerhalb dieser Grenzen aber
besaß kaum ein deutscher Schauspieler so großes
Repertoir, wenige eine so dauerhafte Darstellungs=
kraft wie er. Es verschlug ihm nichts, sieben Tage

der Woche hinter einander zu spielen, heut Menenius, morgen den Weltumsegler, übermorgen den Lügner Krack, darauf Nathan, den alten Klingsberg, den Geizigen und zum Sonnabend den Bengel Nazi in der Posse Eulenspiegel, wo er Nankinghöschen trug, an denen die Jacke festgenäht war; er verstand zu rühren, Cachucha zu tanzen und sogar zu singen, war in allen Rollen tüchtig, in einigen unübertrefflich. Und dazu kam als größter Vorzug, daß er ein echter Charakterspieler war, darin war er Beckmann und Scholz, den großen Wiener Komikern jener Jahre, überlegen, denn Nestroy war nur ein großer Schwätzer, aber kein Komiker. Beckmann's Meisterschaft bestand darin, daß er in die Maske eines drolligen Kauzes kleine Scherze und allerliebste Erfindungen einsetzte, ziemlich unbekümmert darum, ob sie zur Rolle paßten. Scholz war groß als Tölpel, er hatte diesen Charakter zu einer ähnlichen Virtuosität ausgebildet, wie die alten Hanswürste einzelne Masken, die durch sie beliebt wurden und mit ihnen vergingen. Beide waren einförmig und ihre Laune starb, wenn sie gezwungen wurden, die Arbeit des Dichters zu ehren; Wohlbrück verstand aus Allem einen Charakter zu machen, er war in jeder Rolle ein Anderer, und weil er bestimmte Persönlichkeiten bildete, wirkte er auch da, wo die Posse sehr niedrig ging, immer noch behaglich und schützte

das Publikum vor der Verstimmung, welche Gemein-
heit hervorbringt, wenn sie nicht als Inhalt eines
geschlossenen Charakters auf die Bretter tritt. In
den wenigen Rollen unseres Theaters, wo der Humor
bereits vom Dichter in meisterhafter Bestimmtheit
dargestellt ist, hat der Komiker die Feuerprobe zu
bestehen, ob er ein Künstler ist, und eine der besten
Leistungen Wohlbrücks war sein Menenius. In
Breslau blieb er durch fünfzehn Jahre Liebling des
Publikums, Träger und Schutzgeist aller Possen und
Kassenstücke, und bewahrte dabei doch Begeisterung
für die großen Aufgaben seiner Kunst. Ihn suchte
ich gern auf und er wurde nicht müde, Stellen
seiner Rollen, auf die es uns ankam, vorzuspielen
und dabei zu erklären, warum er es gerade so mache
und nicht anders. Wir saßen oft bis lange nach
Mitternacht in solchem Zwiegespräch.

Ich hatte in dieser Zeit für das Theater hier
und da Gelegentliches geschrieben, außer Prologen
ein Festspiel, mit welchem eine Versammlung der
deutschen Landwirthe begrüßt wurde, darin kämpften
Rübezahl als Vertreter der ungebändigten Natur-
kräfte und Puck als Führer landwirthschaftlicher
Elfen in kriegerischen Versen gegen einander, bis
Germania erschien und den Streit schlichtete. Die
Ausführung der Idee war nicht auf's Beste gelungen und die stolze Germania vermochte durchaus

nicht, einen guten Abschluß zu verleihen. Mit den Versen war ich später nicht unzufrieden. Ich begann ferner eine Oper „Russen und Tscherkessen", worin sich die Liebenden zuletzt selbst in die Luft sprengen; ich ersann eine politische Posse „Dornröschen", worin vier Prinzen: Treffleton, Carreau, Pickowitsch und Michel Herz mit ihrem Gefolge von Kartenblättern ausziehen, um die schlafende Schönheit zu erlösen, welche unter wohlwollender Aufsicht des Geisterfürsten Europius steht. Der deutsche Michel, der mit seinem unpraktischen Hofmeister Philosophus die Fahrt unternommen hat, gewinnt zuletzt die Braut, nachdem er durch einige Acte von den Anderen sehr schlecht behandelt worden ist. Die Idee war nicht übel, der guten Laune fehlte das Derbe und Kräftige, was die Posse braucht, und als Holtei, dem ich das Bruchstück zeigte, beim Durchlesen den politischen Hintergrund gar nicht merkte, ließ ich es unvollendet liegen.

Im Sommer 1844 entstand der Plan zu dem Drama „der Gelehrte". Ich fühlte mich, obgleich ich ein fester Liberaler war, oft im Gegensatz zu dem geräuschvollen und flachen Gebahren des jungen Geschlechts, welches sich in den preußischen größeren Städten rührte, und hatte die Ansicht, daß jeder sichere politische Fortschritt von einer Steigerung der Volkskraft auf allen Gebieten des wirklichen Lebens abhängig sei. Diese Steigerung der Kraft aber werde zunächst durch den Zwang der realen Verhältnisse bewirkt, bis zu einem gewissen Grade auch durch Lehre und persönlichen Einfluß Solcher, welche sich eine Lebensaufgabe daraus machen, den kleinen Kreisen des Volkes die Kraft zu mehren. Die Grundlage und Stimmung des Stückes wurden durch den Gegensatz zwischen zwei Freunden gegeben, von denen der Eine, ein stiller Gelehrter, dazu kommt, von seiner Wissenschaft zu scheiden und als Arbeiter mitten im Volke niederzusitzen, während der Andere, Politiker mit fortschrittlichem Antlitz, zuletzt dem Dienst bei einem Aristokraten verfällt. Das Ganze sollte drei Abtheilungen haben. Die erste: Lösung des Gelehrten Walter von der Geliebten Leontine, welche sich ihrem Vetter, dem Fürsten, auf Reisen verlobt hat, um einen Familienzwist zu beenden, und Lösung Walters von seinem Amte; die zweite: Gegensätze und Kämpfe, in welche Walter als Werkführer in dem Geschäft eines großen Steinmetzen mit den Arbeitern geräth und seine Entfernung von dort, welche durch die unerwiederte Neigung der Meisterstochter zu ihm veranlaßt wird. Nachdem er verschwunden, erscheint Leontine als Verlobte des Fürsten auf Reisen, sie ist nach jener Trennung von Walter in Tiefsinn versunken, wird mit der Tochter des Steinmetzen bekannt, entdeckt, daß Walter hier gewesen, und findet im Verkehr mit dem Mädchen die Kraft, sich von dem Fürsten zu trennen. Dritte Abtheilung: der Familienstreit ist auf's Neue entbrannt, die Güter der Leontine sind dem Fürsten zugesprochen, der Freund Walters ist sein Geschäftsführer geworden, Walter kommt als Steinmetz wegen großer Bauten, welche der Andere einrichten soll. Conflicte, Erklärungen, Vereinigung der Liebenden.

Nur der erste Act wurde vollendet. Ich fand eine Befriedigung darin, daß ich mich an einem modernen Stoff mit unserm dramatischen Jambus versucht und die Sprache gefunden hatte, in der nach meiner Meinung ein Schauspiel in Versen zu behandeln war. Die späteren Theile der Handlung lockten mich weniger, weil mir die anregenden Beobachtungen aus dem wirklichen Leben nicht so reichlich zu Gebot standen, und weil ich den ersten Act niedergeschrieben hatte, bevor dem letzten Act eine befriedigende Handlung erfunden war.

Unleugbar wurde ich durch den unablässigen Zug zu eignem Schaffen gerade in der Zeit gestört, wo mir für eine fruchtbare akademische Thätigkeit die größte Sammlung nöthig gewesen wäre. Ich habe keinen Grund, zu bedauern, daß allmählich die Freude, selbst Dichterisches zu bilden, stärker ward, als der Drang, über dem zu verweilen, was Andere in alter und neuerer Zeit geschaffen haben, und ich darf mit

Fug behaupten, daß ich nicht in jugendlicher Selbst-
überschätzung dem erwählten Gelehrtenberuf entsagte;
denn ich war 28 Jahr alt, als ich mich entschloß,
meine Vorlesungen einzustellen. Die Weigerung der
Facultät, mir eine beabsichtigte Vorlesung über
deutsche Culturgeschichte zu gestatten, gab die Veranlassung. Die Facultät war formell ganz in ihrem
Rechte; denn ich war nur für die deutsche Sprache
und Literatur habilitirt, auch hatten meine wissenschaftlichen Leistungen ihr keinerlei Grund gegeben,
mir auf dem neugewählten Gebiet etwas Besonderes
zuzutrauen, und die Welt hat völlig nichts daran
verloren, daß mir dies Collegium nicht gestattet
werden wollte; denn was ich etwa von den Zuständen
aus deutscher Vergangenheit den Zuhörern hätte berichten können, das mitzutheilen habe ich mir später
mit reiferem Wissen doch nicht versagt, wenn auch
in anderer Form. Damals aber war mir das Ver-
weigern ärgerlich.

Ich blieb in Breslau, zog mich von manchem
Zerstreuenden zurück und arbeitete still für meine
Zukunft.

Eines Tages trat Berthold Auerbach bei mir
ein, damals in voller Jugendkraft und auf der Höhe
seines literarischen Ruhms. Denn wie man auch
den Werth von Allem, was er später geschrieben,
beurtheilen möge, die beiden ersten Bände der

Schwarzwälder Dorfgeschichten waren bei weitem das
Wirksamste, was er geschaffen hat, für Deutschland
ein literarisches Ereigniß. Sie erschienen als eine
Erlösung von der öden Salonliteratur, welche fran=
zösischen Vorbildern ungeschickt nacharbeitete, sie brach=
ten Schilderungen aus dem deutschen Volksthum zu
Ehren, Charaktere und Sitten, die auf unserem
Boden gewachsen waren. Das wurde überall dank=
bar empfunden und der frische treuherzige Gesell,
welcher den Norddeutschen selbst wie eine Gestalt
aus seinen Dorfgeschichten entgegentrat, ward, wohin
er kam, mit Begeisterung empfangen und als Ver=
künder einer neuen Gattung von Poesie gefeiert.
Es ist jetzt leicht, die Grenzen seiner Begabung ab=
zumessen und in seiner Weise zu schildern die Manier
zu erkennen, wer aber mit ihm jung gewesen ist,
wird die große und wohlthätige Einwirkung seiner
Geschichten dankbar in der Seele bewahren. Er
war in jenen Jahren lebensfroh, hoffnungsvoll und
nicht ganz so beifallsbedürftig, als er wohl später
wurde, ein lieber Kamerad. Ich habe niemals einen
zweiten kennen gelernt, der mit so kindlicher Hingabe
sein Inneres aufschloß und seine Freunde so völlig
zu Vertrauten seiner geistigen Arbeit machte, wie
er; gute Einfälle und poetische Bilder, kleine cha=
rakteristische Züge, die ihm aufgegangen waren, theilte
er immer wieder mit und schliff sich durch die Mit=

theilung selbst die bunten Steine, welche er später in seine Dichtungen hineinsetzte. Niemand ging so sorglos wie er, mit einem Bekannten Arm in Arm, und immer war er es, der sich einhing, und der Andere führte. So wurde es auch mit uns beiden. Während seines Aufenthalts in Breslau war er in besonders gehobener Stimmung. Er hatte sich dort eine Braut geworben, die seine erste Frau wurde, ein liebenswerthes zartes Mädchen, das ich wohl früher bei Agnes Franz gesehen hatte. Als er mit ihr vermählt werden sollte, lud er mich ein, weil Niemand von seiner Verwandtschaft zugegen war, bei der Trauung als sein Zeuge zu erscheinen. „Gut, wie habe ich mich zu verhalten?" „Komm nur zu der und der Stunde in das Gotteshaus." Ich ging, erhielt beim Eintritt von zwei Thürstehern die unwillige Ermahnung: „So setzen Sie doch auf", und ward Zeuge, wie er würdig unter dem Braut= himmel stand und durch Geiger nach einer sehr guten Rede getraut wurde. Ich konnte ihm mit vollem Herzen meine Freude über ein Glück aussprechen, dem leider keine Erdendauer beschieden war. Von da an hat er mir durch sein ganzes Leben eine wahr= haft herzliche Zuneigung bewahrt, obgleich ich ihm zuweilen wider Willen bitter weh thun mußte. Er hatte den Roman „Neues Leben" verfaßt und for= derte eine Besprechung durch mich in den Grenzboten, ich ließ ihn ersuchen, davon abzusehen, aber er beharrte darauf. Die Besprechung bereitete nicht nur ihm, auch seinem Verleger Mathy Herzeleid. Dann hatte er sein Trauerspiel „Andreas Hofer" geschrieben, wieder vorher gewarnt, weil es leicht war, den Mißerfolg vorauszusehen. Als er es doch nach Leipzig brachte, eine unförmliche Masse von kleinen Scenen, in die er sich den ganzen Tiroler Aufstand zerpflückt hatte, hielt er vier Tage lang einer Kritik Stand, die fast Nichts bestehen lassen konnte. Mit inniger Theilnahme sah ich seinen Schmerz, wenn ihm eine liebe Erfindung nach der andern, die kleinen Blüthen seines wilden Strauches, abgerissen wurden. Er war zuletzt bleich und vergrämt, aber er blieb beharrlich. Kein Anderer hätte das ausgehalten, und am Ende mußte er hören, daß das Uebriggebliebene doch noch nichts Rechtes sei. Auch in anderen Dingen hatten wir nicht immer dieselbe Auffassung, aber seine Freundestreue überstand alle Kränkungen seines Selbstgefühls.

Seit 1840 rührte sich eroberungslustig ein neues Leben in der dramatischen Literatur und in den Seelen derer, welche für die Unterhaltung des gebildeten Publikums sorgten. Die ältere Generation der Unterhaltungsschriftsteller war stärker durch die Engländer, zumal Walter Scott, beeinflußt worden,

die jüngeren hingen von Stil und Geschmack der
Franzosen ab. Eine Reise nach Paris war für die
deutschen Schriftsteller ebenso wünschenswerth wie
für den Archäologen eine Fahrt nach Italien. Laube
und Gutzkow hatten begonnen für das Theater zu
schreiben und man hoffte für das deutsche Schauspiel
eine neue Blüthe. Wenn man auch den poetischen
Werth ihrer ersten Dramen, welche als Anzeichen
einer neuen Zeit Aufsehen erregten, nicht allzu hoch
stellt, sie waren unleugbar ein großer Fortschritt,
schon darum, weil sie durchaus auf Bühnenwirkung
ausgingen.

Mich verletzte an den Franzosen das keltische
Wesen, welches dort in der Literatur nach Molière
allmählich obenauf gekommen ist, und die Stücke
Victor Hugo's, wie Hernani und Le roi s'amuse
waren mir völlig zuwider. Wohl aber erkannte ich
den Werth des französischen Lustspiels für die Bühne.
In diesem Bereich war damals Scribe das herr=
schende Talent. Es wurde einem Deutschen leicht,
zu übersehen, daß seine Bühnengestalten fast alle zu
mager waren, und daß er seine Handlung mit grö=
ßerem Streben nach wirkungsvollen Situationen,
als nach innerer Wahrscheinlichkeit zusammenfügte,
aber der Bau der Scenen selbst und der behende
Dialog waren vortrefflich. Seine Stücke besaßen,
was der deutschen Bühne allzusehr fehlte, und wir

Alle konnten nach dieser Richtung von den Franzosen
lernen.

Im Frühjahr 1846 schrieb ich zu Breslau das
Schauspiel „die Valentine", und es ging mir dabei,
wie bei allen meinen späteren Arbeiten von freier
Erfindung; langsam kam mir die Wärme für den
Stoff, deren ich bedarf, um überhaupt schreiben zu
können. Sobald aber die Hauptcharaktere und die
Situationen feststanden, ließ mich die Arbeit nicht
los und die Ausführung war wieder eine Zeit stiller
Freude und gehobener Stimmung. Das Schauspiel
zeigt deutlich den Geschmack jener Jahre und ein
wenig auch die Einwirkung der französischen Komödie.
Für jeden Helden, den der Dichter ersann, war es
damals wünschenswerth, sich in der Fremde gerührt
zu haben. Das kleinstaatliche Wesen der deutschen
Heimat, die engen Verhältnisse und unsere alte
Spießbürgerei wurden mit großer Verachtung verurtheilt. Aber, was bedenklicher war, in der Sehnsucht nach größerer Freiheit wurde auch die her-
kömmliche Auffassung von Sitte und Sittlichkeit mit
kritischem Blicke betrachtet und oft zu niedrig geschätzt. In der „Valentine" verräth der freie Held
Georg am auffälligsten die Unfreiheit des Dichters.

Oft stehen der geringe Kunstwerth eines poetischen
Werkes und das abfällige Urtheil, womit ein späteres Geschlecht dasselbe richtet, in schroffem Gegen-

satz zu der warmen Anerkennung, welche ihm in der
Zeit seines Erscheinens zu Theil wird. Das war
von je so und wird bleiben; denn die Mängel einer
Dichtung in Charakteren, Handlung und Sprache
sind oft nur ein Abbild der besonderen Mängel,
welche der gesammten Bildung einer Zeit anhängen.
Leser und Hörer erfreuen sich am meisten an der
Abspiegelung dessen, was ihnen selbst eigenthümlich
ist und im Dichterwerk als neue Gabe gegenüber
dem Alten erscheint, und jede Dichtung, welche
frischen, noch nicht dagewesenen Abdruck der Zustände
und Anschauungen bietet, die gerade modern sind,
gilt den Lebenden als neuer Fund und als ein Fort=
schritt in der Kunst. Die Folgezeit freilich erspart
dem Schaffenden den Rückschlag nicht, und wenn sein
Gedicht Verbildungen vergangener Jahre recht deut=
lich offenbart, so wird dasselbe dem jüngeren Ge=
schlecht, welches sich im Kampfe gegen das ältere zu
erheben sucht, gerade wegen derselben Besonderheiten
verleidet, durch die es im Anfange den Menschen
lieb wurde. Glücklich ist der Autor, dem vergönnt
war, in seinen Arbeiten auch so viel von dem tüch=
tigen und gesunden Leben seines Volkes abzuspiegeln,
daß das spätere Urtheil über die Mängel, welche
ihm als Schwäche seiner Zeitbildung anhaften, ein
mildes wird.

Ich aber hatte während der Niederschrift des

Schauspiels die frohe Empfindung, daß ich der dra=
matischen Bewegung in den Charakteren und der
wirksamen Scenenführung Herr geworden war. Das
Stück konnte bis auf eine kleine Vereinfachung der
Scenerie, so wie es niedergeschrieben war, auf=
geführt werden.

Noch fehlte Etwas, was dem dramatischen Schrift=
steller nöthig ist: genaue Kenntniß und einige Uebung
in der Regiearbeit, ich hatte noch zu lernen, wie
man ein Stück in Scene setzt und einstudiert. Des=
halb ging ich im Winter 1846 nach Leipzig, wo
das Schauspiel gerade unter der Führung von
Heinrich Marr ein vielversprechendes Aussehen ge=
wonnen hatte. Dort wurde mir bereitwillig ge=
stattet, den täglichen Proben, so oft ich wollte, bei=
zuwohnen und Alles, was ich zu kennen begehrte:
den Bau der Bühne, alle Vorbereitung und Hilfe
der Aufführungen bis auf die Werke des Schnür=
bodens, genau zu erkunden. Es waren einige gute
Monate, die ich dort verlebt habe; noch jetzt ge=
hören sie zu meinen angenehmsten Erinnerungen.
Oft war ich im Hause von Heinrich Laube. Wir
waren Landsleute, aber wir waren auf ganz ver=
schiedenem Boden heraufgewachsen. Er, der ältere,
galt immer noch für einen Führer der jungdeutschen
Richtung, und hatte die Vorliebe für französischen
Geist in sich aufgenommen, ich folgte der Strömung,

welche die deutsche Art in der Poesie zu Ehren
bringen wollte. Den Gegensatz fühlten wir beide,
etwas davon hat auch in späteren Jahren bestanden,
aber wir haben immer vermieden, das gute persönliche Einvernehmen dadurch zu stören. In Wahrheit war der gesammte jungdeutsche Trödel nicht
seiner Natur gemäß, welche derb, praktisch, auf verständige Würdigung des wirklichen Lebens angelegt
war, er hatte ein redliches deutsches Gemüth mit
allen Bedürfnissen des deutschen Herzens in Ehe
und Familienleben. Daß ihm eine liebenswerthe
Frau als Vertraute und Beratherin zur Seite stand,
das erleichterte ihm die Befreiung von den literarischen Schwächen seiner Jugend.

Außerdem verkehrte ich fast nur mit den Schauspielern Marr, Bertha Unzelmann, Joseph Wagner,
Elisabeth Saugalli. Den Stunden nach dem Theater,
welche wir in lebhafter Unterhaltung über unsere
Kunst am Theetisch zubrachten, habe ich Vieles zu
danken, und lobend muß ich hervorheben, wie hingebend Alle für ihre Kunst lebten, und wie gut bei
aller Zwanglosigkeit die Haltung war, in welcher
diese Kinder der launigsten Muse mit einander verkehrten. Nur selten brach die Heftigkeit Heinrich
Marr's, der damals wohl auf der Höhe seiner Tüchtigkeit stand, heraus. In meiner Gegenwart wurde
„die Valentine" einstudirt; das Stück gefiel.

Ich wurde auf einmal ein Dichter, der zu Hoff=
nungen berechtigte, und fand mich in einem umfang=
reichen Briefverkehr, genoß reichlich das Vergnügen,
welches durch das freundliche Entgegenkommen der
Theaterleitungen und durch die Empfänglichkeit der
Darsteller bereitet wird, und machte auch Erfahrungen
über Ungeschick der Intendanzen und Eitelkeit der
Künstler.

Als ich „die Valentine" an die Theater versandt
hatte, erhielt ich zu Leipzig einen Brief Gutzkows,
der damals Dramaturg des Dresdener Hoftheaters
war, er sei geneigt, das Stück zu geben, doch sei
vorher persönliche Besprechung nöthig. Ich fuhr
nach Dresden und ging zu ihm. Er empfing mich,
die Finger der rechten Hand hinter der Rockklappe,
genau so, wie auf der Bühne der Minister einen
armen Teufel von Bittsteller annimmt, und leitete
stehend die Verhandlung mit den Worten ein: „Ihr
Stück ist so, wie Sie es versandt haben, für unsere
Bühne nicht zu gebrauchen, ich bin aber bereit selbst
die nöthigen Aenderungen vorzunehmen und dasselbe
für das deutsche Theater einzurichten und frage, ob
Sie mir dies überlassen wollen." Ich mußte ant=
worten: „Nein; ich habe im zweiten Act eine kleine
Scenenänderung gemacht, die ich den Theatern nach=
träglich zusenden werde, im Uebrigen habe ich bei
der Leipziger Aufführung gesehen, daß das Stück

bühnengerecht ist." Darauf er, noch strenger: „Leip=
zig ist nicht maßgebend, wenn wir das Stück hier
zur Aufführung bringen sollen, müssen Sie sich die
Aenderungen gefallen lassen, die ich für nöthig finde."
Und ich: „Nach dieser Erklärung muß ich Ihnen
antworten, entweder geben Sie das Schauspiel so,
wie ich es übersandt habe mit der erwähnten Aende=
rung, oder ich, der Verfasser, versage Ihnen die
Aufführung und fordere meine Sendung zurück.
Leben Sie wohl." Eine Weile darauf kam Emil
Devrient — durch seine Gastspiele in Breslau ein
alter Bekannter — eilfertig in das Hotel: „Was
haben Sie mit Gutzkow gehabt, er war außer sich
bei mir." Ich schilderte ihm den lächerlichen Ver=
lauf. Emil entfaltete die Fittige eines versöhnenden
Engels und lud zu einem Friedensmahl. Bei Tisch
saß ich Gutzkow gegenüber, ich unterhielt mich mit
meinen Nachbarinnen, während er schweigsam be=
obachtete. Nach dem Essen trat er an mich, sprach
artig sein Bedauern über das Mißverständniß aus
und ersuchte um Zusendung meiner Aenderung.
Das Stück wurde jedoch erst gegeben, als er nicht
mehr Dramaturg war, und als Grund angeführt,
daß die Intendanz Bedenken gehabt hatte, was sehr
wahrscheinlich war. Gutzkow aber habe ich unter
vier Augen nur noch einmal gesehen und da erschien
er mir in anderem Licht. Er hatte fast zu derselben

Zeit, wo das Schauspiel „Graf Waldemar" auf die
Bretter kam, das Trauerspiel „Wullenweber" ge=
schrieben und damit kein Glück gehabt. Damals
machte er mir ganz unerwartet in Dresden einen
Besuch, fing von Waldemar an und sprach Bei=
stimmung und Bedenken dagegen so gescheidt und
unbefangen aus, daß ich ganz erstaunt war; dann
ging er auf sein Stück über, bedauerte den unglück=
lichen Wurf und äußerte sich schonungslos über sein
eigenes Schaffen. Er hatte leider in Allem Recht
was er von sich sagte und ich schied mit wahrhafter
Theilnahme von ihm.

Einen heiteren Vorfall anderer Art erlebte ich
in Berlin. Louis Schneider, der gern Episoden
spielte und sich bei der Regie wohlwollend die kleine
Rolle eines einbrechenden Spitzbuben, „des Zigeu=
ners" ausgebeten hatte, nahm mich vor der Probe
bei Seite, erklärte mir, daß es sein Grundsatz sei,
sich in Allem nach den Wünschen des Dichters zu
richten, und ersuchte deshalb in der Garderobe sein
Costüm anzusehen. Dort wies er dem erstaunten
Verfasser einen ungarischen Zigeuneranzug, wie für
einen Maskenball, den er sich eigens zusammengesetzt
hatte: unförmlichen Schlapphut, buntgeschnürten Rock,
enge Beinkleider und gelbe Stiefletten mit ungeheuren
Sporen.

„Unmöglich, Herr Schneider, der Spitzname Zi=

geuner ist für den Strolch nur gewählt, um der
Regie und dem Darsteller eine kleine Schattirung in
der Erscheinung nahe zu legen: dunkles Haar, braune
Haut, die Beinkleider in den Stiefeln, allenfalls die
heftigen Bewegungen eines Südländers. Sie wollen
doch nicht mit klirrenden Sporen den Balkon hinauf=
steigen." „Meinen Sie nicht?" frug er enttäuscht.
Als nun in der Probe die bedenkliche Scene kam,
wo die einbrechenden Gauner das Zwiegespräch zwi=
schen Valentine und Georg stören, that Zigeuner
Schneider mit den Händen die Falten des Balkon=
vorhangs ein wenig auseinander und steckte sein
rundes Angesicht mit schlauer Miene so hindurch,
daß der Kopf von dem dunkeln Vorhang ganz um=
rahmt wurde. Da das Publikum ohnedies gewöhnt
war zu lachen, so oft er auftrat, mußte diese gro=
teske Einführung seines Gesichtes tötlich für die
Wirkung der Scene und wahrscheinlich für das ganze
Stück werden. Ich sagte ihm das, und er versprach
ergeben, sein Antlitz den Zuschauern zu versagen und
nur an den Falten des Vorhangs zu rühren. Weil
aber vorauszusehen war, daß er bei der Vorstellung
doch irgend etwas unternehmen werde, was die Auf=
merksamkeit in störender Weise auf ihn zog, so er=
suchte ich Hendrichs, der den Georg spielte, bei der
Aufführung dem Künstler die Gelegenheit zu kleinen
Streichen nicht zu gewähren. „Sobald er an dem

Vorhang rührt, springen Sie hinzu und schlagen ihn
hinter der Gardine zu Boden." Das versprach Hen=
drichs eifrig und er machte es auch bei der Dar=
stellung ganz gut. Zwar konnte Schneider sich nicht
enthalten, auf dem Boden in lächerlicher Weise bis
mitten auf die Bühne zu kollern und die Galerie
auf einen Augenblick fröhlich zu machen, doch ging
die Störung ohne weitere Folgen vorüber. — Nicht
immer sind die eitlen Mimen so gutherzig, wie Louis
Schneider im Grunde war.

Im Jahre 1847 siedelte ich nach Dresden über.
Dort richtete ich meinen kleinen Haushalt ein, hei=
ratete eine Freundin, der ich seit Jahren mit inniger
Neigung zugethan war, und fand mich bald in ge=
selligem Verkehr mit schlesischen Landsleuten, welche
in der Fremde ihre Wanderrast hielten, und mit der
Künstlerschaft Dresdens. Aus dieser wurde mir
Eduard Devrient, der ältere Bruder Emils, beson=
ders werth. Er hatte nach Gutzkow die Leitung des
Schauspiels übernommen, lebte in wohlgeordneter
glücklicher Häuslichkeit, sein Haus ein Mittelpunkt
für einheimische und zureisende Kunstgrößen. Mit
ihm und seiner Familie bin ich, solange er gelebt
hat, in freundschaftlicher Verbindung geblieben. Zu
unserem Kreise gehörte auch der Socialist Julius
Fröbel, in politischen Fragen so doctrinär, daß er
kaum für zurechnungsfähig gelten konnte, im persön=

lichen Umgange sein und weich und von vornehmer
Haltung. Er hatte mit Arnold Ruge vor Kurzem
eine Buchhandlung gegründet, welche unter großen
Hoffnungen der Theilhaber ins Leben trat, sie hatten
sich erboten, meine Verleger zu werden, und die erste
Sammlung meiner Theaterstücke ist in ihrem Ver-
lage erschienen. Auch Ruge weilte oft unter uns
und wenn er und Fröbel vor mir saßen, so mischte
sich zu dem lebhaften persönlichen Antheil, den man
beiden zuwenden mußte, leicht der Humor über das
Wesen der beiden so verschiedenen Größen, von denen
jeder die Welt durch bunte Seifenblasen umgestalten
wollte, die er in die Luft schickte, während jeder die
eigenen geschäftlichen Verpflichtungen mit wahrhaft
kindlichem Ungeschick behandelte.

Auch Richard Wagner wurde mir in größerer
Gesellschaft bekannt, ohne daß ich ihm näher trat.
Dieser erzählte bei einem Begegnen im Herbst 1848,
daß ihn die Idee zu einer großen Oper beschäftige,
die in der germanischen Götterwelt spielen solle; der
Inhalt aus der nordischen Heldensage stand ihm noch
nicht fest, aber was ihn für die Idee begeisterte,
war ein Chor der Walküren, die auf ihren Rossen
durch die Luft reiten. Diese Wirkung schilderte er
mit großem Feuer. „Warum wollen Sie die armen
Mädchen an Stricke hängen, sie werden Ihnen in
der Höhe vor Angst schlecht singen." Aber das

Schweben in der Luft und der Gesang aus der Höhe war für ihn gerade das Lockende, was ihm die Stoffe aus dieser Götterwelt zuerst vertraulich machte. Nun ist für einen Schaffenden nichts so charakteristisch, als das Ei, aus welchem sein Vogel herausfliegt. Die Freude an unerhörten Decorationswirkungen ist mir immer als der Grundzug und das stille „Leit= motiv" seines Schaffens erschienen.

Im Herbst 1847 schrieb ich in Dresden das Schauspiel „Graf Waldemar". Es sollte ein Gegen= stück zu „Valentine" sein. Der Stoff hatte einige Schwierigkeiten. Die erste war das Gewagte der ganzen Begebenheit. Diese Gefahr glaubte ich durch eine vornehme Behandlung, auf die ich mir etwas zu Gute that, bewältigt zu haben. Ueber das zweite Bedenken, daß Waldemar nach acht Jahren in der Fürstin nicht sogleich eine frühere Bekannte wieder erkennt, konnte das Publikum allenfalls hinweg= gebracht werden, ohne daß eine nähere Motivirung nöthig wurde, welche nicht schwer aber peinlich ge= wesen wäre. Die dritte Schwierigkeit war, daß am Schluß dem Zweifel Raum gelassen ist, ob der ge= besserte Held in dem neuen Leben, zu dem er sich so plötzlich entschlossen hat, ausdauern werde. Diese Schwierigkeit ist nicht überwunden. Sie war aber wohl zu überwinden, wenn ich die Wandlung am Schluß schon während des Stückes durch einen kleinen

Zusatz zu dem Charakter des Helden besser motivirt
hätte. Daß ich dies während der Arbeit nicht deut=
lich empfand, war entweder ein Mangel der Be=
gabung, oder ein Rest von Unreife. Dennoch er=
schien mir das Schauspiel, wie es fertig vor mir
lag, in der ganzen Arbeit als ein Fortschritt gegen
das vorhergehende. Die Charaktere waren für die
Darsteller dankbar und die Führung der Scenen so=
weit bühnengerecht, daß auch dies Stück fast ohne
Striche und mit nur einer kleinen Abänderung im
letzten Act*) aufgeführt werden konnte.

Seinem Lauf über die deutschen Theater war
das Jahr 1848 nicht günstig. Auch mir lag seit=
dem Anderes im Sinn, als meine Schriftstellerei;
aber das Stück verschaffte mir doch die Freude, in
dem Berliner Schauspielhaus eine gute Aufführung
zu erleben.

Im Jahre 1847 hatte ich die Bekanntschaft von
Ludwig Tieck gemacht. Gegen ihn fühlte ich eine
jugendliche Verehrung, er galt mir für den Vertreter
einer glorreichen Zeit deutscher Dichtkunst und die
kleine romantische Zauberwelt seiner Gedichte hatte
sich in meine lyrischen Versuche überall eingedrängt.

---

*) In der gewagten Schlußscene brachte ursprünglich
Georgine das Terzerol zum Vorschein, es war Bertha Unzel=
mann, welche mit Recht auf der Abänderung bestand, daß
Waldemar dies thun müsse.

Auch die persönliche Bekanntschaft that mir wohl, die wunderbar leuchtenden Augen in dem ausdrucks- vollen Haupte, welches wie ermüdet über die zu- sammengedrückte Gestalt neigte, und die milde feine Weise, in welcher er sprach und zu fragen wußte. Er war gegen mich von anmuthiger Herzlichkeit. Da nun „Graf Waldemar" in Berlin gegeben werden sollte, erbot er sich, der Schauspielerin Viereck die Rolle der Georgine einzustudiren. Das war freund- lich und es war auch nicht unnütz, denn diese glän- zende Bühnengestalt, eine der schönsten Frauen, welche auf dem deutschen Theater gespielt haben, war nicht reich begabt, ihr fehlte zuweilen die Leidenschaft, noch mehr der Geist. Die Rolle, welche nicht leicht und in gewissem Sinne nicht dankbar ist, wurde durch seine Hilfe eine sehr gute Leistung. Meine werthen Bekannten von Leipzig, Wagner und die Unzelmann waren beide in Berlin engagirt worden und thaten als Waldemar und Gertrud Alles dem Verfasser eine Freude zu machen; der vortreffliche Weiß, wel- cher den Vater spielte, hatte das Stück sehr sorg- fältig einstudirt. Es war ein leeres Haus mitten im Straßenlärm des Juni 1848 und der Verfasser saß im Parket fast allein. Aber an dem Abende wurde ihm die größte Freude und Ehre eines dra- matischen Schriftstellers zu Theil, daß seine Schau- spieler höher, voller und reicher schufen, als ihr

Worttext beanspruchte; auch die kleinste Wirkung ging
nicht verloren und die Begeisterung, in welcher die
Darsteller stolz und gehoben dem leeren Hause ihr
Bestes gaben, war wunderschön. Wenn mir später
einmal ein Mißbehagen darüber nicht erspart blieb,
daß von berühmten Künstlern Vieles weit roher und
plumper herausgebracht wurde, als ich gewollt, so
konnte ich an jenen Abend zurückdenken, um die Hoch=
achtung vor der Schauspielkunst nicht zu verlieren.

In der Folge hat das Schauspiel sich allmählich
auf den Theatern festgesetzt, zum Theil weil die Titel=
rolle von namhaften Darstellern empfohlen wurde,
und es ist wie „die Valentine" bis jetzt Repertoir=
stück geblieben.

Durch die erwähnten Schauspiele hatte ich festen
Fuß auf der deutschen Bühne gefaßt, ich war ein
genannter Autor geworden, der von den Theatern
mit Achtung betrachtet wurde. Fünf Jahre von der
„Brautfahrt" bis zur „Valentine" war ich nach den
Geheimnissen des dramatischen Stils auf der Fahrt
gewesen, wie das Kind im Märchen hatte ich bei
Sonne, Mond und Sternen darnach geforscht, end=
lich hatte ich sie gefunden, die Seele schuf sicher und
behaglich in der Weise, welche die Bühne für sich
fordert, und ich durfte mir ohne Selbstüberhebung
sagen, daß es zur Zeit in Deutschland Niemanden
gab, der die technische Arbeit des Bühnenschriftstellers

beſſer verſtand als ich. Ich hatte einigen Grund zu der Hoffnung, daß ich in dem gewählten Berufe ohne übergroße Anſtrengung alljährlich ein neues Stück für die deutſchen Theater ſchreiben und eine gute Stellung in unſerer Literatur behaupten würde.

———

9

Bei den Grenzboten.

Da kam das Jahr 1848 und stellte Aufgaben,
die größer waren als alle Eroberungen auf der
deutschen Bühne. Als die erste Nachricht von den
Berliner Barrikaden in Dresden eintraf, legte ich
meinen Theaterkram bei Seite, ich dachte mir, daß
der Staat Kraft und Leben jedes Einzelnen für sich
fordere, mein Heimatland Preußen auch mich. Der
Ausbruch erfolgte plötzlich, doch nicht unerwartet.
Seit einem Jahre hatten wir dahin gelebt wie Leute,
welche unter ihren Füßen Getöse und Schwanken
des Erdbodens empfinden. Alles in den deutschen
Verhältnissen erschien haltlos und locker, und Jeder
rief, daß es nicht so bleiben könnte, aber die Ansichten über das, was werden sollte, gingen himmel-
weit auseinander ins Blaue. Nun war seit einem
Jahre in Preußen der Versuch gemacht worden, eine
Volksvertretung zu schaffen. Es war halbes Werk,
aber wenn irgendwo, so hätte man in Preußen bei
der Tüchtigkeit und Jugendkraft des ganzen Wesens

und bei der Anhänglichkeit an den Staat, die hinter
allem Geschrei doch im Volke vorhanden war, auf
eine friedliche Entwickelung hoffen können. Da ver-
breitete sich vom Auslande her der wilde Rausch in
die großen Städte; die allzulange Bevormundung
der Presse und der öffentlichen Meinung waren weit
größere Schäden gewesen, als man wohl angenommen hatte.

Dennoch war, was die gewaltsame Erhebung
verursachte, im letzten Grunde durchaus nicht eine
Zerrüttung des Staates, nicht schlechte Verwaltung,
nicht unerträgliche Beschränkung der persönlichen
Freiheit, sondern vielmehr der Umstand, daß die
Deutschen der jüngeren Generation zu wenig vor-
fanden, woran sie ihr angeborenes, untilgbares Bedürfniß zu lieben und zu verehren, befriedigen konnten. Die Person Friedrich Wilhelms III hatten
sich die Preußen nach ihren gemüthlichen Wünschen
zugerichtet und an diesem Idealbilde mit treuer
Wärme festgehalten, solang er lebte, das Wesen
seines Nachfolgers war ihnen unverständlich und un-
sympathisch, das unablässige Hervortreten eines persönlichen Willens, dem die Festigkeit so sehr fehlte,
hatte gereizt und erbittert, es gab, wohin man die
Augen richtete, keinen Menschen in herrschender Stellung, dem man sich mit vollem Herzen hingeben
konnte. Das war die deutsche Gefahr. Dieser Um-

stand verursachte, daß eine lange Kette widerwärtiger
und abgeschmackter Erscheinungen die Seelen ver=
störte. Den Mangel an Helden suchten sich die
Deutschen in der nächsten Zeit immer wieder zu er=
setzen, der Eifer, mit welchem sie ihr Herz an hell=
tönende Redner oder auch an östreichische Herren
mit volksthümlichem Anstrich hingen, war bezeichnend
für den Zustand einer unbefriedigten Sehnsucht.

Ich fühlte mich in dieser Zeit zu Dresden ver=
einsamt, meine Verleger Ruge und Fröbel wurden
mir schnell entfremdet, und ich sah umher, ob ich
irgendwo Gelegenheit finden könnte, mich in meiner
Art thätig zu erweisen.

Zu den politischen Vereinen, welche in Sachsen
zusammentraten, hatte ich, solange sie bestanden, kei=
nerlei Verhältniß. Der deutsche Verein, welcher für
den gemäßigten galt und besonnene Männer ent=
hielt, schwankte in seinen Beschlüssen und Flugblät=
tern unsicher umher, weil es in jenen Monaten auch
einem verständigen Sachsen fast unmöglich wurde,
den Glauben an eine Führerschaft Preußens und
die Trennung von Oestreich festzuhalten. Den Vater=
landsverein aber, offenbar den stärkeren, beurtheilte
man am mildesten, wenn man ihn mit Humor be=
trachtete, oft freilich wurde der Aerger übermächtig.
Er war keine neue und keine sächsische Erfindung.
In Preußen war seit Jahren an dem jüngeren Ge=

schlecht genau dieselbe Gemüthsrichtung erkennbar
gewesen, sie hat unter verschiedenen Namen bis zur
Gegenwart bestanden, und wird wahrscheinlich dauern,
solange unser Volksthum besteht.

Diese Richtung hatte in den letzten Jahrzehnten
überall in Deutschland Zusammenhang und eine ge=
wisse Vereinserfahrung gefunden. In Sachsen war
Robert Blum, welcher damals für den ersten Leiter
galt, mir seit einem Besuche zu Leipzig im Jahre
1845 durch seine Stellung als Theatersecretär wohl
bekannt als ein gutmüthiger behaglicher Mann, den
seine große Gabe wirkungsvoll zu reden und sein
pathetischer Schwung zum Volksführer machten. Er
hatte mich in jener Zeit eingeladen der Gründung
einer christkatholischen Gemeinde in Leipzig beizu=
wohnen. Denn obgleich seine eigenen kirchlichen Be=
dürfnisse nicht stark waren, und ihm, wie er ver=
traulich gestand, die Sache nicht nahe lag, so wollte
er doch als Katholik sich dieser Bewegung nicht ent=
ziehen. Ich hörte deshalb erstaunt, mit welchem
Feuer er in der Versammlung gegen die Schäden
der herrschenden Kirche wetterte. Als aber einer
der Anwesenden den klugen Einwand erhob, daß
diese Schäden zwar durchaus vorhanden wären, daß
man aber als liberaler Katholik eine Besserung vor
Allem innerhalb der Kirche selbst durch Beschwerden
und Vorstellung der Gemeinden bei den Regenten

der Kirche erstreben müsse, da wurde Blum in seinem constitutionellen Gewissen sichtlich unsicher, und Professor Wuttke, der als historischer Rathgeber mit vielen großen Büchern zur Seite saß, mußte ihm unter dem Tisch einen Zettel zustecken, auf welchem eine Festsetzung des Tridentinischen Conciliums angezogen war, welche jede Thätigkeit der Laien beseitigte. Er warf nur einen Blick auf den Zettel und erhob sich sofort gewaltig, gab dem Vorredner warme Beistimmung wegen des Einwandes zu erkennen, und vernichtete dann die Forderung mit tiefster Bewegung, indem er den Paragraphen mit einer Stimme anführte, die wie der Donner rollte. Dagegen war nichts zu machen und die Gemeinde wurde ohne Widerrede gegründet.

Jetzt im Frühjahr 1848 erließ der Verein viele harte Urtheile gegen die bestehenden Staatsgewalten, und seine Mitglieder tappten Schritt für Schritt in die Republik hinein. Wenn ihnen aber auch beide Großmächte des alten Bundes für gemeinschädliche Erfindungen feudaler Vergangenheit galten, so war doch die stille Abneigung gegen den Nachbar Preußen, von dem sie am meisten beeinflußt wurden, die größere; was bei Sachsen nicht zu verwundern war.

Während nun überall die Menschen in Sorge, Zweifel und thörichten Hoffnungen umhertrieben, empfand ein Preuße unter den Nachbarn das Glück,

einem Staate anzugehören, dem trotz Allem die Zu=
kunft in dem zerrissenen und haltlosen Deutschland
gehören mußte. Die häßlichen Erscheinungen, welche
das Tagesleben auch in der Heimat zeigte, waren
nicht so nahe, daß sie das Urtheil verwirrten, und
was daheim groß war, das wurde bei den Nachbarn
wärmer empfunden. So war es wohl einem Preußen
zu verzeihen, wenn er, trotz der Berliner Tumulte
und dem Fahnenritt Friedrich Wilhelms IV mit
stillem Stolze zwischen den streitenden Parteien da=
hinging.

In diesen Wochen steigender Bewegung kam ein=
mal Laube zu mir, erzählte, daß er sichere Aussicht
habe, von Deutsch=Böhmen in die Frankfurter Na=
tionalversammlung gewählt zu werden, und forderte
mich zur Bewerbung für einen andern Wahlkreis
Böhmens auf, wo der Candidat durchaus fehle, der
Erfolg sei sicher. Ich aber konnte von einem böh=
mischen Ort eine Wahl in einen deutschen Reichstag
nicht annehmen, ich hätte mich ja selbst wieder hin=
auswerfen müssen. Außerdem hielt ich eine Volks=
vertretung, in welcher Oestreich mit seinem ganzen
Bundesgebiet lagerte, nicht für die Stätte, auf wel=
cher die Entscheidung über die deutsche Zukunft ge=
troffen werden konnte.

Doch fand auch ich bald darauf Gelegenheit, den
Drang nach politischer Thätigkeit auf einem kleinen

Seitenwege zu befriedigen. Unter den zahlreichen
Versammlungen, welche zusammenliefen, waren auch
die der „Fremden", der in Dresden lebenden Nicht-
sachsen, welche für sich die Wahl eines besonderen
Abgeordneten zu der Nationalversammlung zu Frankfurt begehrten, ein Verlangen, dessen Erfolglosigkeit
selbstverständlich war. Da diese Versammlungen
aber meist aus Arbeitern, Gesellen und Gehilfen
der Dresdener Geschäfte bestanden, so kam dabei alles
Mögliche, was den Mitgliedern in ihrem bescheidenen
Leben beschwerlich war, zur Sprache; zahlreiche
Redner schilderten den Druck und das Unleidliche
ihrer eigenen Verhältnisse, die Härte der Arbeitgeber,
das elende Hausen in Schlafstellen ohne ein Daheim,
den Mangel an Gelegenheit sich weiter zu bilden
und anderes Traurige. Endlich gab einer von ihnen
aufgeregt und wirksam den bitteren Gefühlen Ausdruck, die ein fremder Arbeiter haben müsse, wenn
er ohne jeden Familienhalt allein und müde in der
großen Stadt am Feierabend durch die Straßen
gehe, vorüber an großen Sälen mit schönen Tapeten,
wo die Kronleuchter brennen, vergoldete Spiegel
hängen, und die reichen Leute sich gesellig vergnügen,
immer vorüber, um selbst eine schlechte Spelunke
aufzusuchen oder seine kalte Dachkammer. Als er
geendigt hatte und die Versammelten gerade ihr
Schicksal düster empfanden, da lag es nahe ihnen zu

sagen, daß sie selbst dies Behagliche, was ihrem
Leben fehlte, ebensogut haben könnten, wie die Reichen,
wenn nicht einer allein, doch im Bunde mit An=
deren. Dazu gerade seien die Vereine gut, und ich
rechnete ihnen vor, wenn jeder der Anwesenden von
seinem Verdienste monatlich nur wenige Groschen
abgebe, so könnten sie sich auch einen Saal miethen
mit Kronleuchter und Tapeten, mit einem erwählten
Kastellan, der ihnen zu billigem Preis Speise und
Getränk verkaufe, mit Zeitungen zum Lesen, vielleicht
später mit einer kleinen Bibliothek, einem Gesang=
verein u. s. w. Wenn sie wirklich dazu den guten
Willen hätten, so werde sich wohl Jemand finden,
der die nöthige Bürgschaft gegen den Besitzer des
Locals übernehme, und wenn 5—600 Mann zu=
sammenkämen, so wollte ich ihnen das besorgen. Die
Hauptsache freilich müßten sie selbst thun. Und ich
erzählte ihnen von dem Berliner Handwerkerverein,
den ja manche von ihnen bereits kannten. Der
Gedanke gefiel, es wurde sogleich ein Comité nieder=
gesetzt, darauf Statuten entworfen, vierundzwanzig
Ordner, mit Schärpen, gewählt, ein passendes großes
Local wurde gemiethet mit schönem großem Kron=
leuchter, vergoldetem Spiegel und blauer Tapete, —
es war damals dergleichen in Dresden billig zu
haben — und der Fremdenverein, der sich bald Hand=
werkerverein nannte, trat zusammen. Es gelang

auch), was weniger leicht war, ihn zusammenzuhalten
und zu wirklichem Nutzen für die Mitglieder zu ver-
werthen. An mehren Abenden der Woche wurden
Vorträge gehalten, bald wurde ein Gesangverein eingerichtet, ein Fragekasten aufgestellt und die zahlreichen hineingeworfenen Zettel am Abend von dem
Vorsitzenden besprochen. Es erwies sich, daß dieser
Kasten ein gutes Mittel abgab, die Bedürfnisse und
Stimmungen der Mitglieder kennen zu lernen und
unberechtigten Wünschen entgegen zu treten.

Für die Leitung des Vereins war vom ersten
Anfange Karl Banck, der Musiker, ein zuverlässiger
und treuer Gehilfe, der in dieser Zeit der Prüfungen
die Tüchtigkeit seines festen Wesens und großes Geschick für Verwaltung bewährte, er war es auch, der
das Quartett einrichtete und der nach meinem Abgang im nächsten Winter die beste Stütze des Vereins blieb.

Der Verein hatte in seinen Statuten erklärt, daß
er keiner politischen Partei angehöre, doch war natürlich die Politik von den Erörterungen nicht fern
zu halten, und es galt hier zunächst den Unsinn ab-
zuwehren und zu verhindern, daß die Gesellschaft
nicht von dem werbelustigen Vaterlandsverein als
Jagdgebiet benutzt wurde. Dies war keine bequeme
Aufgabe, und die wackeren Knaben, welche sich bald
mit deutschem Zutrauen den Führern anschlossen,

hatten manchen Abend großer Aufregung durchzumachen. Vor Allem damals, wo. von ihnen verlangt
wurde den Mord Lichnowskys und Auerswalds als
eine schwere Missethat zu verurtheilen. Da war
eiserne Festigkeit nothwendig und Aufgebot aller
Kraft, um die Verwirrung des Urtheils zu bändigen,
welche mehr als einmal die Gesellschaft zu sprengen
drohte. Doch diese und ähnliche Gefahren wurden
überwunden. Die Mitglieder gewöhnten sich, die
Abende unter den Glaskrystallen ihres Saales zu-
zubringen, einzelne verloren sich, dafür traten andere
zu. An den Vorträgen, für welche die Hilfe guter
Freunde geworben wurde, fanden sie Behagen, noch
mehr an den Gesprächen darüber, die nachher ein-
geleitet wurden. Wir hielten darauf, daß jeden
Abend einer von uns, Banck oder ich, anwesend war.

Auch die vierundzwanzig Ordner erwiesen sich
in der großen Mehrzahl als treue Gehilfen, sie
waren von den Mitgliedern gewählt und die Wahl
im Ganzen vortrefflich — unter ihnen wurde eine
gute Stütze der junge Maler Plockhorst; einige lebten
verheiratet und in leidlich gesicherter Stellung. Natürlich durfte auch die leichte Unterhaltung nicht
fehlen; an Sonntagen machte der Verein unter seiner
Fahne, zuweilen mit Gästen, mit Frauen und Mädchen bei leidlichem Wetter Ausflüge in die Umgegend.
Auch hier übten die Ordner gute Polizei, was

namentlich gegenüber den weiblichen Gästen wün=
schenswerth war, deren Angemessenheit nach einem
besonderen Gesetzbuch der Ethik beurtheilt wurde.
So weit dies dem Vorstand deutlich wurde, bestan=
den Rangstufen: die verheiratheten Frauen und ihre
Töchter, die Bräute, und als dritte die Mädchen,
welche mit schärferer Kritik betrachtet wurden. Bei
Gesellschaften, die zuweilen weit über tausend Per=
sonen umfaßten, ist nie ein Fall von Trunkenheit
und Ungebühr vorgekommen, die Mitglieder waren
darin gegen einander selbst sehr streng und ängstlich
bemüht, dem Vorstand keinen Grund zum Einschreiten
zu geben.

Es waren die Monate des Frühlings und Som=
mers, bis zu meinem Abgange nach Leipzig, in wel=
chen ich für den Verein lebte und die meisten Abende
in ihm zubrachte. Sie boten in Vielem eine gute
Ergänzung zu den Erfahrungen, welche ich bei den
Webern und Spinnern in Schlesien gemacht. Die
Vereinsgenossen gehörten in der großen Mehrzahl
dem Arbeiterstande an und ihre socialen Forderungen
liefen zwar damals noch in Kinderschuhen, aber sie
waren fast sämmtlich vorhanden und beschäftigten die
Seelen darum nicht weniger, weil sie noch als ge=
müthliche Klage der Einzelnen zu Tage traten.

Im Ganzen muß ich wahrlich sagen, daß mich
der Verkehr gelehrt hat, wie gutherzig und anhäng=

lich die Seelen in diesen Kreisen des Volkes sind.
Aber auch, daß sie in der Empfindung eigener
Schwäche zu Werkzeugen ihrer Führer werden, und
daß ein Vereinsleben, wie das geschilderte, nur ge=
deihlich wirken kann, wenn es von gebildeten Män=
nern unabläjjig behütet wird. Untereinander hadern
die Mitglieder, Mißtrauen, Eitelkeit und kleine Eifer=
sucht stören leicht den Zusammenhang; wo die
Deutschen aber einmal dem Bedürfnisse germa=
nischer Natur nachgebend lieben und vertrauen, da
sind sie treu und opferfähig. Im Kleinen wie im
Großen.

Auch von Leipzig aus besuchte ich zuweilen den
Verein, und das freundliche Verhältniß zu den Mit=
gliedern blieb erhalten. Als im nächsten Jahre zu
Dresden der Straßenkampf ausbrach, hatten wir die
hohe Genugthuung, daß von den 500 Genossen des
Vereins sich nicht mehr als fünf an dem Aufstande
betheiligten. Der Verein überdauerte deshalb die
Sturmzeit, er wurde seitdem von der sächsischen Re=
gierung nicht unfreundlich betrachtet und erhielt für
die Bildungsstunden, die er einrichtete, wohl auch
einen kleinen Zuschuß. Doch wurde er in den näch=
sten Jahren allmählich schwach und verging, weil
die Leiter fehlten. Aber er hatte sich in der gefähr=
lichen Zeit bewährt.

Während dies Vereinsleben in den Abendstunden

des tollen Jahres beschäftigte, fand sich auch neue
Arbeit für den Tag, ich ging unter die Journalisten.

Es war in den ersten Monaten des Jahres 1848,
als ich bei einem Besuch in Leipzig einem kleinen
Herrn gegenüber saß, dem hübsche blonde Locken ein
rundliches, rosiges Kindergesicht einfaßten, und der
hinter großen Brillengläsern starr und schweigsam
auf seine Umgebung sah. Es wurde mir gesagt,
daß dies Julian Schmidt, Verfasser des gelehrten
Werkes „Geschichte der Romantik“ sei. Längere
Zeit hörte er schweigend dem politischen Gespräch
mit Bekannten zu, plötzlich aber, als ihm irgend eine
Behauptung mißfiel, brach der Strom der Rede aus
seinem Innern, wie schäumender Wein aus entkorkter
Flasche. Schnell und kräftig flossen die Worte im
scharfen ostpreußischen Dialekt. Was er sagte war
so klar, energisch und warm, daß Alle verwundert
zuhörten, und daß die Unterhaltung nicht wieder in
Fluß kam, auch als er geendet hatte und sich wieder
schweigend hinter seine Brille zurückzog. Darauf
geriethen wir Beide in ein Gespräch, das lange
dauerte, und es ergab sich eine solche Uebereinstimmung in den Ansichten, nicht nur über Preußen
und die deutsche Unordnung, auch über verkehrte
literarische Richtungen der Zeit, daß ich in großer
Hochachtung von ihm schied. Seitdem suchten wir
einander, so oft sich die Gelegenheit bot. Julian

Schmidt hatte damals sein Lehramt in Berlin auf=
gegeben und war von dem Oestreicher Ignaz Ku=
randa als Mitarbeiter für die Grenzboten gewonnen
worden, da diesen selbst der politische Umschwung in
Oestreich nach der Heimat trieb. Den deutschen po=
litischen Theil der Wochenschrift besorgte Schmidt,
die östreichischen Correspondenzen und die Revision
Jacob Kaufmann. Dieser war ein Judenkind aus
Böhmen, den sein Schicksal nach Deutschland und
unter die Herrschaft seines Landsmanns Kuranda
geführt hatte, einer der harmlosesten und liebens=
werthesten Menschen, welche je mit dem Rothstift
schlechte Aufsätze lesbar gemacht haben. Er besaß
ein ungewöhnliches Sprachtalent, ein merkwürdig
gesundes Urtheil auch in politischen Dingen, gebrauchte
die Feder nicht reichlich, aber sauber, fein und mit
Geist, war dabei eine sinnige, heitere Natur mit
einer Ader von schalkhaftem Humor. Seine Be=
scheidenheit und Selbstlosigkeit waren so groß, daß
sie fast zum Fehler wurden, er hatte die denkbar
geringsten Bedürfnisse, arbeitete und sorgte immer
für den Nutzen Anderer, und dachte nicht an den
seinen. Natürlich wurde er überall, wo er thätig
war, Liebling und guter Knabe, dem man aufpackte,
und dem man auch für das Behagen seines eigenen
Lebens sorgen mußte bis auf seine Cigarren, die er,
wenn man ihm freie Hand ließ, mit unleidlicher

Anspruchslosigkeit rauchte. Dreiundzwanzig Jahre
später war mir beschieden, seinen Verlust zu be=
trauern und den Deutschen von ihm zu erzählen.
Als ich ihn kennen lernte, war er bereits in guter
Kameradschaft mit Julian Schmidt. Und die beiden
Gesellen saßen bei der Arbeit und Abends am Schenk=
tisch in der aufgeregten Sachsenstadt neben einander
wie zwei kluge Käuzlein unter dem schwirrenden und
schreienden Vogelvolk. Als ich einige Monate später
mit Schmidt zusammentraf, machte er mir den Vor=
schlag, ich möge den Eigenthumsantheil, welchen Ku=
randa an den Grenzboten hatte, übernehmen. Da
dies ganz zu dem stimmte, was ich in dieser Zeit
für mich wünschte, so erklärte ich mich sogleich be=
reit, wenn nämlich Schmidt mein Partner und
College werden wolle. Er schlug ein und wir er=
warben zu gleichen Theilen Eigenthumsrecht an dem
Blatt.

Die Wochenschrift „Die Grenzboten" war einige
Jahre vorher von Kuranda in Belgien gegründet,
bald nach Leipzig verlegt worden, sie brachte bis zum
März 1848 außer gelegentlicher Lyrik östreichischer
Flüchtlinge, literarische Besprechungen, Reiseeindrücke
und dergleichen; aber auch Correspondenzen über die
politische Lage, soweit dies unter der milden, säch=
sischen Censur möglich war, und sie stellte nach dieser
Richtung einen großen Fortschritt gegenüber den

belletristischen Wochenschriften Leipzigs dar. Eine
besondere Bedeutung aber hatte sie für Oestreich da=
durch erhalten, daß sie unter der Herrschaft Metter=
nich ein Sammelpunkt politischer Klagen, Hoffnungen,
Projecte aus allen Theilen des Kaiserstaates geworden
war. Dort war sie streng verboten, aber zur Zeit
das gesuchteste Blatt. Nun war selbstverständlich,
daß nach dem Aufhören der östreichischen Censur und
nach Gründung zahlreicher östreichischer Zeitungen
diese maßgebende Bedeutung einer auswärtigen
Wochenschrift für den Kaiserstaat aufhören mußte.
Die neuen Inhaber beschlossen, die Zeitschrift zu dem
Organ zu machen, in welchem das Ausscheiden Oest=
reichs aus Deutschland und die preußische Führung
leitende Idee des politischen Theils sein sollte, dazu
von liberalem Standpunkt ein Kampf gegen die Aus=
wüchse der Demokratie und den Schwindel des Jahres.
In dem literarischen Theil aber eine feste und strenge
Kritik aller der ungesunden Richtungen, welche durch
die jungdeutsche Abhängigkeit von französischer Bil=
dung und durch die Willkür der alten Romantik in
die Seelen der Deutschen gekommen waren.

Vom 1. Juli 1848 begann die selbständige Thä=
tigkeit der neuen Redaction. Einem jüngeren Ge=
schlecht mag es nicht leicht sein, sich in die journa=
listischen Zustände jener Zeit hinein zu denken und
diesen ersten Flugversuchen der befreiten Presse Ge=

rechtigkeit widerfahren zu lassen. Es gab damals
keine erprobten Staatsmänner mit festen Zielpunkten
und keine maßgebenden Politiker, ja es gab nicht
einmal feste politische Parteien. Die Regierenden
folgten mit großer Willensschwäche der Strömung,
und standen neuem Verlangen der aufgeregten Massen
rathlos gegenüber. Die conservativen Kräfte in der
Nation schienen geschwunden, das nationale Selbstgefühl war schwach; die liberalen Forderungen gingen
weit auseinander, und der süddeutsche Liberalismus,
auch der Gemäßigten, krankte an dem Uebelstand,
daß ihm die sämmtlichen Staatsregierungen, vorab
Preußen, für Feinde der deutschen Zukunft galten.
Wärme für den eigenen Staatsbau bestand im Grunde
nur in Preußen, und war auch dort zur Zeit ein
verschüchtertes Gefühl. In der Nationalversammlung zu Frankfurt aber begannen erst die großen
dialektischen Prozesse, welche zu dem Verfassungsent-
wurf von 1849 leiteten, auch dort bildete sich erst
allmählich unter dem Zwang der Thatsachen das
Parteileben und eine Majorität für die berechtigten
nationalen Forderungen. Wer in solcher Zeit als
Journalist über Politik schrieb, hatte keinen anderen
Anhalt, als das Idealbild, das er sich selbst von
einer wünschenswerthen Zukunft des Vaterlandes
gemacht hatte, und keinen anderen Maßstab für sein
Urtheil, als die Ansichten, die ihm zufällige Eindrücke

seines eigenen Lebens vermittelt hatten; Sprache,
Stil und die nothwendige journalistische Taktik, Alles
was er haßte und was er liebte, mußte ihm der
eigene Charakter geben. Er war frei wie der Vogel
in der Luft, ohne Führer, ohne Partei, ohne die
Erfahrung und ohne die Bescheidenheit, welche die
Gewöhnung einer Nation an parlamentarische Thätigkeit dem Einzelnen zutheilt. Das war eine wunder-
volle Lehrzeit des deutschen Journalismus, und es
ist kein Zufall, daß aus dem Jahre 1848 viele
tüchtige Redacteure unserer größeren politischen Zeitungen erwachsen sind, klug, welterfahren, gewandt,
von sicherem Urtheil in großen Fragen, denen ein
jüngerer Nachwuchs nicht ebenso reichlich gekommen ist.

Mit frohem Herzen gingen auch die Redacteure
der kleinen Grenzboten an ihr Werk. Das Arbeits-
gebiet war nicht fest vertheilt, doch besorgte Julian
in der Regel die deutschen Artikel, ich die östreichischen und das Ausland, er außerdem fast die ganze
Literatur und Kunst mit Ausnahme des Theaters,
dazu, solange ich noch in Dresden wohnte, mit
Kaufmann die Redaction der einlaufenden Mittheilungen. Und wir richteten offene Briefe, wie damals Zeitgeschmack war, an die verschiedenen Staatsmänner und Parteiführer, predigten ihnen schonungslos Tugend und Weisheit ohne nähere Kenntniß der
Personen und der Verhältnisse, durch welche sie be-

schränkt wurden. Wir gaben dem Oestreicher Pillers-
dorf den verständigen Rath, sich von Deutschland zu
trennen, auch Italien aufzugeben, und machten ihn
aufmerksam, daß es wünschenswerth sei, Bosnien zu
nehmen und die Völker des unteren Donaulands in
einen großen Bundesstaat zu vereinigen. Wir verurtheilten die Demokratie der Straße mit großer
Verachtung, und benutzten jede Gelegenheit den aufgeregten Deutschen zu sagen, daß Preußen noch vorhanden und unter allen Umständen unentbehrlich sei.
Die Versammlung zu Berlin fand geringes Wohlwollen, selbst die Mittelparteien der Nationalversammlung zu Frankfurt flackerten nach unserer Meinung noch zu unsicher hin und her, und mußten sich
manche strenge Ermahnung gefallen lassen. In
dieser Zeit waren der starke Menschenverstand Julians,
seine Tapferkeit, die souveräne Verachtung des leeren
Scheines und der Phrasen, und daneben seine warme
Anerkennung mannhafter Selbständigkeit, wo diese
einmal bemerkbar wurde, eine wahre Erquickung.

Im Herbst 1848 zog ich nach Leipzig, dort
wohnte Schmidt eine Zeit lang bei mir, ich aber
verfiel bald einer schweren Krankheit, und er hatte
unterdeß die ganze Sorge der Redaction zu tragen
und zwar in ungünstiger Zeit, denn das Blatt,
welches den Oestreichern nicht mehr bequem war,
verlor im Süden seinen Einfluß und hatte solchen

in Deutſchland erſt zu gewinnen. Dieſer plötzliche
Wechſel der Abonnenten, der gefährlichſte Umſtand
für eine Zeitſchrift, machte das Jahr 1849 zu dem
mühevollſten, welches die Redaction durchzumachen
hatte, und ich vermuthe, daß Julian, der ſeine ganze
Zukunft dem kleinen Fahrzeug anvertraut hatte, zuweilen mit ſtiller Sorge bedrückt war; er hat ſie
nie gezeigt, war immer friſch, heiter und tapfer bei
der Arbeit, obwohl ihm das Blatt damals keinen
anderen Ertrag brachte als das geringe Honorar,
welches er wie jeder andere Correſpondent bezog.

Unterdeß lebten wir uns zu Leipzig in einem
größeren Kreiſe guter Bekannten ein bei friedlichem
Abendverkehr. Zunächſt natürlich mit ſolchen, welche
der Zeitſchrift nahe ſtanden und Beiträge lieferten.
Außer Kaufmann wurde ein werther Freund Con-
ſtantin Rößler, der damals als Privatgelehrter in
Leipzig weilte. Zu den Genoſſen gehörte auch Wilhelm Hamm, Redacteur der agronomiſchen Zeitung,
ein friſcher und unternehmender Geſell, der ſich als
Freiwilliger im Tann'ſchen Freicorps gerührt hatte,
und ſpäter nach mehren induſtriellen Unternehmungen
als Miniſterialrath nach Wien ging. Dazu fanden
ſich alte Anhänger des Blattes aus Oeſtreich, welche
kamen und gingen, wie Alfred Meißner, Max Schle-
ſinger und zahlreiche Flüchtlinge, denen angemeſſen
ſchien, ſich den Kroaten des Windiſchgrätz zu ent-

ziehen. Auch Friedrich Bodenstedt kam, und nicht
als ein Fremder. Er hatte nach seiner Rückkehr
aus dem Kaukasus in Wien die Wochen des October=
aufstandes zugebracht und dort in einem Kreise guter
Freunde der Grenzboten die wilden Zustände mit
freiem Urtheil beobachtet. Oft hatte er unsere Ge=
nossen von den quälenden Eindrücken des Tages be=
freit, indem er sie im Kreise um sich sammelte und
ihnen mit guter Laune die Weltweisheit und die
Poesie seines Mirza Schaffy dramatisch vorführte.
Mit den bewundernden Empfehlungen unserer An=
gehörigen brachte er guten Bericht über das Erlebte
zu uns.

Die Zeit war schlecht, dennoch fehlte dem Kreise
der frohe Uebermuth nicht. Unter den fremden Gästen
war auch eine riesige Gestalt, der Czeche Mickowetz;
er hatte bei dem Aufstand in Prag das Theater=
costüm eines Swornosters getragen, sich der Unter=
suchung rechtzeitig durch eine Reise zu Knićanin ent=
zogen, hatte dort mit wilden Serbenhaufen Ferkel
gegessen, die an großen Stangen gebraten wurden,
und zugesehen, wie die Kannibalen abgeschnittene Köpfe
der Feinde aus den Säcken schütteten. Unter den
Czechen galt er für einen hoffnungsvollen Gelehrten,
er wußte in der Geschichte und Literatur seiner Hei=
mat guten Bescheid, gab auch, wenn er gesprächig
geworden war, geheimnißvolle Andeutungen über

Hanka's Königinhofer Handschrift und die anderen
Funde, durch welche die Gelehrten seines Stammes
ihrem Volke eine glorreiche literarische Vergangenheit
zurecht machen wollten. In seiner Reisetasche brachte
er das Manuscript eines Trauerspiels mit, „der
Przimislawiden Glück und Ende", welches er in
Leipzig aufführen wollte, darin wurde das Glück
Czechiens durch die Niedertracht eines deutschen Böse=
wichts vernichtet. Bei allem Ungeschlachten seines
Wesens war er doch im Grunde gutartig, und wurde
auch dem Blatt nützlich, für welches er eine Anzahl
Artikel schrieb. Als er nun eines Abends sehr weg=
werfend über Schiller sprach und erklärte, der ganze
Wallenstein sei voll von Schnitzern, der Name Terzky
sei grundfalsch, Max sei ein ganz anderer Mann
gewesen, und er wolle ein Buch gegen Schiller schrei=
ben, da wurde er freundlich gebeten, uns den Schiller
vor der Welt nicht klein zu machen, und es wurde
ihm zugemuthet, gegen eine Flasche weißen Arraks
sein besseres Wissen zu verkaufen. Er hatte Laune
genug darauf einzugehen, erhielt die Bestechung und
trank, zu unserem geheimen Entsetzen, ein ganzes
Wasserglas gemüthlich aus; reuig beobachteten wir
die Wirkung, es that ihm gar nichts. Harmloser
war ein ähnlicher Kauf. Als Alfred Meißner ein=
mal die Unterredung erzählte, welche ein uns wohl=
bekannter Wiener Redacteur mit seinem Journalisten

gehabt und wie er diesen aufgefordert hatte, gewichtig und brillant zu schreiben, kaufte ich ihm das Anrecht auf die hübsche Geschichte um einige Flaschen Rüdesheimer ab, sie ist im letzten Act der Journalisten durch Schmock, mit der Klage des gedrückten Mitarbeiters, fast wortgetreu auf das Theater gekommen.

Auch den Leipzigern blieben 1849 die Schrecken des Straßentumults nicht erspart. Da nach dem ersten Barrikadenbau der Stadtrath alle wohlgesinnten Bewohner aufgefordert hatte, sich bewaffnet, durch eine weiße Armbinde kenntlich, in der nächsten Nacht zur Verstärkung der Communalgarde einzufinden, holte auch ich eine alte Jagdflinte hervor, band die weiße Binde um den Arm und ging zur Nacht von Gohlis, wo ich damals im Sommerquartier wohnte, durch das stille Rosenthal nach der Stadt. Auf den Straßen fand ich Alles leer, die Thüren verschlossen, den Markt wie ausgestorben, nur ein Haufe verlotterter Buben zog trunken und johlend mit allerlei Waffen und einer rothen Fahne an mir vorüber. Als ich aber auf die Hauptwache kam und mich bei dem Offizier der Communalgarde, welcher die Wache befehligte, zum Dienst meldete, Namen und Absicht nannte, fand ich keine willige Annahme, ja, weil ich Keinem von der Wache bekannt war, wurde ich mit unverhohlenem Mißtrauen betrachtet und mir endlich erklärt, hier könne man mich nicht brauchen, ich müsse

mich da und dort melden und legitimiren. „Jetzt
bei Nacht? Dann also gehe ich weiter." Wieder
ging ich durch leere Straßen, es war die schläfrigste
Revolution, die man sich denken kann. Endlich öff=
nete sich schnell eine Hausthüre, eine kleine rundliche
Gestalt stolperte einige Stufen herab, die Thüre
wurde wieder zugeschlagen, in dem schwindenden Licht=
schimmer erkannte ich den Kleinen, es war Julius
Seybt, der bekannte Uebersetzer des Boz und vieler
anderer Werke, auch ein Mitarbeiter der Grenzboten.
Seybt war ein gewandter, zuweilen flüchtiger Schrift=
steller, am Morgen ebenso schnell und regelmäßig bei
seinem Werke, wie Abends beim Becher. Er übte
den Brauch, seine Uebertragungen aus dem Englischen
einem Stenographen zu dictiren und wußte so in
wenigen Wochen einen starken Roman zu bewältigen.
Blieb bei diesem Verfahren auch Vieles für die Ueber=
setzung zu wünschen übrig, sie war immer noch besser,
als die große Mehrzahl ähnlicher behender Leistungen.
Obgleich er nach Geburt und Sprache ein echter
Sachse war, erwies er sich doch in seiner Gesinnung
durch sein ganzes Leben dem preußischen Wesen leiden=
schaftlich zugethan, und wenn er des Abends mit
sächsischen Offizieren zusammensaß, was er regel=
mäßig that, so war er unermüdlich, ihnen Gutes
von Preußen zu erzählen. Es ist wohl möglich, daß
sie den werthen Tischgenossen in diesem Punkt lange

für unzurechnungsfähig hielten, bis die Zeit erwies,
daß er nicht Unrecht gehabt. In jener Nacht also
gingen wir, jetzt zu zweien, den Ereignissen nach,
zuerst in die Gegend, wo Schmidt wohnte, auch dort
war Alles still, endlich saßen wir nieder und waren
bald in feuriger Unterhaltung über Macaulay, den
Seybt gerade den aufständischen Deutschen zur Lec=
türe empfehlen wollte.

Aber Leipzig bot noch andere persönliche Ver=
bindungen, als die mit federschnellen Männern der
Tagespresse. Die Universität hatte damals das
Glück, daß auf ihr drei unserer größten Philologen
lehrten: Moriz Haupt, Otto Jahn und Theodor
Mommsen. Die Freundschaft, in welcher die drei
zusammen lebten, und die vornehme Gesinnung, mit
der sie ihrer Wissenschaft dienten, waren eine ganz
einzige Erscheinung. Die erste Bekanntschaft mit
ihnen wurde mir durch die Uebereinstimmung der
politischen Anschauungen vermittelt. Die drei Pro=
fessoren waren wegen ihrer Theilnahme am deutschen
Verein der sächsischen Regierung verleidet worden
und durch eine Untersuchung in ihrer Lehrthätigkeit
gehemmt. Haupt, der älteste, hielt sich seitdem sehr
eingezogen, aber er freute sich über den Besuch eines
Gleichgesinnten; gern saß ich in der Abenddämmerung
auf seinem alten Sopha mit ihm und seiner klugen
Frau zusammen, zuweilen gelang es auch den ernsten,

in sich gekehrten Mann zu geselliger Unterhaltung in
eine stille Ecke zu verlocken. Er war geneigt, von
dem leichtlebigen Schlesier Gutes zu hoffen, und ich
fühlte eine recht innige Hochachtung vor dem reichen
Wissen und dem starken Ausdruck des gewissenhaften
und schwerflüssigen Gelehrten. Mit den jüngeren
Genossen Jahn und Mommsen entstand bald ein
kamerabschaftliches Einvernehmen, beide wurden hoch=
geschätzte Mitarbeiter der Grenzboten, denen sie
manchen Prachtartikel geliefert haben. Nur wenige
Jahre weilten die drei unter uns, aber auch zu den
Abgerufenen bestand das alte Bundesverhältniß und
es wurde mit den Jahren noch inniger. Ihre Freund=
schaft kam meinem gesammten Geistesleben zu Gute.
Bei dem Beruf, den ich gewählt, war ich nicht mehr
in der Lage, auf den weiten Gebieten der deutschen
und alten Philologie mich in selbständigen Forschungen
zu vertiefen, aber ich brachte aus meiner Vergangenheit Verständniß und lebhaften Antheil an den Eroberungen meiner starken Helden mit. Konnte ich
nicht selbst Philologe sein, so war ich doch stolz
darauf, daß es die Freunde auch für mich waren,
und ich bin seit jener Zeit auf den neuen Bahnen,
welche die drei Gelehrten in ihrer umfangreichen und
großartigen Thätigkeit eröffneten, getreulich nach)ge=
wandelt. Dies bescheidene Mitleben an ihrer Arbeit
verklärte auch den persönlichen Verkehr, sie gewöhnten

sich, mich als einen ihrer Getreusten zu betrachten.
Zwei von ihnen sind uns verloren, aber der jüngste
und genialste ist unermüdlich, als Häuptling der deut=
schen Wissenschaft neue Gebiete botmäßig zu machen.

Da die Sorge für die östreichischen Berichte mir
zugefallen war, wurde ich genöthigt, mich ernsthaft
um die Verhältnisse des Kaiserstaats zu kümmern,
und ich habe durch einige Jahre vom Standpunkt
eines „Kleindeutschen" tapfer darüber geschrieben.
Bald aber fand sich ein Freund, welcher weit besser
als ich unterrichtet und in der Hauptsache nach den=
selben Gesichtspunkten die Zustände Oestreichs für
das Blatt behandelte. Anton Springer, der damals
als junger Gelehrter zu Bonn seine erfolgreiche aka=
demische Laufbahn begonnen hatte, wurde mir durch
Otto Jahn, seit dieser Professor in Bonn war, be=
kannt. Springer und seine Gattin, die Tochter eines
treuen Gönners der Grenzboten in Prag, wurden
mir bald zuverlässige Freunde, er aber einer der
wichtigsten und treuesten Mitarbeiter des Blattes,
nicht nur als Kunstschriftsteller auf dem Gebiet, wel=
chem er wegen einer seltenen Verbindung von strengen
historischen Untersuchungen mit edlem Schönheitssinn
seine größten Erfolge verdankt, sondern fast noch mehr
durch seine politischen Aufsätze. Die Bedeutung, welche
der Verfasser der „Geschichte Oestreichs" als poli=
tischer Schriftsteller zu beanspruchen hat, ist gerade

in Oeſtreich nicht nach Gebühr gewürdigt worden,
vielleicht deshalb, weil ſein klares Urtheil oft keiner
der kämpfenden Parteien zuſtimmte. Wer aber, wie
ich, durch eine lange Reihe von Jahren ſeinen Auf-
faſſungen gefolgt iſt, muß innige Hochachtung vor
der Sicherheit und Größe ſeines politiſchen Urtheils
empfinden und vor der ſeltenen Begabung eines
Mannes, der zwei grundverſchiedene Gebiete, ſchöne
Kunſt und leidige Politik, ſo ſicher beherrſcht.

Als die Politik nicht mehr das ganze Intereſſe
der Leſer in Anſpruch nahm, begann Schmidt litera-
riſche Artikel gegen die Jungdeutſchen und Romantiker. Seine energiſche Thätigkeit nach dieſer Richtung
ſchuf ihm und dem Blatt viele Gegner, unter denen
Gutzkow der erbittertſte war, aber ſie iſt wohl werth,
daß man mit Anerkennung daran zurück denke. Es
war damals die Zeit, wo alle Gegenſätze ſcharf gegen
einander ſchlugen und Schmidt war nicht der Mann,
in ſeinem Feuereifer jedes Wort vorſichtig abzuwägen.
Doch der letzte Grund ſeines Unwillens war immer
ehrenwerth, es war der Haß gegen das Gemachte
und Gleißende, gegen ungeſunde Weichlichkeit und
gegen eine anſpruchsvolle Schönſeligkeit, welche an
den Grundlagen unſeres nationalen Gedeihens, an
Zucht und Sitte und deutſchem Pflichtgefühl rüttelte
mit einem Hochmuth, deſſen letzte Urſache Schwäche
des Talents oder gar des Charakters war.

Jetzt wo diese Schwächen und Fehler überwunden oder mit anderen vertauscht sind, wird uns eine unbefangene Beurtheilung leichter. Damals galt es, das anspruchsvolle, noch mächtige Schädliche zu beseitigen. Es ist auch nicht richtig, daß durch die Bewegung des Jahres 1848 und deren Folgen bereits eine Besserung bewirkt war, und daß es absterbende Richtungen waren, welchen die Grenzboten den Krieg erklärten. Denn indem Schmidt verurtheilte, was in unserer Literatur krank war, wies er auch unablässig auf die Heilmittel hin und wurde dadurch in Wahrheit ein guter Lehrer für die Jüngeren, welche falschen Vorbildern, die in unbekämpftem Ansehen stehen, zu folgen bereit sind. Ihn selbst haben die Gegenangriffe der Gekränkten, an denen es nicht fehlte, vielleicht einmal geärgert, nie beirrt.

Und doch, obgleich er als Kritiker dafür galt, daß ihm Anerkennung schwer wurde, stand er nichts weniger als kalt dem geschaffenen Dichterwerke gegenüber. Er hatte an allem wohl Gelungenen eine tief innige Freude und behielt vor echter Poesie die Wärme und Begeisterung eines Jünglings bis in sein höheres Alter. Vor allem fesselte ihn originelle Zeichnung der Charaktere, nächstdem die Grazie in Schilderung und Sprache. Die Darstellungsweise der englischen Dichter war ganz nach seinem Herzen, den Zauber der wundervollen Färbung bei Dickens

empfand er so voll, wie nur ein Engländer jener
Zeit, und für die stärkeren Talente der Franzosen,
z. B. für Balzac, fühlte er weit größere Sympathie
als sein Mitredacteur. Wo er hohe Intentionen
fand, wurde er auch durch große Mängel in der
Ausführung nicht erkältet. Er ließ nicht ab, mit
dem Schwulst und der Neigung zum Häßlichen bei
Hebbel abzurechnen, aber obgleich ihn in jedem neuen
Werk desselben Vieles verletzte, so blieb ihm doch
das Bedürfniß dieses Talentes, Großartiges darzustellen, sehr ehrenwerth. Wo er vollends die Gabe
erkannte, gesunde Menschen zu schildern, wurde er
ein freundlicher Rathgeber. Er war es, der in der
Presse zuerst das kräftige Talent Otto Ludwig's ver-
kündete, und vollends Fritz Reuter hat keinen wär-
meren und besseren Beurtheiler gefunden als ihn.
In gehobener Stimmung und mit schöner Herzens-
freude trug er die Gestalten und Situationen jeder
neuen Geschichte des wackeren Mannes in sich herum und wurde nicht müde, sie in heiterer Gesellschaft
zu rühmen. In derselben bereitwilligen Anerkennung
eigenartiger Schilderung von Charakteren und Zuständen wurde er auch später ein Bewunderer und
Freund Iwan Turgenjew's. — Fand er aber in
einer Dichternatur nicht viel von dem, was ihn
kräftig anzog, so ging er in seiner Kritik an den
Grenzen solcher poetischen Begabung herum, er bor-

nirte sich gewissermaßen das, was ihm fremdartig
blieb, und weil er dann, um seine Kälte zu recht-
fertigen, mehr von den Schwächen als von dem
Guten des Werkes sprach, so machte seine Besprechung
wohl einmal den Eindruck zu großer Strenge. Aber
er selbst war, wo er später zu besserer Würdigung
kam, sogleich bereit und eifrig, sein Urtheil zu ändern.
Denn immer urtheilte er ehrlich seiner eigenen Natur
gemäß und ehrlich gegen die Kunst, nur um der
guten Sache willen, und immer vom Standpunkt
eines tüchtigen Mannes und eines wackeren Deutschen.
Und diese Eigenschaft hat ihm, dem Kritiker, bei der
jüngeren Generation auch zuerst seine Bedeutung ver-
schafft, denn bei einer Kritik sucht der Leser geradeso
wie bei der Geschichtschreibung nicht nur geistvolles Urtheil, sondern über Allem in dem Beurtheilenden einen
Mann, in dessen Charakter er Vertrauen setzen kann.

Langjährige fortgesetzte Beschäftigung mit Kritik,
zumal mit ästhetischer, bereitet auch dem Beurtheilenden Gefahren, leicht wird die Fähigkeit gemindert,
Neues warm aufzunehmen, eine gewisse Sättigung
macht anspruchsvoll, und die Gewöhnung, nach fest-
gewordenen Ansichten zu urtheilen, bedroht mit Ein-
seitigkeit. Deshalb ist besonders bezeichnend für die
Tüchtigkeit Julian Schmidts, daß er mit den Jahren
nicht absprechender und mürrischer, sondern milder,
vielseitiger und anerkennender wurde.

Bei der zunehmenden Gleichgiltigkeit der Leser gegen Fragen der Politik wurde es fortwährend nöthig, neuen Stoff der Unterhaltung und Belehrung heranzuziehen, und während Schmidt vorzugsweise literarische Artikel schrieb, nahm ich frühere Arbeiten wieder auf und begann geschichtliche Bilder aus der Vergangenheit mitzutheilen, soweit die Grenzboten dergleichen vertragen konnten.

Die Wochenschrift setzte sich allmählich bei den Lesern fest, sie erwarb sich die Achtung, welche selbständiger Ueberzeugung und dem festen Ausdruck derselben von den Deutschen niemals versagt wird. Sie gewann auch gute und bedeutende Mitarbeiter, unter diesen Einige, welche seitdem in der politischen Literatur unserer Nation Bedeutung gewonnen haben, außerdem namhafte Gelehrte: Philologen, Historiker und Kunstschriftsteller, welche einem größeren Leserkreis neue Funde der Wissenschaft und den Gewinn eigener Forschung entgegen brachten, darunter eine lange Reihe unserer besten Namen.

Allerdings gelang es nie, dem Blatt die Fülle und Reichlichkeit der Beiträge zu verschaffen, deren eine große Revue bedarf; die besten französischen und englischen Unternehmungen blieben nach dieser Richtung ein unerreichtes Vorbild. Der kleinen Wochenschrift war die Vieltheiligkeit Deutschlands hinderlich, die Enge unserer Verhältnisse und die

immer noch bescheidene Abonnentenzahl des Blattes.
Oft blieb zufällig, ob eine wichtigere literarische Er=
scheinung oder ein größeres Tagesinteresse in dem
grünen Umschlage die geeignete Besprechung fand,
und es fehlte auch nicht an solchen Wochen, in denen
der Mangel an gutem Manuscript dazu zwang, sehr
Unbedeutendes zu bringen. Trotzdem sagt die Be=
hauptung wohl nicht zu viel, daß die Grenzboten
einen wesentlichen Einfluß auf die Bildung der
jungen Generation ausgeübt und allmählich den
Ruhm erworben haben, viel von deutscher Einsicht
und deutschem Gewissen zu Tage zu bringen. Das
Hauptverdienst aber dieses Erfolges in den dreizehn
ersten Jahren herben Kampfes gegen eine öde Re=
action und gegen die Muthlosigkeit und Zerfahren=
heit im Volke kommt Julian Schmidt zu, der Regel=
mäßigkeit seines Fleißes, seiner festen Vaterlands=
liebe, dem unerschütterlichen Vertrauen zu der Tüch=
tigkeit der Nation und zu der Kraft des preußischen
Staats, und seiner tapferen Rücksichtslosigkeit.

Er war ein schneller Arbeiter, pünktlich im Ab=
liefern des Manuscriptes, Freude und Trost der
Setzer; die Gedanken strömten ihm voll und gleich=
mäßig aus der Feder, auf den Seiten, die er von
oben bis unten zu beschreiben liebte, fand sich selten
ein Wort corrigirt. Die Rückseite seiner Concepte
war gewöhnlich mit algebraischen Formeln beschrieben,

solches Rechnen trieb er unablässig als Privatver=
gnügen zur Erholung.

Mit der Redaction wechselten wir nach den ersten
Semestern halbjährig und da ich einen Theil des
Sommers auf dem Lande zubrachte, so machte sich's,
daß Schmidt im Sommer, ich im Winter die Re=
dactionsgeschäfte besorgte, dadurch erhielt jeder von
beiden für ein halbes Jahr Muße zu größerer Ar=
beit. Doch war bei diesem Wechsel nicht zu ver=
meiden, daß Verschiedenheiten in der Behandlung
der Eingänge bemerkbar wurden. Schmidt hatte
z. B. eine souveräne Stimmung gegenüber dem
Mannigfaltigen, wodurch ein Blatt den Lesern an=
muthig zu werden sucht, und besserte ungern an dem
mangelhaften Stil solcher Artikel, welche aus der
Fremde kamen und wegen des zeitgemäßen Stoffes
nicht zu verachten waren; ja er schrieb lieber ein
halbes Heft selbst, als daß er verstruwelten Ge=
danken und Sätzen den redactionellen Bürstenstrich
vergönnte. Nun war uns der treue Kaufmann ver=
loren. Die östreichische Regierung hatte wegen eines
mißliebigen Artikels seine Auslieferung verlangt und
wir hatten, um ihn vor dem Spielberg zu bewahren,
seine Abreise nach England veranlaßt. Deshalb
wurde, zumal auch das sächsische Preßgesetz ein Lan=
deskind zum verantwortlichen Redacteur forderte, all=
mählich wünschenswerth, einen besonderen Redacteur

16*

zu bestellen. Damals war Moritz Busch aus Amerika
zurückgekehrt, und hatte in dem Blatt ein ganz un=
gewöhnliches Talent für Schilderungen und erzäh=
lende Artikel erwiesen. So wurde er 1857 zum
Redacteur bestellt. Und es soll bei dieser Gelegen=
heit gesagt werden, daß er durch eine Reihe von
Jahren mit treuer Hingabe für das Blatt thätig
war, zum großen Nutzen für die Grenzboten und
zur Freude der Eigenthümer, und daß er in dieser
Zeit uns Beiden auch im persönlichen Verkehre werth
und vertraulich wurde. Erst in dem Jahre 1865
zog ihn das Schicksal in andere Bahnen.

Unterdeß hatte Schmidt auch sein eigenes Leben
redigirt, er hatte sich eine liebenswerthe Gattin aus
einem niederdeutschen Pfarrhause geworben, sie wurde
die Vertraute seiner Gedanken, das beste Glück seines
ganzen späteren Lebens. Vergnügt richtete er sich
den eigenen Haushalt ein und verlebte von da an
meiner Seite einige friedliche Jahre, freilich in doppelt
angestrengter Thätigkeit. Die erste Ausgabe seiner
Literaturgeschichte war erschienen, sein Ruf als Kri=
tiker festgestellt; auch gesellschaftlich hatte er sich in
Leipzig eingelebt, die früheren Tischgenossen Jahn
und Mommsen waren fortgezogen, aber Heinrich
v. Treitschke, damals in blühender Jugend, wurde
den Grenzboten ein lieber Gefährte, Freude und
Stolz des Kreises, und Karl Mathy kam als Di=

rector der Creditanstalt nach Leipzig und wurde ein
hochgeschätzter Mitarbeiter. Seitdem gab es wohl=
thuenden Familienverkehr und täglich anregendes
Männergespräch, zu dem sich am runden Tisch eine
Anzahl gescheidter und tüchtiger Leipziger mit den
Grenzboten zusammenfand.

Julian Schmidt hatte der Zeitschrift dreizehn
Jahre angehört, als ihm 1861 von Berlin aus der
Antrag gestellt wurde, dort unter sehr günstigen Be=
dingungen die Leitung einer neuen, unabhängigen
Zeitung zu übernehmen. Er erhielt dadurch die Aus=
sicht auf eine größere Wirksamkeit und auf festere
Stützen seines äußeren Lebens. Als er sich ent=
schloß, dem Ruf Folge zu leisten, da durften seine
alten Freunde zwar unsicher sein, ob das Zeitungs=
wesen ihm auf die Dauer gedeihen könne, aber daß
er selbst in dem literarischen Treiben der großen
Stadt sich ehrenvoll behaupten werde, das war uns
Allen zweifellos. Die neue Zeitung dauerte nicht,
Schmidt aber gewann in der Hauptstadt eine neue
Heimat, die ihm lieb wurde. Der kleine Haushalt,
in dem er mit der geliebten Frau waltete, wurde
eine Stätte, an welcher sich viele der besten und
vornehmsten Geister der großen Stadt an dem
Frieden, der seelenvollen Heiterkeit und den klugen
Gedanken eines alten Vorkämpfers der deutschen
Journalistik erfreuten. Denn durch sein ganzes

Leben trug er in sich den Adel einer guten und
kräftigen Menschennatur, Wahrhaftigkeit und Lauter-
keit der Gesinnung, die Unschuld einer Kinderseele
bei gereiftem Urtheil und einem hochgebildeten Geiste,
als ein reiner und guter Mann ohne Falsch, warmherzig, treu seinen Freunden. Es ist nach seinem
Tode 1886 dem älteren Genossen beschieden, hier
von seinen Verdiensten um die Grenzboten zu erzählen.

Noch zehn Jahre blieb ich nach seinem Abgange
an der Wochenschrift betheiligt, und es sei mir gestattet, hier vorgreifend die Schicksale des Blattes
in dieser Zeit kurz zu berichten. —

Den Antheil am Eigenthum der Grenzboten,
welchen Schmidt besessen, übernahm ein anderer
Freund, Max Jordan. Durch ihn wurden dem
Blatt regelmäßige Berichte über die Literatur der
bildenden Künste zugeführt, er ist mein treuer Ge-
schäftsgenosse geblieben bis zu unserem gemeinsamen
Ausscheiden.

Für die Deutschen war seit 1861 eine Zeit neuer
Hoffnungen gekommen, ich schrieb wieder häufiger
politische Artikel und besprach literarische Neuigkeiten.
Als im Frühjahr 1866 Moritz Busch aufhörte Redacteur zu sein, wurde Julius Eckardt aus Riga
für die Zeitschrift gewonnen. Daß die Politik sieg-
reich wurde, welcher die Wochenschrift diente, kam

auch ihr zu Gute, die Zahl der Leser wuchs mit
jedem Jahr, neue Kräfte wurden gewonnen, die
Mitarbeiter schrieben jetzt in gehobener Stimmung.
Auch ich fand in meiner Thätigkeit als Journalist
wieder erhöhte Befriedigung und ich dachte oft, daß
es schön sei, mit der Feder in der Hand die größten
Ereignisse zu begleiten und der Begeisterung und
leidenschaftlichen Theilnahme in der Nation Ausdruck
zu geben. Drei Jahre lang gereichte die ungewöhn=
liche Arbeitskraft und die gute Kenntniß der ost=
europäischen Verhältnisse, welche Eckardt zubrachte,
dem Blatt zum Vortheil und der persönliche Um=
gang mit ihm mir selbst zur Freude. Als den zu=
verlässigen Mitarbeiter die Rücksicht auf seine Fa=
milie und Zukunft von uns fortführte, trat Alfred
Dove an seine Stelle. Aber nur bis zum Ende
des Jahres 1870 genoß das Blatt die Fürsorge
dieses reichen Geistes. Da veranlaßte ein Gegensatz
mit dem Verleger, welcher durch die Haltung des
Blattes in confessionellen Fragen schon oft schmerz=
lich berührt worden war, uns Alle von den Grenz=
boten zu scheiden. Dove übernahm noch auf einige
Jahre die Leitung der Zeitschrift „Im neuen Reich‟,
welche Hirzel für unseren Kreis einrichtete, auch dort=
hin lieferte ich Beiträge, doch war ich der Ansicht,
daß die Aufgabe, die ich als Tagesschriftsteller über=
nommen, gelöst sei.

Durch fünfundzwanzig Jahre hatte ich, wenn auch in den bescheidenen Verhältnissen einer Wochenschrift, unter den Stimmführern der deutschen Presse gestanden. Was Traum und Sehnsucht meiner Jugend gewesen war, das war auf den Schlachtfeldern und in den Kabinetten, durch die Tapferkeit unserer Soldaten und durch die Größe unserer politischen Führer Wirklichkeit geworden: ein machtvoller, deutscher Staat.

Ich kehrte zu meinen Büchern und zu meiner Dichterarbeit zurück. Hier aber sei einem alten Journalisten gestattet, in Freude zurückzudenken an die lange Reihe tüchtiger und guter Männer, welche mit ihm vereint an dem Blatte Antheil gehabt haben, fast sämmtlich nahe persönliche Freunde und Kampfgenossen auf verschiedenen Gebieten unseres geistigen Lebens. Die meisten der regelmäßigen Mitarbeiter und Redacteure hat das große Preußen den kleinen Grenzboten einen nach dem andern abgenommen, sie sind dort in einflußreicher und angesehener Stellung thätig. Nicht alle gehören demselben Parteilager an, aber ich hoffe, daß sie sämmtlich die Jahre ihrer theilnehmenden Sorge für die grünen Blätter nicht für verlorene Zeit halten.

10

Arbeiten der Mannesjahre.

Meine unsichere Gesundheit, die sich nach 1848 in der Stadtluft von Leipzig nicht kräftigen wollte, hatte den Arzt veranlaßt, für den Sommer Land= aufenthalt zu empfehlen. Im Jahre 1851 erwarb ich deshalb ein Landhaus mit Garten zu Siebleben bei Gotha. Das altfränkische Haus, gerade für einen bescheidenen Haushalt ausreichend, war im Anfange des Jahrhunderts von dem Minister Gotha's, Syl= vius von Frankenberg, eingerichtet worden, es hatte damals oft die Gäste von Weimar: Karl August, Goethe und Voigt auf ihren Fahrten nach Eisenach beherbergt und war in ihrem Kreise unter dem Namen „die gute Schmiede" wohl beleumdet ge= wesen. Jetzt stand der kleine alte Bau, nach man= chem Wechsel der Besitzer, als ein Zeugniß, wie enge, anspruchslos und doch behaglich ein früheres Geschlecht gehaust hatte. Ich fühlte mich in dem Besitz sehr wohl und siedelte jedes Frühjahr gern dorthin über. Die heitere Ruhe förderte mir auch die literarische Thätigkeit, dort ist bei Weitem der größte Theil meiner größeren Arbeiten ausgesonnen.

Seitdem verlief mein Leben, wie das unserer alten Heidengötter, zweigetheilt zwischen Sommer und Winter; so oft der Frühling kam, die Obst=bäume blühten, Fink und Staar ihre Stimmchen erhoben, zog ich hinaus ins freie Land, dort pflanzte ich Blumen, beobachtete meine alten Lieblinge die Kürbisse, sprach mit meinen Dorfleuten kluge Worte und schrieb an meinen Büchern; genoß den Zuspruch werther Männer aus der Nähe und Ferne, verkehrte auch artig nach Hofbrauch mit Fürsten und hohen Herren. Wenn aber der Wintersturm über die kahlen Felder fegte, fuhr ich mit der Heldenschaar meiner Phantasiegestalten nach der Stadt zurück, wurde Journalist und hauste, von meinen Artikeln, den Raben, umflattert, im Schatten der Bücherschränke. Dort freute ich mich an dem Hausverkehr mit ver=trauten Männern der Stadt, die auf den Bänken der Wissenschaft lagerten oder im Rathstuhle und im Comptoir saßen. Im Winter sammelte ich ein, was ich im Sommer ausgab.

In der Stille des Dorfes, unter dem Blätter=dach alter Linden kam im Jahr 1852 wieder die Freude an eigener Erfindung. Ich war unter das Völklein der Journalisten gerathen und trug im Herzen die Bilder vieler närrischer Käuze, die ich

kennen gelernt. Da machte es sich wie von selbst,
daß ich dies Stück Welt, in welchem ich mit Behagen verkehrte, für mein altes Handwerk in Anspruch nahm. Die Vorbilder für die kleinen Typen
der Charaktere fand ich überall in meiner Umgebung,
auch die Handlung: Wahl eines Abgeordneten, an
welcher meine Journalisten sich zu betheiligen hatten,
lag sehr nahe. Ich schrieb das Lustspiel „Die Journalisten" in den drei Sommermonaten nieder. Nie
ist mir ein Plan so schnell fertig geworden als dieser,
auch bei der Arbeit empfand ich mit Befriedigung,
daß die vor Jahren erworbene Sicherheit im scenischen Ausdruck unvermindert war. Als ich das fertige
Stück im Herbst nach Leipzig brachte, meinte ich,
mein Genosse Schmidt müßte, nächst meiner Hausfrau, der erste sein, welcher ein Urtheil darüber auszusprechen hatte, ich trug es dem Ueberraschten zu
und hatte die Genugthuung, daß er damit einverstanden war.

Alsbald besorgte ich Bühnendruck und Versendung
und sah mich auf einmal wieder im Verkehr mit den
deutschen Theatern. Zu den wohlwollenden Freunden, welche das Lustspiel gewann, gehörte Eduard
Devrient, derzeit Leiter des Hoftheaters zu Karlsruhe. Ich beschloß also das Einstudiren und die
Aufführung seiner Bühne zu einer Probe für mich
selbst zu machen, um durch eigene Anschauung des

Bühnenbildes über das Gelungene und Mangelhafte
sicher zu werden. Als ich zu Karlsruhe eine gute
Aufführung erlebt hatte, mußte das Stück in der
Hauptsache für mich abgethan sein. Noch bei wenigen Aufführungen anderer Bühnen, die mir nahe
lagen, war ich in den nächsten Monaten zugegen,
später hielt ich mich fern. Jeder Schaffende hat
darauf zu achten, daß ein beendetes Werk ihm selbst
sobald als möglich in den Hintergrund gerückt werde,
damit ihm während einer neuen Arbeit nicht frühere
Gestalten in der Phantasie umhergaukeln und die
Frische des neuen Bildens beschränken. Doch noch
aus anderem Grunde sehe ich meine eigenen Stücke
ungern auf den Brettern. Denn die Zurichtung,
welche die deutschen Theaterstücke auf den verschiedenen Bühnen erhalten, nicht nur durch die Regisseure, sondern noch mehr durch beliebte Darsteller
der einzelnen Rollen, wird dem Autor oft peinlich
und unleidlich. Der Mangel an Pietät gegen den
geschriebenen Text ist bei uns eine alte wohlbegrün-
dete Klage, er wird selbst von dem Publikum zuweilen
als Uebelstand empfunden. Selten widersteht der
deutsche Schauspieler der Versuchung, Stellen, die
seinem Talent unbequem sind, wegzulassen, wohl auch
an den Worten zu ändern, und was das Schlimmste
ist, eigene kleine Erfindungen, von denen er sich eine
Wirkung verspricht, dazwischen einzutragen.

Solche Veränderungen in den Rollen und Text-
büchern gehen an den Theatern von einer Generation
der Schauspieler auf die andere über. In früherer
Zeit fuhr ich zuweilen dazwischen, ich mußte es aufgeben, weil eine Ueberwachung von hundert Text-
büchern auf die Länge unmöglich ist, und weil diese
Unart auf's Engste mit dem Hauptleiden unserer
Bühnen, Schwäche und Ohnmacht der Regie, zu-
sammenhängt.

Das Stück fand bei den deutschen Theatern
schnelle und wohlwollende Aufnahme und die Gunst
der Zuschauer ist ihm geblieben. In Berlin stand
die königliche Bühne an, dasselbe in Scene zu setzen,
weil damals bei Hof und Regierung Alles, was irgend
liberal erschien, verpönt war. Unverkennbar aber
hatten die in dem Stück bevorzugten Journalisten
der Union einen gewissen liberalen Strich. So erschien das Lustspiel zuerst auf einem andern Theater
Berlins, die Intendanz nahm es aber auf, sobald
sie vermochte, und hat es seitdem dem Publikum der
Hauptstadt häufig zugetheilt.

„Die Journalisten" wurden geschrieben, bevor
die unglückliche Erfindung eines Zwischenvorhangs
die Acte, welche Scenenwechsel haben, auseinander-
riß. Deshalb ist im zweiten und vierten Act die
Verwandlung nicht vermieden. Als einige Zeit darauf Eduard Devrient von einer Sitzung der Bühnen-

vorstände nach Siebleben kam und zufrieden mittheilte,
es sei beschlossen worden, den Scenenwechsel inner=
halb der Acte durch Herablassen eines Zwischenvor=
hangs zu decken, damit das widerwärtige Umstellen
der Coulissen und Möbel den Augen der Zuschauer
entzogen werde, da war der befreundete Mann be=
troffen, als ihm entgegengehalten wurde, daß man
den Teufel austreiben wolle durch den Obersten der
Teufel. Denn der Zusammenhang der Stücke wurde
durch die neue Erfindung in ganz neuer Weise zer=
rissen, die Regisseure konnten sich seitdem nicht ver=
sagen, durch reichlichere Ausstattung mit allerlei Kram
und unwesentlichem Beiwerk die einzelnen Scenen zu
verzieren, Stücke mit häufigem Scenenwechsel von
Shakespeare, Heinrich von Kleist und Anderen wur=
den in eine Reihe von Situationsbildern aufgelöst,
und das ist ein sehr ernster Uebelstand für die
künstlerische Gesammtwirkung dieser Stücke geworden.
Wollte man den unleugbaren Uebelstand des Scenen=
wechsels bei offener Bühne mindern, so mußte man
die vervollkommnete Technik unserer Bühneneinrich=
tungen gerade hier in Anwendung bringen, wo sie
noth that, um den Wechsel durch Maschinerie, Ver=
senkungen u. s. w. so schnell als möglich zu bewirken,
immer aber mußte die Ausstattung der Scene mit
Versetzstücken und Möbeln auf das Nöthigste be=
schränkt bleiben. Das Publikum freilich gibt sich

gern der Betrachtung eines wohlgefälligen Theater-
bildes hin, auch dem Schauspieler fördert vielleicht
schmuckvolle Einrichtung einmal die gute Stimmung
und kleine Kunstwirkungen. Aber Beides ist unwesentlich gegenüber der Gefahr, daß die Nebendinge zu
einer Hauptsache werden. Wir haben seitdem erlebt,
wie das Streben nach historischer Treue, stilvoller
Einrichtung der Scenen, nach Beleuchtungseffecten,
zeitgemäßem Costüm und Geräth sich ausgebreitet
hat. Für die ernste Kunst ist das kein Vortheil.
Alle guten dramatischen Wirkungen eines Stückes
können vollständig zur Geltung kommen und würden
in manchen Fällen größer sein, auch wenn das Stück
von Anfang bis zu Ende vor demselben dunkeln
Hintergrunde abgespielt werden müßte. Denn der
Zuschauer ist sich doch immer bewußt, daß er nicht
der Wirklichkeit gegenüber sitzt, und er soll diese stille
Empfindung auch gar nicht verlieren. Nun ist selbstverständlich, daß wir nicht zu dem einfachen Bretter-
gerüst alter Zeit zurückkehren können, und daß auch
in Decorationen, Tracht und Beiwerk auf einen gewissen mittleren Durchschnitt der geschichtlichen Bildung unter den Zuschauern Rücksicht genommen werden muß. Diese Beachtung unserer geschichtlichen
Kenntnisse darf sich aber auf der Bühne nie in den
Vordergrund drängen. Und der Dichter, welcher es
ehrlich mit seiner Kunst meint, wird sich sorgfältig

hüten, solche decorative Wirkungen in seine Arbeit
aufzunehmen. Er ist durch den Zwischenvorhang
ohnedies in die Lage gebracht, jeden Scenenwechsel
innerhalb des Actes vermeiden zu müssen. Das ist
für ihn, zumal bei historischen Stoffen, eine Auf=
gabe, die oft unüberwindlich scheint. Aber fast immer
vermag kluge Erfindung darüber hinwegzuhelfen.

Das Lustspiel „die Journalisten“ erschien 1853
im Buchhandel, zuerst allein, dann zusammen mit
den früheren Stücken.

So war ich wieder mit einem Erfolg über die
Bretter gewandelt und es hätte nahe gelegen, in der=
selben Dichtungsform fortzufahren. Aber ich selbst
war in diesen Jahren ein anderer geworden, die
großen geschichtlichen Verhältnisse, in denen ich als
Schriftsteller mich tummelte, Manches was ich erlebt
und angeschaut hatte, die volle und starke Strömung
des Lebens, welche mir jetzt durch die Seele zog,
wollte sich in den Rahmen eines Theaterabends, in
die knappe Form des Dialogs, und in die kurzen
Scenenwirkungen nicht einpassen. Mich überkam der
Wunsch, mein Verständniß der Zeit und was ich
etwa von guter Laune besaß, mit der Fülle und
Reichlichkeit auszusprechen, welche in einer poetischen
Erzählung möglich wird. Im Sommer 1853 trat
ich darüber mit den kleinen geflügelten Collegen, den
Lyrikern meines Gartens in Berathung und begann

meinen erſten Roman, welcher mich auch noch im
nächſten Jahre beſchäftigte. Im Winter ſchrieb ich
wieder Artikel und redigirte die grünen Blätter.

Nach den Tagen von Olmütz und Bronzell war
Preußen einer trübſeligen Reaction verfallen, und
die Wochenſchrift hatte keinen leichten Stand, wenn
ſie zu gleicher Zeit die Gegner Preußens verurtheilte
und die Zuſtände in Preußen unzufrieden beſprach.
Die argwöhniſche Gehäſſigkeit, mit welcher man damals zu Berlin jede ſelbſtändige Aeußerung in der
Preſſe betrachtete, hatte bewirkt, daß auch gemäßigte
Blätter keine von der Regierung unabhängigen Berichte über die Landtagsverhandlungen erhielten, jeder
Correſpondent, welcher in den Verdacht ſolcher Thätigkeit kam, wurde aus Berlin ausgewieſen, und doch
verhielt ſich die Oppoſition in jenen Jahren durchaus nicht unpatriotiſch, ihr ſtärkſter Vorkämpfer war
Georg Vincke. Um dieſem unleidlichen Nothſtand
in der Preſſe abzuhelfen, kamen im Winter 1853
einige Geſinnungsgenoſſen überein, durch kleine Beiträge eine autographirte Correſpondenz zu erhalten,
welche unentgeltlich an Zeitungen und an Partei-
genoſſen in der Kammer verſandt werden ſollte. Ich
übernahm es dieſelbe einzurichten, ein junger Gelehrter in Berlin — es war Karl Neumann, der
Geſchichtsforſcher — wurde beſtimmt regelmäßig
Kammerberichte nach Leipzig zu ſenden, dort war

ein passender Redacteur für das Autographiren und
den Versand an die Adressen geworben. Das kleine
Unternehmen trat, bei den sächsischen Behörden an-
gemeldet, ins Leben und erwies sich als nützlich.
Die Zusendungen von Berlin, außer den Berichten
Neumanns noch gelegentliche kleine Briefe von Par-
teigenossen, wurden in der Regel an mich adressirt,
durch mich dem Redacteur und Verleger zugestellt.
Nun kam einmal unter den Eingängen eine kurze
Mittheilung, in welcher berichtet wurde, daß der
preußische Mobilmachungsplan dem Kaiser von Rußland verrathen worden sei, der Verrath war mit
scharfen Worten verurtheilt. Die Thatsache war unleugbar, die Mittheilung derselben in der Presse
aber erregte zu Berlin den höchsten Unwillen. Es
wurde deshalb die ganze Meute der Polizei, v. Hin-
feldey, v. Nörner, Stieber nach Leipzig geschickt,
dort mit Hilfe der sächsischen Behörde nach dem
Verbreiter der Nachricht zu forschen. Der geforderte
Redacteur der Correspondenz nannte mich als Ueber-
sender. Darauf wurde von mir verlangt, daß ich
den Urheber der Notiz nennen solle, und weil diese
Forderung in Sachsen nicht gesetzlich zu begründen
war, unter dem Vorwande, daß man dadurch dem
Verräther des Mobilmachungsplans auf die Spur
kommen wolle. Solch thörichter Zumuthung gegenüber war dasjenige Verhalten geboten, welches man

das aufschiebende nennt, zumal man annehmen konnte,
daß zu Berlin mit der Zeit ruhigere Betrachtung
eintreten würde. Da nun auch die sächsische Behörde
nicht allzu willig war, sich von den übelbeleumdeten
Spürern aus Berlin in dieser Angelegenheit benutzen
zu lassen, kam über den Rechtseinwendungen das
Frühjahr heran und ich zog wieder nach Siebleben.
Jetzt aber leitete man von Berlin aus bei dem
Gothaer Gericht ein gerichtliches Verfahren ein, das
voraussichtlich ebenfalls keinen Erfolg haben konnte,
und erließ noch nebenbei einen geheimen Haftbefehl
gegen mich. Dies seltsame Schriftstück wurde mir
anonym von Frankfurt a. M. zugesandt. Die preu=
ßischen Behörden wurden darin aufgefordert, den
Verfasser von den und den Werken, an dessen Er=
greifung viel gelegen sei, bei dem Betreten von preu=
ßischem Gebiet zu verhaften und nach der Haus=
vogtei zu Berlin abzuliefern. Das war übermäßig
abgeschmackt. Doch, da ich preußischer Staatsbürger
war, bereitete mir dieser jähe Eifer die sichere Aus=
sicht, demnächst auf Grund bestehender Auslieferungs=
verträge aus Siebleben abgefordert zu werden. Da
auf dem gewöhnlichen Wege eine Entlassung aus dem
preußischen Unterthanenverband nicht zu bewirken
war und ich nicht Lust hatte, den Winter über in
der Hausvogtei zu wohnen, so gab es nur ein Mittel,
mich in Gotha sicher festzusetzen. Dies war ein

kleines Hofamt, da die Anstellung am Hofe von
selbst die Landeszugehörigkeit verleiht. Der Fall
wurde dem Herzog von Gotha vorgetragen, und dieser
half gütig aus der Verlegenheit, indem er mich zu
seinem Vorleser ernannte. Seitdem war ich Hofrath,
nicht parceque, sondern quoique. Aber das gewalt=
thätige Vorgehen wurde dadurch gehemmt. Den
Winter brachte ich wie gewöhnlich in Leipzig zu,
nachdem ich durch einen Freund aus Dresden die
Nachricht erhalten, daß man in Sachsen zwar einer
Abforderung von Berlin nicht entgegen treten könne,
mich aber rechtzeitig benachrichtigen werde. Doch zu
Berlin gab man die Verfolgung in aller Stille auf,
nachdem der Haftbefehl etwa ein Jahr bestanden
hatte. Daß er aufgehoben sei, wurde mir wieder
durch anonyme Zuschrift mitgetheilt.

Als der Roman „Soll und Haben" zu Ostern
1855 in drei hübschen Bänden gedruckt auf meinem
Tische lag, packte ich das erste Exemplar für meine
Mutter ein; und erhielt an demselben Tage die Nach=
richt von ihrem Tode. Mein Bruder hatte mir ihre
letzte Krankheit aus Sorge für meine Sicherheit ver=
schwiegen.

Um den Erfolg des Romans machte ich mir ge=
ringen Kummer. Man war damals ärmer als jetzt,
es wurden weniger Bücher gekauft und ich hatte das
Zutrauen, daß die Arbeit meinem Verleger nicht

gerade zum Schaden gereichen würde. Doch war
der Erfolg besser als wir annahmen, und es konnten
noch in demselben Jahre einige kleine Auflagen ge=
druckt werden. Wichtiger war mir die Zufriedenheit
meiner nächsten Freunde, auch sie wurde dieser Arbeit
reichlich zu Theil. Im Ganzen hatte ich die Stim=
mung: ich habe es ungefähr so gut gemacht, als ich
konnte, nun mögen die Anderen sehen, wie sie damit
fertig werden.

Der Aufbau der Handlung wird in jedem Ro=
man, in welchem der Stoff künstlerisch durchgearbeitet
ist, mit dem Bau des Dramas große Aehnlichkeit
haben. Vor allem eine poetische Idee, welche schon
in der Einleitung sichtbar wird und den ganzen Ver=
lauf der Ereignisse bestimmt. Für „Soll und Haben"
ist diese Idee in dem leitenden Capitel auf Seite 9
in Worte gefaßt, der Mensch soll sich hüten, daß
Gedanken und Wünsche, welche durch die Phantasie
in ihm aufgeregt werden, nicht allzu große Herr=
schaft über sein Leben erhalten. Anton und Itzig,
der Freiherr und Ehrenthal, und in geringerem
Maße auch die andern Gestalten haben mit solcher
Befangenheit zu kämpfen, sie unterliegen oder werden
Sieger. Auch die Theile der Handlung sind in der
Hauptsache dieselben wie im Drama: Einleitung,
Aufsteigen, Höhepunkt, Umkehr und Katastrophe. In
„Soll und Haben" sind die gelungene Schurkerei

Itzigs, der Ruin des Freiherrn und Ehrenthals, und die Trennung Antons aus dem Geschäft der Höhepunkt des Romans, und die Rückkehr Antons in das Geschäft mit Allem, was daraus erfolgt, die Katastrophe. Bei der Beschaffenheit des Stoffes, welcher eine breite Ausführung der zweiten Hälfte nothwendig machte, nahm der Verfasser sich die Freiheit, die Umkehr in zwei Bücher zu scheiden, dadurch hat die Erzählung sechs Theile erhalten, nothwendig wäre nur die Fünfzahl. Es hat Jahrhunderte gedauert, bevor die Handlung der Romane zu künstlerischer Durchbildung gelangt ist, und es ist das hohe Verdienst Walter Scotts, daß er mit der Sicherheit eines Genies gelehrt hat, die Handlung in einem Höhenpunkt und in großer Schlußwirkung zusammen zu schließen.

Auch meine Weise der Arbeit war bei dem Roman dieselbe wie bei den Theaterstücken, ich erdachte mir zuerst die ganze Handlung im Kopfe fertig, dabei suchte ich sogleich für alle wichtigeren Gestalten die Namen, welche nach meiner Empfindung zu ihrem Wesen stimmten — keine ganz leichte und keine unwichtige Arbeit —, endlich schrieb ich auf ein Blatt den kurzen Inhalt der sechs Bücher und ihrer sämmtlichen Abschnitte. Nach solcher Vorbereitung begann ich zu schreiben, nicht vom Anfang in der Reihenfolge, sondern wie mir einzelne Abschnitte zufällig

lieb und deutlich wurden. Zumeist solche aus der
ersten Hälfte. Alles was durch die Schrift befestigt
war, half natürlich der schaffenden Seele die neue
Erfindung für noch nicht Geschriebenes anregen. In
dem was ich wollte, war ich ganz sicher, nicht ebenso
schnell kam mir für einzelne Abschnitte die Wärme,
die zur Ausarbeitung nöthig ist, und ich habe manch=
mal längere Zeit warten müssen, bevor eine Situation
von der Phantasie fertig zugerichtet war, was diese
freundliche Helferin, wie ich überzeugt bin, dem
Dichter auch besorgt, während er gar nicht über
dem Werke ist, wohl gar während er schläft. Zu=
weilen aber blieb sie störrig und manche kleine Ueber=
gänge wollten nicht herauskommen, z. B. nicht im
letzten Buche die Rückkehr Antons zu Sabine und
das Wiedersehen. Dies ist auch dürftig geblieben.

Die Niederschrift habe ich, wie bei allen späteren
Prosa=Arbeiten nicht selbst besorgt, sondern dictirt.
Dies war mir wegen meines kurzen Gesichts und
der gebückten Haltung am Schreibtisch nach meiner
Krankheit gerathen worden und ich hatte mich bei
den Tagesarbeiten für die Grenzboten daran gewöhnt.
Ich erhielt dadurch den Vortheil, daß ich Wortlaut
und Satzfügung, während ich schuf, zugleich hörte,
und dies kam dem Klang und Ausdruck oft zu Gute.
Ein Uebelstand aber war, daß die arbeitende Seele
durch die Gegenwart des Schreibers zu einem un=

unterbrochenen und gleichförmigen Ausspinnen des
Fadens veranlaßt wurde und in Gefahr kam, sich
an Stellen, wo sie träge zauderte oder wo die innere
Arbeit noch nicht fertig war, durch ungenügenden
Ausdruck über die Schwierigkeit wegzuhelfen. Deshalb vermochte diese Art der Niederschrift meine
eigene Anspannung nicht zu mindern, denn was der
Schreiber auf das Papier gebracht, arbeitete und
besserte ich noch einmal gründlich durch.

Es lohnt kaum, die Frage zu stellen, wie der
erfindende Schriftsteller die Stoffbilder seiner Dichtungen gesammelt hat. Wo wächst das Farnkraut,
wo liegt der Stein und auf welcher Hausschwelle
sitzt das Kind, deren Formen der Maler in das
Skizzenbuch aufnimmt, um sie für sein Bild zu verwenden? Ist die Erfindung des Schriftstellers in
der That Poesie und nicht schlechte Nachschrift der
Wirklichkeit, so wird auch, was er etwa nach Vorlagen des wirklichen Lebens in ein Werk aufgenommen
hat, so umgebildet sein, daß es etwas ganz Anderes,
in der That ein Neues geworden ist. Das ist selbstverständlich. Deshalb bereiten die Ausnahmefälle,
wo der Dichter sich mit größerer Treue der Wirklichkeit anschließen muß, z. B. wo er eine wohlbekannte historische Person in seine Dichtung setzt, ihm
und seinem Werk besondere Schwierigkeiten. Denn
leicht empfindet der Leser vor solchen Abbildern eine

Besonderheit in Farbe, Ton und Schilderung, welche
erkältet und die Wirkung des gesammten Kunstwerks
nicht mehrt, sondern mindert.

Wenn es den Personen in „Soll und Haben"
gelungen ist, als wahrhafte und wirksame Dar=
stellungen von Menschennatur zu erscheinen, so kommt
das gerade daher, weil sie sämmtlich frei und be=
haglich erfunden sind, und weder der Kaufmann noch
Fink, noch selbst Ehrenthal und Veitel haben jemals
ein anderes Leben gehabt, als das in der Dichtung,
sie sind nur unter dem Zwange der erfundenen Hand=
lung geschaffen und scheinen gerade deshalb hundert
wirklichen Menschen zu gleichen, welche unter ähn=
lichen Verhältnissen leben und handeln müßten.

Will man sich aber die Mühe geben, die geschil=
derten Menschen gegen einander zu stellen, so kann
man finden, daß sie unter einem eigenthümlichen
Zwange gebildet sind, dem des Gegensatzes: Anton
und Fink, der Kaufmann und Rothsattel, Lenore
und Sabine, Pix und Specht haben einander ver=
anlaßt. Denn wie in dem menschlichen Auge jede
Farbe ihre besondere Ergänzungsfarbe hervorlockt,
so treibt auch in dem erfindenden Gemüth ein lieb
gewordener Charakter seinen contrastirenden hervor.
Auch Charaktere, welche dieselbe Grundfarbe erhalten,
wie Ehrenthal und Itzig, werden durch die Zumischung
der beiden Gegenfarben von einander abgehoben.

Dieses Schaffen in Gegensätzen geschieht nicht als Folge verständiger Erwägung, sondern mit einer gewissen Naturnothwendigkeit ganz von selbst, es beruht auf dem Bestreben der schöpferischen Kraft, in der nach den Bedürfnissen des menschlichen Gemüthes zugerichteten Begebenheit ein Abbild der gesammten Menschenwelt im Kleinen zu geben.

Für die Handlung des Romans fehlte es mir nicht an Erfahrungen, die ich hier und da gemacht hatte. Den Geschäftsverkehr in der Handlung kannte ich aus meiner Breslauer Zeit, das alte Patricierhaus der Molinari bot der Phantasie gute Anregungen, ich selbst bin mit meinem Freunde Theodor beim Ausbruch der polnischen Revolution in die Nähe von Krakau gereist. Und vollends die Wuchergeschäfte jüdischer Händler habe ich gründlich kennen gelernt, da ich als Bevollmächtigter eines lieben Verwandten jahrelang vor Gericht gegen einige von ihnen zu streiten hatte. Auch die Bilder aus dem polnischen Aufstande haben zum Theil Grundlagen. Ein Kampf, wie der in der Stadt Rosmin, und das Herauswerfen der polnischen Insurgenten hat im Jahre 1848 zu Strzelno wirklich stattgefunden. Die muthigen Männer, welche dort die deutschen Kräfte sammelten und wochenlang den Polen widerstanden, waren der Oberamtmann Kühne, ein Schüler Koppe's, und seine Inspectoren Lachmann und v. Kleist. Und die

weichenden Polen haben dort wirklich die blauen
Kartoffelwagen und die Feuertonne für Artillerie
gehalten. Dem Verfasser waren alle solche Eindrücke
und Beobachtungen vom höchsten Werth, weil sie ihm
Kenntniß der zu schildernden Verhältnisse zutheilten,
oder weil sie ihm Phantasie und gute Laune anregten,
und ohne sie hätte er seine Geschichte gar nicht
schreiben können. Aber für den Leser sind auch sie
ganz unwesentlich und zufällig geworden.

Der Roman erschien mit einer Widmung an
Herzog Ernst II von Coburg-Gotha. Gern möchte
ich, daß diese Zuschrift zugleich mit dem Roman erhalten bleibe, sie erscheint mir wie eine gedruckte
Urkunde über mein gutes Verhältniß zu zwei ungewöhnlichen Menschen, welches von jenen Jahren
ab durch mein ganzes späteres Leben bestanden hat.
Auch die Verbindung mit dem Herzoge hat für mich
eine kleine Geschichte. Als die Zuneigung noch jung
war, verkehrte ich gern am Hofe und freute mich
über die vielen merkwürdigen und bedeutenden Persönlichkeiten, welche dort aus- und einzogen. Durch
Herzog und Herzogin lernte ich ihre hohen Verwandten kennen: die Höfe von Baden und Darm-
stadt, die englischen Herrschaften, den Kronprinzen
und die Kronprinzessin. Die fröhlichsten Stunden
aber habe ich mit ihnen allein verlebt, beide haben
die Eigenschaft, welche an Fürsten besonders anmuthig

ist, daß sie jede Menschennatur unbefangen und mit freudiger Anerkennung gewähren lassen und im Aus= tausch auch sich selbst reichlich mitzutheilen wissen. Während sonst vornehme Herren gewöhnt sind, unter gefälligen Formen und bei vertraulichem Verkehr, Andere für ihre Zwecke zu gebrauchen, hat mein Herzog mit einem Zartgefühl, das ich oft dankbar erkannt habe, nie den Wunsch geäußert, meine Feder in Anspruch zu nehmen, und nie ein Ansinnen gestellt, dem ich mich hätte versagen müssen. Seinem Ver= trauen, so weit es mir zu Theil werden konnte, glaube ich durch offene Ehrlichkeit entsprochen zu haben. Nicht immer vermochte ich den Flug dieses rastlosen Geistes zu begleiten, aber ich war sicher, daß ich in den Tagen großer Entscheidung seinen Entschlüssen mit innigem Einverständniß folgen durfte. Als im Jahre 1866 die deutschen Fürsten vor der Wahl standen, welchem der beiden Großmächte sie ihr und ihres Landes Schicksal anvertrauen wollten, hatte ich Gelegenheit, meinem Landesherrn in die Seele zu sehen. Während mancher Andere zauderte und des Erfolges harrte, stellte er sich zu Preußen, schnell, feurig, in der gehobenen Stimmung eines Mannes, der weiß, daß die Stunde großer Pflicht= erfüllung für ihn gekommen ist. Und doch drohte gerade ihm und seinem Lande damals der Einbruch der Hannoveraner. Ich denke die Deutschen sollen

ihm das nicht vergessen. In späteren Jahren, wo
ich durch Krankheit in meiner Familie veranlaßt
wurde, mich still auf meine Häuslichkeit zurückzu=
ziehen, bewährte sich noch besser die treue Gesinnung
der vornehmen Freunde, und ein mildes Wort meiner
Fürstin: „Ich bin als Freundin brauchbarer für
Unglückliche als für Glückliche", ist an meinem Leben
reichlich wahr geworden. Schweres, was ich im Ge=
heimen durchzukämpfen hatte, durfte ich dort ver=
trauend in die Seelen legen, und die wahrhafte
Theilnahme, welche ich in jeder Lage fand, wurde
mir oft ein Trost. Bis zur Gegenwart hat dies
feste Einvernehmen bestanden. Es vergeht zuweilen
längere Zeit, bevor mir zu Theil wird, Beide wieder
zu sehen, so oft ich aber auf der Terrasse des Kallen=
bergs stehe und über den Gartenschmuck des Herrn=
sitzes in die lachende Landschaft hinabsehe, öffnen sich
die Herzen im alten Vertrauen und ich fühle, daß
diese alte gute Verbindung nicht nur ein Schmuck,
auch Bereicherung meines Erdenlebens geworden ist.

Wenn ich nach dem Druck von „Soll und Haben"
in die Winterwohnung zu Leipzig kam, fand ich einen
Kreis vertrauter Männer, zunächst solcher, welche mit
den drei gelehrten Freunden verkehrt hatten. Einer
von ihnen, mein Verleger Hirzel, dessen Geschäft ich
seit dem Druck der Journalisten verbunden war,
empfing mich heiter mit dem Bericht, wie artig die

deutschen Leser sich gegen den Roman verhielten.
Salomon Hirzel stammte aus einem alten Patricier-
geschlecht Zürichs, welches seit der Jugend Klopstocks
seinen Namen auch in unsere Literatur eingezeichnet
hat, er war ein kluger, vornehmer Geschäftsmann
von reicher Bildung; überlegenes Urtheil und feine
sarkastische Laune machten ihn jedem, der sich eine
Blöße gegeben hatte, gefährlich. Meine Verbindung
mit ihm wurde eine so innige, wie sie nur irgend
zwischen Schriftsteller und Verleger bestehen kann.
Daß wir nebeneinander wohnten, kam dem Tages-
verkehr zu Gute. Er war der aufmerksamste, zart-
sinnigste Freund, der meisterhaft verstand, durch kleine
Ueberraschungen und literarische Gaben wohl zu thun,
seine schöne Büchersammlung wurde eine Fundgrube
für meine Arbeiten. Bald gab auch ich mich dem
Bücherkauf hin und wurde ein geschätzter Kunde der
Antiquare.

Das Behagen an irdischer Existenz bethätigt sich
in dem Ansammeln von allerlei Dingen, welche lieb
und begehrungswerth erscheinen; der Zufall, die Mode
leiten die Phantasie; ist erst ein kleiner Besitz gewonnen, so wird der Wunsch ihn zu vergrößern
stärker, zuletzt wohl gar eine Leidenschaft, die der
Mensch sorglich behüten mag, damit ihm nicht Pflichten verletzt, das Gleichgewicht des Lebens gestört
werde. Der Trieb regt sich früh im Kinde, er

dauert bis ins höchste Lebensalter, er wechselt nach
Zeit, Mode, Bildung, und wer eine Geschichte des
Sammelns schreiben wollte, von den Schatzhäusern
germanischer Könige herab über die Handschriften des
Mittelalters, die Münzen, Bilder und Statuen der
Renaissance, die Kunstkammern, geschnittenen Kirsch=
kerne und das Porcellan des siebzehnten Jahrhunderts,
die Tulpenzwiebeln und Conchylien der Holländer,
bis zu den zahllosen Gegenständen des modernen
Sammeleifers — der könnte manches Traurige und
vieles Heitere aus dem Gemüthsleben der Mensch=
heit zur Anschauung bringen.

Auch von den Leipziger Freunden wurde eifrig
und mit Einsicht gesammelt, wohl die Mehrzahl hegte
eine stille Liebhaberei, nicht Weniges davon ist der
Literatur und Kunstgeschichte zu Gute gekommen.
Zwar Mommsen hatte für seine Wissenschaft das
Zusammentragen einer so unermeßlichen Menge alter
Inschriften übernommen, daß ihm zu häuslichen
Liebhabereien weder Zeit noch Raum blieb, und
Haupt sah ohne jede Achtung auf den Sammeleifer
der Andern, er behauptete, daß solch begehrliches
Einheimsen keine gute Wirkung auf den Charakter
ausübe. Die Uebrigen ließen sich dadurch nicht
stören. Otto Jahn sammelte Bücher, Briefe, Mu=
sikalien für die Lebensgeschichten von Mozart und
Beethoven, Dr. Härtel, Chef der großen Handlung

Breitkopf und Härtel, eine feinbesaitete Künstlernatur, der in seinem schön gebauten Hause viele Wander= vögel der bildenden Kunst und Musik aufnahm, sam= melte Stiche nach Raphael, der Buchhändler Georg Wigand Holzschnitte Ludwig Richter's, von der be= freundeten Familie der Cichorius wenigstens der eine, Eduard, ebenfalls Kupferstiche und Holzschnitte. Vor allen Andern war Hirzel auch als Sammler groß= artig, in seiner Bibliothek stand eine Menge der seltensten Drucke aus früheren Jahrhunderten ver= sammelt. Seine größte Freude aber war das Zu= sammentragen aller literarischen Erzeugnisse, welche irgendwie mit Goethe zusammenhingen: Ausgaben seiner Werke, Handschriften, Briefe und Bildnisse. Es war ihm gelungen, in seiner Goethe=Bibliothek wohl den größten Schatz zu vereinen, welchen ein Verehrer Goethes gewonnen hat, und seine Samm= lung hat auch in unserer Literaturgeschichte die ver= diente Würdigung gefunden. Ihm konnte man kein größeres Vergnügen bereiten, als wenn man ihm einen Brief des großen Dichters spendete, und seine Augen strahlten vor Freude, wenn er ein neu er= worbenes Stück, das noch ungedruckt war und einigen Inhalt hatte, den Vertrauten vorzeigen konnte. Ich fürchte, daß er meine Theilnahme daran bisweilen für lau hielt.

Einer der entschlossensten Sammler war Haupt's

alter Freund, der Jurist Böcking aus Bonn, er trug
bald für Hutten, bald für andere Lieblinge zusammen,
kam wohl jedes Jahr einmal zu uns und den Leipziger Antiquaren, und hatte immer etwas Seltenes
in der Tasche oder in Aussicht, er war ungewöhnlich
gewandt im Entdecken verborgener Schätze und sorgte
zuweilen auch für die Liebhabereien seiner Freunde.
In diesem großen Gelehrten war eine seltsame
Mischung von rücksichtsloser Derbheit und sentimen-
taler Weichheit, er wechselte leicht mit Gunst und
Abneigung, strich sich die Menschen gern weiß oder
schwarz an und wollte nicht leiden, daß die, welche
für ihn gerade weiß waren, mit den Schwarzen
irgendwie Gemeinschaft pflogen. So oft einer von
uns nach Bonn kam, übte er seine Tyrannei. Mit
Hirzel stand er in alter Bundesgenossenschaft, dieser
aber war mit dem anspruchsvollen und launischen
Wesen des Freundes in der Stille gar nicht einverstanden, und Böcking, der große Zuneigung zu
ihm hatte, merkte das wohl auch. Als er nun einmal nach Leipzig gekommen war, zog er bei Hirzel
eine dicke Rolle aus der Tasche und knotete sie bedächtig auf, es war eine Sammlung kostbarer unge-
druckter Briefe von Goethe, die er im Elsaß aus
dem Brion'schen Nachlaß erworben hatte. Hirzel
blickte starr auf den Schatz und Böcking weidete sich
an der aufsteigenden Sehnsucht, die er wohl erkannte.

Als er dem Freunde eine Ahnung von dem unschätz=
baren Werthe dieses Besitzes gegeben hatte, packte
er die Briefe wieder zusammen, steckte sie ein und
sagte nachdrücklich: „Diese Sammlung ist für Sie
bestimmt, Sie haben mich aber in der letzten Zeit
schlecht behandelt, und ich muß die Zutheilung von
Ihrem Verhalten gegen mich abhängig machen. Bin
ich einmal mit Ihnen zufrieden, so bekommen Sie
einen Brief." Nun waren der Briefe sehr viele,
und Böckings Zufriedenheit mit einem Mitmenschen
unberechenbar. Vergebens bäumte Hirzel gegen diese
grausame Verheißung auf, Böcking hielt die Seele
des Sammlers schadenfroh an den Flügeln fest. Von
da an sandte er dem Freunde zuweilen am Geburts=
tag und zur Weihnacht einen einzelnen Brief aus
dem Bündel, den Hirzel jedesmal mit gemischten
Gefühlen aufnahm. Als aber einige Jahre darauf
Hirzel nach Bonn kam und gegen die Forderung
Böckings, bei ihm zu wohnen, mannhaft im Gast=
hofe einkehrte, erschien Böcking mit einer Droschke
vor dem Gasthof, ließ Hirzels Gepäck, trotz aller
Einwendungen, gebieterisch durch den Hausknecht auf=
laden und entführte den Gast in seine Wohnung.
Dort lud er ihm einige Bekannte zum Essen, als
Hirzel seine Serviette auseinanderschlug, fand er das
Bündel Briefe als Angebinde darunter.

In dieser Gemeinschaft mit sammelfrohen Männern

begann auch ich, alter Neigung folgend, in der Stille
zusammen zu tragen. Zunächst für meine geschicht=
lichen Liebhabereien. Immer hatte mich das Leben
des Volkes, welches unter seiner politischen Geschichte
in dunkler unablässiger Strömung dahinfluthet, be=
sonders angezogen, die Zustände, Leiden und Freuden
der Millionen kleiner Leute. Dafür hatte ich schon
in Breslau allerlei aus den Chronisten des Mittel=
alters eingesammelt. Für die ersten Jahrhunderte
seit Erfindung des Bücherdrucks entdeckte ich viel in
den Flugschriften, welche dem Bedürfnisse des Volkes
zu dienen bemüht waren. Aber das Auffinden klei=
ner Drucke in den großen Bibliotheken war umständ=
lich; was dort vorhanden war, stand häufig in Misch=
bänden unbequem gebunden, nicht ohne Mühe zu
ermitteln. Deshalb legte ich eine Sammlung alter
Flugschriften an, die Literatur der fliegenden Blätter
und dünnen Quartbüchlein, alles was einst in Reimen
und Prosa der Erheiterung und Belehrung und den
Tagesinteressen des Volkes gedient hatte, von den
Gedichten der Humanisten und den Reformations=
schriften über den dreißigjährigen Krieg bis zum Be=
ginn der neuen Literatur. Ich verdanke diesen Büch=
lein allerlei Kenntniß von Zuständen im Volk, Sitte
und Brauch, die man in größeren Werken der vor=
nehmen Literatur vergebens sucht.

Nun hatte ich für die Grenzboten eine Anzahl

18*

Bilder geschrieben, in denen Aufzeichnungen vergangener Menschen benutzt wurden, um von dem
Gemüthsleben und den Verhältnissen alter Zeit zu
erzählen. Jetzt, wo ich von einer größeren Arbeit
ausruhte, kam mir der Gedanke, diese Schilderungen
zu erweitern und in geschichtlicher Reihenfolge zusammen zu stellen. Wenn man bei den Schicksalen
der Einzelnen das für ihre Zeit Gemeingültige her-
aushob, so konnte eine Folge solcher Schilderungen
auch von geschichtlichen Wandlungen in Sitte, Brauch,
Lebensverhältnissen der Nation eine Vorstellung geben.
Ich griff zuerst in die Jahrhunderte der Reformation und des dreißigjährigen Krieges hinein. Hier
war Gelegenheit geboten, die große Gestalt Luthers
im Zusammenhange mit seiner Zeit zu behandeln;
auch aus der Zeit des dreißigjährigen Krieges waren
die Verwüstung, die Leiden des Volkes und das gesammte Heerwesen, trotz einer massenhaften Literatur,
noch wenig bekannt. Das Buch wurde unter dem
Titel „Bilder aus der deutschen Vergangenheit"
1859 gedruckt und meinem Verleger Hirzel zugeschrieben.

Es war keine schwere und es war eine behagliche Arbeit, der ich mich unterzogen hatte, sie sollte
auch für den Leser so leicht und anmuthend werden,
daß sie ein Hausbuch gebildeter Familien abgeben
konnte. Doch leichtsinnig wurde sie nicht gemacht,

es sind dafür zu Anderem einige Tausend kleiner
Flugschriften durchgesehen worden. Alle culturge=
schichtlichen Werke, welche die ungeheuere Masse des
Stoffes in systematischer Eintheilung zu bewältigen
versuchen, entgehen schwer dem Uebelstand langweilig
zu werden, und gleichen in ihrer Schilderung alter
Sitten, Gebräuche, Lebensgewohnheiten zuweilen
großen Trödelläden mit alten Kleidern, zu denen
die Menschen fehlen, die einst damit bekleidet waren.
In den Bildern ist die entgegengesetzte Methode ge=
wählt. Es sind, wo es immer möglich war, einzelne
Menschen aus alter Zeit herauf geholt, welche sich
selbst dem Leser werth zu machen suchen, und der
Verfasser beschränkt sich darauf, bescheiden von der
Seite auf ihre Tracht, ihr Gebahren und Wesen hin
zu weisen. Vielleicht lernt der Leser auf diesem
Wege am meisten von dem Charakter der alten Zeit
kennen, obgleich nicht selten dem Zufall überlassen
bleibt, was gerade aus der Fülle des Stoffes her=
vorgehoben wird.

Die freundliche Aufnahme, welche das Buch fand,
bestärkte mich in der Ansicht, daß es einem Bedürf=
niß entgegenkomme, und ich schrieb deshalb in den
folgenden Jahren eine Fortsetzung unter dem Titel
„Neue Bilder aus der deutschen Vergangenheit",
welche 1862 gedruckt wurde. Darin behandelte ich
in ähnlicher Weise die Neuzeit bis in unser Jahr=

hundert. Für diesen Band wurde Friedrich der Große
und sein Staat der Mittelpunkt, Ausführungen und
eigene Zuthat durften hier reichlicher sein.

In diesen Jahren gaben meine drei Gelehrten
viel zu thun. Namentlich Mommsen schuf Noth.
Denn kaum hatte man eines seiner Werke in sich
aufgenommen, so war eine andere große Arbeit da,
welche wieder zwang ihm nachzugehen. Durch seine
römische Geschichte und noch mehr durch kleinere Ab=
handlungen kam ich dazu, mich mit der ältesten Zeit
Italiens und den Schicksalen der Tiberlandschaft zu
beschäftigen. Rom erschien schon in seiner ersten
politischen Einrichtung als ein Kunstbau, in welchem
frühere Bundesgenossenschaften von Bauern und deren
Häuptlinge durch Königsgewalt zu einem kleinen
Staat mit einer zweckvoll zugerichteten Staatsreligion
geformt waren; und ich suchte mir die Zustände
solcher alten Clane deutlich zu machen, aus denen
das römische Wesen zusammenwuchs. Dabei stieg
das Bild eines römischen Verbandes auf, dessen
Ueberlieferungen noch in die Urzeit reichen, und der
mit seinen Ansprüchen im Kampf gegen die Bedürf=
nisse des neu gebildeten Staatswesens untergeht.
Das Geschlecht der Fabier wurde Mittelpunkt eines
Trauerspiels.

Nun waren aber unser Theater und unsere Schau=
spieler, welche einem breiten, immer zunehmenden

Tagesbedürfniß zu dienen haben, für die tragischen
Aufgaben der Kunst nicht mehr recht geeignet, die
Heldenväter waren im Aussterben, jüngere namhafte
Talente gehörten vorzugsweise dem sogenannten Cha=
rakterfach an. Der Aufführung älterer Trauerspiele,
welche auf unserer Bühne Bürgerrecht gewonnen
haben, kamen noch die Erfindungen früherer Schau=
spieler zu Gute; denn die Auffassung derselben und
zahlreiche Einzelheiten ihres Spiels gingen auf die
späteren über, und man konnte bei jüngeren Künstlern
oft die Vorbilder erkennen, denen sie ihre Kunst=
wirkungen in tragischen Rollen abgelernt hatten.
Am besten gediehen den Schauspielern die Helden
Schillers, aber sein prachtvoller Vers und die langen
Wellen, in denen seine pathetische Empfindung aus=
strömt, waren einem scharfen Charakterisiren gar
nicht günstig, und verlockten zu schwungvollem Vor=
trag. Das machte die Aufführung neuer Trauer=
spiele zu einer mißlichen Aufgabe für Dichter und
Bühnenleiter. Vollends die römische Welt war durch
Shakespeare's Coriolan und Julius Cäsar und durch
zahlreiche Nachahmungen in derselben Schablone den
Zuschauern sattsam bekannt, und gegenüber der stillen
Sehnsucht jeder Zeit, neue Verhältnisse in neuer
Behandlung zu sehen, ein wenig verbraucht. Des=
halb gedachte ich, diesmal gerade ein Stück zu schrei=
ben, welches den Darstellern der Hauptrollen die

schwersten Aufgaben stellte und das Höchste zumuthete,
und zwar in einer Versssprache, welche so schmucklos
sein sollte, daß sie ihnen den Mangel an eigenem
Schaffen nicht deckte, sondern in jedem Augenblicke
zwang, selbst zu erfinden, um die angedeuteten Wirkungen der Rolle heraus zu bringen. Ich wußte
wohl, daß ein solches Drama, selbst wenn es glückte,
keinen Bühnenerfolg haben konnte wie die früheren,
und ich wollte es auch nicht auf diesen Weg treiben;
es konnte warten, bis einmal Darsteller kamen, welche
die Aufgabe zu bewältigen wußten. Dabei suchte
ich noch einige stille Wünsche zu befriedigen. In
der scenischen Einrichtung sollte dem Uebelstand, daß
auf unserer tiefen Bühne die Gruppen einander zu
sehr decken, durch einen Treppenbau abgeholfen werden. Auf diesem stellte sich der Einzelne beim Kommen und Gehen besser dar, und jede größere Men-
schenzahl wurde leichter und wirksamer vertheilt.
Endlich lag mir auch am Herzen, das Zusammenspiel der Hauptdarsteller und der Menge anders einzurichten, als seither Brauch war. Die schönen
Volksscenen bei Shakespeare, denen die späteren in
der Regel nachgemacht sind, werden durch die ein-
tretende Prosa im Tone zu stark von den Versen
des übrigen Textes abgesetzt. Dagegen liegt in dem
Zusammensprechen derselben Worte durch mehre Personen, wenn dasselbe geschickt eingerichtet und nach

den Stimmlagen der Einzelnen sorgfältig einstudirt wird, eine Reihe guter Wirkungen, welche zur Zeit auf unserm Theater noch kaum benutzt sind. Auch diese Neuerung wollte ich dem Stück zutheilen.

Unter solchen Erwägungen entstand im Sommer 1858 zu Siebleben das Trauerspiel „Die Fabier". Dem Verfasser wurde dabei der volle Genuß zu Theil, welcher mit dem Erfinden tragischer Momente verbunden ist. Es ist der höchste, den der Dichter erhalten kann, man meint während des begeisterten Schaffens bei einzelnen Stellen zu empfinden, wie sich das eigene Haar auf dem Haupte sträubt. Dieser eigenthümliche Genuß des Furchtbaren ist dem Dichter weit mehr und wohlthuender als dem Zuschauer beschieden. — Bis zum Frühjahr 1859 beendigte ich das Werk in Leipzig und ließ es in Abweichung von früherem Brauch sogleich im Buch= handel erscheinen. Das Buch sandte ich an die Ge= fährten: Laube in Wien, Devrient in Karlsruhe, sonst nur noch nach Berlin, Dresden und zwei bis drei Theater. Auf diesen Bühnen wurde es in den näch= sten Wintern aufgeführt. Bei den Vorstellungen, welche ich sah, ging es ungefähr, wie ich erwartet hatte. Die Schauspieler gaben sich redlich Mühe, und Vieles gelang recht wohl, aber die Hauptsache, die tragische Wucht, welche für die Hauptrolle und für das Stück unentbehrlich ist, fehlte überall. Die

Zuschauer nahmen — außer in Dresden, wo der
Erfolg gering war — das fremdartige Stück mit
guter Theilnahme auf, aber es hat sich nirgend auf
dem Repertoir erhalten.

Mir zwar blieb die Arbeit werth und ich meine
noch jetzt, daß sie in ihren Haupttheilen, dem dritten
und vierten Act, nicht mißlungen ist. Aber die ungewöhnliche Schwierigkeit, welche eine Aufführung
den Schauspielern und der Regie bereitete, war nicht
der einzige Grund, der das Drama von der Bühne
fern hielt. Denn ihm hängen Uebelstände an, die
ich beim Schreiben gar nicht oder zu wenig erkannte.
Der erste ist das Düstere und Furchtbare des Stoffes,
ein Kampf zwischen Vater und Sohn, der in seiner
Härte so weit geht, daß er deutschem Gemüth peinlich wird. Darüber vermag nur seltene Begabung
eines großen Schauspielers wegzuhelfen. Ein zweiter
untilgbarer liegt darin, daß der Zuschauer nicht
sofort erfährt, wer Held des Stückes wird, und daß
er durch das ganze Stück an warmer Parteinahme
für eine der Hauptrollen verhindert ist. Der Liebhaber Jcilius steht nur unter den Gegenspielern und
deshalb wirken die Liebesscenen nur als Episoden;
der junge Held Marcus, der sich in den ersten Acten
in den Vordergrund stellt, wird am Ende des zweiten
Actes durch den Mord des Sicanius den Zuschauern
verleidet, seine allmähliche Verdüsterung und die Er-

hebung am Schluß vermögen ihm nur noch einen beschränkten pathologischen Antheil zu gewinnen. Der Consul aber, die wirkliche Hauptperson, tritt erst vom Höhepunkt des Dramas, der Unterredung mit Spurius, in den Vordergrund; denn das Stück gehört nach seinem Bau zu den Tragödien, worin die Gegenspieler, hier Marcus und die Jcilier, die Führung der ersten Hälfte haben. Und die volle Wärme des Schauenden vermag der Held mit seiner verhängnißvollen Befangenheit selbst in der zweiten Hälfte nicht zu erwerben.

Auch das letzte Bedenken darf nicht verschwiegen werden. Die breit ausgeführte Handlung hat nicht zwei, sondern drei Parteien, welche gegeneinander ringen: die Jcilius, den Stamm und den Consul. Das macht die Handlung zu künstlich, die Ausführung zu breit für die Zeit eines Theaterabends. Es ist auch darum vom Uebel, weil die Theilnahme der Zuschauer auseinander gezogen wird. Entweder mußte die Handlung: Mord des Sicanius, Gericht des Consuls und Auszug, auf den Kampf der Jcilier gegen den Consul Fabius gegründet sein, und dann war der junge Held Marcus Fabius mehr im Hintergrund zu halten, oder der Kampf wurde ganz in das Haus der Fabier gelegt, dann mußten die Jcilier nur als Nebenfiguren dienen, Marcus aber zugleich der Liebhaber werden, etwa einer Tochter des Spurius.

Diese Bedenken kamen mir nach und nach, als
ich bereits das Bühnenbild einer ersten Aufführung
vor mir hatte. Und ich frug mich, woher diese Un=
sicherheit entstanden sei. Der Verfasser war ja in
dramatischen Dingen — man verzeihe das harte
Wort der Selbstkritik — neunmal klug, wie durfte
ihm so etwas begegnen? Endlich erkannte er, daß
dies ein kleiner gelehrter Zopf sei, der ihm während
der jahrelangen Entfernung vom Theater, bei den
Arbeiten über Politik und Völkerleben, in dem inni=
gen Verkehr mit gelehrten Männern und historischer
Wissenschaft gewachsen war. Denn die ganze Schwäche
des Baues rührt im Grunde daher, daß der Ver=
fasser sich wie ein Historiker den ganzen Stamm der
Fabier als den tragischen Helden des Stückes gedacht
hatte, und das ist beim Drama durchaus nicht aus=
führbar. Auf den Brettern wird aus einem Kampf
der Plebejer mit dem Stamm der Fabier mit Noth=
wendigkeit ein Kampf des Plebejers Spurius mit
dem Consul Fabius. Wer auf die Länge mit Er=
folg für die Bühne schreiben will, muß im festen
und dauernden Verkehr mit dem Theater bleiben,
wenn er sich während des Schaffens eine sichere
Empfindung für den Bau des Dramas und die
Scenenführung erhalten will. Sogar dann ist solche
Feinfühligkeit ein Besitz, welcher dem Dichter, zumal
wenn er nicht selbst Schauspieler ist, leichter verloren

geht, als Anderes in seinem Gestaltungsvermögen.
Der größte der deutschen dramatischen Dichter,
Schiller, vermochte diesen Besitz nicht zu bewahren,
er hat ihn in der Jugend sicherer als in späterer
Zeit, gerade in seinen letzten Stücken, dem „Tell"
und dem „Demetrius", ist die haushälterische Herrschaft über die Handlung fast verloren. Ja sogar
Shakespeare zeigt in seinen alten Tagen, im „Mac-
beth" und im unzweifelhaft echten „Timon", geringere Sicherheit im Bau der Handlung, als in
früheren Lebensjahren.

Die Freude an meiner Arbeit wurde mir noch
vor der Beendigung durch den Tod meines Bruders
Reinhold verkümmert. Er hatte durch einige Jahre
als Staatsanwalt zu Gleiwitz in angestrengter Thätigkeit gelebt, hatte im Sommer 1858 als Land-
wehroffizier die Uebung mitgemacht und die tötliche
Krankheit, welche damals in den Dorfquartieren
Oberschlesiens herrschte, heimgebracht. Als er nach
kurzem Leiden im blühenden Mannesalter starb, verlor der Staat an ihm einen guten Beamten, ich
meinen ältesten Freund. Ein reines und schönes
Familienglück war zerstört. Er hinterließ der geliebten Frau die Sorge für fünf Waisen, die zum
Theil noch im zarten Kindesalter waren. Meine
Schwägerin zog kurz darauf mit den Kindern nach

Thüringen in meine Nähe. Von den Geliebten des
Elternhauses war ich jetzt allein übrig.

Die Beobachtungen, die ich über das eigene Trauer=
spiel gemacht, legten nahe, die Lebensbedingungen des
dramatischen Schaffens an Stücken hohen Stiles
wieder einmal genau ins Auge zu fassen. Ich hatte
dazu noch eine andere Veranlassung: die häufige Zu=
sendung von Bühnenwerken jüngerer Dichter, welche
ein Urtheil über ihr Stück und wohl gar über die
Stärke eines Talentes, welches sich noch gar nicht
erwiesen hatte, von mir forderten. Nicht immer war
es leicht, solches Vertrauen abzulehnen, und doch
konnte an dem fertigen Stück auch eingehende Kritik
vielleicht einzelne Uebelstände entfernen, in den Haupt=
sachen nichts bessern. Eine Darstellung der Lebens=
bedingungen des Dramas vom technischen Standpunkt
aus mochte für Andere nicht unnütz sein, und mir
eine zeitraubende und in den meisten Fällen unfrucht=
bare Arbeit ersparen. Nun hatte ich bereits Ein=
zelnes darüber in Aufsätzen der Grenzboten veröffent=
licht, jetzt arbeitete ich Alles, was ich etwa zu geben
hatte, in ein Buch zusammen: „Die Technik des
Dramas“, welches ich im Winter 1863 drucken ließ.
Einzelnen Abschnitten der Arbeit sah man wohl an,
daß sie aus schnell geschriebenen Aufsätzen einer Zeit=
schrift entstanden waren; in späteren Auflagen suchte
ich diese Mängel zu beseitigen. Das Werk hatte

äußerlich besseren Erfolg, als ich angenommen, und
es fand in den Abschnitten über die antike Tragödie
auch wohlwollende Beachtung der Philologen, aber
die gute Wirkung, welche ich für die Schaffenden
davon gehofft hatte, und vollends die Entlastung
meines eigenen Briefschreibens traten nicht ein. Im
Gegentheil, die Zusendungen wurden überreichlich.
Meine jungen Genossen pflegten ihr Vertrauen seit=
dem fast regelmäßig durch die Versicherung zu be=
gründen, daß sie die „Technik" gründlich durch=
genommen hätten und daß Alles, was ich gefordert,
in ihrer Arbeit zu finden sei. Ich aber vermochte
nur selten dieselbe Meinung zu gewinnen.

Das Buch schrieb ich dem Grafen Wolf Bau=
dissin, dem Uebersetzer Shakespeare's zu. Wenn ein
himmlischer Bädeker, einer der wohlbewanderten Engel,
welche dort oben die Merkwürdigkeiten der Erde ver=
zeichnen, sich herablassen wollte, ein Menschenkind
durch die Straßen deutscher Städte und Landschaften
zu führen, so würde ihm der Arm wehe thun von
vielem Hinzeigen auf die Häuser, in denen bei uns
gute und tüchtige Menschen wohnen, es sind ihrer
so viele im Lande, daß es nur einem Unsterblichen
möglich ist, sie alle zu kennen. Das ist die beste
Habe und der wohlberechtigte Stolz der Deutschen.
In Dresden aber war das letzte Haus der Pir=
naischen Straße, welches nach dem Großen Garten

zu liegt, eine solche Stelle, nach welcher der erwähnte
Führer mit besonderem Nachdruck und mit zwei
Sternen in seinem Buch hingewiesen hätte. Dort
war die Winterwohnung Wolf Baudissins, der in
höherem Alter mit der geliebten Gattin ein Still=
leben führte, das durch die Gunst guter Mächte wie
geweiht erschien. Die hohen Jahre, in denen sonst
dem Menschen die Theilnahme an den Kämpfen eines
jüngeren Geschlechts vermindert wird, waren fast
spurlos über sein Haupt hingezogen und es herrschte
bei ihm wie unzerstörbar Frieden, Ruhe und ein
heiteres Licht, welches aus zwei warmen Menschen=
herzen ausstrahlte. Eine Lebensskizze des Freundes
wird in einem späteren Bande der „Gesammelten
Werke" zu finden sein, hier darf ich nur erwähnen,
wie werth er und seine Gattin auch mir wurden.
So oft ich dort als Gast einzog, verlebte ich gute
Tage im regen Austausch der Ansichten und im Mit=
genuß des Schönen, womit die lieben Menschen ihr
Leben und Dichten erfüllt hatten. Baudissin war
von einer rührenden Bescheidenheit, er verstand wun=
dervoll, den Inhalt des Anderen zur Geltung zu
bringen, ohne doch die eigene Selbständigkeit aufzu=
geben; seine Freude an Allem, was dem Freunde
etwa gelang, war warm und sein Verständniß fein;
man fühlte sich bei ihm wie in reiner Luft, immer
in behaglich gehobener Stimmung, und die Stunden,

in denen er die sorgfältig abgeknippte Cigarre heran=
trug und neben dem Theekessel zurechtlegte, gehören
zu den glücklichsten, die ich bei diesen dampfenden
Symbolen geselligen Behagens verlebt habe. Die
Freunde erwiesen sich auch als gute Briefschreiber,
welche Alles, was sie gerade anregte und beschäftigte,
anmuthig mitzutheilen wußten. Dieser besondere
Vorzug eines älteren Geschlechtes, der uns jetzt
kleiner wird, erhielt das Zusammenleben für die Zeit,
in welcher der persönliche Verkehr fehlte. Und das
innige Bundesverhältniß zu dem stillen Hause ist
dem Verfasser auch nach dem Tode des Freundes
geblieben. Oft hatten wir miteinander über die
Gesetze des künstlerischen Schaffens gesprochen, und
als ich ihm die Technik zusandte, geschah dies mit
dem Bewußtsein, daß er in den Dingen, die darin
verhandelt wurden, schon längst mein Vertrauter war.

Während mich das Buch beschäftigte, wurde ich
in die Commission zur Ertheilung des Berliner
Schillerpreises für neue dramatische Werke berufen.
Diesen Preis hatte König Wilhelm als Prinzregent
eingesetzt, der Befehl war eine seiner ersten öffent=
lichen Kundgebungen und die Absicht der Stiftung,
in königlicher Weise der deutschen Poesie wohlzuthun,
war auch allgemein dankbar erkannt worden. Als
eine erwählte Commission zum erstenmal über die
Preisertheilung zu entscheiden hatte, waren gerade

„die Fabier" erschienen und in Frage gekommen.
Die Commission, meist aus großen Gelehrten der
Universität Berlin: Ranke, Boeckh u. s. w. zusammen=
gesetzt, hatte sich nicht entschließen können, eines der
fraglichen Stücke für den Preis vorzuschlagen. Nun
wäre es richtig gewesen, gerade das erstemal den
Preis zu geben, zumal außer den „Fabiern" noch
andere Stücke vorlagen, welche Beachtung beanspruchen
durften. Wollte aber die Commission keines der
Stücke wählen, so mußte sie doch ihre Abschätzung
des Vorhandenen geheimhalten. Da ihr dies nicht
gelang, und da die Zeitungen von den Urtheilen der
Commission und von ihrem Vorsatz plauderten, die
„Fabier" vielleicht für die bestimmte Geldsumme,
nicht aber für die Ehre des Preises vorzuschlagen,
so sah ich mich veranlaßt, den Cultusminister —
damals noch Bethmann=Hollweg — anzugehen, er
möge im Interesse der Stiftung bei der ersten Preis=
vertheilung eine solche halbe Maßregel abhalten,
jedenfalls bewirken, daß man von mir gänzlich ab=
sehe, da nach den bereits öffentlich besprochenen An=
sichten der Commission für mich irgend welche Zu=
wendung mehr Kränkung als Ehre sein müsse. Der
Minister antwortete zustimmend, der Preis wurde
nicht ertheilt. Aber für die nächste Wahl wurde ich
selbst zu einem Mitglied der Commission bestimmt.
Ich ging also nach Berlin mit der Absicht, dort wo=

möglich die Stiftung wirksam zu machen. Bei den
würdigen Herren von der Universität fand sich aber
nicht viel guter Wille, einer und der andere von
ihnen hatte vielleicht seit langen Jahren kein Theater
besucht, und sie waren, um Alles zu sagen, als Preis=
richter über ein neues Drama so übel daran, wie
ein kleiner Trupp Elephanten, welchem zugemuthet
wird, Hackenschottisch zu tanzen; fast jeder trottete
seinen eigenen Weg und sie trompeteten wohl auch
einmal gegeneinander. Einer von den Größten,
welchem bei einem Besuch vorgestellt wurde, daß die
ganze Idee der Stiftung und die Rücksicht auf die
gute Meinung des Königs dazu dränge, den Preis
zu ertheilen, gab sehr bereitwillig zu, daß auch er
die Nothwendigkeit einsehe, aber dem fraglichen
Stück — es waren Hebbels Nibelungen — könne
er nicht zustimmen. Nun sei ja ein anderes Stück
vorhanden, das ihm die Frauen des Abends vorge=
lesen hätten, dem würde er den Preis geben. Ob=
gleich dies Stück von keiner anderen Seite Aner=
kennung gefunden hatte, mußte man doch antworten:
„Also schlagen Sie es nur vor.“ Er aber versetzte:
„Ich werde mich wohl hüten, andere Herren würden
doch nicht zustimmen.“ „Dann also bleiben nur die
Nibelungen.“ „Kann ich nicht.“ Gegen solche Logik
war schwer anzukämpfen. Auch einer der nächsten
Genossen zeigte wenig guten Willen, vergebens trank
19*

ich ihm bis lange nach Mitternacht seinen Wein aus,
und vergebens ließ ich das schwarze Eichhörnchen
seiner Kinder immer wieder innerhalb der Rockärmel
hinauflaufen, damit ihm das nächtliche Erscheinen und
Verschwinden in der Tarnkappe eine freundlichere
Ansicht über gewagte dramatische Wirkungen in den
„Nibelungen" nahe lege, er blieb strotzig. Zuletzt
gelang es der gelüstigen Partei doch, in der Sitzung
die nöthige Stimmenzahl für Ertheilung des Preises
zu gewinnen.

Mir aber kam diese Begegnung mit akademischen
Charakteren und die heiteren Eindrücke derselben ge=
rade recht, denn ich war eben dabei, die Art deut=
scher Professoren in Betracht zu nehmen und einem
poetischen Gericht zu unterziehen. Ich schrieb in
dieser Zeit über dem Roman „die verlorene Hand=
schrift".

In dieser Erzählung schilderte ich Lebenskreise,
welche mir seit meiner eigenen akademischen Zeit ver=
traut waren: die Wirthschaft auf dem Lande und
die Universität. Möchte man den Schilderungen an=
sehen, daß ich hier recht mühelos und froh aus dem
Vollen geschöpft habe. Bei den Gestalten der aka=
demischen Welt würde man vergebens nach bestimm=
ten Vorbildern suchen, denn Herr und Frau Stru=
velius, Raschke und Andere sind Typen, denen wohl
auf jeder deutschen Universität einzelne Persönlich=

keiten entsprechen. In dem Charakter des Professors Werner hat man meinen Freund Haupt erkennen wollen. Es ist aber darin nur soviel von Haupt's Art und Weise zu finden, als ein Dichter von dem Wesen eines wirklichen Menschen aufnehmen darf, ohne sich die Freiheit des Schaffens zu beeinträchtigen und ohne den Andern durch Unzartheit zu verletzen. Eine gewisse, immerhin entfernte, Aehnlichkeit empfand Haupt selbst mit Behagen und dieser Zugehörigkeit zu dem Roman gab er in seiner Weise dadurch Ausdruck, daß er sich einigemal bei Sendung seiner Berliner Programme über den lateinischen Geschichtschreiber Ammianus auf diesen in guter Laune als „Magister Knips" verzeichnete, der in dem Roman eine traurige Rolle zu spielen hat und zuletzt nur durch den Gedanken an seine gelehrten Arbeiten über Ammianus davor bewahrt wird, sich selbst aufzuhängen.

Schon einige Jahre vor dem Erscheinen von „Soll und Haben" hatte Haupt mich plötzlich aufgefordert, einen Roman zu schreiben. Dies stimmte damals mit stillen Plänen und ich hatte ihm zugesagt. Zu der verlorenen Handschrift aber steuerte er in ganz anderer Weise bei. Denn als wir einmal zu Leipzig, noch vor seiner Berufung nach Berlin, allein bei einander saßen, offenbarte er mir im höchsten Vertrauen, daß in irgend einer west-

fälischen kleinen Stadt auf dem Boden eines alten
Hauses die Reste einer Klosterbibliothek lägen. Es
sei wohl möglich, daß darunter noch eine Handschrift
verlorener Dekaden des Livius stecke. Der Herr
dieser Schätze aber sei, wie er in Erfahrung gebracht,
ein knurriger, ganz unzugänglicher Mann. Darauf
machte ich ihm den Vorschlag, daß wir zusammen
nach dem geheimnißvollen Hause reisen und den alten
Herrn rühren, verführen, im Nothfall unter den
Tisch trinken wollten, um den Schatz zu heben. Weil
er nun zu meiner Verführungskunst bei gutem Getränk einiges Zutrauen hatte, so erklärte er sich damit einverstanden, und wir kosteten das Vergnügen,
den Livius für die Nachwelt noch dicker zu machen,
als er ohnedies schon ist, recht gewissenhaft und aus-
führlich durch. Aus der Reise wurde nichts, aber
die Erinnerung an jene beabsichtigte Fahrt hat der
Handlung des Romans geholfen.

In Leipzig hatte ich kurze Zeit auf der letzten
Straße am Rosenthal bei einem Hutmacher gewohnt,
der in seiner Fabrik Strohhüte verfertigte, neben
ihm war zufällig ein anderes wohlbekanntes Geschäft,
welches den Bedürfnissen des männlichen Geschlechts
durch Filzhüte entgegenkam. Dieser Zufall veranlaßte die Erfindung der Familien Hummel und Hahn,
doch auch hier sind weder die Charaktere noch die
Familienfeindschaft der Wirklichkeit nachgeschrieben.

Nur die Thatsache ist benützt, daß mein Hauswirth
besondere Freude daran fand, seinen Hausgarten
durch immer neue Erfindungen auszuschmücken: die
weiße Muse, die Hängelampen und das Sommer-
haus am Wege habe ich dem Gärtchen entnommen.
Außerdem sind zwei Charaktere seines Haushalts,
gerade die, welche wegen ihres mythischen Charakters
Anstoß erregt haben, genaue Copien der Wirklichkeit,
die Hunde Bräuhahn und Speihahn. Diese hatte
mein Hauswirth irgend woher als Wächter seines
Besitzes erstanden, sie erregten durch ihr köterhaftes
Verhalten den Unwillen der ganzen Straße, bis sie
einmal von einem erzürnten Nachbar vergiftet wurden, Bräuhahn starb, Speihahn blieb am Leben und
wurde seit der Zeit ganz so struppig und menschen-
feindlich, wie er im Roman abgeschildert ist, so daß
ihn nach zahllosen Missethaten, die er verübt, sein
Besitzer wieder auf das Land geben mußte.

Der Roman erschien im Herbst 1864 in drei
Bänden, die beiden ersten zusammen, der dritte,
wegen Erkrankung des Verfassers, einige Wochen
später. Die Theilung war für diesen Fall besonders
unbequem, weil der dritte Band den Bedürfnissen
der Handlung gemäß ernste Conflicte und deshalb
im Ganzen eine etwas dunklere Farbe zeigte. Aber
auch davon abgesehen, war die Trennung ein Uebelstand. Denn der Roman, welcher den Anspruch er-

hebt ein Dichterwerk zu sein, soll nur als ein Ganzes das Gemüth des Lesers beschäftigen. Vollends das Zerreißen in kleine Theile, wie es bei einem Abdruck in periodischen Blättern Brauch geworden ist, halte ich für ein Unrecht gegen die Kunst. Die kleinen Wirkungen werden die Hauptsache, und das Größte im Werke, die dichterische Bildung der gesammten Handlung, geht dem Leser fast verloren. Auch neuere Romandichter der Engländer, vor Allen Boz, sind durch die bruchstückweise erfolgten Veröffentlichungen ihrer Geschichten zum Schaden ihrer Kunst beeinflußt worden. Was würde man von dem Maler oder dem Musiker denken, welche eine große Composition in einzelnen Stücken nach und nach dem Publicum zuwenden wollten?

Die verlorene Handschrift fand bei meinen vertrauten Kritikern Widerspruch; die dunklere Färbung des letzten Bandes gab Anstoß, dann der Umstand, daß die religiösen Conflicte und die geistige Entwickelung der Heldin Ilse nicht in den Vordergrund gestellt waren, endlich, daß Felix Werner für die Pflichtverletzung gegen seine Gattin nicht härter gestraft wurde. Vor Allem befremdete der Cäsarenwahn des Fürsten, und dem Verfasser wurde entgegengehalten, daß solche Gestalt in unserer Zeit nicht mehr möglich sei. Meine Freunde hatten in diesen Ausstellungen Unrecht. Auch der Fürst und

sein Sohn der Erbprinz sollen Typen sein, der erste
zeigt Verbildungen eines älteren Geschlechts, welches
aus dem Verderb der napoleonischen Zeit heraufge=
kommen war, der jüngere den Druck und die Enge
des kleinstaatlichen Lebens der damaligen Zeit.

Wer die Idee des Romans wohlwollend erwägt,
kann finden, daß sie große Aehnlichkeit mit der von
„Soll und Haben" hat. Doch ist die Behandlung
eine verschiedene, und die Aehnlichkeit wird dem
Leser kaum auffällig werden. In die unsträfliche
Seele eines deutschen Gelehrten werden durch den
Wunsch, Werthvolles für die Wissenschaft zu ent=
decken, gaukelnde Schatten geworfen, welche ihm,
ähnlich wie Mondlicht die Formen in der Landschaft
verzieht, die Ordnung seines Lebens stören, zuletzt
durch schmerzliche Erfahrungen überwunden werden.
Ebenso bestimmen übermächtige Eindrücke die junge
Seele Anton Wohlfarts in „Soll und Haben", bis
er sich von ihnen befreit. Da bei dem neuen Roman
die Voraussetzungen: Tacitus, eine verlorene Hand=
schrift des Mittelalters und das Interesse des Ge=
lehrten am Wiederfinden des versteckten Schatzes
nicht leicht verständlich waren, entschloß ich mich
kurz, dem Leser nichts von den Beschwerden der
ersten Aufnahme zu ersparen, sondern ihm gleich im
Anfange Etwas zuzumuthen, das mochte Manchen
abschrecken, es gab aber der ganzen Erzählung einen

sicheren Hintergrund. Meine lieben Landsleute ließen
sich die Ansprüche, welche die Erzählung stellt, nachsichtig gefallen, auch der Verleger war nicht unzufrieden. Der Roman hat sich einen Leserkreis bewahrt, der ungefähr halb so groß ist, als der von
Soll und Haben.

Dem Verfasser aber sei hier noch gestattet, zu
seiner und seiner Berufsgenossen Ehre die frei erfundenen Erzählungen in Prosa zu loben.

Der Roman, viel gescholten und viel begehrt, ist
die gebotene Kunstform für epische Behandlung menschlicher Schicksale in einer Zeit, in welcher tausend-
jährige Denkprozesse die Sprache für die Prosadar-
stellung gebildet haben. Er ist als Kunstform erst
möglich, wenn die Dichtung und das Nationalleben
durch zahllose geschichtliche Erlebnisse und durch die
Geistes- und Culturarbeit vieler Jahrhunderte mächtig entwickelt sind. Wenn wir aus solcher späten
Zeit auf die Vergangenheit eines Volksthums zurück-
sehen, in welcher jede erhöhte Stimmung in gebun-
dener Rede austönte, so erscheint uns, was damals
unter anderen Culturverhältnissen der nothwendige
Ausdruck des Erzählenden war, als besonders vor-
nehm und ehrwürdig. In Wahrheit aber ist die
Arbeit des modernen epischen Dichters, dessen Sprach-
material die Prosa ist, genau in demselben Grade
reicher und machtvoller geworden, wie die Fähigkeiten

seiner Nation, das innere Leben des Menschen durch
die Sprache zu schildern. Denn die Geschichte der
Poesie ist im höchsten Sinne nichts Anderes als die
historische Darstellung der Befähigung jeder Zeit,
dem, was die Seele kräftig bewegt, Ausdruck durch
die Sprache zu geben.

Bei einem Volke von aufsteigender Lebenskraft
ist dieser Ausdruck des innern Lebens, das Gebiet
der Stoffe und was von dem Wesen des Menschen
darstellbar ist, in jeder früheren Zeit enger und
ärmer als in der späteren. Alle Fortschritte in der
Bildung zeigen sich zunächst in der vermehrten Fähigkeit der Sprache, Gedanken und Empfindungen in
Worte zu fassen, und demnach in der Fähigkeit der
Poesie, Geheimes von Gefühlen und Charakteristisches
der Menschennatur wirkungsvoll auszudrücken. Wenn
uns das reizvolle Volkslied, die epische Erzählung,
ja auch die dramatische Poesie irgend einer vergangenen Zeit in ihrer Eigenthümlichkeit schön, groß,
gewaltig erscheinen, so dürfen wir doch nicht übersehen, daß in jeder Zeit die Zahl der Stimmungen,
der Charaktere und Situationen, deren Darstellung
den alten Dichtern lockend und möglich war, nicht
nur im Ganzen sehr viel geringer war als in der
Gegenwart, sondern daß diese größere Befangenheit
und Enge auch an dem einzelnen, selbst dem schönsten
Kunstwerk fühlbar wird.

Das Mehr der modernen Erfindung ist nach allen Richtungen erkennbar in der Mannigfaltigkeit und Genauigkeit der Schilderungen, in Stil und Färbung, vor allem aber in dem freien Ersinnen einer Handlung, welche menschliches Schicksal nach dem Verständniß und den Bedürfnissen des gebildeten Bewußtseins zusammenfügt und nach den Gesetzen schöner Wirkung ordnet. Es versteht sich, daß diese Thätigkeit des Dichters keiner Zeit und keinem Volke gänzlich fehlt. Auch die alten Sänger, welche die Odyssee schufen, fügten bewußt und um eine Wirkung hervorzubringen, die Schiffersagen des Mittelmeeres aneinander und erfanden dazu die breiter ausgeführte Erzählung von den Ereignissen in Ithaka bei der Rückkehr des Odysseus. Und auch für uns ist nach 2500 Jahren ein Unterschied in Ton und Farbe zwischen dem ersten und zweiten Theil erkennbar. Aber wenn nicht geläugnet werden soll, daß der erste Theil, die Seeabenteuer, im Ganzen den hohen epischen Stil fester bewahrt, so wird doch immer die zweite Hälfte, in der wir hie und da Schwäche in Einzelheiten der Composition und vielleicht eine gewisse Begrenzung der dichterischen Begabung wahrnehmen, unvergleichlich stärkere Wirkung hervorbringen, und zwar deshalb, weil wir die eigene Arbeit des Dichters in der größeren Ausführung und den freier erfundenen Situationen deutlich er-

kennen, das heißt, weil dieser Theil der modernen
Weise des Schaffens näher steht. Doch wir haben
gar nicht nöthig, bis zur Odyssee zurückzugehen,
auch in unserer deutschen Vergangenheit finden wir,
seit der Prosaroman auftritt, in jedem Zeitabschnitt
der Vergangenheit, daß die eigene Arbeit des Dichters
im Zusammenfügen der Handlung weniger frei und
in Schilderung der Charaktere weniger sicher und
reich ist, als wir von einem Roman der Gegenwart
verlangen. Das gilt für Deutsche selbst noch von
Goethe's Romanen.

Nun enthalten auch der moderne Roman und
seine kleine Schwester, die Novelle, immer wieder-
kehrende Situationen, welche allen gemeinsam sind.
Denn wie in alter Zeit der Gegensatz und Kampf
zweier Helden, so ist in unserem Roman das Verhältniß zweier Liebenden die leitende Idee. Aber
die Mittel, dies Gemeinsame durch Farbe und Schilderung immer wieder neu, eigenthümlich und fesselnd
zu machen, sind unermeßlich größer, als in der Zeit
des alten Epos.

Und die Sprache? Die hohe Schönheit des rhyth-
mischen Klanges bei Homer und den Nibelungen,
ja auch noch bei Dante und Ariost, entgeht doch der
Erzählung des modernen Dichters. Auch hier gilt
der Vergleich, daß die Formen des Kindes eigen-
artige Schönheit haben, welche der Leib des Er-

wachsenen nicht besitzt. Dagegen reichlich andere,
welche im Ganzen bedeutender und mannigfaltiger
sind. Jene alten Dichter schufen in Versen, weil
es zu ihrer Zeit noch keine Prosa gab, die zu reichem
Ausdruck seelischer Stimmungen und zu gehobener
Schilderung befähigt war. Was uns als besondere
Schönheit der Alten erscheint, ist im letzten Grunde
der größte Mangel. Auch unsere erzählenden Dichter
vermögen einmal ihre Erfindung mit rhythmischem,
hohem Klang zu umkleiden, und eine Literatur, welche
Hermann und Dorothea unter ihrer werthvollsten
Habe besitzt, wird die Bedeutung des Verses nicht
gering achten dürfen. Aber der moderne Dichter
weiß auch, daß er gegen die vornehme Schönheit,
welche der Vers für unsere Empfindung hat, vieles
Andere, was nicht weniger schön, reizvoll, fesselnd
ist, in Kauf geben muß: Die behagliche Fülle der
Schilderungen, den scharf charakterisirenden Ausdruck,
das Meiste von seiner guten Laune und dem Humor,
mit welchem er menschliches Dasein zu betrachten
vermag, das geistreiche Scherzwort, die scharf be=
stimmte Ausprägung eines Gedankens, nicht zuletzt
die Mannigfaltigkeit und Biegsamkeit des sprachlichen
Ausdrucks, welcher sich in Prosa bei jedem Charakter,
bei jeder Schilderung anders und eigenartig äußern
kann. Die ungebundene Rede ist in unserem wirk=
lichen Leben ein wundervoll starkes und reiches In=

strument geworden, durch welches die Seele Alles
auszutönen vermag, was sie erhebt und bewegt.
Deshalb dürfen wir auch ihre Herrschaft in der erzählenden Dichtung nicht für eine Minderung, sondern für eine Verstärkung des poetischen Schaffens
halten.

Der Roman ist auch von allen Gattungen der
Poesie die, welche sich als Kunstform am spätesten
entwickelt, später noch als das Drama; die Würdigung
darf uns nicht dadurch beeinträchtigt werden, daß
schwaches und schlechtes Schaffen sich darin in über-
großer Reichlichkeit kund gibt. Welcher Gattung der
Poesie hat, wenn sie gerade nach dem Zuge der Zeit
obenauf war, die Masse des Schlechten gefehlt?
Wären alle die epischen Gedichte des alten Hellas,
welche schon den späteren Griechen sagenhaft waren,
bis in unsere Zeit erhalten, wir würden bei dem
Durchstudiren die allergrößte Langeweile empfinden,
die Armuth der Dichter im Ausdruck der inneren
Gemüthsprozesse, die unablässige, ewige Wiederkehr
derselben Beschreibungen und der Kämpfe ohne inneres
Leben, wäre gar nicht auszuhalten. Der Umstand,
daß der schnell bereite Bücherdruck und die hochge-
stiegene Leselust das unberufene Schreiben so sehr
begünstigen, ist ein Uebelstand, aber ein unvermeid-
licher.

Unsere gesammte Bildung wird durch geschicht-

liches Wissen geleitet. Alles was in irgend einer Ver=
gangenheit des Menschengeschlechts für groß, gut, schön
und begehrenswerth galt, dringt, so weit es erhalten
ist, in unsere Seelen und trägt dazu bei, uns die An=
sichten und den Geschmack zu richten. Solch unermeß=
licher Reichthum an bildendem Stoff ist unsere Stärke,
aber auch unsere Schwäche, er verleiht uns dem Neuen
gegenüber oft eine Tiefe der Einsicht und eine Größe
des Urtheils, wie sie in keiner der vergangenen Pe=
rioden möglich waren. Ebenso oft macht er uns einsei=
tig und verhindert unbefangene Schätzung dessen, was
aus den Bedürfnissen unseres eigenen Lebens herauf=
wächst, ja er mindert uns zuweilen auch die Fähig=
keit, frisch nach dem Zuge unserer Zeit zu gestalten.
Nirgend wird dies auffallender, als bei den Urtheilen
über den Werth einer künstlerischen Erfindung. Zur
Zeit Shakespeare's galt das dramatische Schaffen
durchaus nicht für vornehme, kaum für eine ernst=
hafte Dichterarbeit, ebenso wie in der Gegenwart
das Romanschreiben. Und doch ist wohl möglich,
daß man in irgend einer Zukunft für den größten
und eigenthümlichsten Fortschritt in der Poesie des
neunzehnten Jahrhunderts gerade den Prosaroman
betrachten wird, wie er sich seit Walter Scott bei
den Culturvölkern Europas entwickelt hat. Deshalb
wollen auch wir deutschen Romanschriftsteller uns
nicht darum kümmern, wie man jedem von uns in

der Folge das Maß seiner dichterischen Begabung abschätzen wird, sondern wir wollen das Selbstgefühl bewahren, daß wir gerade in der Richtung thätig sind, in welcher sich die moderne Gestaltungskraft am vollsten und reichsten ausprägt.

11

Unter König Wilhelm.

Unterdeß waren über das politische Deutschland trübe Jahre hingegangen. In den Regierungen des hergestellten Bundes innere Unsicherheit und Mißtrauen gegen einander, in der Bevölkerung Abspannung und Mangel an Wärme; dazu die Verdüsterung und Erkrankung Friedrich Wilhelms IV. In dieser Zeit blieb dem unabhängigen Mann, der sich nicht ganz auf die Familie und seine Privatarbeit zurückziehen wollte, wenig Anderes übrig, als gegen gute Bekannte mündlich und in Briefen seinen Kummer auszusprechen, vielleicht in vorsichtigen Artikeln die ungenügende Gegenwart zu beurtheilen. Dies geschah reichlich. Der Briefwechsel mit politischen Freunden, das Debattiren über die Zeitlage in Zusammenkünften der Gesinnungsgenossen ist bezeichnend für jene Zeit. Wurde auch nicht viel dadurch erreicht, so wurde doch ein Zusammenhang der Gleichgesinnten gefestigt. Oft fuhr ich von Leipzig nach Halle hinüber, wo Max Duncker und Haym den Muth aufrecht erhielten, die milde Ruhe Dunckers und das Wohlthuende seiner warmen Natur übten auf einen weiten Kreis günstigen Einfluß aus. Auch in Gotha hatte ein Verein patriotischer Männer seinen Mittelpunkt gefunden, der sich zur Aufgabe stellte, durch kleine Flugschriften auf die öffentliche Meinung zu wirken, in ihm machte Karl Mathy seine letzten literarischen Feldzüge in vortrefflich geschriebenen Broschüren, und Francke erhob mit dem scharfen Eifer, der ihm eigen war, den Kampf gegen den Sundzoll. Wenn bei Beseitigung dieses mittelalterlichen Leidens, welches auf dem Welthandel lag, das Verdienst eines Kämpfenden gerühmt werden darf, so kam diese Ehre der leidenschaftlichen Thätigkeit Francke's zu, welcher bis nach Amerika und England seine Fäden zu spinnen wußte und die Frage zu einer brennenden machte, deren Lösung sich zuletzt die Regierungen nicht mehr entziehen konnten.

Das erwachte Bedürfniß vieler Einzelnen, sich zu regen, führte endlich zur Bildung des Nationalvereins.

Dies Unternehmen, die Liberalen der einzelnen deutschen Staaten mit einander zu verbinden und durch den Zusammenhang auf gemeinsame Thätigkeit vorzubereiten, hielt ich für den größten Fortschritt, den das politische Leben im Volke seit den Niederlagen des letzten Jahrzehnts gemacht hatte, ich wurde

20*

mit Freuden Mitglied des Vereins und bin ihm, so=
lange er bestand, treu geblieben. Er vereinigte Libe=
rale verschiedener Schattirungen und hatte im An=
fange bei seinen Zusammenkünften, den Redeübungen
und Beschlüssen zuweilen das Aussehen einer Bewahr=
anstalt, in welcher eigenwillige und schreilustige Kinder
zu politischer Tugend und Weisheit herangezogen
wurden. Aber die geduldige und ausdauernde Arbeit
der Führer, welche sich um Rudolf von Bennigsen
gesammelt hatten, die Fähigkeit dieses ausgezeichneten
Mannes, aus dem Schwall der Debatten zuletzt den
gesunden Menschenverstand herauszuziehen und in
Formeln zu bringen, seine freie und großartige Auf=
fassung unserer Verhältnisse und vor Allem die hoch=
sinnige Vaterlandsliebe erfüllten mich mit hoher
Achtung. Durch mehrjährige opfervolle Thätigkeit
gelang es ihm und seinen Freunden eine Partei zu
schaffen, welche, als Tag und Stunde kamen, stark
genug war, eine deutsche Regierung bei der neuen
Arbeit für einen deutschen Staat zu beeinflussen und
zu stützen. Denn nur durch die freudige Mitwirkung
der Nationalpartei wurde die Gesetzgebung des Nord=
deutschen Bundes und des Deutschen Reiches möglich,
vorzugsweise durch sie gelang es der starken Willens=
kraft, welche das neue Reich gegründet hatte, den
Widerstand der inneren Gegner zu besiegen. Das
waren glückliche Jahre für Deutschland.

Da wurde es für uns Alle ein Unglück von un=
absehbarer Weite, auch für mich das bitterste poli=
tische Leid meines Lebens, daß die große Partei,
welche sich in der Noth gebildet und im Kampfe be=
währt hatte, in den Jahren nach dem Siege nicht
den Zusammenhang zu bewahren wußte. Die Män=
ner, welche in der Verstimmung des Tages den
Werth ihrer Bundesgenossenschaft zu gering achteten,
glichen hochfahrenden Corpsstudenten, welche sich von
ihren alten Häuptern scheiden. Es gibt für ihr
Verhalten hundert Entschuldigungen, keine Recht=
fertigung. Die Stärke einer Partei beruht nicht
allein, aber doch vor allem in ihrer Stimmenzahl.
Jede Partei hat innere Conflicte durchzukämpfen,
und jede hat Zeiten verhältnißmäßiger Schwäche,
aber in keiner darf Verschiedenheit der Ansichten über
einzelne Tagesfragen so weit gehen, daß die Strei=
tenden mitten im heftigen Kampf gegen nationale
Gegner durch Selbstzerstörung der eigenen Macht
die Feinde zu Herren des Kampfplatzes, zuletzt gar
zu ihren Gebietern machen. Daß ein falscher Schritt
auch andere nach sich zieht, haben die Ausgeschiedenen
überreichlich erfahren, wohl keinem von ihnen blieb
das innere Mißbehagen, die Verbitterung und die
Verengung des politischen Gesichtskreises erspart,
welche durch eine fortdauernde geschärfte Opposition
gegen alte Freunde in die Seelen hineingetragen

wird. Unser parlamentarisches Leben aber ist seit=
dem für Jahrzehnte verdorben, seine Bedeutung ebenso
gemindert, wie der Regierung der Werth einer Rück=
sichtnahme auf das liberale Element im Staatsleben.
Wir zahlen jetzt unsere Buße dafür, daß wir durch
die Lebensbedürfnisse des preußischen Staates und
durch die Energie eines Einzelnen fast plötzlich auf
eine Höhe hinaufgehoben wurden, welcher die poli=
tische Schulung unserer Nation nicht gleichkam.

Damals, vor fünfundzwanzig Jahren, waren wir
Deutsche sehr arm an Erfolgen und Ruhm, aber
wir glaubten daran, daß die Vertrauensmänner des
Volkes wohl einmal bessere Verhältnisse herbeiführen
würden. Doch seltsam, während wir unsicher und
ohne jedes Zutrauen zu den Regierungen um die
Zukunft sorgten, hatte das Jahrzehnt begonnen, in
welchem die Nation den größten Fortschritt machen
sollte, der jemals in so kurzem Zeitabschnitt erreicht
worden ist, sie war, ohne es zu ahnen, im Aufstieg
zur Höhe politischer Macht und zur Bildung eines
Reiches, durch welche das Machtverhältniß sämmt=
licher Staaten der Erde geändert und dem deutschen
Wesen ein Herrenantheil an den Geschicken der Welt
zugetheilt werden sollte, wie die Nation ihn nie
besessen und wie ihn die kühnsten Träume eines
Deutschen nicht geahnt hätten. König Wilhelm hatte
seine Regierung angetreten. Diese Fürstengestalt von

mildem Wesen und stetem Willen, welche in einer
Nothzeit des preußischen Staates herangewachsen
war, besaß in einziger Weise die Regententugenden,
welche der deutschen Art wohlthun sollten: die Be=
scheidenheit und neidlose Anerkennung fremder Ver=
dienste, die Arbeitsamkeit und besonnene Klugheit,
welche das Wesen der Macht höher achtet, als den
Schein. Auch die ganze Anlage seines Gemüthes,
die Heiterkeit, die Leutseligkeit, der kameradschaftliche
Sinn, die fürstliche Umsicht welche Jedem bereit=
willig die gebührende Ehre zu erweisen sucht, waren
genau, was unsere stolzen Fürsten und was das
warmherzige Volk von dem Oberherrn eines deutschen
Staates begehrten.

Selten hat ein Fürst unter so schwierigen Ver=
hältnissen die Regierung angetreten, die Sorgen des
hohen Amtes wurden ihm eher zugetheilt, als die
Ehren und die volle Macht des Königthums. Er
übernahm die Leitung eines Staates, der unter den
großen Mächten mißachtet, im Innern durch ein
parteisüchtiges Regiment verstört war. Auch ihn ver=
letzte im Anfang der grämliche Zug, welcher das
Antlitz der Deutschen leicht verzieht, wo sie nicht mit
vollem Herzen sich hingeben. Daß die Möglichkeit
jeder größeren Kraftentfaltung des Staates von der
starken Vermehrung des stehenden Heeres und von
einem Zurücktreten der Landwehr abhing, verstand

der König besser als seine Preußen. Uns Andern
konnte man daraus keinen Vorwurf machen. Seit
den Freiheitskriegen war die Landwehr, das „Volk
in Waffen", auch von militärischen Schriftstellern
immer wieder als der eigentliche Kern des Heeres
dargestellt worden, zahllose theure Erinnerungen aus
dem früheren Geschlecht hingen an ihr, sie galt für
das Gegengewicht gegen den Kastengeist und die Gefahren eines stehenden Heeres, dessen geforderte Ver-
doppelung nicht nur als schwere Last, sondern auch
als eine Gefahr für die innere Entwickelung erschien.
In allen Fällen, wo die Regierung mit höherer Einsicht neu erwachsene Bedürfnisse des Staates durch
tief einschneidende Veränderungen befriedigen will,
ist vor Gesetzanträgen die Belehrung der Nation und
eine allmähliche Erziehung der öffentlichen Meinung
durch die Presse wünschenswerth, eine stille Agitation,
bei welcher die Regierenden sich selbst zunächst im
Hintergrund halten. Solche Einwirkung auf die
öffentliche Meinung braucht freilich Zeit, und Muße
war damals nicht vorhanden. Aber man verstand
auch in der Regierung die vorbereitende Arbeit viel
zu wenig.

So oft ich nach Koburg kam, verbrachte ich eine
Morgenstunde bei Baron Stockmar, der sich nach
langjähriger Thätigkeit in großen Geschäften nach
seiner Heimat zurückgezogen hatte und dort in höherem

Alter mit reger Theilnahme die Weltereignisse be=
trachtete und zuweilen beeinflußte. Sein Sohn
Ernst gehörte zu meinen näheren Bekannten und der
alte Herr gönnte mir wohl deshalb freundliches Zu=
trauen. Er besaß eine seltene Kenntniß politischer
Persönlichkeiten und der Regierungen Europas und
äußerte sich darüber mit entzückendem Freimuth.
Immer fesselte an ihm die geradsinnige Redlichkeit,
Klarheit und Größe des Urtheils, dabei die patrio=
tische Wärme und in deutschen Angelegenheiten eine
hoffnungsvolle Freudigkeit, welche damals auch bei
jüngeren Männern selten war. Mir kam sein mit=
theilsames Wesen und die Offenheit, mit welcher er
die politischen Verhältnisse besprach, vielfach zu Gute.
Er war es wohl auch, der dem Kronprinzen und der
Kronprinzeß Günstiges von mir berichtete, so daß
mir gestattet war, das junge Glück dieser Verbindung
zuweilen als ergebener Vertrauter mit meinen Wün=
schen zu begleiten. Bei dem letzten Besuch, welchen
die Königin von England mit dem Prinzen Albert
in Koburg machte, bot sich Gelegenheit, allerlei fremde
Gäste in höflicher Darstellung ihres Wesens zu be=
obachten. John Russell war da, welcher Versuche
machte, sich über die unverständlichen deutschen Stim=
mungen zu unterrichten, und Graf Alexander Mens=
dorff, der spätere Minister, ein feinfühlender ge=
scheidter Mann, der sich verständig über die Stellung

Oestreichs zu den deutschen Dingen ausließ. Als er
nach dem Jahre 1866 wieder zu uns kam, war er
krank und gebrochen, da erinnerte er an sein eigenes
Urtheil in früheren Jahren und daß Vieles ein=
getroffen sei. Er war es sicher nicht, der zum Kriege
gerathen hat.

Im Ganzen freilich hat solcher gelegentliche Ver=
kehr an größeren Höfen mir die Ansicht gebracht,
daß wir alle, die wir als Gelehrte oder Künstler
dahinwandeln, zum vertrauten Verkehr mit den Großen
der Erde weniger geeignet sind, als Andere. Uns
fehlt die gleichmäßige, bescheidene Hingabe, welche
dem wackern Mann des Hofes so wohl ansteht, die
Vorsicht fehlt und wohl auch die Schweigsamkeit;
wir sind genöthigt, uns viel mit uns selbst zu be=
schäftigen, und geneigt, unser Licht leuchten zu lassen,
während bei Hofe die Umgebung doch vorzugsweise
dazu da ist, die Persönlichkeit der Herrschaften her=
vorzuheben. Jede der Künste bildet an nicht sehr
günstig beanlagten Naturen besondere Schwächen aus,
bei den Dichtern einen nicht wohlthuenden Wechsel
von Gefügigkeit und Hochmuth, bei den Malern,
welche gewohnt sind, das Weib ohne Hülle zu denken,
eine burschikose Frechheit, bei den Musikern anspruchs=
volle Grobheit, bei den Schauspielern das Gecken=
hafte. Veranlaßt der Zufall und ein gewisses Kunst=
bedürfniß unsrer hohen Herren einmal ein solches

Verhältniß, so mögen beide Theile sich wahren, daß
sie nicht ihren Preis dafür bezahlen.

Bei dem erwähnten Hofhalt der englischen Herr=
schaften war etwas von fremdem Brauch zu sehen,
was hier erwähnt werden darf, weil es eine kleine
dramatische Seltsamkeit erklärt.

Als die Königin an der Hand des Herzogs in
den Saal trat, in welchem eine große geladene Ge=
sellschaft der Fürsten harrte, ließ der Herzog nach
dem Eintritt die Hand der hohen Dame los und
diese glitt in einem eigenthümlichen marschähnlichen
Pas den ganzen Saal entlang bis zum oberen Ende,
wo sie ihre Rundverbeugung mit einer vornehmen
Grazie machte, um die sie jede Künstlerin beneiden
konnte. Darauf begann die gewöhnliche wohlthätige
Arbeit des Cerkels, den Einzelnen Huld zu streuen,
deren gute Körnlein die geladenen Vögel freudig auf=
pickten. Mich aber machte das Chassiren der Königin
nachdenklich. Denn genau denselben Schritt, nur
gröber, hatten englische Schauspieler, Phelps und
Ira Aldridge bei ihren Besuchen in Deutschland aus=
geführt, so oft sie in Shakespeare'schen Stücken aus
den Seitencoulissen kamen und in dieselben zurück=
gingen. Was uns seltsam erschien, war also alte
Ueberlieferung, vielleicht noch aus der Zeit der Köni=
gin Elisabeth, die man bei Hofe wie auf der Bühne
bewahrt hatte, und es war offenbar die alte Form

des feierlichen Heldenschrittes. Es ist immer hübsch, solchen Brauch aus früherer Zeit mit Augen zu sehen. Ebenso befremdlich würde uns der deutsche Marsch des sechszehnten Jahrhunderts erscheinen, bei welchem die linke Hand auf die Hüfte gestützt die Seitenwehr hielt und der steif zurückgestaute Körper nicht nach der Marschlinie gerichtet blieb, sondern sich dem fortschreitenden Fuße nachgebend bald der rechten, bald der linken Seite herausfordernd zuwandte.

Bei einem spätern Besuche forderte Stockmar mich auf, seinen alten Freund Rückert in Neuseß zu begrüßen. Ich hatte die Bekanntschaft nicht gesucht, weil man von Rückert sagte, daß er in seiner Zurückgezogenheit ungern die Störung durch Fremde ertrüge. Durch die Hinterthür trat ich in sein Haus und wurde in das Wohnzimmer des unteren Stocks geführt, das so altväterisch und einfach bürgerlich ausgestattet war, wie ich es in meiner Kinderzeit etwa bei Bekannten zu Kreuzburg gesehen hatte. Er trat ein, eine hohe, starkknochige Gestalt mit langer Pfeife in der Hand, die erste Begrüßung war sehr gemessen und die Unterhaltung wollte im Anfange nicht recht gedeihen, aus seiner Seele klang die Verstimmung über die Theilnahmlosigkeit der Deutschen an seinem Schaffen, und ich mußte mir einigemal sagen, daß es ein großer Gelehrter und ein großer

Dichter war, der mir gegenüber saß. Endlich kam
das Gespräch auf die Zeit der Befreiungskriege und
auf seinen Antheil an der Poesie jener Jahre; da
begann sein Auge zu leuchten, das Eis war ge=
brochen, er wurde warm und mittheilend, und ich
hatte die Freude, einen wohlthuenden Eindruck seines
Wesens mit mir zu nehmen. Seitdem dauerten die
freundlichen Beziehungen zu ihm. Als ich einige
Jahre darauf in meinem Hause sein Gedicht „Nal
und Damajanti" vorgelesen hatte und erfuhr, daß
er erkrankt sei, schrieb ich ihm von meiner Freude
über das Werk und empfing als Antwort mit zit=
ternder Hand verfaßte Zeilen, worin er nach einem
artigen Reim berichtete, daß ihm das liebste seiner
erzählenden Gedichte „Sawitri" sei und wie leid
ihm thue, daß dasselbe in einer wenig gelesenen
Sammlung ganz versteckt liege. Hirzel, in dessen
Verlag die erwähnte Sammlung übergegangen war,
erklärte sich sofort bereit, das kleine Gedicht in be=
sonderer Ausgabe drucken zu lassen. Er beschleunigte
die Herstellung und sandte das zierliche Heft nach
wenig Wochen an den Dichter, Antwort war eine
Anzeige seines Todes. Mit ihm schied das letzte der
großen Talente, in denen einzelne Farben der deut=
schen Lyrik ausstrahlten, welche der Genius Goethe's
in seinem Wesen vereinigt hatte, und die gemäß
einem uralten Lebensgesetz alles lyrischen Schaffens

sich nach ihm sonderten, wie das weiße Licht sich in den Farben des Prismas scheidet. Von Allen aber, welche farbige Strahlen ausgesendet haben, war Rückert vom Standpunkt des Handwerks die stärkste Kraft, durch seine wundergleiche Fruchtbarkeit und durch die einzige Verbindung von großer Gelehrsam= keit auf schwer zugänglichen Gebieten und von einer Schaffensfreude, die ein langes Leben unverändert dauerte, auch durch seine seltene Herrschaft über Wortklang, spielendes Wortbilden und Reim, wie sie seit Fischart kein Deutscher besessen hat. Dieser Herrschaft über den Reim und die Klangfarbe ent= sprach nicht ganz seine Empfindung für den lyrischen Wohllaut, wie ihn der Gesang fordert, nach dieser Richtung lassen zuweilen auch gute Gedichte zu wünschen übrig. Dem Dichter aber blieb immer der geheime Schmerz, daß gerade sein Lichtstrahl, sein Stoffgebiet und seine Behandlungsweise poetischer Empfindungen den Deutschen fremdartig war.

Als gegen Ende des Jahres 1863 der Tod des Königs von Dänemark in den politischen Streit um Holstein fiel, war es zweifellos, daß die Ansprüche, welche der Herzog von Augustenburg sofort geltend machte, das einzige und letzte Mittel waren, nicht das besser geschützte Bundesland Holstein, wohl aber Schleswig für Deutschland zu erhalten. Deshalb war eine Unterstützung seiner Forderungen durch die

unabhängige Preſſe geboten. Zu Gotha war ich
mit dem Vertrauten des Herzogs von Auguſtenburg,
Samwer, Jahrelang in freundſchaftlichem Verkehr
geweſen, und hatte von der Proklamation und den
erſten Maßnahmen des Herzogs gewußt. Bald aber
ſtellte ſich ein gewiſſer Gegenſatz heraus zwiſchen der
Politik, welche die Vertrauten des Herzogs für zweck-
mäßig hielten, und den Geſichtspunkten eines Preußen, und es blieb wenig Anderes zu thun übrig,
als die deutſche Bewegung in den Herzogthümern
gegen die däniſchen Uebergriffe zu ſteigern. Großes
konnte dadurch nicht gewonnen werden, denn die Her-
zogthümer waren noch müde von dem dreijährigen
Kampf früherer Jahre, und faſt aller politiſchen
Führer beraubt. Aber ſchon im Beginn des nächſten
Jahres eröffnete der Einmarſch der Preußen und
Oeſtreicher in Schleswig Ausſichten auf eine Ent-
ſcheidung durch das Schwert.

In dieſer Zeit, in welcher Preußen ſich für ſeine
kriegeriſche Thätigkeit rüſtete, machte ich an mir ſelbſt
die Erfahrung, daß ich viel zu wenig von militäri-
ſchen Dingen verſtand, und ich verſuchte dieſem
Mangel abzuhelfen, ſoweit dies einem früheren
Armeereſerviſten möglich war. Ich begann eifrig
Militäriſches zu leſen. Daraus wurde eine dauernde
Neigung, die meiner Bücherſammlung eine neue Abtheilung zuführte. Auch im Verkehr mit geſcheidten

Offizieren suchte ich mich über Mancherlei zu unterrichten, was dem Laien aus Büchern nicht verständlich wurde. Unter diesen Bekannten wurde mir
v. Stosch, zu jener Zeit Chef des Generalstabes
im vierten Corps, besonders werth. Er galt für
einen Offizier, welcher zu großen Hoffnungen berechtigte. Damals hatte er das Unglück, daß
ihm durch den Hufschlag eines Pferdes das Bein
zerschmettert wurde. Noch war er nicht hergestellt,
als der Kronprinz ihn beim Beginn des Feld-
zuges von 1866 zu seinem General-Quartiermeister
wählte, und er ritt im Kriegszuge dahin, während
Wilms für ihn einige Monate Krankenlager forderte. In Böhmen fand er beim ersten Zusammenstoß hinter Nachod Gelegenheit, durch die Wucht
seines persönlichen Eingreifens das bedenkliche Zurück-
fluthen erschreckter Vortruppen und Fuhrwerke auf-
zuhalten. Bald wurde er durch die scharfe Energie
seines Wesens und durch sein militärisches Urtheil
den obersten Führern werthvoll als eine der bevorzugten Naturen, denen hohe Gefahr nicht die Geistes-
kräfte lähmt, sondern den Entschluß beflügelt. Beim
Beginn des französischen Krieges war er zum Ge-
neral-Intendanten der Armee ernannt, er wußte
unser Verpflegungswesen, welches in seiner Einrichtung den ungeheueren Anforderungen dieses Krieges
doch nicht entsprach, nach Möglichkeit den neuen Auf-

gaben anzupassen und seinen Beamten von der durch=
greifenden Thatkraft mitzutheilen. Vor der großen
Rechtsschwenkung des Heeres zur Verfolgung Mac
Mahon's übernahm er entschlossen die Verantwortung
für Verpflegung des Heeres, welche auf den Wegen
durch unfruchtbare Gegenden kaum möglich schien.
Den Soldaten mußten schwere Entbehrungen zuge=
muthet werden, aber die Hauptsache gelang ihm.
Als vor Paris Ende November das Heranrücken
der großen französischen Armee bedrohlich wurde
und, die Ankunft des Prinzen Friedrich Karl sich ver=
zögerte, ward er vom König in der Vertrauens=
stellung eines Generalstabs=Chefs dem Großherzog
von Mecklenburg zugeordnet, dessen Feldherrnkunst
den schweren Anforderungen dieser Wochen nicht ge=
wachsen schien. Dort machte er als militärischer
Führer sein Probestück. Durch mehr als zwanzig
Tage hielt er mit zwei schwachen preußischen Divi=
sionen und dem zweiten bairischen Corps, dessen
Kraft in den Anstrengungen des Feldzugs fast ver=
braucht war, neben der zweiten Armee den Andrang
des französischen Heeres auf, indem er die Feinde
in täglichen Gefechten bis hinter Orleans zurück=
drängte. Seiner Armeeabtheilung fiel in dem un=
gleichen Kampfe gegen die Uebermacht der Haupt=
antheil und die härteste Arbeit zu, und oft hatte er
Veranlassung, nach dem Stand der Wintersonne zu

sehen und den Abend herbei zu sehnen, weil ihm
keine Reserven mehr zur Verwendung geblieben waren.
Als er nach Lösung seiner Aufgabe in das Hauptquartier nach Versailles zurückkehrte, stand seine Bedeutung als Feldherr fest, nicht sowohl für die
Deutschen daheim, welche kaum erfuhren, daß er die
treibende Kraft im harten Ringen dieser Wochen gewesen war, wohl aber bei der obersten Armeeleitung.
Da er seine Begabung für militärische Verwaltung
im Kriegsministerium und als General-Intendant
bewährt hatte, wurde er kurze Zeit nach dem Frieden zum Leiter unserer Kriegsmarine ernannt, in
dieser elfjährigen umfassenden Thätigkeit wurde er
auch der Nation bekannt und werth. Er bewies auch
hier seine Fähigkeit, sich schnell auf neuem Boden
zurechtzufinden, Größe des Urtheils und einen starken
Willen, der sich nie durch Einzelheiten beirren ließ,
immer die Hauptsache im Auge behielt und die ein-
fachsten Mittel zur Lösung der Aufgabe fand. Er
hat in seiner entschlossenen Weise die Kräfte, welche
ihm zur Verfügung standen, auf das höchste ange-
spannt, wohl auch einmal im Einzelnen herbe Strenge
gezeigt, aber er hat in wenigen Jahren nicht nur
das Material unserer Flotte zeitgemäß umgestaltet,
sondern, was noch wichtiger war, den Offizieren und
der Bemannung viel von seiner stolzen Energie mitgetheilt. Durch ihn erst ist die Marine als gleich-

berechtigter Theil unserer Wehrkraft neben das Land-
heer getreten.

Allen diesen Erfolgen einer ungewöhnlichen Men-
schenkraft bin ich mit Freundesantheil gefolgt. Wir
tauschten zuerst Bücher und unsere Urtheile darüber
aus. Daraus entstand ein regelmäßiger Briefwechsel.
Dann wurde er veranlaßt, Mitglied eines Vereins
von Geburtstagskindern zu werden. Dieser Verein
hatte zu Gotha in dem Hause unseres gemeinsamen
Freundes v. Holtzendorff sein Bundesheiligthum und
war dazu gegründet, die Tyrannei des Kalenders zu
brechen und die anmuthigen Feste der Geburt auf
die Zeiten zu verlegen, wo das Schicksal ein fröh-
liches Zusammensein gestattete. Für dergleichen hu-
mane Zwecke war das Holtzendorff'sche Haus ausgezeichnet geeignet, es besaß alles Erforderliche: die
Gastlichkeit, den herzlichen Frohsinn, einen schönen
Reichthum von edler Weiblichkeit und Musik mit
Schonung. Viele frohe Erinnerungen hängen an
diesem Haushalt, dem auch die letzten Reime meiner
lyrischen Bekenntnisse zugeschrieben sind.

Dort kehrte zwischen Anderen auch Stosch jeden
Sommer ein und ich war in der Nähe zu finden.
Aber auch in einigen großen Stunden unseres Lebens
standen wir nicht weit von einander, während der
Schlacht bei Sedan kam er vom Standpunkt des
Königs zu uns herüber auf die Höhe von Donchery

und wir sahen gemeinsam, wie der eherne Ring der Deutschen sich um das französische Heer schloß. Zu Reims hatten wir verabredet, die letzte Stunde meines Aufenthalts gemeinsam zu verbringen. Als ich zu ihm ging, fand ich, daß man den General= Intendanten der Armee in der fürstlich eingerichteten Wohnung von Dame Cliquot einquartiert hatte, ich traf ihn mit einigen seiner Herren beim Essen. Die Besitzer des Hauses hatten sich entfernt, ein mißver= gnügter Haushofmeister am Buffet wurde beauftragt, zum Valettrunk eine Flasche Champagner aufzustellen, den die Deutschen bis dahin nicht begehrt hatten. Was der tückische Bursch heranbrachte, war das schlechteste Getränk unter silbernem Kopfe, das man sich denken kann, es war offenbar ein verunglücktes Werk, das man zurückgelassen, weil es für die Bar= baren noch gut genug war. Niemand machte eine Bemerkung. Diese vornehme Gleichgiltigkeit der Sieger war ein guter Abschiedsgruß, den ich nach der Heimat mitnehmen konnte. Wenn wir jetzt als treue Nachbarn am Rheine unsere Ansichten über Vergangenes und Gegenwärtiges vergleichen, habe ich noch immer den Genuß, zu merken, wie gut die Ur= theile zusammenklingen, welche das Leben in zwei Männern von so verschiedener Anlage und so ver= schiedenem Berufe zur Reife gebracht hat.

Sofort nach Beendigung der „verlorenen Hand=

schrift" hatte ich eine größere Arbeit für die „Bilder"
aufgenommen. Die drei Bände, welche erschienen
waren, umfaßten nur die vier letzten Jahrhunderte
der deutschen Vergangenheit. Jetzt, wo die deutsche
Art sich in Europa wieder kraftvoll rührte, lockte es
mich, in alte Zeiten zurückzugehen und in ähnlicher
Weise, wie in den früheren Büchern, die großen
Wandlungen des Volkslebens im ganzen Mittelalter
zu schildern. Was unsere Geschichtswerke über die
größten Begebenheiten unserer Vorzeit, über die
Völkerwanderung, die Einführung des Christenthums,
selbst noch über die Kreuzzüge, das Ritterthum, die
Schwurgenossenschaften des Adels, der Städte und
Einzelner berichteten, schien mir keine genügende Erklärung dieser welthistorischen Vorgänge zu geben,
denn es blieb bei allem Berichten von Thatsachen
unklar, welche treibende Kraft in den Zuständen und
in dem Gemüth des Volkes dies Große veranlaßt
hatte. Schon in meiner Jugend hatte ich mich zuweilen mit diesen Räthseln beschäftigt. Weshalb
waren die Germanen ein eroberndes Colonistenvolk
geworden, wie niemals ein zweites auf Erden? Wie
hatte es in den Seelen der frommen Heiden ausge-
sehen, als das Christenthum sich Eingang verschaffte?
Was hatte der neuerwachte Wandertrieb in den Zeiten
der Kreuzzüge und die neue Verbindung mit dem
Orient im Leben der Deutschen geändert? Wie hatte

das Tagesleben in den Burgen und Dörfern sich
dargestellt, damals, als unser niederer Adel ent=
stand? und welches waren die wirklichen Zustände
des Ritterstandes, über welchen die Poesie des drei=
zehnten Jahrhunderts eine gewisse Verklärung ver=
breitet hat? Wie mußte in den Städten die deutsche
Selbstwilligkeit der Einzelnen dem starren Zwang der
großen Schwurgenossenschaften und Verbrüderungen
sich fügen? Wie endlich war das Heerwesen jeder
Periode aus den Zuständen der Nation zu erklären
und wie hatten die Kriegsleute gehaust und zum
Volke gestanden? Auf diese und ähnliche Fragen
bemühte ich mich eine Antwort zu finden. Das
Ausarbeiten in ein Buch beschäftigte mich durch zwei
Jahre. Da die erhaltenen Berichte von Zeitgenossen
für die ersten Jahrhunderte nicht reichlich vorhanden
waren, wurde die eigene Zuthat umständlicher, wenn
ich nur einigermaßen ein Bild geben wollte von fast
zweitausendjähriger Entwickelung unserer Volksseele.
Sehr bald erwies sich als nothwendig, auch das
bereits Gedruckte neu zu ordnen und zu vertiefen,
um die junge Arbeit mit der früheren zu einem ein=
heitlichen Werk zu verbinden. Neu geschrieben wurde
der erste Band „Aus dem Mittelalter“ und fast
ganz der zweite „Vom Mittelalter zur Neuzeit“,
nur an den Schluß konnten einige Abschnitte aus
der früheren Arbeit gefügt werden. Im Herbst 1866

hatte ich die Befriedigung, daß die fünf Bände des Werkes beendigt vor mir lagen, ich schrieb sie meinem Verleger Hirzel zu, der dem Unternehmen vom ersten Beginn warmen Freundesantheil erwiesen hatte. Mich aber erfüllte mit heimlichem Stolz, daß die Beendigung des Werkes mit dem Erfolge des Jahres 1866 zusammenfiel.

Die Kriegswochen des Jahres 1866 verlebte ich in Leipzig. Kurz vor Beginn des Kampfes war ich auf einige Tage nach Siebleben gegangen, dort mein Haus für den Krieg zu bestellen, und hatte zu Gotha in der Nähe des Herzogs die Verhandlungen mit dem König von Hannover erfahren. Vor dem Treffen bei Langensalza reiste ich zurück, weil man einen Zusammenstoß nicht mehr besorgte, und sah zu Leipzig, wie die ersten Preußen der Vorhut, die Pistole in der Faust, einritten. Es war von Feindseligkeit der Bevölkerung wenig zu spüren, denn das Gefühl der Zusammengehörigkeit war untilgbar. Ich darf hier sagen, daß ich auf einen guten Ausgang für den Staat meiner Väter sicher vertraute, und nur durch die Schnelle und Größe des Erfolges überrascht war.

Alle Deutschen wurden zur leidenschaftlichen Parteinahme in diesen Kampf gezogen, aber fast nur den Preußen war vergönnt, in der ersten Zeit das beglückende Gefühl des Sieges und Fortschritts voll

zu genießen. Am vollständigsten wurde dieser Segen
dem ältern Geschlecht zu Theil, welches die erfolglosen Anläufe und Niederlagen der letzten Jahrzehnte
in tiefem Schmerz durchlebt hatte. Dieser Gewinn,
als Einzelner Theil zu haben an dem politischen
Fortschritt des eigenen Staates, an Siegen und Erfolgen, welche größer waren als jede Hoffnung, ist
das höchste Erdenglück, welches dem Menschen vergönnt wird. In solcher Zeit erscheint das eigene
Leben als klein und unwesentlich, in gehobener Stimmung fühlt der Mensch sich als Theil eines großen
Ganzen, Alles, was in ihm tüchtig ist, wird gesteigert, die Hingabe an eine große Pflicht adelt ihm
die Gedanken des Tages, alles Thun, seine Haltung.
Die Männer, welche als Leiter des Staates und des
Krieges diese Erhebung den Seelen bereiten, werden
der Nation liebe und vertraute Helden. Für Deutschland war endlich die Zeit gekommen, wo die stärkste
Kraft der Nation in den Führern verkörpert erschien,
und wo der Mann das Schicksal des Volkes beherrschte. Das ungeheure und in Vielem unver-
ständliche Leben der Nation, welches in gewöhnlicher
Zeit nach entgegengesetzten Richtungen dahin fluthet,
die einander kreuzen und bekämpfen, erschien zu-
sammengefaßt und dienstbar der Kraft einzelner
Menschen. Das Walten einer ewigen Vorsehung
über den Schicksalen der Nationen und Reiche wurde

uns dadurch so verständlich, wie uns sonst eine
Menschenseele verständlich ist.

Als die Wahlen zum constituirenden Reichstage
des Norddeutschen Bundes ausgeschrieben waren,
wurde mir aus Erfurt der Antrag gestellt, ich möge
mich einer Wahl unterziehen. Die Thätigkeit eines
Abgeordneten lag außerhalb des Kreises, in welchem
mich mein Wesen festhielt, auch außerhalb des Gebietes, in welchem mein Ehrgeiz nach Erfolgen zu
ringen hatte. Dennoch war es geboten, dem ehren-
den Vertrauen zu entsprechen, weil man noch nicht
übersehen konnte, wie sich in der Versammlung die
Parteiverhältnisse stellen würden, und weil in solcher
Zeit jede Stimme, welche aus voller Seele das Gelingen des Verfassungswerkes forderte, werthvoll sein
konnte. Ich erklärte deshalb meinen politischen Freunden, daß ich mich nur für diesen Reichstag geeignet
betrachte, hielt meine Wahlreden und ging als Ab-
geordneter nach Berlin. Ich wurde natürlich Mitglied der nationalen Partei. Unter meinen Partei-
genossen habe ich Viele kennen gelernt, welche mir
sehr werth geblieben sind. Ich fand auch Gelegenheit, den Schaden zu beobachten, welchen Rechthaberei
und Eitelkeit in den Seelen verursachen. Von aller
Eitelkeit auf Erden ist wohl die parlamentarische die
häßlichste, jedenfalls die schädlichste. An mir selbst
machte ich bei einem erfolglosen Versuch auf der

Tribüne die Beobachtung, daß ich noch nicht das
Zeug zu einem Parlamentsredner besaß und dafür
längerer Uebung bedurft hätte, die Stimme war zu
schwach, den Raum zu füllen, ich vermochte bei dem
ersten Auftreten die unvermeidliche Befangenheit nicht
zu überwinden, auch war ich durch langjährige Beschäftigung in der stillen Schreibstube wohl zu sehr
an das langsame und ruhige Ausspinnen der Gedanken gewöhnt, welches dem Schriftsteller zu Theil
wird. Diese Erkenntniß that mir im Geheimen doch
weh, obwohl ich sie weltmännisch zu bergen suchte.
Von feurigen Rednern der Partei aber wurde ich
seitdem mit besonderer Herzlichkeit behandelt, und ich
übte um so völliger meine Pflicht beim Abstimmen,
was zuletzt die Hauptsache blieb.

Da ich durch literarische Kritik gewöhnt war, die
poetische Natur der Zeitgenossen abzuschätzen, so lag
mir nahe, auch aus der politischen Richtung meiner
Collegen die entsprechende Grundlage ihres Wesens
heraus zu suchen. Man kann unter den Vertretern
des Volkes leicht dieselben Anlagen erkennen, wie
an den Dichtern, und es ist mehr als spielender
Vergleich, wenn man bei ihnen eine epische, dramatische und lyrische Begabung unterscheidet. Die
Conservativen sind unsere Epiker, in den Männern
der Mittelparteien ist die Naturanlage vorherrschend,
die den Dichter zum Dramatiker formt, das heißt

eine verhältnißmäßig unbefangene und gerechte Würdigung der kämpfenden Interessen, dazu die Fähigkeit, diese miteinander verhandeln zu lassen und den großen Ideen des Staates dienstbar zu machen. Auf der linken Seite stehen die Lyriker, von denen sicher Mancher in seiner Jugend in einem Bändchen Gedichte auch dichterische Wallungen abgelagert hat. Aber freilich sind solche Naturen in der Politik nicht mehr von der Harmlosigkeit meines jungen Collegen Bellmans, sie fühlen lebhaft, oft leidenschaftlich, was sie in ihrem Privatleben einmal wund gedrückt hat, und was sie leitet und aufregt, sind im letzten Grunde fast immer einige schmerzliche Eindrücke ihrer eigenen Vergangenheit. Solch Verletzendes wirkt in den Seelen übermächtig und beeinträchtigt eine billige und gerechte Beurtheilung der Zustände, welche ihnen beschwerlich sind. Mit den Männern von dieser Anlage, welche in den kleinen Kreisen unseres Volkes gewöhnlich ist, verbinden sich andere Naturen: harte Doctrinäre, welche die Wirklichkeit gegenüber dem Idealbild des Staates, wie sie es construirt haben, als unleidlich betrachten, herrschsüchtige und gewissenlose Demagogen, und Manche, denen der Wurm der Eitelkeit allzuviel von dem gesunden Kern ihres Lebens abgenagt hat. Auch diese Partei ist, in mäßiger Zahl den anderen beigefügt, unentbehrlich für den Staat, weil vor wirklichen großen Schäden

die Beschwerde darüber in ihr am hellsten ausklingt,
sie wird zum Unglück für die Nation, wenn durch
die Verhältnisse, oder durch die Fehler der Regierung
ihr Einfluß übermächtig heraufwächst. Sieht man
aber näher zu, was im Geheimen, vielleicht ihnen
selbst unbewußt, reizt und stachelt, so ist dies im
Grunde sehr häufig eine Abneigung des Bürgerthums
gegen die Bevorzugung des Adels, gegen eine nirgend
ausgesprochene und doch fühlbare Neigung unserer
Herren, einen Stand von regierenden Gentlemen dem
regierten Volke vorzusetzen. So werthvoll deshalb
der aus unserer Vergangenheit überkommene erbliche
Adel unserem Staatswesen geworden ist — er giebt
unter Anderem der Nation die Hälfte ihrer militärischen Turnlehrer —, so sollte doch jede monarchische
Regierung sich sorgfältig davor wahren, daß nicht
die Ansicht überhand nehme, die Plackerei gehöre
dem Bürgerlichen, die Ehre des Amtes dem Adeligen.
Unsere höchsten Herren haben schwerlich eine Ahnung
davon, wie sehr im Volke, namentlich noch in Preußen,
dieses Mißtrauen wirthschaftet und wie mächtig es
das politische Urtheil beeinflußt. Darum unterliegt
auch die Verleihung des Adels an Bürgerliche ernstem
Bedenken, und sich jetzt um einen Adelstitel zu bewer-
ben, sollte jeder loyale unabhängige Mann vermeiden.

Diese Monate des Berliner Aufenthalts, unter
ungewöhnlich günstigen Verhältnissen, waren auch in

anderer Hinsicht für mich von hohem Werth: die große
Stadt, in der ich mich bald wieder heimisch fühlte, der
gütige Antheil des jungen Hofes und ein fast über-
reichlicher Verkehr mit alten und neuen Genossen.
Unter diesen war mir v. Normann, der damals dem
Cabinet des Kronprinzen vorstand, schon seit Jahren
lieb. Er hatte einst seinen Geburtstag zu Siebleben
gefeiert, war seitdem Ehrenmitglied unseres Krieger-
vereins, und die Schulkinder hatten ihn mit einem
Verse angesungen, welcher der Dorfjugend lange im
Gedächtniß haftete, kleine Flachsköpfe schrien ihn
durch meinen Zaun und oft hatte ich, wenn die Kinder vor dem Hause im Staube der Landstraße tanzten
und sangen, das „Hoch" der Schlußworte gehört.
Jetzt saß ich im Hause des Freundes und freute
mich an seiner hingebenden Thätigkeit und an Anderem, was aller Begabung feste Grundlage ist.

Aber in die großen Eindrücke des Berliner Aufenthalts mischte das Schicksal stillen Schmerz. Meine
treue Hausfrau erkrankte, es wurde der Beginn eines
mehrjährigen Leidens, von dem sie nicht wieder ge-
nesen sollte. Unter den Kindern meines Bruders
war das älteste zu einem blühenden Mädchen herangewachsen und mir lieb wie ein eigenes Kind. Bei
der Pflege eines Verwandten, der an seinem Brust-
leiden starb, hatte sie den Keim derselben Krankheit
empfangen. Es war jammervoll den Kampf eines

kräftigen Geistes gegen die zunehmende Zerstörung
anzusehen. Als ich im Sommer zu Soden, wo die
Sterbende mit ihrer Mutter weilte, von ihr Abschied
genommen hatte und nach Fassung rang, sah ich
plötzlich vor mir ein bleiches Antlitz, das sich theil=
nehmend zu mir neigte. Es war mein treuer Ge=
nosse von den Grenzboten, Kaufmann, den die Aerzte
aus London zu uns zurück geschickt hatten. Auch er
war von dem Todesengel gezeichnet.

Wie leidenschaftlich aber auch in diesem Jahrzehnt
Politik und Völkerkampf in Anspruch nahmen, mein
eigenes Leben lief fast ganz in der alten Umgebung
dahin: die Sommerzeit im Dorfe, wo ich aus meinem
Fenster auf die altmodischen Gartenblumen sah,
welche jedes Jahr unweigerlich auf denselben Beeten
zu erscheinen hatten, die Wintermonate in der Stadt,
wohin ich mitführte, was der Sommer etwa auf
meinem Arbeitstisch zur Reise gebracht. Zu Leipzig
fühlte ich mich fest in den Herzen alter Freunde ver=
ankert, und ich denke oft mit Sehnsucht der lieben
Kameradschaft. Einem jüngeren Geschlecht aber möchte
ich das einfache, häusliche und ehrbare Leben des
Kreises, der mich dort umgab, gern empfehlen.
Jedem war selbstverständlich, daß die Abendstunden,
in denen der Mann von seiner Tagesarbeit ausruht,
vor allem anderen der Hausfrau und der Familie
gehörten. Es ist ein übler Brauch, wenn der Mann

den Abend im Club oder in Restaurationen verlebt,
und wer einen neuen Haushalt einrichtet, sei er
reichlich oder bescheiden, er möge sich vor dem schweren
Unrecht wahren, das er dadurch seinen Liebsten zu=
fügt. Da ein Mann aber auch den frohen Verkehr
mit Anderen und den Austausch kluger Worte nicht
entbehren kann, so war unter uns nach dem Schlusse
des Arbeitstages eine Stunde festgesetzt, in der wir
uns in einer Tafelrunde zusammenfanden, es war
nur eine Stunde, aber sie bot zur Genüge die An=
regung und Erfrischung, welche wohlthaten. Und
wenn wir einander des Abends gegenseitig in unseren
Haushalt luden mit den Frauen oder auch für
Männergespräch, so war ausgemacht, daß nicht mehr
als ein, höchstens zwei Gerichte, aufgesetzt werden
durften, und kein theurer Wein. Bei solcher Ord=
nung schwirrten wir vergnügt wie die Heimchen.
Seitdem ist der gesellschaftliche Verkehr viel anspruchs=
voller, umständlicher und üppiger geworden, auch in
den Kreisen, welchen vor Allen obliegt, das Leben
der Deutschen gesund zu erhalten. Sogar unsere
Gelehrten ergeben sich verschwenderischen Mahlzeiten
zu später Abendstunde; wohl Jeder empfindet, wie
ihm am andern Morgen das Haupt beschwert, die
Nerven abgespannt sind, viele beklagen die Unsitte,
aber sie fügen sich dem unholden Brauch und laden
auch wohl ihre Studenten dazu, damit diese für ihr

späteres Leben Sehnsucht und Bedürfniß nach ähn=
licher Erschwerung des Daseins erhalten. Dies ab=
geschmackte Auftischen soll man doch Solchen über=
lassen, welche kein besseres Selbstgefühl haben, als
ihren Wohlstand durch Bärenschinken und eingeführte
Kostbarkeiten zu zeigen. Gegenüber der Verschlem=
mung, welche in unser Tagesleben eindringt, ist es
Zeit daran zu mahnen, daß alle diese reichlichen Zu=
thaten zu dem äußern Leben, nicht allein bei der
Tafel, auch in der gesammten Einrichtung des Hauses
ein unnützer Ballast sind, der da, wo er zur Herr=
schaft kommt, den Menschen nicht heraufhebt, sondern
herabdrückt, der unserer Jugend die Gründung eines
eigenen Haushalts erschwert, und uns am meisten
da schädigt, wo wir Anderen seither überlegen waren,
in der Zucht und Ordnung des Familienlebens.

Zu meinen näheren Freunden in Leipzig gehörte
der Jurist Stephani, damals zweiter Bürgermeister,
dann durch eine Reihe von Jahren Vertreter der
Stadt beim Reichstage. Er war eine Verkörperung
der Vorzüge des sächsischen Wesens, durch seine
dauerhafte Arbeitskraft, die schöne Verbindung von
Gemüth und Verstand, ein maßvolles Urtheil, wel=
ches allen Illusionen abgeneigt, immer das Praktische
und Erreichbare wollte, nicht weniger durch seine
treue Wärme, die bescheidene und freudige Anerken=
nung fremder Tüchtigkeit, der er doch nie feste eigene

Ueberzeugung opferte. Diese Vorzüge machten ihn in der nationalen Partei zu einem Vertrauensmann und Vermittler, wie die Fraction kaum einen zweiten besaß. Nach dieser Richtung war sein Verlust auch für einen weiteren Kreis unersetzlich. Neben ihnen gehörten zur Genossenschaft Männer von sehr verschiedenem Beruf: Wilhelm Braune, der Anatom, welcher eine Zeit lang auch mein lieber Arzt war, seiner secirenden Wissenschaft zum Trotz eine warme enthusiastische Natur, hochsinnig und muthvoll, dann der spätere Oberbürgermeister Georgi, der Historiker Woldemar Wenck, mehre Gelehrte und Häupter der Bürgerschaft.

Auch ein Fremder gehörte zur Tafelrunde, Joseph Archer Crowe, der wohlbekannte Kunstschriftsteller, damals englischer Generalconsul. Er war in Paris erzogen, als Journalist und Zeichner für eine englische illustrirte Zeitung heraufgekommen, dann als Berichterstatter bald hier bald dorthin versandt worden, nach Italien während des östreichisch-französischen Krieges; er war auch als Beamter in Ostindien angestellt gewesen, bis ihn Erkrankung nach der Heimat zurückgeführt hatte. In unserem Kreise wurde Crowe bald ein werther Kamerad, der sich gerad sinnig und mit guter Laune unter uns behauptete, wir bewunderten seine Arbeitskraft, und die Findig-

keit, womit er sich über unsere Handelsverhältnisse
und die politischen Zustände zu unterrichten wußte.

Zehn Jahre meines Mannesalters lebte ich in
vertrautem Verkehr mit Karl Mathy, es war in
seinem Leben das letzte Jahrzehnt. Gekannt hatte
ich ihn längst, wir waren in Gotha zweimal zu-
sammengetroffen, er hatte auch Einiges für die Grenzboten geschrieben und zuweilen mit mir Briefe ge-
wechselt. Wenn ich damals mit dem badischen Staatsrath, dem gefürchteten Gegner der Revolutionäre,
achtungsvoll verhandelte, hatte ich keine Ahnung davon, daß ihm gerade in diesen Jahren die bescheidene
Stellung eines Redacteurs bei den Grenzboten als
eine wünschenswerthe Unterkunft für sein eigenes
Haupt erschienen wäre. Erst im Jahre 1858, wo
er die Leitung der Privatbank zu Gotha übernahm,
begann das innige Verhältniß; wie er im zweiten
Jahr darauf als Director der Creditanstalt nach
Leipzig gerufen wurde, zog er für mich nur von der
Sonnenseite des Jahreslebens nach der Winterseite.
Noch denken viele Deutsche daran, daß der Verstorbene
ein ungewöhnlich kluger und kräftiger Mann war,
auch daß in seinem Wesen eine Gewalt und furcht-
lose Entschlossenheit lag, welche bei großen Entschei-
dungen die Bewunderung der Freunde, den leidenschaftlichen Haß der besiegten Gegner aufregte: Aber
nur, wer ihm persönlich nahe gestanden, weiß, wie

anspruchslos und bescheiden sein Gemüth war, ge=
neigt zu liebevoller Würdigung andersgeformter Men=
schennatur, und wie schön sich neben der unermüd=
lichen Thatkraft seine behagliche Laune und die Fähig=
keit heiteren Lebensgenusses ausnahmen. Sein Wir=
ken wurde stets durch hohe Ideen gerichtet, und
meinte bei der genauesten Sorge um Einzelnes das
Ganze und Höchste; immer galt ihm der Mensch
weniger als die große Sache, der er diente, aber
überall, wohin er durch sein wechselvolles Schicksal
geführt wurde, hat er einen großen Kreis warmer
persönlicher Freunde um sich geschlossen. Mir, dem
jüngeren, kam ihm gegenüber zu Gute, daß ich als
Preuße bereits besaß, was er ersehnte, den Stolz
auf mein Vaterland. Aber es war nicht nur die
Politik und gute Kameradschaft des Tages, welche
uns aneinander schloß, auch seine reiche literarische
Bildung und die herzliche Theilnahme, in welcher
er dem entgegen kam, was ich zu schaffen versuchte.
Als er nach einigen Jahren auf Anregung des Frei=
herrn v. Roggenbach durch den Großherzog von
Baden in die Regierung seines Heimatstaates zurück=
gerufen wurde, hörte der persönliche Verkehr nicht
auf, ich ging alljährlich einige Tage zu ihm und sah
mit dem Stolz eines Vertrauten, wie gut er sich in
den Geschäften und im Hausverkehr mit Karlsruher
Freunden eingerichtet hatte. In Mathy's Seele kam

22*

in diesen Jahren ein neues Sonnenlicht durch die hochsinnige, aufopfernde Freundschaft Roggenbachs, der als Präsident des auswärtigen Ministeriums ihm die Wege gebahnt und um seinetwillen gehäufte Arbeitslast auf sich genommen hatte. Auch der Leipziger Genosse Mathys empfing seinen Antheil an dem Vertrauen und der Neigung dieses seltenen Mannes.

Die Freunde in Leipzig kamen und schieden, die Tafelrunde blieb bestehen, die Entfernten band die Erinnerung an das gute Zusammenleben lange an die Zurückgebliebenen.

Wer die Menschen aufzählt, deren Freundschaft ihm heilsam war, wie ich auf diesem Bogen nicht sparsam gethan habe, der berühmt sich dadurch seines irdischen Gewinnes, es ist immer verhülltes Selbstlob dabei. Denn wenn einem so viele tüchtige Menschen zugethan waren, so muß man doch auch darnach gewesen sein. Aber mit Jedem, der Erinnerungen oder Aehnliches schreibt, mag man in diesem Punkte Nachsicht haben. Denn wenn er sich noch so bescheiden und ehrlich geberdet, immer setzt er sich auf das Präsentirbret. Solche Empfindung hat mir die Niederschrift dieser wenigen Bogen schwieriger gemacht, als jemals eine Arbeit. Dennoch muß ich zu dem Selbstlob noch ein anderes fügen.

Da ich ein Deutscher bin, so ist die Zahl der

Freunde, die hier genannt und nicht genannt sind, fast immer doppelt zu rechnen. Denn ihre Frauen gehören auch zu der Zahl. Noch ist bei uns Deutschen wie zur Urzeit in wohlgefügtem Haushalt die Frau die Vertraute und Genossin des Gatten auch über den Kreis der Familie hinaus, überall da, wo sein Gemüth stark betheiligt wird. Diese Innigkeit der Ehe ist in den Mittelklassen Deutschlands so rein und voll entwickelt, daß uns manche andere Nation darum beneiden kann, sie ist die beste Bürgschaft für unsere Dauer. In den Dichterwerken, welche die innigsten Beziehungen zweier Menschen erzählen, wird mit Vorliebe die leidenschaftliche Bewegung vor der Ehe dargestellt, von dem Leben in der Ehe vorzugsweise die inneren Kämpfe, oft die Vergehen. Diese bleiben uns Deutschen nicht erspart, aber sie sind bei uns glücklicherweise nur Ausnahmen, in Wirklichkeit ist der Frieden, das Vertrauen, ein dauerhaftes stilles Glück obenauf, und das klare Licht, welches aus dem festen Verhältniß der Gatten in alle Räume des Hauses strahlt, weiht das gesammte Familienleben. Es kommt auch den Vertrauten des Mannes zu Gute. Fast alle Freunde, die ich je gewann, besaßen solch stillen Reichthum, bis der Tod dem Zurückgebliebenen die Krone seines Daseins raubte.

Die zwei Familien aber, mit denen ich zu Leipzig

in der innigsten Verbindung lebte, sind die von Karl
Ludwig, dem Professor der Physiologie, und von
Dr. Rudolf Wachsmuth, dem Director der Credit=
anstalt. Selten vermag der Mann zu beurtheilen,
was er dem Verkehr mit seinen nächsten Freunden
verdankt, denn die Tagesbilder ihres Wesens, welche
er aufnimmt, gleichen nicht Photographien, die ge=
sondert in der Seele bewahrt werden, sie gehen un=
merklich in seinen eigenen Inhalt über und er selbst
wird durch sie reicher, da wo er lernt, und wo er
mittheilt. An einer Stelle aber erkennt man die
Beschaffenheit Solcher, welche unserem Leben nahe
stehen, an dem idealen Bild, welches wir uns von
Männerwerth und Tüchtigkeit machen. Wenn mir
beschieden war, hoch von deutscher Natur zu denken,
den Schein zu verachten, Liebe und Vertrauen zu
der Menschenwelt zu bewahren, so haben die beiden
vertrauten Freunde, Ludwig und Wachsmuth redlich
dazu geholfen. Denn wie verschieden auch ihr Be=
ruf ist, beide üben in ihm den gleichen Brauch. Der
stolze Naturforscher, welcher sein Wissen und Können
mit einer auch bei uns unerhörten Selbstlosigkeit
den Erfolgen seiner Schüler dienstbar macht, und
der uneigennützige Leiter großer Geschäfte, der Be=
rather und Vertrauensmann so Vieler, Stolz und
Liebling seiner Mitbürger, beide leben in derselben
hochsinnigen Hingabe für das Wohl Anderer. Sie

haben dem Freunde oft das Herz erhoben und durch
ihre eigene Art sein Urtheil über Andere gerichtet.
Dasselbe gilt von den Frauen der Genannten. Weder
Frau Ludwig noch Franziska Wachsmuth sind in
einem meiner dichterischen Versuche abgeschildert, aber
zu dem Idealbild des liebevollen, tapferen deutschen
Weibes, welches in meinen Erzählungen oft wieder-
kehrt, haben beide, ohne es zu wissen, reichlich bei-
gesteuert.

Als ich im Herbst 1867 bei Mathy in Karlsruhe war, freute ich mich über seine energische Thätigkeit im Staatsministerium und über das schöne
Verhältniß, in welches er zu der Person seines gü-
tigen Fürsten gekommen war, aber ich sah auch mit
geheimer Sorge die Veränderung in seinem Aussehen
und seiner Haltung, welche er seit den schweren
Wochen des Kriegsjahres erfahren hatte. Da faßte
er mich mitten im heiteren Gespräch, als sich seine
Frau gerade abgewendet hatte, am Arme und forderte leise das Versprechen, daß ich zur Stelle nach
Karlsruhe kommen solle, sobald ich die Nachricht
von seinem Tode erhalte. Ich sah ihn an und die
Unterhaltung ging weiter. Wenige Monate darauf
kam die Todesbotschaft. Seine Gattin sprach in der
Stunde des Wiedersehens den Wunsch aus, daß ich
den Nachlaß des Geschiedenen durchsehen und sein
Leben beschreiben möge. Dies ist geschehen. Das

Buch „Karl Mathy" war für mich in gewissem
Sinne eine Fortsetzung der „Bilder". Zu diesen
hatte ich vor Jahren eine Aufzeichnung von ihm erbeten, in welcher er sein Leben als Schulmeister zu
Grenchen in der Schweiz schildern mußte. Jetzt
suchte ich die deutschen Zustände in einem südlichen
Staat und die politische Schulung eines kräftigen
Mannes aus der Zeit ansteigender Bewegung darzustellen. Für die letzten fünfzehn Jahre seines
Lebens fand ich reichliches Material in seinen Tage-
büchern, für die frühere Zeit, die in Vielem noch
lehrreicher war, boten nur zufällig erhaltene Briefe
und Berichte seiner alten Freunde, die ich erbat, den
unentbehrlichen Stoff. Das Buch wurde, wie fast
alle größeren Arbeiten, zu Siebleben geschrieben, im
Sommer und Herbst des Jahres 1869. Es sollte
der Dank sein, den ich dem geschiedenen Freunde
für zehnjährige brüderliche Treue abstattete.

Der Tod Mathy's war eine Mahnung, daß auch
ich, der jüngere, in das Alter gekommen sei, wo die
Verluste an lieben Vertrauten allmählich größer werden als der neue Gewinn, welchen das Leben uns
entgegen trägt. Doch dieser Schatten fiel in eine
Seele, welche noch in gehobener Stimmung und im
Vollgefühl der Kraft die Schwingen regte. Ob mein
Leben im Ganzen glücklich zu preisen ist oder nicht,
das weiß ich nicht, denn ich lebe noch. War ich

aber einmal glücklich, so war ich es in diesen Jahren, in denen der deutsche Staat durch Kampf und Verträge gegründet wurde, und man wird auch wohl meinen Arbeiten aus dieser Zeit anmerken, daß sie in einer Periode gesteigerten Lebensmuthes geschaffen sind. Schon der Roman „Die verlorene Handschrift" fällt für mich in den Beginn dieser Zeit, mitten in die Jahre des Kampfes die Vollendung der „Bilder aus der Vergangenheit" und in die Zeit der ersten Siegesfreude das Buch „Karl Mathy".

12

Die Ahnen.

In der letzten Hälfte des Juli 1870 empfing
ich die unerwartete Aufforderung, nach dem Haupt=
quartier des Kronprinzen zu kommen und bei der
dritten Armee während des Feldzugs gegen Frank=
reich zu verweilen. Dankbar für das hohe Wohl=
wollen, welches diesen Antrag veranlaßt hatte, traf
ich kurz vor dem Einmarsch zu Speier bei der Ar=
mee ein. Mit dem Hauptquartier zog ich in der
Wetterwolke, welche durch Frankreich dahinfuhr, über
Weißenburg, Wörth und über die Vogesen nach
Sedan, von da bis nach Reims. So verlebte ich
den ersten Abschnitt des Krieges unter den denkbar
günstigsten Verhältnissen, um selbst zu sehen und
durchzufühlen, was in jenen Wochen für Deutschland
erkämpft wurde. Als die Heere sich zur Belagerung
von Paris südwärts wandten, die Soldaten immer
noch in der Hoffnung auf baldige Heimkehr, erbat
ich meine Entlassung, weil es mir Unrecht schien,
in einer Zeit, wo die Kraft der Andern in höchster

Anspannung war, ein müßiger Zuschauer zu bleiben,
und weil auch die Thätigkeit eines Berichterstatters
durch persönliche Beziehungen, welche Zurückhaltung
auferlegten, verhindert wurde. Mit dem Feldjäger
reiste ich von Reims Tag und Nacht durch das feind=
liche Land nach der Heimat zurück. — Was ich in dieser
Zeit gesehen und erlebt, davon wird Einiges an anderer
Stelle gedruckt werden. Es fehlt nicht an guten Schilde=
rungen, und das Wenige, was ich etwa vor Anderen
erfuhr, gehört noch nicht in die Oeffentlichkeit. Aber
die mächtigen Eindrücke jener Wochen arbeiteten in
der Seele fort; schon während ich auf den Landstraßen
Frankreichs im Gedränge der Männer, Rosse und
Fuhrwerke einherzog, waren mir immer wieder die
Einbrüche unserer germanischen Vorfahren in das
römische Gallien eingefallen, ich sah sie auf Flößen
und Holzschilden über die Ströme schwimmen, hörte
hinter dem Hurrah meiner Landsleute vom fünften
und elften Corps das Harageschrei der alten Franken
und Alemannen, ich verglich die deutsche Weise mit
der fremden, und überdachte, wie die deutschen Kriegs=
herren und ihre Heere sich im Laufe der Jahrhunderte
gewandelt haben bis zu der nationalen Einrichtung
unseres Kriegswesens, dem größten und eigenthüm=
lichsten Gebilde des modernen Staates. — Aus sol=
chen Träumen und aus einem gewissen historischen
Stil, welcher meiner Erfindung durch die Erlebnisse

von 1870 gekommen war, entstand allmählich die
Idee zu dem Roman „die Ahnen". Der Erste, dem
ich, gegen Gewohnheit, von der Absicht erzählte einen
solchen Roman zu schreiben, war unser Kronprinz,
als er zu Ligny leidend auf dem Feldbette lag und
und in seiner rührenden Weise von der Sehnsucht
nach den Lieben daheim gesprochen hatte.

Die Erzählungen, in denen ich nach der Heim=
kehr das Leben desselben Geschlechtes von der Heiden=
zeit bis in unser Jahrhundert zu behandeln unter=
nahm, sind: 1. Ingo, 2 Ingraban (zusammen ge=
druckt 1872), 3. das Nest der Zaunkönige (gedr.
1873), 4. die Brüder vom deutschen Hause (gedr.
1874), 5. Marcus König (gedr. 1876), 6. der Ritt=
meister von Alt=Rosen, 7. der Freicorporal bei Mark=
graf=Albrecht (beide zusammen unter dem Titel „Die
Geschwister" gedr. 1878), 8. aus einer kleinen Stadt
und Schluß (gedr. 1880). So vertheilte sich mir
die Arbeit auf acht Jahre, und es mag sich wohl
Ebbe und Fluth der Gestaltungskraft in diesem un=
billig langen Zeitraum erkennen lassen, welcher durch
ein Werk in Anspruch genommen wurde. Denn ich
selbst bin in dieser Zeit nicht derselbe geblieben, und
auch durch Krankheit im Hause und durch eigenes
Leiden beeinflußt worden. Doch darf ich sagen, daß
mir in den Stunden des Schaffens die Freude an
der Arbeit unvermindert bestand. Viel half dazu

die dauerhafte Freundschaft, welche die Leser dem
Unternehmen bewahrten. Die Ahnen haben seit dem
Erscheinen der ersten Bände den größten Erfolg ge=
habt, welchen der Verleger an meinen Büchern zu
verzeichnen hatte, und dies gute Zutrauen ist ihnen
bis zur Gegenwart geblieben.

Der Zusatz „Roman" hinter dem Gesammttitel
„Die Ahnen" bedarf vorab einer kleinen Entschul=
digung. Er wurde nur gewählt, um den Buchhänd=
lern und Lesern die Gattung zu bezeichnen, welcher
das Werk angehört, er steht in der Einzahl, weil
die Mehrzahl „Romane" dem Verfasser vor dem
ersten Band nicht gefiel. Die einzelnen Geschichten
aber sind, auch wenn ihr Umfang mäßig ist, nach
Inhalt und Farbe keine Novellen.

Durch wohlwollende Freunde des Werkes wurde
dem Verfasser schon nach Erscheinen des ersten Ban=
des der Wunsch ausgesprochen, daß er in einem er=
klärenden Commentar über die Gegend, in welcher
die Geschichte abspielt, über Fremdartiges in Sitten
und Gebräuchen berichten möchte. Mit zureichendem
Grunde widerstand er diesem Begehren.

Bei einem Werk, welches freie und moderne
Dichtung sein soll, sind geographische, historische und
antiquarische Erklärungen, die aus dem Reiche freier
Erfindung in Zustände des wirklichen Lebens hin=
überführen, immer vom Uebel. Die Wißbegierde

des Lesers wird in diesem Falle zur Neugierde
herabgedrückt, das Hinweisen auf Gebiete unseres
gelehrten Wissens beeinträchtigt die gehobene Stim=
mung, welche hervorgerufen werden soll. Deßhalb
bin ich dem Grundsatz treu geblieben, jede solche Art
von Empfehlung und Entschuldigung zu vermeiden
und die Kritik ihr Amt üben zu lassen, wenn sie
auch nach den ersten Bänden die Besorgniß nicht
fern hielt, daß es bei diesen Erzählungen zuletzt auf
Verherrlichung eines noch lebenden Fürstengeschlechtes
abgesehen sei, nach dem letzten Bande sich sogar zur
Ansicht neigte, daß ich mir selbst eine Ahnengeschichte
erdichtet habe.

Jetzt aber, nach Jahr und Tag, wo die Urtheile
über die ganze Arbeit gesprochen und sämmtliche Er=
zählungen zur Genüge bekannt sind, werden einige
Mittheilungen über den Plan wenigstens nicht den
Eindruck machen, daß ich eine Rechtfertigung und
Empfehlung meines Unternehmens beabsichtige. Sie
vermögen freilich wenig Anderes zu bringen, als
was ein Leser, der die ganze Reihe der Geschichten
bewältigt hat, sich selbst sagen kann.

Die historische Bildung, welche seit der Herr=
schaft der lateinischen Schule dem Deutschen zu seinem
Segen und Verlust wohl reichlicher zu Theil gewor=
den ist, als den übrigen Culturvölkern, hat ihm nahe
gelegt, das Verhältniß des einzelnen Menschen zu

seinem Volke, die Einwirkungen der Gesammtheit auf den Einzelnen und das, was jeder Einzelne durch seine Lebensarbeit der Gesammtheit abgibt, mit einer gewissen Vorliebe ins Auge zu fassen. Wir sind gewöhnt, das Eigenthümliche jeder Zeit in Tracht, Lebensgewohnheit und Sitte, in der Thätigkeit, ja in dem gesammten Schicksal vergangener Menschen zu suchen, und wir verlangen bei allen frei erfundenen Darstellungen eine reichliche Zugabe von dem, was uns als Besonderheit der Zeit erscheint. Solchen Anforderungen zu entsprechen, war ich durch den ganzen Zug meiner geistigen Entwicklung einigermaßen vorbereitet und hatte nicht nöthig, durch weitschichtige Vorarbeiten das Fremdartige mir deutlich zu machen.

Aber der Plan, Lebensschicksale vergangener Menschen dichterisch zu behandeln, erhielt dem Verfasser der „Bilder aus deutscher Vergangenheit" sofort einen besondern, immerhin gewagten Zusatz.

Der Zusammenhang des Menschen, nicht nur mit seinen Zeitgenossen, auch mit seinen Vorfahren, und die geheimnißvolle Einwirkung derselben auf seine Seele und seinen Leib, auf alle Aeußerungen seiner Lebenskraft und auf sein Schicksal waren mir seit meiner Jugend besonders bedeutsam erschienen. Daß solche Abhängigkeit besteht, sehen wir überall, wenn wir in den Kindern die Gesichtszüge, Gemüths-

anlagen, Vorzüge und Schwächen der Eltern und
Großeltern erkennen. Allerdings vermag die Wissen=
schaft mit diesen unaufhörlichen zahllosen Variationen
früheren Lebens nicht viel zu machen. In Ehrfurcht
vor dem Unberechenbaren muß sie sich versagen, dies
Räthsel des irdischen Werdens zu lösen. Aber was
sich der Einsicht des Gelehrten entzieht, darf viel=
leicht der Dichter anrühren, auch er mit Scheu und
Vorsicht. Und wenn er lebhafter empfindet als
Andere, wie jeder Mensch in dem Zusammenwirken
seiner Ahnen und seines Volkes und wieder des Er=
werbes, den ihm das eigene Leben gibt, etwas Neues
darstellt, das ebenso noch nicht da war, so mag er
auch Entschuldigung finden, wenn er trotz alledem
zu dem Glauben neigt, daß im letzten Grunde der
Vorfahr in dem Enkel wieder lebendig wird.

Solche Betrachtungen legten den Gedanken nahe,
eine Reihe Erzählungen aus der Geschichte eines und
desselben Geschlechts zu schreiben. Dies war aller=
dings nur in der Weise möglich, daß eine sehr be=
schränkte Anzahl von Individuen aus verschiedenen
Zeiten vorgeführt wurde, in denen gewisse gemein=
same Charakterzüge und eine zum Theil dadurch
bedingte Gleichförmigkeit des Schicksals erkennbar
waren. Da aber die Kunst der Poesie nur vermag,
einzelne Menschen darzustellen, in dem beständigen
Gegenspiel ihres eigenen Willens und des Einflusses

ihrer Umgebung und Zeit, so verstand sich von selbst,
daß jeder Held seine eigene Erzählung erhalten mußte
und daß innerhalb dieser Erzählung jener geheimniß=
volle Zusammenhang mit der Vergangenheit keine
andere, als eine menschlicher Erkenntniß leicht ver=
ständliche Berücksichtigung finden durfte.

Wer freilich in zwei oder drei Erzählungen das
Geschick weniger, auf einander folgender Geschlechter,
etwa vom Großvater bis zum Enkel, berichten wollte.
dem wird leichter möglich, die Einwirkung einer Ge=
neration auf die folgenden, die Aehnlichkeit in den
Charakteren und die Besonderheit, welche jede Zeit
ihren Angehörigen mittheilt, verständlich und mit
dichterischer Anschaulichkeit zu schildern, er vermag
Licht und Schatten, Segen und Fluch, welche durch
Leben und Charakter der Vorfahren in das Schick=
sal der Nachkommen gebracht werden, höchst wirkungs=
voll und mit poetischer Schönheit vorzuführen. Denn
wir alle sind gewöhnt, in der Wirklichkeit neben dem
eignen Erwerb des Menschen solche Abhängigkeit von
der nächsten Vergangenheit anzunehmen. Der größte
Theil dieses Vortheils geht dem Schreibenden ver=
loren, wenn er Individuen desselben Geschlechtes,
welche durch Jahrhunderte von einander getrennt
sind, zum Gegenstand der Erzählung macht.

Dennoch ist dem Dichter auch hier Einiges er=
laubt. Mit kluger Zurückhaltung darf er immer

noch auf einen geheimnißvollen Zusammenhang des
Mannes mit seinen Vorfahren hindeuten und auf
gemeinsame Grundzüge des Charakters, welche, wie
wir einzugestehen bereit sind, auch nach größeren
Zeiträumen in Kindern desselben Geschlechts erkenn=
bar werden. Er darf noch weiter gehen und auf
diese Aehnlichkeit einen gewissen Parallelismus der
Handlung aufbauen. Fügt er dann die Neben=
gestalten und die Situationen so zusammen, daß
auch in diesen eine entfernte Aehnlichkeit mit Frühe=
rem erkennbar ist, so wird vielleicht gerade die Ver=
schiedenheit, welche durch jede Zeit in die Menschen
und ihre Beziehungen gebracht wird, einen größeren
Reiz gewinnen, und der Leser wird zuletzt die Reihe
der Helden ähnlich betrachten, wie einen guten Be=
kannten, der seine Persönlichkeit in verschiedenen
Lebenskreisen und in immer neuer Umgebung geltend
macht.

Da sich die Erzählungen auf geschichtlichem Hin=
tergrunde aufbauen sollten, um eine gewisse epische
Größe zu erhalten, so mußten auch in jeder Er=
zählung die jeder Zeit besonders eigenthümlichen Zu=
stände dargestellt werden. Also das Königthum in
der Bedeutung, welche es gerade hatte, die verschie=
denen Stände, das Heerwesen, die Art der Krieg=
führung und der Regierung. Im „Ingo“ herrscht
deshalb König Bisino mit seinen Leibwächtern, ihm

gegenüber die edlen Volkshäupter, Fürst Answald, und Andere, daneben die freien Bauern.

Aehnliche Würden und Verhältnisse kehren in den spätern Geschichten wieder. Im „Ingraban" stehen an Stelle des Königs ein Graf der Karolinger und mächtiger als Gründer der christlichen Kirche Bonifacius, daneben aber der slavische Häuptling Ratiz. Im „Nest der Zaunkönige" König Heinrich und als Vertreter der Kirche der Erzbischof. In den „Brüdern vom deutschen Hause" Kaiser Friedrich II und der Papst und daneben der Landgraf von Thüringen. In „Marcus König" Hochmeister Albrecht und der König von Polen. Im „Rittmeister von Alt-Rosen" Herzog Ernst von Gotha und als Vertreter der fremden Eroberer Graf Königsmark. Im „Freicorporal" Friedrich Wilhelm I von Preußen und in der letzten Erzählung, weiter in den Hintergrund gerückt, das preußische Königthum.

Ebenso folgt dem Volksheer der ersten Geschichte in den späteren der Reihe nach das Aufgebot der Grafen, die Reiterschaar der Dienstmannen und Vasallen, das Ritterthum, die Landsknechthaufen, die Söldner des dreißigjährigen Krieges, das gedrillte Heer des fürstlichen Staates, zuletzt das Volksheer aus allgemeiner Wehrpflicht.

Auch die Männer, welche die Kunde von Thaten und Schicksalen im Volke verbreiten und späteren

Geschlechtern überliefern, forderten ihr Recht. Im Jngo vertritt sie der Sänger Volkmar. In den späteren Geschichten nach der Reihe der Spielmann, der lateinische Schüler, der Buchhändler, der Pasquillenschreiber, zuletzt der Journalist. Das Geschlecht des freien Bauern Bero setzt sich fort in demselben Dorfe durch die Freunde Ingrabans und die Familie des Brunico bis zu dem Richter Bernhard in den „Brüdern vom deutschen Hause".

Es war selbstverständlich, daß für jede Erzählung auch solche geschichtliche Ereignisse gewählt wurden, welche uns in der geschilderten Zeit als besonders wichtig erscheinen: im „Jngo" der Kampf gegen die Römerherrschaft, die Abenteuer eines heimatlosen Helden, die Ansiedelung auf neuen Landgewinn, der Hausbrand. In der nächsten Erzählung der Zusammenstoß mit den vordringenden Slaven und die Einführung des Christenthums; im „Nest" die lateinische Klosterschule und das Walten der sächsischen Königsherrschaft; in den „Brüdern vom deutschen Hause" die Kreuzzüge und das ritterliche Treiben; in „Marcus König" das städtische Bürgerthum und die Reformation; in den folgenden Erzählungen zuerst die Soldatenherrschaft im dreißigjährigen Kriege, dann die Staatsraison der Fürsten, zuletzt die Herrschaft Napoleons und die Anfänge der deutschen Volkserhebung. Ebenso wurde für jede Erzählung benützt, was in den Dichtungen, die etwa aus der geschilderten Zeit erhalten sind, als Inhalt und leitendes Motiv am liebsten verwendet wird. Für die erste Erzählung: Der Gesang beim Mahle, das Höhnen der Gegner, die Jagd, der Zweikampf und andere Züge der deutschen Heldensage, für das „Nest der Zaunkönige": volksthümliche kleine Geschichten aus der Thiersage und der Kauf von Weisheitsregeln. Für die „Brüder vom deutschen Hause": Frauendienst und Ritterfahrt und die Abenteuer des Morgenlandes. Für „Marcus König": das Leben in den Straßen der Stadt und das Treiben der Landsknechte. Für den „Rittmeister": die prophezeienden Mädchen und die Hexenprozesse, für den „Freicorporal": das gewaltsame Werben von Rekruten und das Schätzesuchen, letzteres in Verbindung mit der Katastrophe in Thorn. Für die letzte Erzählung endlich in vorsichtiger Weise: die Doppelgänger der Romantik.

Nicht ebenso groß durfte die Aehnlichkeit in der Handlung sein, die Wiederholung wäre in der Aufeinanderfolge von acht Erzählungen unleidlich geworden. Doch machte es dem Verfasser auch hier Freude, einige gemeinsame Grundzüge festzuhalten. Die Männer des Geschlechtes kämpfen gegen eine stärkere Gewalt, mit der sie sich versöhnen oder durch die sie untergehen. So Ingo, Ingraban, Immo,

Marcus und Georg, auch der Rittmeister und Fritz
im Freicorporal. Die Katastrophe wird durch Kampf
herbeigeführt. Der Hausbrand im „Ingo" wiederholt sich im Streit unter der Glocke in „Ingraban"
und in der Belagerung Ivos durch die Ketzerrichter,
zuletzt im Tode des Rittmeisters von Alt=Rosen.
Neben die Beendigung durch Gewaltthat tritt aber
die Entscheidung durch ein Königsgericht, wie im Urtheil König Heinrichs, in dem Richterspruch Luthers,
in der Entscheidung Friedrich Wilhelms. Auch der
Streit zweier Frauen um den Helden, der den Lauf
der ersten Erzählung bestimmt, wiederholt sich im
Nest der Zaunkönige durch den Gegensatz zwischen
Edith und Hildegard und ebenso in den Brüdern
vom deutschen Hause.

Wenn der Verfasser hier den Lesern zumuthet,
Vertraute seiner Arbeit zu werden, so möchte er doch
zugleich bitten, sich dadurch die Unbefangenheit in
der Aufnahme der Erzählungen nicht vermindern zu
lassen. Jede einzelne Geschichte soll ein einheitliches
und geschlossenes Werk bilden, das vom Anfang bis
zu Ende nur aus sich selber erklärt wird und dessen
poetischer Werth oder Unwerth nur in seinem eigenen
Inhalt gefunden werden darf. Der Zusammenhang,
in welchem jede spätere Geschichte mit der früheren
steht, darf nur eine bescheidene Zuthat sein, welche
beim Lesen hier und da als förderlich für die Wir-

tung empfunden werden kann und, wenn sie nicht
bemerkt wird, den Antheil des Lesers an der einzel=
nen Geschichte nicht mindert. Der Verfasser hatte
während des Schreibens allerdings lebhafte Vor=
stellungen von dem Zusammenhange und es war für
ihn besonders reizvoll, sich zu den geschilderten Men=
schen und Situationen die Parallelen aus späteren
und früheren Zeiten zu denken.

Zum Schauplatz der Erzählungen wählte ich
Thüringen, wo ich selbst zu wohnen pflegte, und das
östliche Deutschland, welches mir, dem Preußen und
Schlesier, vertraut war.

In der ersten Erzählung möge man nicht zu ge=
nau einzelne Querthäler des Thüringer Waldes
zwischen Inselsberg und Donnershaug wieder erken=
nen wollen, mit Absicht ist eine Schilderung von
Einzelheiten vermieden. Den Herrnhof des Ans=
wald kann man sich am Ausgange des Reinhards=
brunner Thales denken. Das Dorf des alten Bauern=
geschlechts ist Friemar, der Name des Idisbachs
(Feenbach) ist jetzt in „Itz“ zusammengezogen, und
an Stelle der Idisburg erhebt sich die Feste Koburg.

Für die zweite Erzählung „Ingraban“ ist der
Hof des Helden nahe an der Stelle gedacht, wo jetzt
das Bonifaciusdenkmal steht, die Höhle, in welcher
der Gebannte hauste, ist nicht gerade die flimmernde
Gipshöhle bei Friedrichroda, sondern eine ähnliche,

größere und schönere in demselben Gestein; sie mag seitdem durch die Naturgewalten wieder verschüttet worden sein.

Im Nest der Zaunkönige liegt der Haupttheil des Herrenbesitzes um die drei Gleichen, Vorberge des Thüringer Waldes bis in die Nähe von Erfurt, in einem Landstrich, wo die Dorfnamen, welche auf „leben" endigen, vorherrschen. Dies sind wahrscheinlich alte Niederlassungen der Angeln, welche sich beim Niedergang des thüringischen Königreiches zwischen die alten Thüringe gedrängt hatten. Der Besitz wird durch Ingrabans Mutter der Familie zugefallen sein, welche aus dem Geschlecht der Angeln war. Den kleinen Sohn Ingos und Irmgards hatte Frida, die Tochter Bero's aus Friemar, gerettet, seitdem bestand der Zusammenhang des edlen Geschlechtes mit den freien Bauern, welcher ihm eine eigenthümliche Stellung zu dem jüngeren Landesadel gab und noch zur Hohenstaufenzeit Einfluß auf das Geschick des Helden Ivo ausübte, denn wie ehemals der Ahnherr durch die Tochter Bero's vor dem Feuertode gerettet wurde, so schützte wieder Ritter Ivo die Friderun und ihren Vater vor den Flammen des Scheiterhaufens.

Es würde nicht der Mühe lohnen und die Geduld des Lesers übermäßig in Anspruch nehmen, wenn der Verfasser auf die Stellen weisen wollte,

denen er kleine Körnchen des Inhalts, Schattirungen
der Farbe, durch Verwerthung seiner antiquarischen
Weisheit zugetheilt hat. Helfen diese Kleinigkeiten
dazu, den Eindruck der Lebenswahrheit zu verstärken,
so haben sie ihre Pflicht gethan. Wenn König Hein=
rich den Helden Immo mit dem geheimen Gruße
anredet, den die lateinischen Schüler für einander
hatten, wie die wandernden Sänger, die Spielleute,
die Mönche, die Handwerker und sogar die Räuber,
und wenn er dabei zwei Finger über Kreuz legt
und die Frage stellt: „Es tu scolaris?“ so ist für
den Leser kaum von Interesse, daß die lateinischen
Worte der Anrede deshalb gewählt sind, weil sie seit
dem Ende des fünfzehnten Jahrhunderts eine häufige
Ueberschrift solcher gedruckten Büchlein waren, in
denen den Schülern die Anfänge der lateinischen
Sprache gelehrt wurden. Die ungewöhnliche Frage
auf einem Titel läßt eine alte gebräuchliche Formel
erkennen.

Der Verfasser hofft, daß alle solche antiquarische
Liebhabereien den Leser nirgends stören werden, sie
sind in sorglosem Behagen als eine stille Freude des
Schreibenden in den Text gesetzt.

Was nun den geschichtlichen Hintergrund betrifft,
die dargestellten Zustände, Sitten und Gebräuche, so
erhebt der Autor selbstverständlich nicht den Anspruch,
da, wo er frei erdichten durfte oder wo er in Nach=

bildung alter Ueberlieferungen das Zweckentsprechende
fand, immer das Richtige getroffen zu haben. Doch
haben ihn von einzelnen Ausstellungen, welche bis
jetzt gemacht wurden, nur wenige eines Bessern belehrt.

Zu dem kunstvollen Keulenwurfe des Ingo, welcher als eine sehr auffallende Sache von spätrömischen
Schriftstellern berichtet wird, hat Theodor Mommsen
die vorhandenen Stellen verglichen und dem Verfasser die Ansicht ausgesprochen, daß der Rückschwung
dieser Waffen doch wohl in ähnlicher Weise durch
Riemen oder Schnur bewirkt worden sei, wie bei
andern Wurfwaffen derselben Zeit, an denen die
Schnur erwähnt wird.

Daß der Schüler Immo einigemal Scholastikus
genannt wird, ist kein Versehen, sondern, nach dem
Latein des zehnten und elften Jahrhunderts, richtig.
Moriz Haupt war mit dem Namen des Fechters
Sladekop nicht zufrieden, weil das Wort „Kopf"
um das Jahr 1000 noch nicht die Bedeutung „Haupt"
gehabt hatte, sondern nur die ursprüngliche eines
gehöhlten Trinkgefäßes. Aber der Name war dem
Fechter deswegen beigelegt worden, weil dieser einmal mit seiner ungeheuren Faust einen geraubten
Silberbecher zu einer platten Scheibe geschlagen
hatte, und soll ein Beiname sein, wie ähnliche über-
lieferte Namen von Fahrenden, Reitern und dergleichen Volk. Dennoch hatte Haupt Grund, sich an

dem Namen zu stoßen, und mir selbst war er während des Schreibens nicht ganz recht, denn diese Beinamen der Imperativform, welche seit dem Anfang des dreizehnten Jahrhunderts so häufig sind, werden wohl erst im zwölften gebräuchlich.

Die Sprache, in welcher die Personen der ersten Erzählungen miteinander reden, ist als fremdartig aufgefallen und hat hier und da Anstoß erregt. Zu ihrer Entschuldigung soll nur bemerkt werden, daß der Verfasser sie nicht gesucht hat, sie wurde ihm ganz von selbst, und wenn etwas in diesem Werke voll und natürlich aus seiner Seele gekommen ist, so ist es gerade die Farbe der Sprache, in welcher ihm das Charakteristische der verschiedenen Zeiten lebendig wurde. Diese Farbe ist selbstverständlich die bescheidene Wiedergabe der Klangfarbe, welche die etwa erhaltenen Sprachdenkmale der gewählten Zeit für uns haben. Unvermeidlich ist die Sprechweise im „Ingo", dem am weitesten abliegenden Stoffe, am fremdartigsten, sie wird schon im „Ingraban" etwas weniger auffallen, zumal in der Sprache des lateinisch gebildeten Winfried. In jeder der späteren Geschichten, auch noch in den letzten Erzählungen, dem „Freicorporal" und „Aus einer kleinen Stadt", hatte der Verfasser genau dasselbe Bedürfniß, die Zeitfarbe in der Sprache wieder zu geben. Sollte der Schaffende darauf verzichten, so

würde er ein für ihn sehr werthvolles Mittel, die
Zeit zu charakterisiren, aufgeben müssen.

Ernster ist der Einwurf, welcher gegen die Darstellung der Helden in den ersten Geschichten, namentlich gegen Jngo, erhoben wurde, daß sie von dem
Reckenhaften und Barbarischen jener Zeit zu wenig
zeigen und moderner Erfindung allzusehr genähert
seien. Es mag wohl sein, daß ein anderer Dichter
mit derberem Realismus darin mehr gewagt hätte,
ohne daß die Schönheit seiner Schilderung gelitten
hätte; jeder Schaffende wird durch seine eigene Persönlichkeit beschränkt und daneben durch die unablässige stille Rücksicht auf das, was er seinen Lesern
bieten darf, denn nicht jede Zeit hat gleiches Verständniß und gleiche Empfänglichkeit für das Fremdartige. Bei zwei Gelegenheiten handelt Jngo humaner
und besser, als wir von einem heimatlosen Helden
jener Zeit anzunehmen geneigt sind; in der Wirklichkeit hätte er wohl den Theodulf, als dieser unter
seinem Schwerte lag, erschlagen, trotz dem Aufleuchten der Morgensonne und dem Gedanken an den
Ausruf des geliebten Weibes: „Die Sonne sieht's,"
und ferner würde seine Liebe zu Jrmgard ihn nicht
verhindert haben, der Neigung Gisela's entgegenzu-
kommen. In beiden Fällen ist die Abweichung von
dem, was wir jener Zeit zutrauen dürfen, absicht-
lich geschehen, weil nach der Ueberzeugung des Autors

solche Entsagung damals wohl ungewöhnlich), aber
nicht unmöglich war. Es fehlt ohnedies dem Inhalt
der Erzählung nicht an herber Strenge und Wild-
heit. Ferner aber sei die Bemerkung gestattet, daß
die landläufigen Vorstellungen über die Barbarei der
alten Germanen den Vorfahren immer noch in auffallender Weise Unrecht thun. Unsere Maler bilden
die alten Knaben aus der Zeit des Tacitus und
sogar aus der Völkerwanderung in einer Tracht,
welche damals etwa Strolche und Sauhirten trugen,
und Gemüth und Wesen derselben beurtheilt man
nach den häßlichen Verzerrungen, welche die germa-
nische Art da erlitt, wo sie im Genusse der römischen
Cultur unterging. Oft ist in den Berichten der lateinischen Geschichtschreiber zu erkennen, daß die Germanen, wo sie noch in ihrem eigenen Volksthum
standen, die Bezeichnung „Barbaren" in dem jetzt
landläufigen Sinne nicht verdienen, und daß Einzelne
einen Hochsinn, eine stolze Ritterlichkeit und Redlichkeit erwiesen, welche wir bei ihren Gegnern aus den
Kreisen der römischen Welt vergeblich suchen. Mit
Grund ist die erste Erzählung in die Zeit verlegt,
in welcher die Deutschen noch nicht den Geschicken
der Wanderzeit verfallen waren, aber in hundert-
jähriger Verbindung mit antiker Cultur einen weiteren Gesichtskreis erhalten hatten. Die beiden entgegengesetzten Charaktere Ingo und Bisino kann man

ohne Mühe während der ganzen Völkerwanderung unter den Führern der Germanen erkennen.

An „Marcus König" hat der Titel befremdet, denn nicht der Vater Marcus, sondern der Sohn Georg ist Held der Erzählung. Aber es ist nicht unerhört, daß auch einmal der Name der widerstrebenden Persönlichkeit für den Titel gewählt wird, wie vor Guy Mannering von Walter Scott. Mir war bei der Wahl des Titels maßgebend, daß der Name Marcus eine verdunkelte Familienerinnerung an das Marcus=Evangelium der nächst vorhergehenden Erzählung darstellt. Es ist wohl möglich, daß der Leser diese Beziehung nicht bemerkt.

In derselben Erzählung ist das späte Einführen der Persönlichkeit Luthers, auf welche so lange gespannt wurde, ein Uebelstand, der noch dadurch vergrößert wird, daß die Haltung des Reformators und der Ausgang der Verhandlung nicht ganz den Hoffnungen des Lesers entsprechen. Denn die Lösung des Conflictes durfte nicht vorzugsweise durch den Reformator herbeigeführt werden, sie mußte sich aus den Charakteren und aus früheren Vorgängen entwickeln. Wenn aber theologische Kritik den Einwand erhoben hat, daß Luthers Urtheilsspruch nicht mit den Ansichten desselben vom Wesen der Ehe übereinstimme, so möge ein wohlgeneigter Leser lieber dem Verfasser als dem Kritiker glauben. Nach der

Rückkehr von der Wartburg war Luther wohl in
Nichts so wenig fest als in seiner Auffassung der
Ehe und in Behandlung der Ehesachen. Die alt=
biblische und altgermanische Auffassung, die Bedürf=
nisse des deutschen Gemüthes und die verständigen
Forderungen des Staates haben sich längere Zeit
in ihm gestoßen, bevor sich in der neuen Kirche eine
feste Praxis herausbildete. Gerade im Jahre 1525,
in welchem er selbst heiratete, sind diese Verschieden=
heiten bemerkbar. Die in der Erzählung dargestellte
Auffassung aber ist, wie dem Verfasser scheint, die
herrschende dieses Jahres. Dem Reformator wurde
sein Urtheil vor dem einzelnen Falle übrigens auch
durch sein feuriges Naturell und warmen mensch=
lichen Antheil gekreuzt, wie z. B. in dem Falle mit
der Schwester Hartmuts von Kronberg.

In der letzten Erzählung „Aus einer kleinen
Stadt" sind Eindrücke, welche dem Schlesier in sei=
ner Jugendzeit kamen, sorglos und reichlich benutzt.
Man kann in dem einsamen Pfarrhofe mit seiner
alten Holzkirche, welche neben einem heidnischen Ring=
wall steht, das Dorf Wüstebriese bei Ohlau wieder=
finden, in welchem der Vater meiner Mutter Pastor
war. Auch bei Schilderung einzelner Menschen und
des gesellschaftlichen Treibens in der Stadt sind
Nachklänge aus der Wirklichkeit nicht vermieden.
Daß der Held der Erzählung, das geradlinige und

— 368 —

ernsthafte Kind einer engen Zeit, als Arzt auftritt,
ist aber von dem Verfasser nicht in bewußter Erinnerung an den Beruf des eigenen Vaters erdacht.
Da Herr König nicht Beamter sein sollte, was
konnte er in jener Zeit als Honoratiore einer kleinen Stadt sonst sein? Unter allem Erdachten, was
vom Jahre 1806 als Erlebniß der geschilderten
Personen erzählt wird, sind zwei kleine Begebenheiten, welche der Verfasser ungern erfunden hätte.
Die erste ist der Einbruch bairischer Plünderer in
eine schlesische Pfarrwohnung; dieser Zug ist — bis
auf die erfundene Verlobung durch den angesteckten
Ring — nach Erinnerungen in der eigenen Familie
des Verfassers berichtet. Die zweite ist das unent-
schlossene Verhalten eines preußischen Reiterlieute-
nants gegenüber den Feinden. Auch dies ist ein
wirkliches Ereigniß, welches am 15. Dezember 1806
zu Namslau stattfand und einer gleichzeitigen schrift-
lichen Aufzeichnung treu nacherzählt ist. Der tapfere
belagerte Feind im Gasthofe war ein bairischer Ober-
lieutenant von Zweibrücken mit einem Unteroffizier
und zwei Mann, das Commando, welches unter dem
Reiterlieutenant gegen ihn aufmarschirte und abzog,.
bestand aus 32 Mann; von den Unterhändlern,
denen der Belagerte durch das Fenster des Gasthauses Zutritt bewilligte, war der eine Hofrath
Lessing, ein Neffe des Dichters.

In dieser letzten Erzählung war das Geschlecht, welches geduldige Leser durch anderthalb Jahrtausende begleitet hatten, da angelangt, wo nach der Auffassung des Dichters die besten Bürgschaften für Glück und Dauer gefunden werden, im bürgerlichen Leben des modernen Staates. Da ich aber mit einem Blick auf die Gegenwart schließen, und Farbe wie Haltung des historischen Romans nicht in die neueste Zeit hereintragen konnte, so beschloß ich das Ganze in kurzen Schlußaccorden ausklingen zu lassen, indem ich noch einmal Ereignisse, welche in den früheren Geschichten berichtet sind, umgebildet wie in leichtem Spiel vorführte. Dieser Ausklang des Romans hätte kürzer gehalten werden können, er hat zu meiner Ueberraschung die Ansicht hervorgerufen, daß ich in den Ahnen mir selbst eine Vorgeschichte habe erdichten wollen. Solche Absicht lag mir ganz fern und sie wäre mir geckenhaft erschienen. Wenn der jüngste Stammhalter der Familie König mit einem Nachkommen des alten Marschalls Henner Schriftsteller und Journalist wird, so folgt er nur dem Zuge der Zeit, und die Ahnen könnten mit demselben Recht einem jeden andern meiner schlesischen Landsleute, die nach 1848 Journalisten geworden sind, angedichtet worden sein. Auch die Einwirkung der Stadttheater auf unsere Jugend und der Zug nach literarischer Thätigkeit sind uns allen

gemeinsam. Hauptsache bei der kleinen Handlung des
Schlusses war für mich, die poetische Idee, welche
die einzelnen Geschichten verbindet, noch einmal vorzuführen und auf derselben Stätte, auf welcher sich
die Katastrophe der ersten Geschichte vollzog, das
Ganze zu schließen.

Das Bedenkliche der Arbeit lag nicht vorzugsweise in dem Zurückgehen auf frühe Vergangenheit,
wie wohl der freundliche Leser annimmt, sondern in
dem Fortführen bis zur Gegenwart.

Für die alten Zeiten ist durch die Vergangenheit selbst der Stoff episch zugerichtet. Es ist leicht,
das Schicksal eines Helden in Weltbegebenheiten ein-
zuflechten und ihn zum Theilnehmer an großen Ereignissen zu machen. Je näher die Erzählungen der
Gegenwart kommen, desto mehr engt das Privatleben
den Horizont und die Thätigkeit der handelnden Personen ein. Die geschichtliche Kenntniß der Leser ver-
stattet den frei erfundenen Gestalten nur eine untergeordnete Theilnahme an Ereignissen, welche eine
historische Würde und Größe haben, und eine Erzählung, die in großen epischen Linien angelegt war,
kommt, bis zur Gegenwart fortgeführt, in Gefahr,
als kleine Novelle zu verlaufen.

Aber auch bei Verwerthung bekannter historischer
Charaktere wird der Schaffende um so unfreier, je
näher sein Werk der Gegenwart tritt. Während er

vor Gestalten alter Zeit berechtigt ist, die immer mangelhafte und unvollständige Kenntniß ihres Cha= rakters zu ergänzen und die Motive ihres Handelns zu deuten und zu vertiefen, bleibt ihm gegenüber den genau bekannten Personen naher Vergangenheit nur ein bescheidenes Nachbilden einiger der zahl= reichen charakteristischen Züge, welche die Geschichte selbst von ihnen überliefert hat. Für die eigentlichen Helden der Erzählung aber wird der Uebelstand, daß sie nur untergeordnete Theilnehmer an großen Be= gebenheiten sein dürfen, noch dadurch vermehrt, daß gerade in Deutschland, bis auf die neueste Zeit, Leben und Geschick von Privatpersonen besonders enge und dürftig waren, und daß auch starke Lebens= kraft, wie sie der Held einer Erzählung nöthig hat, wenn er allgemeine Theilnahme für sich gewinnen will, in kleinen und wunderlich verkrausten Verhält= nissen verging.

War aber nicht durch die neueste Geschichte selbst dem weitläufig angelegten Werke ein glänzender Schluß gegeben? Die gewaltige Erhebung des geeinigten Deutschlands zum Kampf gegen das moderne Cäsaren= thum, der begeisterte Aufschwung und die ungeheueren Heldenthaten des letzten Krieges, die Schlachtfelder von Gravelotte und le Mans, waren sie nicht der einzig würdige Abschluß? Hier war ein Heldenthum zu finden, eine Größe der Thaten, eine Energie der

Gefühle, wie sie keine Vergangenheit gewaltiger her-
vorgebracht hat, und jeder Einzelne vermochte Theilnehmer daran zu sein. — Aber auch der letzte aus
der Reihe der Ahnen? Und in welcher Eigenschaft?
Etwa als Krankenpfleger, als Freiwilliger, welcher
einmal eine Schleichpatrouille führt, oder vielleicht
als Lieutenant König in irgend einem Regiment,
dessen Nummer der Autor sorgsam verschweigen muß?
Unbekannte Heldenthaten zwischen die Zeilen des
Generalstabswerks hineinzudichten, konnte unmöglich
die Absicht sein. Doch vielleicht war das gar nicht
nöthig. Es gab nie einen Kampf mit größerem
idealen Inhalt, als diesen letzten; vielleicht niemals
schlug die Nemesis so erschütternd die Schuldigen
zu Boden; vielleicht niemals hatte ein Heer so viel
Wärme, Begeisterung und so tief poetische Empfindung dafür, daß die grause Arbeit der Schlachtfelder
einem hohen sittlichen Zweck diente; vielleicht nie erschien das Walten göttlicher Vorsehung in Zutheilung
von Lohn und Strafen so menschlich gerecht und
verständlich, als diesmal. Solche Poesie des geschichtlichen Verlaufs wurde von Hunderttausenden
genossen, sie war aus zahllosen Feldbriefen einfacher
Soldaten zu erkennen. Konnte der, welcher ein
Dichter seines Volkes sein möchte, dafür keinen Ausdruck finden, zumal wenn er, wie der Verfasser, selbst
als Augenzeuge im Heergewühl dahingezogen ist?

Und es war ja nicht nöthig, den Helden, welcher der letzte in der Reihe der „Ahnen" werden sollte, unter Kanonendonner seine Thaten verrichten zu lassen. Eine Zeit, welche auf Gedanken und Ge= müth aller Mitlebenden so mächtig einwirkte, bot doch wohl sinniger Erfindung viele Gelegenheit, Wandlungen der Charaktere und ergreifende Situa= tionen zu schildern. Die Darstellungen solcher Ein= wirkung der Zeitideen, der großen Wandlungen in der Politik und im socialen Leben, und die Kämpfe, welche dadurch in dem Individuum aufgeregt werden, gelten ja für das Gebiet, in welchem der moderne Roman vorzugsweise seine Erfolge zu suchen hat. — Auch wer dies annimmt, wird vielleicht zugeben, daß ein solcher moderner Roman in Farbe und Ton etwas ganz Anderes geworden wäre als die Geschichten, welche die früheren Bände der „Ahnen" bilden, und daß er nicht gut angefügt werden konnte, ohne die Einheit des Ganzen in Farbe, Ton und Inhalt zu verstören.

Außerdem aber legt der Verfasser das offene Be= kenntniß ab, daß ihm ein Roman, in welchem die Hauptpersonen vorzugsweise unter der Einwirkung und im Kampfe mit politischen, religiösen, socialen Ideen geschildert werden, nicht als die höchste und schönste, ja kaum als eine würdige Aufgabe des Dichters erscheint. Unvermeidlich drängt sich bei

solchem Inhalt die Tendenz in den Vordergrund,
und der größten Dichterkraft wird es nur schwer
gelingen, mit der sonnigen Klarheit und der stolzen
Unbefangenheit, welche das Kunstwerk vom Schaffen=
den fordert, Licht und Schatten zu vertheilen. Der
Leser zwar wird derlei Erfindung, im Falle sie näm=
lich seinem eignen Standpunkt entspricht, mit Wärme
entgegenkommen, und er wird die poetische Gestal=
tungskraft, welche der Dichter dabei etwa erweist,
mit besonderer Freude genießen. Aber bei der Ein=
mischung freier Erfindung in die übermächtige reale
Wirklichkeit wird immer eine Beeinträchtigung des
künstlerischen Gesammteindrucks unvermeidlich sein.

Die Muse der Poesie vermag ihre Schönheit nur
da ganz zu enthüllen, wo sie allein als Herrin ge=
bietet. Wird sie Dienerin und Parteigenossin in
solchen Kämpfen des wirklichen Lebens, welche die
Menschen einer Zeit leidenschaftlich umhertreiben, so
büßt sie gerade das ein, was ihr bester Inhalt ist:
die befreiende und erhebende Einwirkung auf die
Gemüther. Ja sogar, wenn dem Dichter gelänge,
als ein Seher die beengenden Mißbildungen und die
harten Conflicte der Politik und anderer realer In=
teressen wie in einem Schlußbilde als überwunden
und versöhnt zu zeigen, er würde den stärksten Theil
des Antheils, welchen er erregt, nicht der Poesie,
sondern der Unzufriedenheit seiner Zeitgenossen mit

dem Bestehenden verdanken. Politische, religiöse und
sociale Romane sind, wie ernst auch ihr Inhalt sein
möge, nichts Besseres im Reiche der Poesie als
Demimonde.

Während der Jahre, in denen ich Zustände der
deutschen Vergangenheit für die Dichtung auszubeuten
suchte, schuf mir das dauerhafte Wohlwollen der Leser
große Freude. Dennoch hatte ich immer die Ueberzeugung, daß das reichste und in vielem Sinne das
heilsamste Quellgebiet poetischer Stoffe in der Gegenwart liege. Und dies ist das letzte Bekenntniß, welches ich abzulegen habe. Wir dürfen uns unser Anrecht auf die Schilderung vergangener Zeiten nicht
durch irgend welche Theorie verkümmern lassen, aber
die eigenthümlichen Uebelstände und Gefahren, welche
die Behandlung fremder oder unserer Kenntniß ent-
rückter Menschen in sich birgt, sollen uns stets im
Bewußtsein bleiben. Diese Schwierigkeiten gefährden
sowohl da, wo wir modernes Empfinden dem alten
Zeitcostüm anpassen müssen, als auch da, wo wir
unserer besondern Kenntniß alter Culturzustände froh
werden. Immer ist eine Umdeutung der Charaktere
in unsere Auffassung der Menschennatur nothwendig,
für das Verhältniß zwischen Schuld und Strafe
müssen wir viel von der Freiheit und Verantwort-
lichkeit des modernen Menschen annehmen, gerade
bei den innigsten Beziehungen der Personen zu ein-

ander ist das Eintragen unserer Empfindungsweise
bis zu einem hohen Grade unvermeidlich. Leicht erscheint dem Leser die Klarheit und Gewandtheit, mit
welchen die Personen über sich reflectiren, und der
humanisirte Grundzug in der Handlung als unwahr,
oder der Gegensatz zwischen fremdartigen Zuständen,
welche geschildert werden, und den Charakteren, welche
mit einigem modernen Leben erfüllt sind, wird peinlich. Die besten Kunstleistungen Walter Scotts ruhen
auf Schilderungen einer Vergangenheit, die ihm und
seinen Zeitgenossen durch theure örtliche Erinnerungen
und durch das Fortleben alter Zustände nahe gerückt war.

Den Verfasser der „Ahnen" aber wird freuen,
wenn der Leser das Werk wie eine Symphonie betrachtet, in deren acht Theilen ein melodischer Satz
so gewandelt, fortgeführt und mit anderen verflochten
ist, daß sämmtliche Theile zusammen ein Ganzes
bilden. Möge man dieser Einheit eine poetische Berechtigung zugestehen.

———

Mir selbst hat das Leben seitdem Vieles genommen, aber auch Großes gegeben. Und es ist
mir vergönnt, auf eine lange Vergangenheit zurück-
zublicken, in welcher ich reichlichen Antheil an allem
Gut gewann, welches eine gnadenvolle Vorsehung

den Deutschen in dem letzten Menschenalter zu Theil
werden ließ. Mein eigenes Dasein hat mich da, wo
ich irrte und fehlte, und da, wo ich mich redlich be=
mühte, mit tiefer Ehrfurcht vor der hohen Gewalt
erfüllt, welche unser Schicksal lenkt und mir für
mein Thun in Strafe und Lohn die Vergeltung
immer völlig und reichlich geordnet hat. Und de=
müthig verstehe ich, daß zu dem besten Besitz meines
Lebens zuerst gehört, was ich von meinen Vorfahren
als Erbe überkam: ein gesunder Leib, die Zucht des
Hauses, der Heimatstaat; demnächst, was ich durch
eigene ernsthafte Arbeit erworben habe: der freund=
liche Antheil und die Achtung meiner Zeitgenossen.
Zuletzt aber darf ich, ein bejahrter und unabhängiger
Mann, dem die Gunst der Mächtigen nichts Großes
zutheilen kann, als höchsten Gewinn meines Lebens
das Glück rühmen, welches mir, gleich Millionen
meiner Zeitgenossen, gegeben worden ist durch Einen,
der auf die Siebzigjährigen herabsieht, wie auf ein
jüngeres Geschlecht, durch unseren guten Kaiser Wil=
helm und durch seine Helfer, den Kanzler und den
Feldherrn.

Druck von J. B. Hirschfeld in Leipzig.

www.ingramcontent.com/pod-product-compliance
Lightning Source LLC
Chambersburg PA
CBHW021530110726
47902CB00004B/816